# 甄嬛傳

壹

流瀲紫 ——著

作家出版社

# 目次

谁家更有黄金屋，
深锁东风贮阿娇。

# ｜序｜

## 虽是红颜如花

—— 写给我的《后宫·甄嬛传》

　　中国有记载的历史，是一部男人的历史，所谓的帝王将相。而他们身后的女人，只是一群寂寞而黯淡的影子。寥寥可数的，或贤德，或狠毒，好与坏都到了极点。而更多的后宫女子残留在发黄的史书上的，唯有一个冷冰冰的姓氏或封号。她们一生的故事就湮没在每一个王朝的烟尘里了。

　　我写这个架空历史的故事，是凭自己的一点臆想，来写我心目中的后宫，后宫中那群如花的女子。她们或许有显赫的家世，或许有绝美的容颜、机巧的智慧。她们为了争夺爱情、争夺荣华富贵、争夺一个或许并不值得的男人，钩心斗角、尔虞我诈，将青春和美好都虚耗在了这场永无止境的斗争中。虽是红颜如花，却暗藏凶险。

　　后宫的红墙里，没有绝对的善与恶、爱与恨，活着，并且活得好，才是最重要的。

　　我不想写其中的主角有多好或是多坏。她们中的任何一个，都是无尽的悲哀里的身影。但是无论她们的斗争怎样惨烈，对于美好，都是心有企望和希冀的吧。

对于甄嬛、眉庄、陵容或是柔则与宜修，不要太在意她们的命运，更多的时候，她们是我们探寻自己心中的后宫的引导者，单纯与狠毒，都是任何时代的女子身上的一点影子吧。而文中的男子，粗鄙或光辉，皆是她们的陪衬，似太阳后头一点月亮的影。

后宫，那是女子生存挣扎的世界。

我笔下的甄嬛，对爱有期望，并且有的时候软弱且小心眼儿。她并不是一个完美的不食人间烟火的女子，因为在宫廷里企求奢侈的爱，又总是顾念太多，所以总是过得比较辛苦。

因为不完美，才更亲切吧。

我初进宫的那一天，是个非常晴朗的日子。乾元十二年农历八月二十，黄道吉日。站在紫奥城空旷的院落里可以看见无比晴好的天空，澄澄的如一汪碧玉，没有一丝云彩，偶尔有大雁成群结队地飞过。

鸿雁高飞，据说这是一个非常好的预兆。

毓祥门外整整齐齐地排列着无数专送秀女的马车，所有的人都默不作声，保持着异常的沉默。我和来自各地的秀女站在一起，黑压压一群人，端的是绿肥红瘦，嫩脸修蛾，脂粉香扑鼻。很少有人说话，只专心照看自己的脂粉衣裳是否周全，或是好奇地偷眼观察近旁的秀女。

选秀是每个官家少女的命运，每三年一选，经过层层选拔，将才貌双全的未婚女子选入皇宫，充实后庭。

这场选秀对我的意义并不大，我只不过来转一圈充个数便回去。爹爹说，我们的女儿娇纵惯了，怎受得了宫廷约束。罢了罢了，平平安安嫁个好郎君也就是了。

娘总说，像我女儿这般容貌家世，更不消说人品才学，一定要挑最好的郎君。我也一直是这样想的，我甄嬛一定要嫁这世间最好的男儿，和他结成连理，平平安安白首到老，便是幸福了。我不能轻易辜负了自己。

皇帝虽坐拥天下，却未必是我心中认可的最好的男儿。至少，他不能专心待我。

因而，我并不细心打扮。脸上薄施粉黛，一身浅绿色挑丝双窠云雁的宫装，合着规矩裁制的，并无半分出挑，也不小气。头上斜簪一朵新摘的玉芙蓉，除此之外只用一支碧玉七宝玲珑簪，缀下细细的银丝串珠流苏，略略自矜身份，以显并非一般的小家碧玉，可以轻易小瞧了去。

如此不肯多费心力，我只需等着皇上"撂牌子"，让我落选。

选看秀女的地点在紫奥城内长春宫的正殿——云意殿。秀女分成六人一组，由内监引着进去被选看，其余的则在长春宫的东西暖阁等候。选看很简单，朝皇上皇后叩头，然后站着听候吩咐，皇上或者问哪个人几句话，或者问也不问，谢了恩便可。然后由皇上决定是"撂牌子"还是"留用"。"撂牌子"就是淘汰了；"留用"则是被选中，暂居本家，选吉日即可入宫为妃嫔。

皇上早已大婚，也颇多内宠。这次选秀，不过是广选妃嫔充实掖庭，为皇上绵延子嗣。

满满一屋子秀女，与我相熟的只有济州都督沈自山的女儿沈眉庄。我家府第与她京中外祖府上比邻而居，我和她更是自小一起长大，情谊非寻常可比。她远远看见我便笑了，走过来执我的手，面含喜色关切道："嬛儿，你在这里我就放心了。上次听外祖母说妹妹受了风寒，可大好了？"

我依依起身，道："不过是咳嗽了两声，早就好了。劳姐姐费心。路上颠簸，姐姐可受了风尘之苦？"

她点点头，细细看我两眼，微笑着说："在京里休息了两日，已经好得多。妹妹今日打扮得好素净，益发显得姿容出众，卓尔不群。"

我脸上绯红，害羞道："姐姐不是美人么？这样说岂不是要羞煞我。"

她含笑不语，用手指轻刮我脸颊。我这才仔细看她，一身玫瑰紫缠枝菊纹上衣，月白色百褶如意月裙，如漆乌发梳成一个反绾髻，髻边插一支累丝金凤，额上贴一朵镶金花钿，耳上的红宝耳坠摇曳生光，气度雍容沉静。

我含了笑，不禁赞叹："几日不见，姐姐出落得越发标致了。皇上看见必定过目不忘。"

眉庄手指按唇上示意我噤声，小声说："谨言慎行！今届秀女佼佼者甚多，姐姐姿色不过尔尔，未必就能中选。"

我自知失言，便不再说话，只和她絮絮一些家常。

只听见远处"咣啷"一声，有茶盏落地的声响。我和眉庄停了说话，抬头去看。只见一个穿墨绿缎服满头珠翠的女子一手拎着裙摆，一手猛力扯住另一名秀女，口中喝道："你没长眼么？这样滚烫的茶水浇到我身上！想作死么？你是哪家的秀女？"

被扯住的秀女衣饰并不出众，长相却眉清目秀，楚楚动人，此时已瑟缩成一团，不知如何自处，只得垂下眉目，低声答道："我叫安陵容。家父……家父……是……是……"

那秀女见她衣饰普通，早已不把她放在眼里，益发凶狠："难道连父亲的官职也说不出口么？"

安陵容被她逼得无法，脸皮紫涨，声细如蚊："家父……松阳县县丞……安比槐。"

那秀女一扬脸，露出轻蔑的神色，哼道："果然是小门小户的出身！这样不知礼数。"

旁边有人插嘴提醒安陵容："你可知你得罪的这位是新涪司士参军的千金夏冬春。"

安陵容心中惶恐，只好躬身施礼，向夏冬春谢罪："陵容刚才只是想到待会儿要面见圣驾，心中不安，所以一时失手将茶水洒在夏姐姐身上。陵容在这里向姐姐请罪，望姐姐原谅。"

夏冬春脸上露出厌恶的神色，皱眉道："凭你也想见圣驾？真是异想天开！今日之事要作罢也可，你只需跪下向我叩头请罪。"

安陵容的脸色立刻变得苍白，眼泪在眼眶中滚来滚去，显得十分娇弱而无助，叫人萌生怜意。周遭的秀女无人肯为她劝一句夏冬春。谁都想到，皇上怎么会选一个县丞的女儿做妃嫔，而这个夏冬春，却有几分可能入选。势力悬殊，谁会愿意为一个小小县丞的女儿得罪司士参军的千金。眼见得安氏是一定要受这场羞辱了。

我心中瞧不起这样仗势欺人，不觉蹙了蛾眉。眉庄见我如此，握住我的手小声叮咛："千万不要徒惹是非。"

我哪里肯依，挣开她的手，排众上前，将安氏拉在身边，转而温言对夏冬春道："不过一件衣服罢了，夏姐姐莫要生气。妹妹带了替换的衣裳，姐姐到后厢换过即可。今日大选，姐姐这样吵闹怕是会惊动了圣驾，若是龙颜因此而震怒，又岂是你我姐妹可以承担的？况且，即便今日圣驾未惊，若是他日传到他人耳中，也会坏了姐姐贤德的名声。为一件衣服因小失大，岂非得不偿失？望姐姐三思。"

夏冬春略微一想，神色不豫，但终究没有发作，"哼"一声便走。围观的秀女散开，我又对安氏一笑："今日甄嬛在这里多嘴，安姐姐切莫见笑。嬛儿见姐姐孤身一人，可否过来与我和眉庄姐姐做伴，也好大家多多照应，不致心中惶恐、应对无措。"

安陵容满面感激之色，娇怯怯垂首谢道："多谢姐姐出言相助。陵容虽然出身寒微，但今日之恩，没齿难忘。"

我笑道："举手之劳而已，大家都是待选的姐妹，何苦这样计较。"她微微迟疑，"只是姐姐这样为我得罪他人，岂非自添烦恼。"

眉庄走上前来对我说："这是皇宫禁内，你这样无法无天，叫我担心！"又对安氏笑言，"你看她这个胡闹的样子，哪里是一心想入选的呢？也不怕得罪人。"

我看一眼安氏的穿戴，衣裳簇新，显然是新做的，但衣料普通，显而易见是坊间的作料，失了考究。头面除了发上插两支没有镶宝的素银簪子和绒花点缀，手上一只成色普通的金镯子，再无其他配饰，在打扮得花团锦簇的秀女群中未免显得有点儿寒酸。

我微微蹙眉，看见墙角放着一盆开得正艳的秋海棠，随手从案上取一把剪子，"唰唰"剪下三枝簪在陵容鬓边，顿时增了她几分娇艳。又摘下耳上一对翠玉环替她戴上，道："人要衣装，佛要金装。姐姐衣饰普通，那些人以貌取人就会轻视姐姐。这对耳环就当今日相见之礼，希望能助姐姐成功入选。"

安氏感动，垂泪道："劳姐姐破费，妹妹出身寒微，自然是要被'撂牌子'的，反而辜负姐姐美意。"

眉庄安慰道："从来英雄不问出身。妹妹自有动人之处，何必妄自菲薄。"

正说着，有内监过来传安陵容和另几位秀女进殿。我朝她微笑鼓励，这才和眉庄牵着手归位继续等待。

方坐下便有小宫女上来奉茶。我和眉庄各自从荷包里取碎银子赏她，那宫女喜笑颜开地谢了下去。眉庄见宫女退下，方才忧道："刚才好一张利嘴，也不怕得罪人，万一夏氏成了新晋的宫嫔呢。"

我端过茶碗，徐徐地吹散杯中热气，见四周无人注意我们，才闲闲道："你关心我，我岂有不知道的。只是姐姐细想想，皇上选秀，家世固然重要，但德言容功也是不可或缺的。夏冬春即便入宫，恐怕也不得善终，所以又何来得罪呢？"

眉庄点点头，含笑道："你说的果然有几分道理，无怪你爹爹自小便对你另眼相看，赞你'女中诸葛'。当然，安氏也的确可怜。"

我微笑说："这是一层。以姐姐的家世、姿色，入选是意料中事。安氏虽然出身不好，但进退有礼、相貌楚楚，又别有一番风韵，入选的可能比夏冬春大些。妹妹无心入宫，万一安氏得选，姐姐在宫中也好多个照应。当然今朝佳丽甚多，安氏能否得选另当别论，也是嬛儿一番愚见罢了。"

眉庄动容，伸手握住我的手感叹："嬛儿，多谢你这样为我费心。只是你如此美貌却无心进宫，若是落入寻常人家真是明珠暗投了。"

我不置可否，只淡淡一笑道："人各有志。况且嬛儿愚钝，不惯宫中生活，只望姐姐能青云直上。"

今届应选秀女人数众多，待轮到我和眉庄进殿面圣时，已是月上柳梢的黄昏时分。泰半秀女早已回去，只余寥寥十数人仍在暖阁焦急等候。殿内掌上了灯，自御座下到大殿门口齐齐两排河阳花烛，洋洋数百支，支支如手臂粗，烛中灌有沉香屑，火焰明亮，香气清郁。

我与眉庄和另四名秀女整衣肃容走了进去，听一旁引导内监的口令下跪行礼，然后一齐站起来，垂手站立一旁等待司礼内监唱名后一一出列参见。只听一年老的内监哑着尖细的嗓音一个一个喊道：

"江苏盐道邺简之女邺芳春，年十八。"

"苏州织造孙长合之妹孙妙清，年十七。"

"宣城知府傅书平之女傅小棠，年十三。"

我低着头，目不斜视地盯着地上，块块三尺见方的大青石砖拼贴无缝，中间光洁如镜，四周琢磨出四喜如意云纹图案。听着前几位秀女跪拜如仪，衣角裙边和满头珠翠首饰发出轻微的窸窣碰撞的声音。我好奇地瞥一眼旁边，有几名秀女已紧张得双手微微发抖，不由得心内暗笑。

我忍不住偷眼看宝座上的帝后。云意殿大而空阔，殿中墙壁栋梁与柱子皆饰以云彩花纹，意态多姿，斑斓绚丽，全无龙凤等宫中常用的花饰。赤金九龙金宝璀璨的宝座上坐着的正是我大周朝第四代君主玄凌。那人头戴赤金冕冠，白玉珠十二旒垂在面前，遮住龙颜，无法看清他神情样貌。只是体态微斜，微微露疲惫之色，想是看了一天的秀女已然眼花，听她们请安也只点头示意，没问什么话便挥了挥手让她们退下。可怜这些秀女紧张了一天，为了顾惜花容月貌连午饭也不敢吃，战战兢兢来参选，就这样被轻易撂了牌子。皇后坐在皇帝宝座右侧，珠冠凤裳，甚是宝相庄严，长得也是端庄秀丽，眉目和善，虽劳碌了一日已显疲态，犹自强坐着，气势丝毫不减。

"济州都督沈自山之女沈眉庄，年十六。"眉庄脱列而出，身姿轻盈，低头福了一福，声如莺啭："臣女沈眉庄参见皇上皇后，愿皇上万岁万福，皇后千岁吉祥。"

皇帝坐直身子，语气颇有兴趣地问道："可曾念过什么书？"殿堂空阔，皇帝的声音夹着缥缈而空旷的回音，远远听来不太真实，嗡嗡的如在幻境。

眉庄依言温文有礼地答道："臣女愚钝，甚少读书，只看过《女则》与《女训》，略识得几个字。"

皇帝"唔"一声道："这两本书讲究女子的贤德，不错。"

皇后和颜悦色地附和："女儿家多以针线女红为要，你能识几个字已是很好。"

眉庄闻言并不敢过于露出喜色，微微一笑答："多谢皇上皇后赞赏。"

皇后语带笑音，吩咐司礼内监："还不快把名字记下留用。"

眉庄退下，转身站到我身旁，舒出一口气与我相视一笑。眉庄大方得体，容貌出众，她入选是意料中事，我从不担心。

正想着，司礼内监已经唱到我的名字："吏部侍郎甄远道之女甄嬛，年十五。"我上前两步，盈盈拜倒，垂首说："臣女甄嬛参见皇上皇后，愿皇上万岁万福，皇后千岁吉祥。"

皇帝轻轻"哦"一声，问道："甄嬛？是哪个'嬛'？"

我低着头脱口而出："蔡伸词：嬛嬛一袅楚宫腰。正是臣女闺名。"话一出口我就后悔了。实在糟糕，一时口快太露锋芒，把书上的话说了出来，恐怕已经引起皇帝注意，实在是有违初衷。悔之悔之！

果然，皇帝抚掌笑道："诗书倒是很通，甄远道很会教女。只是不知你是否当得起这个名字。抬起头来！"

我情知避不过，后悔刚才锋芒太露，现在也只能抬头，希望皇帝看过这么多南北佳丽，见我这么规规矩矩地打扮会不感兴趣。

皇后道："走上前来。"说着微微侧目，旁边的内监立即会意，拿起一杯茶水泼在我面前。我不解其意，只得装作视若无睹，稳稳当当地踏着茶水走上前两步。

皇后含笑说："很是端庄。"

只见皇帝抬手略微掀起垂在面前的十二旒白玉珠，愣了一愣，赞道："柔桡嬛嬛，妩媚姌袅。你果然当得起这个名字。"

皇后随声说："打扮得也很清丽，与刚才的沈氏正像是桃红柳绿，颇为得衬。"

我低低垂首，面上滚烫，想来已是红若流霞，只好默不作声。只觉得眼前尽是流金般的烛光隐隐摇曳，香气陶陶然，绵绵不绝地在鼻尖荡漾。

皇帝含笑点点头，吩咐司礼内监："记下她名字留用。"

皇后转过头对皇帝笑道："今日选的几位宫嫔都是绝色，既有精通诗书的，又有贤德温顺的，真是增添宫中祥和之气。"皇帝微微一笑却不答话。

我心中一沉，上面高高端坐的那个男子就是我日后所倚仗终身的夫君了？我躬身施了一礼，默默归列。见眉庄朝我粲然一笑，只好也报以一笑。我心中迷乱，不知该如何应对这突如其来的中选，无心再去理会别的。等这班秀女见驾完毕，按照预先引导内监教的，无论是否中选，都叩头谢了恩，然后随班鱼贯而出。

才出云意殿，听得身后"砰"的一声，转身去看，是刚才同列的秀女江苏盐道之女邺芳春。只见她面色惨白，额头上满是冷汗，已然晕厥过去，想必是没能"留用"以致伤心过度痰气上涌。

我叹了一口气说："想留的没能留，不想留的却偏偏留下了。"说话间邺芳春已被殿门前服侍的内监宫女扶了开去。

眉庄扶一扶我发髻上将要滑落的芙蓉，轻声说："妹妹何必叹息，能进宫是福气，多少人巴不得的事。况且你我二人一同进宫，彼此也能多加照应。宣旨的内监已经去了，甄伯父必定欢喜。"

我用手指绞着裙上坠着的攒心梅花络子，只默默不语。半晌才低低地说："眉姐姐，我当真不是故意的。"

她扯住我衣袖，柔缓地说："我明白。我早说过，以你的才貌凭一己之力是避不过的。"她顿了一顿，收敛笑容凝声说，"何况以你我的资质，难道真要委身于那些碌碌之徒？"

眉庄正劝慰我，有年长的宫女提着风灯上来引我们出宫。宫女面上堆满笑容，向我们福了一福说："恭喜两位小主得选宫嫔之喜。"我和眉庄矜持一笑，拿了银子赏她，挽着手慢慢往毓祥门外走。

毓祥门外等候的马车只剩下零星几辆，马车前悬挂的玻璃风灯在风里一摇一晃，像是身不由己一般。等候在车上的是我的近身侍婢流朱和浣碧，远远见我们来了，赶紧携了披风跳下马车过来迎接。浣碧扶住我手臂，柔声说："小姐劳累了。"流朱把锦缎披风搭在我身上系好。

眉庄被自家的婢女采月扶上车，驶到我的车旁，掀起帘子，关切地说："教引姑姑不几日就要到你我府中教导宫中礼仪，在圣旨下来正式进宫以前你我姐妹暂时不能见面了，妹妹好好保重。"

我点了点头，流朱与浣碧一同扶我上车。车下的宫女毕恭毕敬地垂手侍立，口中恭谨地说："恭送两位小主。"

我掀开帘子回头深深看了一眼，暮色渐起的天空半是如滴了墨汁一般透出黑意，半是幻紫流金的彩霞，如铺开了长长一条七彩织锦。这样幻彩迷蒙下殿宇深广金碧辉煌的紫奥城有一种说不出的慑人气势，让我印象深刻。

贰 | 归来何定

　　车还没到侍郎府门前，已经遥遥地听见鼓乐声和鞭炮噼里啪啦作响的声音。流朱帮我掀开车帘，红色的灯笼映得一条街煌煌如在梦中。远远地看见阖家大小全立在大门前等候，我眼中一热，眼眶中直要落下泪来，但在人前只能死命忍住。

　　见我的马车驶过来，家中的婢女早早迎了过来伸手搀扶。爹爹和娘的表情不知是喜是悲，面上笑若春风，眼中含着泪。我刚想扑进娘怀里，只见所有人齐齐地跪了下来。爹爹恭恭敬敬地喊："臣甄远道连同家眷参见小主。"

　　我立时愣在当地，这才想起我已是皇上钦选的宫嫔，只等这两日颁下圣旨确定名分品级。一日之间我的世界早已有了翻天覆地的变化。我心中悲苦，忍不住落泪，伸手去搀扶爹娘。

　　爹爹连忙摆手："小主不可。这可不合规矩。"浣碧连忙递过一条丝帕，我拭去泪痕，极力保持语气平和，说："起来吧。"

众人方才起来众星拱月般地把我迎了进去。当下只余我们一家人开了一桌家宴，爹爹才要把我让到上座。

我登时跪下泫然道："女儿不孝，已经不能承欢膝下奉养爹娘，还要爹娘这般谨遵规矩，心中实在不安。"

爹娘连忙过来扶我，我跪着不动，继续说："请爹娘听女儿说完。女儿虽已是皇家的人，但孝礼不可废。请爹娘准许女儿在进宫前仍以礼侍奉，要不然女儿宁愿长跪不起。"

娘已经泪如雨下，爹爹点点头，含泪说："好，好！我甄远道果然没白生这个孝顺女儿。"这才示意我的两个妹妹玉姚和玉娆将我扶起，依次坐下吃饭。

我心烦意乱，加上劳碌了一天，终究没什么胃口。便早早向爹娘道了安回房中休息。

流朱与浣碧一早收拾好了床铺。我虽然疲累，却是睡意全无。正欲卸了妆容，爹亲自端了一碗冰糖燕窝羹来看我。

爹唤我一句"嬛儿"，眼中已噙满泪水。我坐在爹身边，终于枕着爹的手臂呜呜咽咽地哭了起来。爹唤我："我儿，爹这么晚来有几句话要嘱咐你。你虽说才十五岁，可自小主意大。七岁的时候就嫌自己的名字'玉嬛'不好，嫌那'玉'字寻常女儿家都有，俗气，硬生生不要了。长大后，爹爹也是事事由着你。如今要进宫侍驾，可由不得自己的性子来了。凡事必须瞻前顾后，小心谨慎，和眉庄一般沉稳。"

我点点头，答应道："女儿知道，凡事自会讲求分寸，循规蹈矩。"

爹爹长叹一声："本不想你进宫，只是事无可避，也只得如此了。历代后宫都是是非之地，况且今日云意殿选秀皇上已对你颇多关注，想来今后必多是非，一定要善自小心，保全自己。"

我忍着泪安慰爹爹："您不是一直说女儿是'女中诸葛'，聪明过人么？爹爹放心就是。"

爹爹满面忧色，忧声说："要在后宫之中生存下去的人，哪个不是聪明的？爹爹正是担心你容貌绝色，才艺两全，尚未进宫已惹皇上注目，不免会遭后宫之人嫉妒暗算。你若再以才智相斗，恐怕徒然害了自身。切记若无万全把握获得恩宠，一定要收敛锋芒，韬光养晦。爹爹不求你争得荣华富贵，但求我的掌上明珠能平安终老。"

我郑重其事地看着爹爹的眼睛，一字一顿道："女儿也不求能获得圣上宠眷，但求无波无浪在宫中了此一生，保住甄氏满门和自身性命即可。"

爹爹眼中满是慈爱之色，疼惜地说："可惜你才小小年纪，就要去这后宫之中经受苦楚，爹爹实在是于心不忍。"

我抬起手背擦干眼泪，沉声说："事已至此，女儿没有退路。只有步步向前。"

爹爹见我如此说，略微放心，思量许久方试探着问道："带去宫中的人既要是心腹，又要是伶俐精干的。你可想好了要带谁去？"

我知道爹爹的意思，道："这个女儿早就想好了。流朱机敏、浣碧缜密，女儿想带她们俩进宫。"

爹爹微微松了一口气，道："这也好。她们俩是自幼与你一同长大的，陪你去爹爹也放心。"

我垂首道："她们留在家中少不得将来也就配个小厮嫁了，就算爹爹有心也绝没有什么好出路，若是做得太明了反而让娘起疑，合家不宁。"爹爹微显苍老的脸上闪过一丝难言的内疚与愧怍，我于心难忍，柔声道，"浣碧跟我进宫虽然还是奴婢，可是将来万一有机会却是能指给一个好人家的。"

爹爹长叹一声，道："这个我知道。也看她的造化了。"

我对爹爹道："爹爹放心，我与她情同姐妹，必不亏待了她。"

送走爹爹，我"呼"地吹熄蜡烛，满室黑暗。

次日清晨，流朱、浣碧服侍我起来洗漱。我忽然想起一件事，正想出门，才记起我已是小主，不能随意出府。于是召来房中的小丫鬟玢儿吩咐道："你去打听，今届秀女松阳县县丞安比槐的千金安陵容是否当选，住在哪里。别声张，回来告诉我。"

她应一声出去。过了半日来回我："回禀小主，安小姐已经当选，现今住在西城静百胡同的柳记客栈。不过听说她只和一个姨娘前来应选，手头已十分拮据，昨日连打赏的钱也付不出来，还是客栈老板垫付的。"我皱了皱眉，这也实在不像话，哪有当选的小主仍住在客栈的，如果被这两日前来宣旨的内监和引导姑姑看见，将来到宫中如何立足。

我略一思索，对玢儿说："去请老爷过来。"

不过一炷香时间，爹爹便到了。纵然我极力阻止，他还是向我行了一礼，才在我桌前坐下。行过礼，他便又是那个对我宠溺的爹爹，谈笑风生起来。

我对爹爹说："爹爹，女儿有件事和你商量。女儿昨日认识一个秀女，曾经出手相助于她。如今她业已入选为小主，只是出身寒微，家景窘困，现下还寄居在客栈，实在太过凄凉。女儿想接她过来同住，不知爹爹意下如何？"

爹爹捋了捋胡须，沉思片刻说："既然你喜欢，那没有什么不妥的。我命你哥哥接了她来就是。"

傍晚时分，一抬小轿接了安陵容和她姨娘过来。娘早让下人打扫好隔壁春及轩，准备好衣物首饰，又分派几个丫头过去服侍她们。

用了晚饭，便有丫鬟陪同陵容到我居住的快雪轩。过了片刻，哥哥也到了。陵容一见我，满面是泪，盈盈然就要拜倒。我连忙起身去扶，笑着说："你我姐妹是一样的人，何故对我行这样的大礼呢？"流朱心思敏捷，立即让陵容："陵容小主与姨娘请坐。"陵容方与她姨娘萧氏坐下。

陵容见哥哥在侧，勉强举袖拭泪说："陵容多承甄姐姐怜惜，才在京城有安身之地，来日进宫不会被他人轻视，此恩陵容实在无以为报。"萧姨娘也是感激不尽。

哥哥在一旁笑说："刚才去客栈，那老板还以为陵容小主奇货可居，硬是不放她们走。结果被我三拳两脚给打发了。"

我假意嗔道："陵容小主面前，怎么说这样打打杀杀的事，拿拳脚功夫来吓人！"

陵容破涕为笑，连连说："不妨事。多亏甄少侠相助！"

我笑着说："还'少侠'呢，少吓唬我们也就罢了。"大家撑不住，一起笑了起来。

夜色渐深，我独自送陵容回房，满怀诚意对陵容道："陵容，住在我家就如在自己家，千万不要拘束，更不要凡事委屈自己。"陵容心中感动，执住我的手说，"陵容卑微，不知从哪里修得的福气，得到姐姐顾惜，才能安心入宫。陵容只有以真心为报，一生一世与姐姐扶持，相伴宫中岁月。"

我心中一暖，紧紧握住她的手，诚恳地唤："好妹妹。"

过得一日，宫里的内监来宣旨，爹爹带着娘亲、我还有兄长和两个妹妹到大厅接旨。内监宣道："乾元十二年八月二十二日，总管内务府由敬事房抄出，奉旨：吏部侍郎甄远道十五岁女甄嬛，着封为正六品贵人，赐号'莞'，于九月十五日进内。钦此。"

我心中已经说不出是悲是喜，只静静地接旨谢恩。

又引过一位宫女服色的年长女子，长得十分秀雅，眉目间一团和气。我知道是教引姑姑，便微微福一福身，叫了声："姑姑。"她一愣，想是没想到我会这样以礼待她。急忙跪下向我请安，口中说着："奴婢芳若，参见贵人小主。"我朝的规矩，教引姑姑身份特殊，在教导小主宫中礼仪期间是不用向宫嫔小主叩头行大礼的，所以初次见面也只是请了跪安。

爹爹早已准备了钱财礼物送与宣旨内监。娘细心，考虑到陵容寄居，手头不便，就连她的那一份也一起给了公公。

内监收了礼，又去隔壁的春及轩宣旨："乾元十二年八月二十二日，总管内务府由敬事房抄出，奉旨：松阳县县丞安比槐十五岁女安陵容，着封为从七品选侍，于九月十五日进内。钦此。"

陵容与萧姨娘喜极而泣。因我与陵容住在一起，教养姑姑便同是芳若。

宣旨完毕，引了姑姑和内监去饮茶。为姑姑准备上好的房间，好吃好喝地款待。

去打听消息的人也回来了。因为是刚进宫，进选的小主封的位分都不高，都在正五品嫔以下。眉庄被册封为从五品小仪，与我同日进宫。这次入选的小主共有十五位，分三批进宫。我和陵容、眉庄是最后一批。

我心里稍稍安慰。不仅可以晚两日进宫，而且我们三人相熟，进宫后也可以彼此照应，不至于长日寂寞。

我和陵容行过册封礼，就开始别院而居。虽仍住在吏部侍郎府邸，但我们居住的快雪轩和春及轩被封锁起来了，外边是宫中派来的护军站岗，里边则是内监、宫女服侍，闲杂男子一概禁止入内。只教引姑姑陪着我们学习礼仪，等候着九月十五进宫的日子到来。

册封后规矩严谨，除了要带去宫中的近身侍婢可以贴身服侍，连爹爹和哥哥与我见面都要隔着帘子跪在门外的软垫上说话。娘和妹妹还可一日见一次，但也要依照礼数向我请安。

陵容与我都是宫嫔，倒可以常常往来走动，也在一起学习礼节。

这样看来倒是陵容比我轻松自在。男眷不在身边，不用眼睁睁看着家人对自己跪拜行礼。

大周朝历来讲求"三纲五常"，"君为臣纲"在"父为子纲"前边。我这"莞贵人"的封号象征着我已经是天子的人，虽然只是个低等的宫嫔，但父母兄妹也得向我下跪、请安。

我实在不忍心看着父亲跪在帘子外边向我请安，口中念念："莞贵人吉祥，愿贵人小主福寿康宁。"然后俯着躯体与我说话，叫我忍受这心里说不出的难受与伤心。

我只得对爹爹避而不见，每天由妹妹玉姚和玉娆告诉爹爹我的近况，并嘱咐爹爹注意保养。

我每日早起和陵容听芳若讲解宫中规矩，下午依例午睡后起来练习礼节，站立、走路、请安、吃饭等姿势。我和陵容是一点即透的人，很快学得娴熟。空闲的时候便听芳若讲一会儿宫中闲话。芳若原在太后身边当差，性子谦恭直爽，侍候得极为周全。芳若甚少提及宫闱内事，但日子一天天过去，朝夕相处间虽是只字片语，也让我对宫中的情况明白了个大概。

皇帝玄凌今年二十有五，早在十二年前就已大婚，娶的是当今太后的表侄女朱柔则。皇后虽比皇上年长两岁，但是端庄娴雅，时人皆称皇后"婉嫕有妇德，美映椒房"[1]，与皇上举案齐眉，非常恩爱，在后宫也甚得人心。谁料大婚五年后皇后难产薨逝，连新生的小皇子也未能保住。皇上伤心之余追谥为"纯元皇后"。又选了皇后的妹妹，也是太后的表侄女，贵妃朱宜修继任中宫。当今皇后虽不是国色，性子却宽和大度，皇上对她倒还敬重。只是皇上年轻，失了纯元皇后之后难免多有内宠。如今宫中最受宠爱的是宓秀宫华妃慕容世兰。传说她颇负倾城之貌，甚得皇帝欢心，宫中无人敢撄其锋，别说一干妃嫔，就是连皇后也要让她两分。

照理说皇后是太后的表侄女，太后为亲眷故或是外戚荣宠之故都不会这样坐视不理。我朝太后精干不让须眉，皇帝初登大宝尚且年幼，曾垂帘听政三年之久，以迅雷之势从摄政王手中夺回皇权，并亲手布局设计诛杀摄政王，株连其党羽，将摄政王的势力一扫而清，才有如今治世之象。只是摄政王一党清除殆尽之后，太后大病一场，想是心力交瘁，于是起了归隐颐养之念，从此除了重大的节庆之外，便长居太后殿闭门不出，专心礼佛，再不插手朝廷及后宫之事，只把一切交予帝后处置。

此外宫中嫔妃共分八品十六等。像我和眉庄、陵容等人不过是低等宫嫔，并非内廷主位，只能被称为"小主"，住在宫中阁楼院落，无主殿可居。只有从正三品贵嫔起才能称"主子"或是"娘娘"，有资格成为内廷主位，居主殿，掌管一宫事宜。后宫妃嫔主位虽说不少，但自从当今皇后自贵妃被册封为皇后之后，正一品贵淑贤德四妃的位置一直虚位以待。芳

---

[1] 西晋时人对武帝司马炎皇后杨芷的赞语。杨芷（259—292），晋武帝第二任皇后，字季兰，谥号武悼皇后。

若姑姑曾在私下诚恳地对我说，以小主的天资容貌，获得圣眷，临位四妃，安享荣华是指日可待。我只微微一笑，用别的事把话题岔了开去。

自圣旨下了以后，母亲带着玉姚忙着为我准备要带入宫中的体己首饰衣物，既不能带多了显得小家子气，又不能带少了撑不住场面被人小瞧，还必须样样精致大方。这样挑剔忙碌，也费了不少工夫。家中自陵容住了进来之后，待遇与我一视同仁，自然也少不了要为陵容准备。

虽然不能见眉庄，和家人也不得随意见面，但我与陵容的感情却日渐笃定。日日形影不离，姐妹相称，连一支玉簪也轮流插戴。

但是我的心情并不愉快。内心焦火旺盛，嘴角长了烂疔，急得陵容和萧姨娘连夜弄了家乡的偏方为我涂抹，才渐渐消了下去。

进宫前的最后一个晚上，依例家人可以见面送行，爹娘带着哥哥、两个妹妹来看我。芳若早早带了一干人等退出去，只余我们哭得泪流满面。

这一分别，我从此便生活在深宫之中，想见一面也是十分不易了。

我止住泪看着玉姚和玉娆。玉姚刚满十二岁，刚刚长成，模样虽不及我，但也是十分秀气，只是性子太过温和柔弱，优柔寡断，恐怕将来也难成什么气候。玉娆还小，才七岁，可是眼中多是灵气，性子明快活泼，极是伶俐。爹娘说她和我幼时长得有七八分像，将来必定也是沉鱼落雁之色，因此我格外疼爱她，她对我也是特别依恋。

玉姚极力克制自己的哭泣，玉娆还不十分懂得人事，只抱着我的脖子哭着喊："姐姐别去。"她们年纪都还小，不能为家中担待什么事。幸好哥哥甄珩年少有为，虽然只长我四岁，却已是文武双全，只待三月后随军镇守边关，为国家建功立业。

我又看母亲，她不足四十，加之平日保养得好，更显得年轻些。可是三月之内长子长女都要离开身边，脸上多了好些憔悴之色。她用帕子不断擦拭着脸上的泪水，可就是擦不净，泪水像断了线的珠子一串串滚落下来。

我含泪劝道："娘，我此去是在宫中，不会受委屈。哥哥也是去挣功名。两位妹妹还可以承欢膝下。"娘不住地点头，可止不住哭，抽泣得更厉害了。

娘用力拭去眼泪，叮嘱道："一入宫门深似海。嬛儿要多珍重，心疼自己，与后妃相处更要处处留意。能做皇上宠妃自然是好，可是娘只要女儿，所以自身性命更是紧要，无论如何都要先保全自己。"

我勉强笑了笑，说："娘亲放心，我全记下了，也望爹娘好自保养自己。"

爹爹面色哀伤，沉默不语，只肃然说了一句："嬛儿，以后你一切荣辱皆在自身。自然，甄家满门的荣辱也系于你一身了。"

我用力点了点头，抬头看见哥哥仿佛在思虑什么，一直隐忍不言。我知道哥哥不是这样犹豫的人，必定是有什么要紧的事，便说："爹娘且带妹妹们去歇息吧，嬛儿有几句话要对哥哥说。"

爹娘再三叮嘱，终是依依不舍地出去了。

哥哥没想到我会主动留他下来，神情微微错愕。我声音温婉："哥哥，若有什么话现在可说了。"

哥哥迟疑一会儿，从袖中取出一张花笺，纸上有淡淡的草药清香，我一闻便知是谁写的。哥哥终于开口："温实初托我带给你。我已想了两天，不知是否应该让你知道。"

我淡淡地瞟一眼那花笺说："哥哥，他糊涂，你也糊涂了吗？私相授受，对于天子宫嫔是多大的罪名。"

哥哥的话音渐渐低下去，颇为感慨："我知道事犯宫禁，只是他这番情意……"

我的声音陡地透出森冷："甄嬛自知承受不起！"我看见哥哥脸上含愧，缓过神色，语气柔婉道，"哥哥难道还不明白嬛儿？实初哥哥并非我内心所想之人，嬛儿也无内心所想之人。"

哥哥微微点头："他也知事不可回，不过是想你明白他的心意。我和实初一向交好，实在不忍看他饱受相思之苦。"他顿一顿，把信笺放我手中，"这封信你自己处置吧。"

我"嗯"一声，把信撂在桌上，语气淡漠："帮我转告温实初，好生做他的太医，不用再为我费心。"

哥哥盯着我："话我自会传到，只是依他的性子，未必会如你所愿。"

我不置可否，伸手拔一支银簪子剔亮烛芯，轻轻吹去簪上挑出的闪着火星的烛灰。"哥哥把话带到即可。这是给他一个提醒，做得到，于我于他都好；做不到，对我也未必有害无益。只是叫他知道，如今我和他身份有别，再非昔日。"说罢转身取出一件天蓝色袍子交到哥哥手中，柔声说，"嬛儿新制了一件袍子，希望哥哥见它如见嬛儿。边关苦寒，宫中艰辛，哥哥与嬛儿都要各自珍重。"

哥哥把袍子收好，满脸不舍之情，静静地望着我。我半晌无语，依稀自己还是六七岁小小女童，稚子垂髫，哥哥把我放在肩上，驮着我去攀五月里开得最艳的石榴花。

我定了定神，让浣碧送了哥哥离开。看着他的背影，我心中一酸，大颗的泪珠滚落下来。

我命流朱拿了烧纸的火盆进来，刚想烧毁温实初的信笺，忽见信笺背面有极大一滴泪痕，落在芙蓉红的花笺上似要渗出血来，心中终是不忍。打开了看，只见短短两行楷字："侯门一入深似海，从此萧郎是路人。"墨迹软弱断续，想是着笔时内心难过以致笔下无力。

我心中着恼，竟有这样自作多情的人，他何曾是我的萧郎？随手将信笺揉成一团抛进火盆中，那花笺即刻被火舌吞卷得一干二净。

流朱立刻把火盆端了出去，浣碧上来斟了香片，劝道："温大人又惹小姐生气了么？他情意虽好，却用不上地方。小姐别和他一般见识了。"

我饮一口茶，心中烦乱。脑海中清晰地浮现起入宫选秀的半月前，他来为我请"平安脉"的事。宫中规矩，御医不得皇命不能为皇族以外的人请脉诊病，只是他与我家历来交好，所以私下空闲也常来。那日他坐在我轩中小厅，搭完了脉沉思半晌，突然对我说："嬛妹妹，若我来提亲，你可愿嫁给我?"

我登时一愣,羞得面上红潮滚滚而来,语气冰冷道:"温大人今日的话,甄嬛只当从未听过。"

他又是羞愧又是仓皇,连连歉声说:"是我不好,唐突了嬛妹妹,请妹妹息怒。实初只是希望妹妹不要去宫中应选。"

我勉强压下怒气,唤玢儿:"我累了。送客!"半是驱赶地把他请了出去。

他离开前双目直视着我,恳切地对我说:"实初不敢保证别的,但能够保证一生一世对嬛妹妹好。望妹妹考虑,若是愿意,可让珩兄转告,我立刻来提亲。"

我转过身,只看着身后的乌木雕花刺绣屏风不语。

我再没理会这件事,也不向爹娘兄长提起。

温实初实在不是我内心所想的人。我不能因为不想入选便随便把自己嫁了,我不能。

我心里烦乱,不顾浣碧劝我入睡,披上云丝披风独自踱至廊上。

游廊走到底便是陵容所住的春及轩,想了想明日便要进宫,她肯定要与萧姨娘说些体己话,不好往她那里去,便转身往园中走。忽然十分留恋这居住了十五年的甄府,一草一木皆是昔日心怀,不由得触景伤情。

信步踱了一圈,天色已然不早,怕是芳若姑姑和一干丫鬟、仆从早已心急,便加快了步子往回走。绕过哥哥所住的虚朗斋便是我的快雪轩,正走着,忽听见虚朗斋的角门边微有窸窣之声,站着一个娇小的人影。我以为是服侍哥哥的丫鬟,正要出声询问,心头陡地一亮,那人不是陵容又是谁?

我急忙隐到一棵梧桐后。只见陵容痴痴地看着虚朗斋卧房窗前哥哥颀长的身影,如水银般的月光从梧桐的叶子间漏下来,枝叶的影子似稀稀疏疏的暗绣落在她身上,越发显得弱质纤纤,身姿楚楚。她的衣角被夜风吹得翩然翻起,她仍丝毫不觉风中丝丝寒意。天气已是九月中旬,虚朗斋前所植的几株梧桐都开始落叶。夜深人静，黄叶落索之中隐隐听见陵容极力压抑的哭泣声，我顿时心生萧索之感。纵使陵容对哥哥有情，恐怕今生也已经注定是有缘无分了。夜风袭人，我不知怎的想起了温实初的那句话，"侯门一入深似海，从此萧郎是路人"，于陵容而言，此话倒真真是应景。

不知默默看了多久，陵容终于悄无声息地走了。

我抬眼看一眼哥哥屋子里的灯光，心底暗暗吃惊。我一向自诩聪明过人，竟没有发现陵容在短短数日中已对我哥哥暗生情愫，这情分还不浅，以至于她临进宫的前晚还对着哥哥的身影落泪。不知道是陵容害羞掩饰得太好还是我近日心情不快无暇去注意，我当真是疏忽了。若是哥哥和陵容真有些什么，那不仅是毁了他们自己，更是弥天大祸，要殃及安氏和甄氏两家。

我心里不由得担心，转念一想，依照今晚的情形看来，哥哥应该是不知道陵容对他的心思的，至多是陵容落花有意罢了。只是我应该适当地提点一下陵容，她进宫已是不易，不要因此而误了她在宫中的前程才好。

回到房中，一夜无话。我睡觉本就轻浅，装了这多少心事，更是难以入眠。辗转反侧间，天色已经大亮。

我在娘家的最后一个夜晚就这样过去了！

棠梨合心

　　九月十五日，宫中的大队人马，执礼大臣、内监宫女浩浩荡荡执着仪仗来迎接我和陵容入宫。虽说只是宫嫔进宫，排场仍是极尽铺张，更何况是一个门中抬出了两位小主，几十条街道的官民都拥过来看热闹。

　　我含着泪告别了爹娘兄妹，乘轿进宫。当我坐在轿中，耳边花炮鼓乐声大作，依稀还能听见娘与妹妹们隐约的哭泣声。

　　流朱和浣碧跟随我一同入了宫。她们都是自幼贴身服侍我的丫鬟。流朱机敏果决，有应变之才；浣碧心思缜密，温柔体贴。两个人都是我的左膀右臂，以后宫中的日子少不得她们扶持我周全。在宫中生存，若是身边的人不可靠，就如同生活在悬崖峭壁边，时时有粉身碎骨之险。

　　吉时一到，我在执礼内监的引导下搀着宫女的手下轿。轿子停在了贞顺门外，因是偏妃，不是正宫皇后，只能从偏门进。

　　才下轿便见眉庄和陵容，悬着的一颗心登时安慰不少。正在此间，却见一顶轿子落地，一位装束华贵的女子扶着侍女的手傲然走下，便有内监上前恭敬相引："夏才人到了。"

女子倨傲点头，转过脸来，却是那日与陵容起了争执的夏冬春。我与陵容相视一眼，不免变色。夏冬春望见我们三人，亦冷下了脸，觑着陵容道："你居然也能入宫？不过是个微末的更衣吧？"

我不卑不亢，护在陵容身前："恭喜夏姐姐入选才人，安妹妹也是选侍呢。"

夏冬春失笑："原来也能当个选侍，要是皇上选不上你，连个侍奉御前的机会都没了吧。瞧你那小眉小眼的样子，怕也不配啊。"

陵容局促："夏姐姐……我……"

夏冬春利落地一摆手，正了正发髻上洒金红宝石珠花："别！当不起你这声姐姐，我可是皇上亲口夸奖入选宫嫔的，还怕沾了穷酸晦气。"

陵容只得屈膝福了一福："夏才人万安。"

夏冬春得意："这才是懂规矩的。"她瞥着我和眉庄，"原来你们也算有福气的，能踏进这紫奥城走一遭呢。"

眉庄微微蹙眉，面上却含笑，执了我的手亲热道："莞贵人，早些回宫，等下我便来看你。"

我会意："先恭送沈小仪了。"

眉庄朝陵容一笑，也不顾夏冬春脸色难看，先我一步离开。


我与陵容告别，心头更觉彼此依靠，有了着落。望出去这一日天气很好，胜过我选秀那日。碧蓝一泓，万里无云，秋日上午的阳光带着温暖的意味，明晃晃如金子一般澄亮。

从贞顺门外看紫奥城的后宫，尽是飞檐卷翘，金黄翠绿两色的琉璃华瓦在阳光下粼粼如耀目的金波，晃得人睁不开眼睛，一派富贵祥和的盛世华丽之气。

我心中默默：这就是我以后要生存的地方了。我不自禁地抬起头，仰望天空，一群南飞的大雁嘶鸣着飞过碧蓝如水的天空。

贞顺门外早有穿暗红衣袍的内侍恭候，在銮仪卫和羽林护军的簇拥下引着我和几位小主向各自居住的宫室走。进了贞顺门，过了御街从夹道往西转去，两边高大的朱壁宫墙如赤色巨龙，望不见底，其间大小殿宇错落，连绵不绝。走了约一盏茶的时分，站在一座殿宇前，宫殿的匾额上三个赤金大字：棠梨宫。

棠梨宫是后宫中小小一座宫室，坐落在上林苑西南角，相当僻静，是个两进的院落。进门过了一个空阔的院子便是正殿莹心堂。莹心堂后有个小花园，两边是东西配殿，南边是饮绿轩，供嫔妃夏日避暑居住。正殿、两厢配殿的前廊与饮绿轩的后廊相连接，形成一个四合院。莹心堂前有两株巨大的西府海棠，虽不在春令花季，但经了风露苍翠的叶子，倒也可喜。院中廊前新移了一排桂树，皆是新贡的禹州桂花，植在巨缸之中。花开繁盛，簇簇缀于叶间，馥郁芬芳，远远闻见便如痴如醉，心旷神怡。堂后花园遍植梨树，现已入秋，一到春天花开似雪，香气怡人，是难得的美景。难怪叫"棠梨宫"，果然是个绝妙所在。

我在院中默默地站了片刻，扫视两边规规矩矩跪着的内监、宫女们一眼，微微颔首，随口问："这海棠好大，怎么不结果呢？"

为首一个内监笑眯眯上来道："小主有所不知，这海棠原是开花的，可前些年就没动静了。或许就等着小主来了才开花喜庆呢。"

这人倒是会说话，我便问："新移的桂花？"

身边搀扶我的宫女恭谨地回答："皇后吩咐，宫中新进贵人，所居宫室多种桂花，以示新贵入主，内宫吉庆。"

我心想，吉庆是好的，只是皇后这么做太过隆重了一点，仿佛在刻意张耀什么。我面上却不动声色，由着她们小心地扶着我进了正殿坐下。

莹心堂正间，迎面是地平台，紫檀木雕花海棠刺绣屏风前，设了蟠龙宝座、香几、宫扇、香亭，上悬先皇隆庆帝御书的"茂修福惠"匾额。这里是皇上临幸时正式接驾的地方。

我在正间坐下，流朱、浣碧侍立两旁，有两名小宫女献上茶来。棠梨宫首领内监康禄海和掌事宫女崔槿汐进西正间里，向我叩头请安，口中说着："奴才棠梨宫首领内监正七品执守侍康禄海参见莞贵人，愿莞贵人如意吉祥。""奴婢棠梨宫掌事宫女正七品顺人崔槿汐参见莞贵人，愿莞贵人如意吉祥。"

我看了他们俩一眼。康禄海三十出头，一看就是精明的人，两只眼睛滴溜溜地会转。崔槿汐三十上下，容长脸儿，皮肤白净，双目黑亮颇有神采，很是稳重端厚。我一眼见了就喜欢。

他们俩参拜完毕，又率在我名下当差的其他四名内监和六名宫女向我磕头正式参见，一一报名。我缓缓地喝着六安茶，只默默地不说话。

我知道，在下人面前，沉默往往是一种很有效的威慑。果然，他们低眉垂首，连大气也不敢出，整个莹心堂静得连一根针掉在地上也听得见。

茶喝了两口，我才含着笑意命他们起来。

我合着青瓷盖碗，也不看他们，只缓缓地对他们说："今后，你们就是我的人了。在我名下当差，伶俐自然是很好的，不过……"我抬头冷冷地扫视了一眼，说道，"做奴才最要紧的是忠心，若一心不在自己主子身上，只想着旁的歪门邪道，这颗脑袋是长不安稳的！当然了，若你们忠心不贰，我自然厚待你们。"

站在地下的人神色陡地一凛，口中道："奴才们决不敢做半点儿对不起小主的事，必当忠心耿耿侍奉小主。"

我满意地笑了笑，说一句"赏"，流朱、浣碧拿了预先准备好的银子分派下去，一屋子内监宫女诺诺谢恩。

这一招儿恩威并施是否奏效尚不能得知，但现下是镇住他们了。我知道，今后若要管住他们老实服帖地侍候办事，就得制住他们，不能成为软弱无能被下人蒙骗欺哄的主子。

槿汐上前说："小主今日也累了，请先随奴婢去歇息。"

我疑惑道："不引我去参见本宫主位么？"

槿汐答道："小主有所不知，棠梨宫从前是芳嫔住的，后来芳嫔离开，宫中尚无主位，如今是贵人位分最高。"

我刚想问宫中还住着什么人，槿汐甚是伶俐，知我心意，答道："此外，东配殿住着淳常在，是四日前进的宫；西配殿住的是史美人，进宫已经三年。稍后就会来晋见贵人小主。"

我含笑说一句"知道了"。

莹心堂两边的花梨木雕翠竹蝙蝠玻璃碧纱橱和花梨木雕并蒂莲花玻璃碧纱橱之后分别是东西暖阁。东暖阁是皇帝驾幸时休息的地方，西暖阁是我平日休息的地方，寝殿则是在莹心堂后堂。

槿汐扶着我进了后堂。后堂以花梨木雕万福万寿边框镶大玻璃隔断，分成正次两间，布置得十分雅致。

我和颜悦色地问槿汐："崔顺人是哪里人？在宫中当差多久了？"

她面色惶恐，立即跪下说："奴婢不敢。小主直呼奴婢贱名就是。"

我伸手扶她起来，笑说："何必如此惶恐？我一向是没拘束惯了的，咱们名分上虽是主仆，可是你比我年长，经的事又多，我心里是很敬你的。你且起来说话。"

她这才起身，满脸感激之情，恭声答道："小主这样说真是折杀奴婢了。奴婢是永州人，自小进宫当差，先前是服侍钦仁太妃的，因做事还不算笨手笨脚，才被指了过来。"

我的笑意越发浓，语气温和："你是服侍过太妃的，必然是个稳妥懂事的人。我有你伺候自然是放一百二十个心，以后宫中杂事就有劳你和康公公料理了。"

她面色微微发红，恳切地说："能侍奉小主是奴婢的福气，奴婢定当尽心竭力。"

我转头唤来浣碧，说："拿一对金镯子来赏崔顺人。"又嘱浣碧拿了锭金元宝额外赏给康禄海。

康禄海受宠若惊地进来和槿汐恭恭敬敬地谢了，服侍我歇息，又去照料宫中琐事。

才睡过午觉，犹自带着慵懒之意。槿汐带着宫女品儿、佩儿和晶青、菊青服侍我穿衣起床。她们四个的年纪都不大，品儿、佩儿十四五的样子，晶青和菊青大些，有十八了，跟着槿汐学规矩学伺候主子，也是很机灵的样子。

才穿戴完毕，内监小印子在门外报史美人和淳常在来看我。

史美人身材修长，很有几分姿色，尤其是鼻子，长得很是美丽。只是她眉宇间神色有些寂寥，想来在宫中的日子也并不好过，对我却甚是客气。甚至，还有点讨好的意味。淳常在年纪尚小，才十三岁，个子娇小，天真烂漫，脸上还带着稚气。大家十分客气地见了礼，坐下饮茶。

史美人虽然位分比我低，但终究比我年长，又早进宫，我对她很是礼让，口口声声唤她"史姐姐"，又让人拿了点心来一起坐着吃。淳常在年纪小，又刚进宫，还怯生生的，便让人换了鲜牛奶茶给她，又多拿糖包、糖饼、炸馓子、酥儿印、芙蓉饼等样子好看的甜食给她。她果然十分欢喜，过不得片刻，已经十分亲热地喊我"莞姐姐"了。

我真心喜欢她，想起家中的玉姚和玉娆，备觉亲切。她们起身辞出的时候，我还特特让品儿拿了一包糕点带给她。

看她们各自回了寝宫，我淡淡地对槿汐说："史美人的确很美丽。"她微微一愣马上反应过来，极快地向四周扫了一眼，眼见无人，方走近我身畔，说了一句："华妃娘娘才貌双全，宠冠后宫。"我心中暗赞她谨言慎行，这一句虽是貌似牛头不对马嘴，但我心中已是了然史美人的确已不受宠爱。

难怪她刚才看我的神色颇为古怪，嫉妒中夹杂着企盼，语气很是谦卑，多半是盼望我获宠后借着与我同住一宫的方便能分得些许君恩。我微微摇头，只觉得她可怜，不愿再去想她。

我心里倒是记挂着棠梨宫的旧主人，便问："从前的芳嫔……"

槿汐低头看着地上，极轻声地说："芳嫔无福，无端小产，又得罪了华妃，故而去了冷宫。"

我心中一惊，便不敢再问。

独自进晚膳，看见槿汐领着流朱、浣碧垂手侍立一旁，门外虽站了一干宫女、内监，却是鸦雀无声，连重些的呼吸声也听不见，暗道宫中规矩严谨，非寻常可比。

用完了膳，便有宫女送上两道茶汤，第一盏黄澄澄，略带白菊气味，却不见一星花瓣，想是烹煮在里头的，取其味解饭食后口中油腻之用。小宫女道："请贵人漱口。"我按芳若姑姑从前所教的规矩漱口罢了，小宫女才揭开第二盏茶盅，道，"请贵人饮茶。"我饮了一口，果然烹煮甘香，忙笑着说："你们也紧着用饭，别为了伺候我把自己个儿给饿坏了。"

几个人忙着谢了恩，端了去吃。

我自顾自走进暖阁歪着歇息，望着对面椅上的石青撒花椅搭，心事茫然如潮，纷纷扰扰仿佛椅搭上绣着的散碎不尽的花纹。

一夜无话。

次日起来梳洗完毕，用过早膳，门外的康禄海尖细着嗓音高声禀报有黄门内侍江福海来传旨。我急忙起身去莹心堂正间接旨，心知黄门内侍是专门服侍皇后的内监，必是有懿旨到了。

恭谨地跪下，听懿旨。

"奉皇后懿旨，传新晋宫嫔于三日后卯时至凤仪宫昭阳殿参见皇后及后宫嫔妃。"

我忙接了旨，命槿汐好生送了出去。

芳若姑姑说过，只有参见了后妃，才能安排侍寝。这三天权作让新晋宫嫔适应宫中起居。

黄门内侍刚走，又报华妃有赏赐下来。

华妃宫中的首领内监周宁海上前施礼请了安，挥手命身后的小内监抬上三大盒礼物，笑逐颜开地对我说："华妃娘娘特地命奴才将这些礼物赏赐给小主。"

我满面笑容地说:"多谢娘娘美意,请公公向娘娘转达嫔妾的谢意。公公,请喝杯茶歇歇再走。"

周宁海躬身道:"奴才一定转达。奴才还要赶着去别的小主那里,实在没这工夫,辜负莞贵人盛情了。"

我看了浣碧一眼,她立刻拿出两个元宝送上。我笑着说:"有劳公公,那就不耽误公公的正事了。"周宁海双目微垂,忙放入袖中笑着辞去。

品儿和佩儿打开盒子,盒中尽是金银首饰、绫罗绸缎。品儿喜滋滋地说:"恭喜小主。华主子对小主很是青眼有加呢。"我扫一眼其他人,脸上也多是喜色,遂命内监抬着收入库房登记。

眼见众人纷纷散了,流朱跟上来说:"才刚打听了,眉庄小主与小姐的赏赐相差无几,倒是有个夏才人,得了皇后和华妃的赏赐最多呢。"

我嘴角的笑意渐渐退去,流朱看我脸色,小声地说:"华妃娘娘这样厚赏,恐怕是想拉拢眉庄小主和小姐您。"

我看着朱红窗棂上糊着的密密的绵纸,沉声道:"是不是这个意思还言之过早。"

华妃的赏赐一到,丽贵嫔和曹容华的赏赐随后就到了。我从槿汐处已经得知丽贵嫔和曹容华是华妃的心腹,一路由华妃悉心培植提拔上来,在皇帝那里也有几分宠爱。虽不能和华妃并论,但比起其他嫔妃已是好了很多。

其他嫔妃的赏赐也源源不断地送来,一上午车水马龙,门庭若市。

等过了晌午,我已感觉疲累,只吩咐槿汐、流朱和浣碧三人在正间接收礼物,自己则穿着家常服色在暖阁次间的窗下看书。看了一会儿,眼见阳光逐渐暗了下去,在梅花朱漆小几上投下金红斑驳的光影,人也有些懒懒的。忽听见门外报沈小仪来看我,心中登时欢喜,搁下书起身去迎。才走到西正间,眉庄已笑盈盈地走了进来,口中说:"妹妹好悠闲。"

我笑着说:"刚进宫的人哪有什么忙的?"假意嗔怪道,"眉姐姐也不早来看我,害我闷得慌!"

眉庄笑言："你还闷得慌？怕是接赏赐接得手软吧。"

我笑意淡下来，见身边只剩眉庄的贴身丫鬟采月在，才说："姐姐难道不知道，我是不愿意有这些事的。"

眉庄携了我的手坐下，方才低声说："我得的赏赐也不少，这是好事，但也只怕是太招摇了，惹其他新晋的宫嫔侧目。"

我微微叹了一声："我知道。也只有好自为之了。"

聊了一会儿，康禄海进来问："晚膳已经备好了，贵人是现在用呢还是等下再传？"

我道："即刻传吧，热热的才好。我与小仪小主一起用。"

眉庄笑说："来看看你，还扰你一顿饭。"

我看着她说："姐姐陪我吃才热闹呢，我看着姐姐能多吃一碗饭下去。"

眉庄奇道："这是怎么说？"

我眼睛一眨，学着讲席夫子的样子，虚捋着胡子说："岂不闻古人云'秀色可餐'也。"

眉庄笑着啐我："没有一点大家小姐的样子！"


寂然饭毕，与眉庄一起坐在灯下看绣花样子。

一抬头见安陵容笑吟吟地站在碧纱橱下，心里惊喜，连忙招她一起坐下，一面嗔怪外面的内监怎么不通报。陵容微微有些窘迫，道："莞姐姐别怪他们，是我不让他们传的，想让姐姐惊喜，不料却让姐姐恼了，是陵容的错。"

我急忙笑道："你哪里来的错，你是好意。我不过白说他们一句，你别急。"

陵容这才展颜笑了，一同坐下。她对眉庄说："方才去畅安宫看姐姐，想与姐姐一同过来拜会莞姐姐，不料姐姐存菊堂的宫女说姐姐先过来了，可是妹妹晚了一步。"

眉庄笑道："一点不晚，正好一起看绣花样子呢。"

浣碧斟了茶来："安选侍请用茶。浣碧知道选侍不爱喝六安茶，特意换了香片。"

陵容笑着说："多谢你费心记着。我倒不是不喜欢六安茶的味道，只是觉得那茶叶无芽无梗，孤单单的，兆头不好。"

浣碧福了福说："陵容小主与眉庄小主与我家小姐情如姐妹，奴婢安敢不用心呢？只盼样样都是好兆头呢。"

眉庄笑起来："好一张巧嘴！果然是你身边的人，有其主必有其仆。"

我脸上更红："眉姐姐向来爱拿我取笑。她哪里伶俐呢，不过是服侍我久了，比别人多长着点儿记性罢了。"

眉庄道："自然是自幼服侍咱们的丫头体贴些。"又问陵容："你如今住在哪个宫里？一切都还好？"

陵容脸色顿时黯然，勉强笑着说："妹妹福薄，竟是和夏才人一个宫里，都在翠微宫。方才收拾好了宫室，随口哼唱两句，也被她取笑奚落了半日。反正我少言寡语也就是了。"

眉庄看我一眼，叹口气："真是冤家路窄了，也是我们的不是。那么，竟没有主位娘娘做主么？"

陵容摇头："都没有。位分高些的恬贵人也是个不爱搭理人的，我更不敢说什么了。"

我心下愧歉："都是我不好。"

陵容连忙道："姐姐怎么这样说？若没有姐姐，我只会更委屈。夏才人再怎样，也是忌讳两位姐姐的。"

我想一想："咱们行得正，不必理会她。"

眉庄道："同在屋檐下，你暂且忍一忍。若有皇上宠幸，以后也不怕了。对了，你并没带贴身丫鬟进来，如今伺候你的宫女有几个？服侍得好不好？"

陵容答道："好是还好。我宫里有四个宫女，只不过有两个才十二，也指望不上她们做什么。好在我也是极省事的，也够了。"

我皱了皱眉："这点子人手怎么够？带出去也不像话！"

唤了屋外的槿汐进来，道："把我名下满十八的宫女指一个过去伺候安选侍。"

槿汐答应了，出去片刻又过来回："奴婢指了菊青，她曾在四执库当差，人还算稳当。"

我点点头，让她下去，对陵容说："待会儿让她跟你回去。你有什么不够的，尽来告诉我和眉姐姐。"

眉庄点头说："有我们的自然也有你的，放心。今日新得了些赏赐，有几匹缎子正合你穿，等下差人送去你的明瑟居。"

陵容很是感激："姐姐们的情意，陵容只有心领了。"

我接口说："这有什么呢？你我姐妹在这宫中互相照顾是应当的。"

我们三人互相凝视一笑，彼此心意俱是了然，六只手紧紧交握在一起。

肆

羊妃世兰

　　三日后，才四更天我就起了床沐浴更衣、梳妆打扮。这是进宫后第一次觐见后宫后妃，非同小可。一宫的下人都有些紧张，伺候得分外小心周到。

　　流朱、浣碧手脚麻利地为我上好胭脂水粉，佩儿在一旁捧着一盘首饰说："第一次觐见皇后，小主可要打扮得隆重些，才能艳冠群芳呢。"流朱回头无声地看她一眼，她立刻低下头不敢再多嘴。

　　我顺手把头发挴到脑后，淡淡地说："梳如意高寰髻即可。"这是宫中最寻常普通的发髻。佩儿端了首饰上来，我挑了一对玳瑁制成的菊花簪，既合时令，颜色也朴素大方，髻后别一只小小的银镏金的草虫头①。又挑一件浅红流彩暗花云锦宫装穿上，颜色喜庆又不出挑，怎么都挑不出错处的。心知我在新晋宫嫔中已占尽先机招人侧目，这次又有华妃在场，实在不宜太过引人注目，越低调谦卑越好。槿汐进来见我如斯打扮，朝我会心

————————

① 草虫头：金玉制成的草虫形首饰。

一笑，我便知道她很是赞成我的装扮，心智远胜诸人。我有心抬举槿汐，只是与她相处不久，还不知根底，不敢贸然信任，付与重用。

宫轿已候在门口，淳常在也已经梳洗打扮好等着我。两人分别上了轿，康禄海和槿汐随在轿后一路跟了去。过了好一会儿，才听见轿外有个尖细的嗓音喊："凤仪宫到，请莞贵人下轿。"接着一个内监挑起了帘子，康禄海上前扶住我的手，一路进了昭阳殿。

十五名秀女已到了八九，嫔妃们也陆陆续续地到了。一一按身份、位次坐下，肃然无声。只听得密密的脚步声，一阵环佩叮珰，香风细细，皇后已被簇拥着坐上宝座。众人慌忙跪下请安，口中整整齐齐地说："皇后娘娘万安。"

皇后头戴紫金翟凤珠冠，穿一身绛红色金银丝鸾鸟朝凤绣纹朝服，气度沉静雍容。皇后笑容可掬地说："妹妹们来得好早。平身吧！"

江福海引着一众新晋宫嫔向皇后行叩拜大礼。皇后受了礼，又吩咐内监赏下礼物，众人谢了恩。

皇后左手边第一个位子空着，皇后微微一垂目，江福海道："端妃娘娘身体抱恙，今日又不能来了。"

皇后"唔"一声道："端妃的身子总不见好，等礼毕你遣人去瞧瞧。"

江福海又朝皇后右手边第一位一引，说："众小主参见华妃娘娘。"

我飞快地扫一眼华妃：一双丹凤眼微微向上飞起，说不出的妖媚与凌厉。华妃体态纤秾合度，肌肤细腻，面似桃花带露，指若春葱纤秀，万缕青丝梳成华丽繁复的缕鹿髻①，缀满珠玉，衣饰华贵仅在皇后之下。果然是丽质天成，明艳不可方物。

华妃"嗯"了一声，并不叫"起来"，也不说话，只仪态闲闲地拨弄着手指上的一枚翠玉戒指，看了一会儿，又笑着对皇后说："今年内务府送来的玉不是很好呢，颜色一点不通翠。"

---

① 缕鹿髻：有上下轮，谓逐层如轮，下轮大，上轮小，其梳饰此髻时必有柱。从描述上看，缕鹿髻可谓复杂而华丽。

皇后微微一笑，只说："你手上的戒指玉色不好那还有谁的是好的呢？你先让诸位妹妹起来吧。"

华妃这才做忽然想起什么的样子转过头来对我们说："我只顾着和皇后说话，忘了你们还拘着礼，妹妹们可别怪我。起来吧。"

众小主这才敢站起身来。我口中说着"不敢"，心里却道：好大的一个下马威！逼得除了皇后之外的所有妃嫔必须处处顾忌她！

忽听得华妃笑着问："有一位夏才人，听说十分能干，还是选秀时皇后娘娘亲自要留的牌子？"

皇后含笑："本宫能有什么主张，不过是皇上觉得夏才人的名字在春夏秋冬中占尽三季风光，意头祥瑞，又出身甚佳，容色艳丽。本宫不过是顺着皇上心意罢了。"

夏才人微微自得，眼风扫过我与眉庄，亦带了炙热的温度。她袅袅出列，行礼道："华妃娘娘吉祥，嫔妾就是才人夏氏。"

华妃打量她两眼："夏才人真会打扮，这身衣料就足见名贵啊。"

夏才人满面春风："是皇后娘娘赏的料子，今日觐见，嫔妾特意穿上。"

华妃看皇后一眼："夏才人对皇后娘娘知恩图报，是有心人啊。"

皇后微笑不语。

华妃又问："沈小仪与莞贵人是哪两位？"

我与眉庄立刻又跪下行礼，口中道："嫔妾小仪沈眉庄。""嫔妾贵人甄嬛。""参见华妃娘娘，愿娘娘吉祥。"

华妃笑吟吟地免了礼，说道："两位妹妹果然姿色过人，难怪让皇上瞩目呢。"

我与眉庄脸色俱是微微一变，眉庄答道："娘娘国色天香，雍容华贵，才是真正令人瞩目。"

华妃轻笑一声："沈妹妹好甜的一张小嘴。但说到国色天香，雍容华贵，难道不是更适合皇后么？"

我心中暗道：好厉害的华妃，才一出语就要挑眉庄的不是。于是出声道："皇后母仪天下，娘娘雍容华贵，嫔妾们望尘莫及。"华妃这才嫣然一笑，撇下我俩与其他妃子闲聊。

华妃位下是悫妃。皇帝内宠颇多，可是皇后之下名位最高的只有华妃、端妃、悫妃三人。不仅正一品贵、淑、德、贤四妃的位子都空着，连从一品的夫人也是形同虚设。端妃齐月宾，虎贲将军齐敷之女，入宫侍驾最早，是皇帝身边第一个妃嫔，又与当今皇后同日册封为妃，资历远在华妃甚至两任皇后之上，十余年来仍居妃位，多半也是膝下无所出的缘故，更听闻她体弱多病，长年见君王不过数面而已。悫妃是皇长子生母，虽然母凭子贵晋了妃位，却因皇长子天生迟钝不被皇帝待见，连累生母也长年无宠。华妃入宫不过三四年的光景，能位列此妃位之首，已是万分的荣宠了。

当今皇后是昔日的贵妃，位分仅次于其姊纯元皇后，一门之中除了太后之外，还有一后一妃，权势显赫于天下，莫能匹敌。当年与贵妃并列的德妃、贤妃均已薨逝。听闻二妃之死皆与纯元皇后仙逝有关，一日之间皇帝失了一后二妃和一位刚出生便殁了的皇子，伤痛之余便无意再立位尊的妃嫔，寄情的后宫诸女除有所诞育的之外，位分皆是不高。

等到一一参见完所有嫔妃，双腿已有些酸痛。皇后和蔼地说："诸位妹妹都聪明伶俐，以后同在宫中，都要尽心竭力地服侍皇上，为皇家绵延子孙。妹妹们也要同心同德，和睦相处。"众人恭恭敬敬地答了"是"。皇后又问江福海："太后那边怎么说？"

江福海答道："太后说众位的心意知道了，但是要静心礼佛，让娘娘与各位妃嫔小主不用过去颐宁宫请安了。"

皇后点了点头，对众人说："诸位妹妹都累了，先跪安吧。"

一时间众人散去，我与眉庄、陵容结伴而行。身后有人笑道："刚才两位姐姐口齿好伶俐，妹妹佩服。"三人回过头去一看，却是最不愿见的夏冬春。只见她款步上前，语含挑衅："两位姐姐让奴才们拿着那么多赏赐，宫中可还放得下么？"

眉庄笑了笑，和气地说："我与莞贵人都觉得众姐妹应该同享天家恩德，正想回到宫中后让人挑些好的送去各位姐妹宫中。没承想夏姐姐先到，就先挑些喜欢的拿去吧。"说着让内监把皇后赏下的东西捧到夏冬春面前。

夏冬春看也不看，微微冷笑："姐姐真是贤德，难怪当日选秀皇上也称赞呢。看来姐姐还真是会邀买人心！"

眉庄纵使敦厚有涵养，听了这么露骨的话脸上也登时下不来，窘在那里，气得满脸臊红。我心中不忿，这样德行的人竟也能选入宫中来，枉费了她一副好样貌！但是我与眉庄行事已经惹人注目，若再起事端恐怕就要惹火烧身了。正犹豫间，眉庄紧紧握住我衣袖，示意我千万不要冲动。

只见素日怯弱的陵容从身后闪出，走到夏冬春面前微笑说："选秀那日冒犯才人纯属无心，后来妹妹日思夜想后悔不已。"

夏冬春傲然道："我的身份，岂是你小小县丞之女可比？真真是俗不可耐！"

陵容不愠不恼，依旧保持着得体的微笑，不卑不亢地说："妹妹以为才人出身武家，必定文武双全，果真姐姐如此勇毅，不失家门风范。妹妹本来对才人仰慕已久，可惜百闻不如一见。妹妹真是怀疑关于才人家世的传闻是讹传呢。"

夏冬春犹自不解，得意扬扬地说："我家家训一向如此，你若不信，大可去打听……"我和陵容、眉庄实在忍不住笑出声来，连身后的内监宫女都捂着嘴偷笑。世上竟有这样蠢笨的人，还能被封为才人，真是滑天下之大稽！夏冬春见我们笑得如此失态，才解过味来，顿时怒色大现，伸掌向陵容脸上掴去。

我眼疾手快一步上前伸掌格开她的巴掌，气道："你与陵容都是宫嫔，怎能打她？"

谁料夏冬春手上反应奇快，另一手高举直挥过来。眼看我避不过，要生生受她这掌掴之辱，她的手却在半空中被人一把用力抓住，再动弹不得。

我往夏冬春身后一看，立刻屈膝行礼："华妃娘娘吉祥！"陵容、眉庄和一干宫人都被夏才人的举动吓得怔住，见我行礼才反应过来，纷纷向华妃请安。

夏冬春被华妃的近身内监周宁海牢牢抓住双手，既看不见身后情形也反抗不了，看我们行礼请安已是吓得魂飞魄散，浑身瘫软。华妃喝道："放开她！"

夏冬春双脚站立不稳，一下子扑倒在地上磕头如捣蒜，连话也说不完整，只懂得拼命说："华妃娘娘饶命。"

我们三人也低着脑袋，不知华妃会如何处置我们。华妃坐在宫人们端来的座椅上，闲闲地说："秋来宫中风光很好啊。夏才人怎不好好欣赏，反而在上林苑中这样放肆呢？"

夏才人涕泪交加，哭诉道："安选侍出言不逊，嫔妾只是想训诫她一下而已。"

华妃看也不看她，温柔地笑起来："原来皇后和本宫都已经不在了呢，竟要劳烦夏才人你来训诫宫嫔，真是辛苦。"她看一眼地上浑身发抖的夏冬春，"只是本宫怕你承担不起这样的辛苦，不如让周公公带你去一个好去处吧！"她的声音说不出的妩媚，可是此情此景听来却不由得让人觉得字字惊心，仿佛这说不尽的妩媚中隐藏的是说不尽的危险。

华妃悠然眺望枫林醉霞："今年的枫叶还不够红，可惜了。颂芝，你说怎么办才好呢？"

华妃身边的宫女颂芝一脸乖巧道："奴婢听闻红枫要人血染就才红得好看。"

华妃嫣然一笑："是么？那就赏夏才人'一丈红'吧，也算用她的血为宫里的枫叶积点儿颜色。"

夏才人失声："一丈红？"

周宁海特别恭敬地弯下身道："回禀夏才人，一丈红是宫中刑罚，取两寸厚五尺长的板子责打腰部以下部位，不计数目打到筋骨皆断血肉模糊为止，远远看去鲜红一片，那色儿可漂亮啦，所以叫一丈红。才人请吧。"

颂芝亦笑："小主的血若真染红了上林苑的枫叶，那可是上辈子积下的福气呢！"

眉庄面色惨白，低声对我道："如此酷刑，夏才人岂不成了废人！"

周宁海肃声道："来人！拖夏才人去行刑。"

四周是死一般的寂静，夏冬春已然昏死过去，被几个内监拖走了。

我的心怦怦乱跳，华妃果然是心狠手辣，谈笑间便毁了夏冬春的双腿。我越想越是心惊，静寂片刻，才闻得华妃说："刚才夏氏以下犯上，以位卑之躯意图殴打贵人，让三位妹妹受惊了。只是……虽然法不责众，但此事终究因你三人而起，夏氏咎由自取，你们也不是省事省心的，好好闭门思过去吧。"

众人如逢大赦，急忙告辞退下。只听"哎哟"一声呻吟，却是陵容已经吓得腿也软了。华妃轻笑一声，甚是得意。

我和眉庄立刻扶了陵容离去，直走了一炷香时间才停下来。我吩咐所有跟随的宫人们先回去，与她们两个在上林苑深处的"松风亭"坐下。我这才取出丝巾擦一下额上的冷汗，丝巾全濡湿了；抬头看眉庄，她脸色煞白，仿佛久病初愈；陵容身体微微颤抖。三人面面相觑，俱是感到惊惧难言。久久陵容才说一句："吓死我了。"她害怕不已，"华妃要我们闭门思过，这……"

眉庄安慰道："思过而已，别怕。"

我沉吟片刻说："素闻华妃专宠，无人敢撄其锋，却不想她如此狠辣……"

眉庄长叹一声："只是可惜了夏冬春。她虽然愚蠢狂妄，却罪不至此。"

我沉默良久，见眉庄眼中也有疑虑之色，她低声说："以后要仰人鼻息，日子可是难过了……"

三人听着耳边秋风卷起落叶的簌簌声，久久无言。

陵容身子发软，声音哆嗦："姐姐，我们回宫去吧。我害怕。"

我们三人正要起身，忽然听见一个宫女的尖叫声。

陵容吓得手按在心口上，紧紧靠在我身边。

眉庄急忙护住我们："什么事？"

一个宫女从不远处的一口井旁吓得慌慌张张跑过来，我忙一把拦住："出了什么事？"

宫女吓得说不出话来，拼命摆手。后面跟着跑上来一个内监，吓得面无人色，勉强请了个安："三位小主吉祥。"

眉庄正色："好好说话，别吓着别人！"

内监整个人都筛糠似的哆嗦："奴才是上林苑的，奉管事的命来查看上林苑各处的井里是否有水，结果才到了这里……就看就井里头……井里头……"他吓得说不下去。

我脸一沉，拍一拍眉庄和陵容的手："我去瞧瞧。"

眉庄忙拦下我："别去，怕是什么不干净的东西！"

我按一按眉庄的手："放心，我瞧瞧就过来。"

我小心翼翼走近井边，夯着胆子看了一眼，只见一张泡得惨白女人的脸正对着井口，我"啊"的一声，吓得倒退两步，靠在一棵树上。

眉庄和陵容赶紧跑近前，扶着我问怎么了。

眉庄想要上前一看究竟，陵容扯住她，一脸畏惧地往后退。我忙拦住眉庄："不要去，有死人！"

眉庄吓得说不出话来，回过神赶紧对着刚才的内监："快去禀告皇后娘娘。快去！"

我与眉庄、陵容大受惊吓，坐了半日才各自回宫。我正沿着永巷走，正见前头江福海带着四个内监过来，抬着一架白色的担子行色匆匆。

他见了我，便打了个千儿："莞贵人吉祥！"

我心有余悸，便问："这是什么？"

江福海随口道:"上林苑井里捞出来的尸首,人都泡肿了。"他摇头,"可怜这丫头才十七岁。"

我忍不住问:"是什么人?"

江福海道:"是一个月前皇后娘娘赏赐给华妃的一个奴婢,长得清秀,皇上还夸过两句呢。皇后还当她是个有福气的,哪天被封了更衣都说不准。谁知道这样没福,失足掉进井里头死了。"

后头一个小内监插嘴道:"谁知道是不是失足呢?偏偏头上还有被打肿了的痕迹,被打昏了扔进井里都有可能。"

江福海立刻回头申斥:"贵人面前,胡说什么!你当宫里谁是这么不容人的么?皇后都让我去问过了,华妃娘娘说是失足,那还有什么错的!"

那小内监讪讪不语。江福海忙朝着我笑:"尸首不吉,永巷风也大,怕眯了贵人,贵人赶紧回宫歇息吧。"他招手:"赶紧地,皇后娘娘吩咐厚葬了福子呢。"

我扶着墙根,只觉得胃里翻涌难言。回到莹心堂已是夜幕降临的时分,槿汐等人见我良久不回,已经急得像热锅上的蚂蚁。看我回来都松了一口气,说是皇后传下了懿旨,从明晚起新晋宫嫔开始侍寝,特地嘱咐我好生准备着。我听了更是心烦意乱,晚膳也没什么胃口,只喝了几口汤便独自走到堂前的庭院里散心。

庭院里的禹州桂花开得异常繁盛,在淡淡的月光下如点点的碎金,香气馥郁游离。我无心赏花,遥望着宫门外重叠如山峦的殿宇飞檐,心事重重。

华妃对我和眉庄的态度一直暧昧不明,似乎想拉拢我们成为她的羽翼又保留了一定的态度,所以既在昭阳殿当众出言打压,又在上林苑中为我严惩夏才人出气。可是她那样刁滑,夏才人分明是说为训诫陵容才出手,华妃却把责罚她的理由说成是夏氏得罪我。但唯一可以肯定的是,我已树敌不少。从夏才人的态度便可发现众人的嫉妒和不满。只是夏氏骄躁,才会明目张胆地出言不逊和动手。但这样的明刀明枪至少还可以兵来将挡,水来土掩，若是明日头一个被选中侍寝，受到皇帝宠爱，以致频频有人在背后暗算，那可真是防不胜防，恐怕我的下场比夏氏还要凄惨！

一想到此，我仍是心有余悸。华妃虽然态度暖昧，但目前看来暂时还在观望，不会对我怎么样。可是万一我圣眷优渥危及她的地位，岂不是要成为她眼中钉、肉中刺，必欲除之而后快？那我在这后宫之中可是腹背受敌，形势大为不妙。爹娘要我保全自己，万一我获罪，连甄氏一门也免不了要受牵连！

这一惊吓就担惊受怕了一晚，早起精神便不大好。我站在廊下望着满地细碎凋落的金桂出神，风吹过身上不由得漫起一层寒意。忽觉身上一暖，多了一件缎子外衣在身。回头见浣碧站在我身后关心地说："小姐昨日受惊吓了，午膳吃不下，晚膳也没用，今儿早上好歹要吃点东西。"

我叹气："一时的惊吓倒不要紧，我是怕以后都要处在惊吓之中。"我扶着浣碧慢慢在廊中坐下，"浣碧，我觉得头好疼。"

流朱见我神色郁郁，想了想笑道："小姐可还记得咱们在家时，常做桂花蜜糖么？院中的桂花这样好，不如我们折些来用糖腌了吃，好不好？"

我没有心情，却又不愿扫兴，勉强笑："你的手艺好，你做了，我自然吃。"

流朱欢快应了一声，便去找宫人们帮忙。

一群宫女摘桂花的摘桂花，熬糖的熬糖，一时间倒也十分有趣。

流朱站在风炉前，催促道："快，再加点儿糖。"

佩儿笑嘻嘻扇着小风炉，一个用力过大，不慎打翻了浣碧手里的糖罐子。

浣碧跳着脚笑："佩儿，看你毛手毛脚，糖都撒了。"

佩儿笑着抖开裙子上的蜜糖："我来扫！我来扫！"

流朱只顾着看小风炉，口中道："先别管那糖罐子，当心糖熬煳了。"说着又转身，指点折桂花的宫女们："要挑刚开的桂花，半开的不能要了，吃着不鲜嫩。"

我坐在廊中，见佩儿丢了扫帚一人蹲在地上看得起劲，不由得站起，慢慢走过去，凑在一块儿看，"看什么这么有趣？"

佩儿指着地上说："小主快看，这蚂蚁搬糖好奇怪呢！"

我弯腰一瞧，地上的蚂蚁背着蜜糖一路围着两株海棠树绕成个好大圆弧，却不按最省时的直线爬行。

佩儿哧哧地笑："奴婢觉得这些蚂蚁真笨，舍近求远。"

我心下更觉奇怪，转头道："小允子，你看那群蚂蚁远远避开海棠树根，像在怕什么。你把这蚂蚁绕开的地方掘开看看。"

好一会儿工夫，海棠树下挖开了一个大坑，一个用胶泥密封的乌黑小坛子露出来。

"这坛子真古怪。"小允子慢慢打开胶泥，凑过去，耸耸鼻子，"但是香得很哪。来，你们闻闻。"

众人嗅了嗅，纷纷说："果真好香。"

康禄海惊喜："棠梨宫本是芳嫔住着的，芳嫔小产犯事后被打入冷宫，当年却也得宠，里面是什么稀奇香料也说不准。"

浣碧道："小姐爱香，不如看看是什么稀罕香料？"

我是怕了昨日的遭遇，也不敢再好奇，由着小允子从里面掏出个油纸包，一层层裹着，最后打开却是大小不同的黑色块状颗粒，杂以棕黄色粉末。

流朱捂住鼻子，嚷嚷起来："这么冲鼻子，还带点腥臭气。是什么啊？"

我正疑惑，忽然想到什么，不觉骇然，旋即极力镇静道："不过是些散香，不值几个钱。浣碧收起来吧，什么时候用得着也说不准。"

众人有些兴致未尽。

我收敛笑容，勉强道："起风了，这桂花糖明日再做吧。今儿挖出东西的事别说出去，没的叫人拿住了说闲话！"

众人唯唯答应了。

我吩咐道："浣碧，我觉得冷，陪我进去吧。"等到走进寝殿，我瘫坐在床边捂着胸口，直如翻江倒海一般。

浣碧放下那包香料，着急道："小姐怎么了？脸色这么难看。"

我疲倦地一笑："我觉得身子有点儿不爽快，命小允子去请太医来瞧瞧。记着，只要温实初温大人。"浣碧慌忙叫流朱一同扶了我进去，又命小允子去请温实初不提。

温实初很快就到了。我身边只留流朱、浣碧二人服侍，其他人一律候在外边。温实初搭了脉，又看了看我的面色，眼中闪过一丝疑惑，问道："小主有发热的迹象，似乎受了很大的惊吓。"

我淡淡道："我看了一些本不该看到的东西。"

温实初倒也镇定："那就想办法忘了那些东西。"

我摇摇头，他立刻垂下眼睑不敢看我。我徐徐地说："当日快雪轩厅中大人曾说过会一生一世对甄嬛好，不知道这话在今日是否还作数？"

温实初脸上的肌肉一跳，显然是没想到我会这么问一句，立刻跪下说："小主此言微臣承受不起。但小主知道微臣向来遵守承诺，况且……"他的声音低下去，却是无比坚定诚恳，"无论小主身在何处，微臣对小主的心意永志不变。"

我心下顿时松快，温实初果然是个长情的人，我没有看错，抬手示意他起来："宫中容不下什么心意，你对我忠心，肯守前约就好。"我声音放得温和，"如今我有一事相求，不知温大人肯否帮忙？"

他道："小主只需吩咐。"

我面无表情直视着明灭不定的烛焰，低声说："我不想侍寝。"

温实初一惊，转瞬间苦笑："微臣虽然心中不愿小主侍寝，但小主既已入宫，侍寝便是迟早的事，为前程计自然早些更好。"

"我实在害怕，这个时候侍寝……温大人，你看一样东西。"

甄嬛看一眼浣碧，浣碧取出包裹着的香料放在桌上。温实初一看，不由得大惊失色："小主怎么有这样的东西？"

"棠梨宫的海棠今年春天开始便不开花，我今日机缘巧合在树下挖出此物。听闻棠梨宫从前住的芳嫔无故小产，想来即是这些东西的缘故。可见宫中钩心斗角有多厉害，芳嫔只怕至今尚不知自己折损谁手。"

温实初面色微变："幸好小主发觉得早，若此物一直在棠梨宫中，只怕对整个棠梨宫中的女子都有大碍。微臣无福陪伴小主一生，但若能守护小主一世周全，也便是成全了当日的承诺。"

我松口气："我的病不要紧吧？"

"受惊发热，重在疗心。若是好生医治，不出半月也就好了。不过小主的意思既是要好好调养，微臣便会开一个好好调养的方子来。"他取过香料收好，"这些麝香仁是麝香之中药性最强者，小主不宜收在身边，还是交予微臣，他日入药，也算了了一桩罪孽。"

我不安："实初哥哥，我真害怕……"

温实初深深看我一眼，沉声道："别怕。"

他从容道："小主好生休息，臣开好了方子会让御药房送药过来。"

我吩咐流朱："送大人。"又让浣碧拿出一锭金子给温实初，他刚要推辞，我小声说："实是我的一点心意，况且空着手出去外边也不好看。"他这才受了。

浣碧服侍我躺下休息。温实初的药很快就到了，小印子煎了一服让我服下，次日起来病发作得更厉害。温实初禀报上去：莞贵人心悸受惊，感染风寒诱发时疾，需要静养。皇后派身边的刘安人来看望了一下，连连惋惜我病得不是时候。我挣扎着想起来谢恩却是力不从心，刘安人便匆匆起身去回复了。

皇后指了温实初替我治病，同时命淳常在和史美人搬离了棠梨宫让我好好静养。我派槿汐亲自去凤仪宫谢了恩，开始了在棠梨宫独居的生活。

病情一传出，宫中人人在背后笑话我，无不以为我虽貌美如花却胆小如鼠，是个中看不中用的绣花枕头。众人对华妃的畏惧更是多了一层。

开始的日子还好，华妃以下的妃嫔小主还亲自来拜访问候，华妃也遣了宫女来看望，很是热闹。一个月后我的病仍无好转之象，依旧缠绵病榻，温实初的医术一向被宫中嫔妃称赞高明，他也治疗得很殷勤，可是我的病还是时好时坏。温实初只好向上禀报我气弱体虚，不敢滥用虎狼之药，需要慢慢调养。这一调养，便是没了期限。消息一放出去，来探望的人也渐渐少了，最后除了淳常在偶尔还过来之外，时常来的就是眉庄、陵容和温实初了，真真是庭院冷落，门可罗雀。谁都知道，一个久病不愈的嫔妃，即使貌若天仙也是无法得见圣颜的，更不要说承恩获宠了！好在我早已经料到了这种结果，虽然感叹宫中之人趋炎附势，却也乐得自在，整日窝在宫中看书刺绣，慢慢"调理"身体。

我虽独居深宫，外面的事情还是瞒不过我，通过眉庄和陵容传了进来。只是她们怕碍着我养病，也只说一句半句的。可是凭这只言片语，我也明白了大概。夏才人事件和我受惊得病后，华妃的气焰已经如日中天，新晋宫嫔中以眉庄最为得宠，侍寝半月后晋封为嫔，赐号"惠"。其次是良媛刘令娴和恬贵人杜佩筠，只是还未成气候。旧日妃嫔中欣贵嫔、丽贵嫔和曹容华也还受宠。眉庄入宫才一月，还不足以和华妃抗衡，所以事事忍让，倒也相安无事。只是妃嫔之间争风吃醋的事情不断，人们在争斗中也渐渐淡忘了我这个患病的贵人。

倚梅雪夜

日子很清闲地过了月余，我却觉出了异样。康禄海和他的徒弟小印子越来越不安分，渐渐不把我放在眼里，我支使他们做些什么也是口里应着脚上不动，所有的差事和活计全落在小内监小允子和另一个粗使内监身上。康禄海和小印子一带头，底下有些宫女也不安分起来，仗着我在病中无力管教，总要生出些事情，逐渐和流朱、浣碧拌起嘴来。

有一日上午，我正坐在西暖阁里间窗下喝槿汐做的花生酪，康禄海和小印子请了安进来，"扑通"跪在榻前，哭喊着说："奴才再不能服侍小主了！"

我一惊，立即命他们起来说话。康禄海和小印子站在我面前，带着哭音说丽贵嫔指名要了他们去伺候。我扫他一眼，他立刻低下头拿袖子去擦眼角。我眼尖，一眼看见他擦过眼角的袖子一点泪痕也没有，情知他作假，也不便戳穿他，只淡淡地说："知道了。这是个好去处，也是你们的造化。收拾好东西过了晌午就过去吧，用心伺候丽主子。"我心中厌恶，说完再不去看他们，只徐徐喝着花生酪。一碗酪喝完，我想了想，把一屋子下人全唤了进来，乌压压跪了一地。

我和颜悦色地说："我病了也有两个多月了，这些日子精神还是不济，怕是这病还得拖下去。我的宫里奴才那么多，我也实在不需要那么些人伺候。说实话，那么多人在跟前转来转去我也是嫌烦。所以我今儿找你们进来，是有句话要问你们：我想打发几个奴才出去，让他们去别的妃嫔跟前伺候，也别白白耗在我这里。你们有谁想出去的，来我这里领一锭银子便可走了。"

几个小宫女脸上出现跃跃欲试的表情，却是谁也不敢动，只你看看我，我看看你。

我又说："今儿丽贵嫔那里已经指名要了康公公和印公公去伺候，他们收拾了东西就走。你们还不恭喜他们俩。"

众人稀稀落落地说了几句"恭喜"，流朱却是忍耐不住，咬牙说："康公公，小主素日待你不薄，有什么赏赐也是你得头一份儿。怎么如今攀上了高枝儿却说走就走？"

小印子见她如此气势汹汹，早不自觉向后退了两步。康禄海倒是神色不变说："流朱姑娘错怪了，奴才也是身不由己。奴才一心想伺候莞贵人，谁知丽主子指了名，奴才也是没法子。"

流朱冷笑一声："好个身不由己，我却不知道这世上竟有牛不喝水强按头的道理！既是你一心想伺候贵人，这就给你个表忠心的机会。你去辞了丽主子，告诉她你是个忠仆，一身不侍二主。丽主子自然不怪你，还要称赞你这份忠心呢！"康禄海和小印子脸上一阵红一阵白，被流朱抢白得十分尴尬。

我假装嗔怒道："流朱，康公公的'忠心'我自然知道，拿银子给他吧！"

浣碧漫步走上前，把银子放到康禄海手中，微笑着说："康公公可拿稳了。这银子可是你一心念着的莞贵人赏你的，你可要认得真真儿的，好好收藏起来，别和以后丽贵嫔赏赐的放混了，以表你身在曹营心在汉的忠心。"又给小印子："印公公，你也拿好了。以后学着你师父的忠心，前程似锦呢。"康禄海显然十分羞恼，却始终不敢在我面前发作，灰溜溜地胡乱作了个揖，拉着小印子走出了棠梨宫。

我回头看着剩下的人，语气冰冷道："今日要走便一起走了，我还有银子分你们。将来若是吃不了跟着我的苦再要走，只有拉去暴室罚做苦役的份儿，你们自己想清楚。"

日光一分分地向东移去，明晃晃地照到地上，留下雪白的印子，西里间静得像一潭死水。终于有个女声小声地说："奴婢愚笨，怕是伺候不好小主。"我看也不看她，只瞟一眼浣碧，她把银子扔在地上，"咚"的一声响，又骨碌碌滚了老远，那人终是小心翼翼地伏过去捡了，又有两个人一同得了银子出去。

大半天寂静无声，我回过身去，地上只跪着槿汐、品儿、佩儿、晶青和内监小允子和小连子。我一个一个扫视过去，见他们恭恭敬敬地伏在地上，连大气也不敢出一声，才沉下声音说："你们还有没有想走的？"

槿汐直起身子，简短利落地说了一句："奴婢誓死忠心莞贵人！"

品儿、佩儿和晶青也一起大声说："奴婢们誓死忠心小主，决不敢做那些个没人伦的事。"

小允子跪着挪到我跟前，扯住我衣角哭着说："奴才受贵人的大恩，决不敢背弃贵人。"

我点点头："你知道了？"

小允子磕了个头说："上月奴才的哥哥病在御厨房几天没人理会，小主在病中仍惦念着，还特地请了温大人去替他治病。奴才受了小主这等大恩，今生无以为报，只能尽心尽力侍奉小主，将来死了也要驮着小主成佛去。"

我"扑哧"笑出声来："真真是张猴儿的油嘴！"

小允子"砰砰"磕了几个响头说："这都是奴才的真心话，决不敢诳骗小主！"

我示意他起来："再磕下去可要把头也磕破了，没的叫温大人再来看一次。"所有的人笑了起来。

我又问小连子："你呢？"

小连子正色说："小主对奴才们的好，奴才看在眼睛里，记在心里，奴才不是没良心的人。"

我心中涌起一阵暖意，宫中也并不是人人都薄情寡义！我想了想说："如今夜里冷了，小允子和小连子在廊上上夜也不是个事儿，给他们一条厚被，让他们守在配殿里，别在廊上了。"两人急忙谢了恩。我站起身一一扶起跪着的人，柔声说："你们跟着我连一天的福也没享过。我只是个久病失势的贵人，你们这样待我，我也无法厚待你们。只是有我在的一日，绝不让你们在这宫里受亏待便是了。"众人正色敛容谢了恩。我对流朱、浣碧说："你们好好去整治一桌酒菜，今晚棠梨宫的人不分尊卑，一起坐下吃顿饭！"话音刚落，见人人都已热泪盈眶，我也不由得满心感动。

棠梨宫已是冷清之地，天气日渐寒冷，夜寒风大，淳常在和眉庄、陵容也很少在夜里过来，夜来闩上宫门便是一个无人过问的地方。

一夜饭毕，人人俱醉。宫中恐怕是有史以来第一次这样主仆不分地醉成一团。我病势反复，槿汐等人也不敢让我多喝，只是我坚持要尽兴，多喝了几杯就胡乱睡下了。

第二天醒来已是日上三竿，头还有点儿昏昏的，槿汐便取了薄荷软香膏抹在我两边太阳穴上，那气味凉沁沁的，我连打了两个喷嚏，觉得没那么难受了。外头风声大作，我就躺在床上懒得起来。

隔着老远就听见有人笑："可要冻坏了！贵人好睡啊！"槿汐抱一个枕头让我歪着，见晶青引着两个穿着大红羽缎斗篷的人进来，揭下风帽一看，正是眉庄和陵容。眉庄上前来摸我的脸："可觉得好些了？"

我见她们便精神一振，忙坐起身来："老样子罢了。"陵容微冷，拥着斗篷道："一股薄荷膏子味，冲鼻好凉啊，闻着就觉得冷。"

眉庄笑起来："她闷在屋子里没劲，不拿薄荷提神，不等我们来看她，多没劲儿。"她说着便捏我，"是不是整日盼着我们来呀？"

我拉住她衣衫便笑："皇上新赏的料子和首饰吗？"她微微脸红丢开了我，只一笑了事。

我看着她头上那对玉鸦钗①说："这个钗的样子倒大方，玉色也好。"

陵容笑道："果然是英雄所见略同，我刚才也是这么说的。眉姐姐如今圣眷很浓呢。"

眉庄脸更红，便问："刚给你送了几篓银炭来，你的宫室冷僻，树木又多，怕是过几天更冷了，对病情不好。"

我笑笑："哪里这样娇贵呢？分例的炭已经送来了。"

陵容说："可不是搁在廊下的！那是黑炭，灰气大，屋子里用不得的。眉姐姐该去禀告皇后娘娘一声，那些奴才怎么这样怠慢莞姐姐！"

我连忙拦下："奴才都是这样！且因眉姐姐受宠，他们也并不敢十分怠慢我，分例还是一点不少的。再说多一事不如少一事，你们不是给我送来了？雪中送炭，这情意最可贵，比一百篓银炭都叫我高兴。"

眉庄奇道："刚才进来的时候怎么觉得你的宫里一下子冷清了不少，连那炭都是小允子接的，康禄海和小印子呢？"

陵容插嘴说："还有茶水上的环儿和洒扫的两个丫头呢？"

我淡淡一笑："康禄海和小印子被丽贵嫔指名要了去，被要走了才来告诉我。其他的都被我打发走了。"

眉庄惊讶得很："康禄海和小印子是你名下的人，丽贵嫔怎么能招呼都不打一声就要了走？康禄海和小印子两个畜生竟也肯去？"又问，"那些丫头怎么又被你打发了？"

"心都不在这里了，巴不得展翅高飞呢，只怕我困住了她们。这样的人留在身边迟早是个祸患，不如早早轰走。"

---

① 玉鸦钗：即玉丫钗，形似鸦翅。

眉庄沉吟："你的意思是……"

我凝声说："奴才在精不在多。与其他们无心留在这里，不如早走。一来留着真正忠心的好奴才；二来这里人多口杂，你们常常往来，那些有异心的奴才若是被其他的人收买了利用来对付咱们，可就防不胜防了。"

眉庄点点头："还是你细心！我不曾防着这个，看来回去也要细细留心我那边的奴才，陵容也是。"

陵容低声说："是。"仔细瞧着我微微叹息了一声："姐姐病中还这样操心，难怪这病长久未愈，焉知不正是因为这操心太过呢？"

眉庄也是面有忧色："照理说温太医的医术是很好的，怎么这病就是这样不见大好呢？"

我安慰她："病来如山倒，病去如抽丝。最近天气寒冷就更难见好。不过，已比前些日子好了许多了。"

我又问："华妃没有对你们怎么样吧？"

眉庄看一眼陵容说："也就这样，面子上还过得去。"

我轻轻说："我知道你敦厚谨慎，陵容又小心翼翼，只是不该忍的还是要说话，别一味隐忍骄纵了她。"

眉庄会意，又问我："上回送来的人参吃着可还好？"

我笑笑："劳你惦记着，很好。"

坐了会儿，看看天色也不早了，眉庄笑着起身告辞："说了半天的话，你也累了。不扰着你歇息，我们先走了。"

我含笑命流朱送了她们出去。浣碧端了药进来，略微迟疑说："小姐，这药可还吃么？"

我道："吃。为什么不吃？"

她面有难色："好好的人吃着这药不会伤身体？"

我微笑："没事。他的药只是让我吃了面有病色，身体乏力罢了。而且我隔段时间服一次，不会有大碍。"我看她一眼，"除了你和流朱，没有别人发现吧？"

浣碧点头，说："温大人的药很是高明，没人发现。只是小姐何苦连惠嫔小主和安选侍也瞒着？"

我低声说："正是因为我与她们情同姐妹，才不告诉她们。任何事都有万一，一旦露馅儿也不至于牵连她们进来。再说知道的人越多就越容易走漏风声，对大家都没有好处。"

碗里的药汁颜色浓黑，散发着一股酸甜的味道。我一仰头喝了。

不知不觉入宫已有三月了。时近新年，宫中也日渐透出喜庆的气氛。在通明殿日夜诵经祈福的僧人也越来越多。到了腊月二十五，年赏也发下来了。虽是久病无宠的贵人，赏赐还是不少，加上眉庄、陵容和淳常在的赠送，也可以过个丰足的新年了。棠梨宫虽然冷清，可是槿汐她们脸上也多是笑意，忙着把居室打扫一新，悬挂五福吉祥灯，张贴"福"字。

大雪已落了两日，寒意越发浓。我笼着暖手炉站在窗子底下，看着漫天的鹅毛大雪簌簌飘落，一天一地的银装素裹。晶青走过来笑着对我说："小主想什么那么入神？窗子底下有风漏进来，留神吹了头疼。"

我笑笑："我想着我们宫里什么都好，只是缺了几株梅花和松柏。到了冬天院子里光秃秃的，什么花啊树啊都没有，只能看看雪。"

晶青说："从前史美人住着的时候最不爱花草的，嫌花比人娇。尤其不喜欢梅花，说一冬天就它开着，人却是冻得手脚缩紧，鼻子通红，越发显得没那花好看。又嫌松柏的气味不好，硬是把原先种着的给拔了。"

我笑："史美人竟如此有趣！"

槿汐走过来瞪了晶青一眼，说道："越发管不住自己的嘴了！切记奴才是不可以在背后议论主子的。"

晶青微微吐了吐舌头："我只在这宫里说，绝不向外说去。"

槿汐严肃地说："在自己宫里说惯了就会在外说溜嘴，平白给小主惹祸。"

我笑着打圆场："大年下的，别说她太重。"又嘱咐晶青："以后可要长记性了，别忘了姑姑教你的。"

槿汐走到我身边说："贵人嫌望出去景色不好看，不如让奴婢们剪些窗花贴上吧。"

我兴致极高："这个我也会。我们一起剪了贴上，看着也喜兴一点。"

槿汐高兴地应了一声下去，不一会儿抱着一摞色纸和一叠金银箔来了。宫中女子长日无事，多爱刺绣、剪纸打发时光，宫女、内监也多擅长此道，因此一听说我要剪窗花，都一同围在暖榻下剪了起来。

两个时辰下来，桌上便多了一堆色彩鲜艳的窗花：喜鹊登梅、二龙戏珠、孔雀开屏、天女散花、吉庆有余、和合二仙、五福临门，还有莲、兰、菊、水仙、牡丹和岁寒三友等植物的图案。

我各人的都看了一圈，赞道："槿汐的果然剪得不错，不愧是姑姑。"槿汐的脸微微一红，谦虚道："哪里比得上贵人的'和合二仙'，简直栩栩如生。"

我笑道："世上本无'和合二仙'，不过是想个样子随意剪罢了。若是能把真人剪出一模一样的来，才算是好本事。"

话音刚落，佩儿嚷嚷道："小允子会剪真人像的。"

小允子立刻回头用力瞪她："别在小主面前胡说八道的，哪有这回事？"

佩儿不服气："我刚亲眼看小允子剪了小主的像，藏在袖子里呢。"

小允子脸涨得通红，小声说："奴才不敢对小主不敬。"

我呵呵一笑："那有什么，我从来不拘这些个小节，拿出来看了便是。"

小允子满脸不好意思地递给我。我看了微微一笑："果然精妙！小允子，你好一双巧手。"

小允子道："谢贵人夸奖。只是奴才手拙，剪不出贵人的花容月貌。"

我笑道："一张油嘴就晓得哄我开心。已经把我剪得过分好看了，我很是喜欢。"

流朱笑眯眯地问："就他是个机灵鬼儿。怎么想着要剪贵人的小像？"

小允子一本正经地说："自从小主让温太医救了奴才哥哥的命，奴才与哥哥都感念小主大恩，所以特剪了小主的小像，回去供起来，日夜礼敬。"

我正色道："你和你哥哥的心意我心领了，只是这样做不合规矩，传出去反而不好，不如就贴在我宫里罢了。"

槿汐起身笑着说："宫中有个习俗，大年三十晚上把心爱的小物件挂在树枝上以求来年万事如意。小主既然喜欢小允子剪的这张像，不如也挂在树枝上祈福吧，也是赏了小允子天大的面子。"

我微笑说："这个主意很好。"又让浣碧去取了彩头来赏槿汐和小允子。

正热闹间，有人掀了帘子进来请安，正是陵容身边的宫女宝鹃，捧了两盆水仙进来说："选侍小主亲手种了几盆水仙，今日开花了，让我拿来送给莞贵人赏玩。"我笑道："可巧呢，我们今日刚剪了水仙的窗花，你家小主就打发你送了水仙来。惠嫔小主那里有了吗？"

宝鹃答："已经让菊青送了两盆过去了，还送了淳常在一盆。"

我点点头："回去告诉你家小主我喜欢得很，再把我剪的窗花带给你小主贴窗子玩。外头雪大，你留下暖暖身子再走，别冻坏了。"

宝鹃答应着下去了。

大年三十很快就到了。眉庄、陵容和淳常在依例被邀请参加皇上皇后一同主持的内廷家宴，自然不能来看我了。我身患疾病，皇后恩准我留宫休养，不必过去赴宴。一个人吃完了"年夜饭"，便和底下人一起守岁。品儿烧了热水进来笑呵呵地说："小主，外面的雪停了，还出了满天的星子呢，看来明儿是要放晴了。"

"是吗？"我高兴地笑起来，"这可是不得不赏的美景呢！"

槿汐喜滋滋地说："贵人正好可以把小像挂到院子里的树枝上祈福了。"

我道："院子里的枯树枝有什么好挂的，不如看看哪里的梅花开了，把小像挂上去。"

小允子答道:"上林苑西南角上的梅花就很好,离咱们的宫院也近。"

我问道:"是白梅么?"

小允子道:"是腊梅,香得很。"

我微微蹙眉:"腊梅的颜色不好,香气又那样浓,像是酒气。还有别的没有?"

小允子比画着道:"上林苑的东南角的倚梅园有玉蕊檀心梅,开红花,像红云似的,好看得人都呆了,只是隔得远。"

雪夜明月,映着这红梅簇簇,暗香浮动,该是何等美景。我心中向往,站起身披一件银白底色翠纹织锦的羽缎斗篷,兜上风帽边走边说:"那我便去那里看看。"

小允子急得脸都白了,立刻跪下自己挥了两个耳光劝道:"都怪奴才多嘴。小主的身子还未大好受不得冷,况且华妃日前吩咐下来,说小主感染时疾不宜外出走动,若是传到华妃耳中,可是不小的罪名。"

我含笑说:"好好的怪罪自己做什么?这会子夜深人静的,嫔妃们都在侍宴。我又特特穿了这件衣服,既暖和,在雪地里也不显眼。况我病了那么久,出去散散心也是有益无害。"小允子还要再劝,我已三步并作两步跨到门外,回首笑道,"我一个人去,谁也不许跟着。若谁大胆再敢拦着,罚他在大雪地里守岁一晚。"

才走出棠梨宫门,槿汐和流朱急急追上来,叩了安道:"奴婢不敢深劝贵人,只是请贵人拿上灯防着雪路难行。"

我伸手接过,却是一盏小小的羊角风灯,轻巧明亮,更不怕风雪扑灭,遂微笑说:"还是你们细心。"

流朱又把一个小手炉放我怀里:"小姐拿着取暖。"

我笑道:"偏你这样累赘,何不把被窝也搬来?"

流朱微微脸红,嘴上却硬:"小姐如今越发爱嫌我了,这么着下去流朱可要流泪了。"

我笑道:"就会胡说,越发纵得你不知道规矩了。"

流朱也笑："奴婢哪里惦记着什么规矩呢，惦记的也就是小姐的安好罢了。"槿汐也笑了起来。

我道："拿回去吧。我去去就来，冻不着我。"说罢旋身而去。

宫中长街和永巷的积雪已被宫人们清扫干净，只路面冻得有些滑，走起来须加意小心。夜深天寒，嫔妃们皆在正殿与帝后欢宴，各宫房的宫女、内监也守在各自宫里畏寒不出，偶有巡夜的羽林护军和内监走过，也是比平日少了几分精神，极容易避过。去倚梅园的路有些远，所幸夜风不大，虽然寒意袭人，身上衣服厚实也耐得过。约莫走了小半个时辰也到了。

尚未进园，远远便闻得一阵清香，萦萦绕绕，若有似无，只淡淡地引着人靠近，越近越是沁人肺腑。倚梅园中的积雪并未有人扫除，刚停了雪，冻得还不严实。小羊羔皮的绣花暖靴踩在雪地上，发出轻微的"咯吱咯吱"的响声。园中一片静寂，只听得我踏雪而行的声音。满园的红梅，开得盛意恣肆，在水银样点点流泻下来的清朗星光下如云蒸霞蔚一般，红得似要燃烧起来。花瓣上尚有点点白雪，晶莹剔透，映着黄玉般的蕊，殷红宝石样的花朵，相得益彰，更添清丽傲骨。也不知是雪衬了梅，还是梅托了雪，真真是一个"疏影横斜水清浅，暗香浮动月黄昏"的神仙境界！

我情不自禁走近两步，清冽的梅香似乎要把人的骨髓都化成一片冰清玉洁。我喜爱得很，挑一枝花朵开得最盛的梅枝把小像挂上，顾不得满地冰雪，放下风灯诚心跪下，心中默默祝祷：甄嬛一愿父母安康，兄妹平安；二只愿能在宫中平安一世，了此残生。想到此不由得心中黯然，想要不卷入宫中是非保全自身，这一生只得长病下去，在这深宫中埋葬此身，成为白头宫娥，连话说玄宗的往事也没有①。这第三愿想要"愿得一心人，白头不相离"更是痴心妄想，永无可期了。

想到这儿，任凭我早已明白此身将要长埋宫中再不见天日，也不由得

---

① 出自唐代元稹《行宫》"白头宫女在，闲坐说玄宗"，形容宫中女子的凄凉岁月。

58

心中酸楚难言，长叹一声道："朔风如解意，容易莫摧残。"①

话音刚落，远远花树之后忽然响起一个低醇的男声："谁在那里？！"我大大地吃了一惊，这园子里有别人！而且是个男人！我立刻噤声，"呼"地吹熄风灯，闪在一棵梅树后边。那人停了停又问："是谁？"

四周万籁俱寂，只闻得风吹落枝上积雪的簌簌轻声，半晌无一人相应。我紧紧用羽缎裹住身体。星光隐隐，雪地浑白，重重花树乱影交杂纷错，像无数珊瑚枝丫的乱影，要发现我却也不容易。我屏住呼吸，慢慢地落脚抬步，闪身往外移动，生怕踩重了积雪发出声响。那人的脚步却是渐渐地靠近，隐约可见石青色宝蓝蛟龙出海纹样的靴子，隔着几丛梅树停了脚步再无声息。他的语气颇有严厉之意："再不出声，我便让人把整个倚梅园翻了过来。"

我立住不动，双手蜷握，只觉得浑身冻得有些僵住，隔着花影看见一抹银灰色衣角与我相距不远，上面的团龙密纹隐约可见，心中更是惊骇，忽地回头看见园子的小门后闪过一色翠绿的宫女衣装，灵机一动道："我是倚梅园的宫女，出来祈福的，不想扰了尊驾，请恕罪。"

那人又问："你念过书么？叫什么名字？"我心下不由得惶恐，定了定神道："奴婢贱名，恐污了尊耳。"

听他又近了几步，我急声道："你别过来——我的鞋袜湿了，在换呢。"那人果然止了脚步，久久听不到他再开口说话。过了须臾，听他的脚步声渐渐往别处走了，再无半点儿动静，这才回神过来，一颗心狂跳得仿佛要蹦出腔子，赶忙拾起风灯摸着黑急急跑了出去，仿佛身后老有人跟着追过来一般惊怕，踩着一路碎冰，折过漫长的永巷，跑回了棠梨宫。

槿汐、浣碧一干人见我魂不守舍地进来，跑得珠钗松散，鬓发皆乱，不由得惊得面面相觑，连声问："小主怎么了？"

浣碧眼疾手快地斟了茶上来。我一口喝下，才缓过气道："永巷的雪

_____
① 出自唐代崔道融《梅花》。

垛旁边窝着两只猫，也不知是谁养的，一下子扑到我身上来，真真是吓坏人了！"

流朱微笑道："小姐自小就怕猫，一下子见了两只，可不是要受惊吓了。"又扬声唤道："佩儿，煎一剂浓浓的姜汤来，给贵人祛风压惊。"佩儿一迭声应了下去。

槿汐道："宫中女眷素来爱养猫的，那些猫性子又野，小主身子金贵，可要小心。"又问，"小主可许下愿了？"

我点点头："许了三个呢。可不知满天神佛是否会怪我贪婪？"

槿汐端端正正行了个大礼，笑容满面地说："恭喜小主，常言说'猫带吉运'。小主许完愿便撞见了两只猫，可是心愿一定得偿的吉兆呢。"

我微微一笑："什么不好的到了你们嘴里都是好的。如真能了我这些心愿，被它们吓一吓又有何妨呢。"说着让晶青端了水来，重新为我匀面挽髻，换了衣裳坐下打马吊。

心思一定下来，心下不免狐疑。今日后宫夜宴，并没有宴请外臣公戚，除了皇上以外再没有别的男子能出入后宫。脑中忽然浮现那双石青色宝蓝蛟龙出海纹样的靴子……银灰色团龙密纹的衣角。心下陡然一惊，团龙密纹乃是上用的图纹，等闲亲王也不得擅用，莫非倚梅园中的那人……万幸自己脱身得快，否则入宫以来这一番韬晦之计便是白费心思了。槿汐和小允子察言观色，见我有些懒懒的，故意连着输了几把哄我开心。我推说身子有些不爽快，先回了房中。槿汐跟了进来为我卸妆。

我闲闲问道："今日后宫夜宴，皇上皇后可曾请了他人来？"

槿汐道："按惯例，几位王爷也会来。"我轻轻"哦"了一声。

槿汐口中的王爷是先皇的大皇子岐山王玄洵、三皇子汝南王玄济、六皇子清河王玄清和九皇子平阳王玄汾。先皇七子二女，五皇子、七皇子和八皇女早薨。

皇帝玄凌排行第四，与二皇女真宁长公主俱是当今太后所出。

岐山王玄洵乃宜妃也就是现在的钦仁太妃所出，虽是长子，但个性庸懦，碌碌无为，只求做一名安享荣华的亲王。

汝南王玄济乃玉厄夫人所出，玉厄夫人是博陵侯幼妹，隆庆十年博陵侯谋反，玉厄夫人深受牵连，无宠郁郁而死。玄济天生膂力过人，勇武善战，但是性格狷介，不为先皇所喜，一直到先皇死后才得了汝南王的封号，如今南征北战，立下不少军功，甚得玄凌的倚重。

清河王玄清聪颖慧捷，又因其母妃舒贵妃的缘故，自幼甚得皇帝钟爱，数次有立他为太子的意思，只因舒贵妃的出身着实为世人所诟病，群臣一齐反对，只好不了了之。先帝驾崩之后舒贵妃自请出家，玄清便由素来与舒贵妃交好的琳妃也就是当今的太后抚养长大，与玄凌如一母同胞，感情甚是厚密。玄清闲云野鹤，精于六艺，却独独不爱政事，整日与诗书为伴，器乐为伍，笛声更是京中一绝，人称"自在王爷"。

平阳王玄汾是先皇幼子，如今才满十三岁。生母恩嫔出身卑微，曾是绣院一名织补宫女，先皇崩逝后虽晋封了顺陈太妃，平阳王却是自小由五皇子的母亲庄和太妃抚养长大。

我默默听着，心中总是像缺了什么似的不安宁，只得先睡了，众人也散了下去。迷迷糊糊睡到半夜间，我突然惊觉地坐起身来，身体猛然带起的气流激荡起锦帐，我想到了一样让我不安的东西——小像！

妙
音
娘
子

陆

　　我在梦中惊醒，心中惴惴不安，也顾不得夜深，立即遣了晶青让她去倚梅园看看我挂着祈福的小像还在不在。晶青见我情急，也不敢问什么原因，立刻换了厚衣裳出去了。只她一走，阖宫都被惊动了，我只好说是做了噩梦惊醒了。过了许久，仿佛是一个长夜那么久，晶青终于回来了，禀告说我的小像已经不见了，怕是被风吹走了。我心中霎时如被冷水迎头浇下，怔怔地，半天不出声。槿汐等人以为我丢了小像觉得不吉利才闷闷不乐，忙劝慰了许久，说笑话逗我开心。我强自打起精神安慰了自己几句，许是真的被风刮走了或是哪个宫女见了精致捡去玩了也不一定。话虽如此，心里到底是快快的。好在日子依旧波平如镜，不见任何事端波及我棠梨宫。我依旧在宫中待着静养，初一日的阖宫朝见也被免了前去。

　　一日，用了午膳正在暖阁中歇着，眉庄挑起门帘进来，笑着说："有桩奇事可要告诉给你听听。"

　　我起身笑着说："这宫里又有什么新鲜事？"

眉庄淡淡笑道:"皇上不知怎的看上了倚梅园里一个姓余的莳花宫女,前儿个封了更衣。虽说是最末的从八品,可是比起当宫女,也是正经的小主了。"

我拨着怀里的手炉道:"皇帝看上宫女封了妃嫔,历代也是常有的事。顺陈太妃不是……"眉庄看我一眼,我笑,"偏你这样谨慎,如今我这里是最能说话的地方了。"

眉庄低头抚着衣裙上的绣花,慢慢地说:"如今皇上可是很宠她呢。"

"她很美么?"

"不过尔尔。只是听说歌声甚好。"

我微笑劝她道:"皇上也是一时的新鲜劲儿吧。再说了,即便如何宠她,祖制宫女晋妃嫔,只能逐级晋封,一时也越不过你去。"

眉庄笑一笑道:"这个我知道。只是……陵容心里到底不快活。"

我微一诧异:"陵容还是无宠么?"

眉庄略一点头道:"入宫那么久,皇上还未召幸过她。"说罢微微叹气,"别人承宠也就罢了,偏偏是个身份比她还微贱的宫女,她心里自然不好受。"

我忆起临进宫那一夜独立风露中的陵容,她对哥哥的情意……难道她与我一样,要蓄意避宠?我迟疑道:"莫不是陵容自己不想承宠?"

眉庄疑惑地看我:"怎么会?她虽是面上淡淡的,可总是想承宠的吧?否则以她的家世,如何在宫中立足?"

我迟疑道:"你可知道她有无意中人?"

眉庄被我的话吓了一跳,脸上一层一层地红起来:"不可胡说。我们都是天子宫嫔,身子和心都是皇上的,怎么会有意中人?"

我也窘起来,红着脸道:"我也不过是这么随口一问,你急什么?"

眉庄仔细想了想,摇了摇头说:"我真的不知道她有没有意中人。看她这样子,应该是没有的吧。"说罢转了话题,聊了会子也就散了。

送走了眉庄,见佩儿端了炭进来换,装作随口问道:"听说倚梅园里的宫女被封了更衣？"

佩儿道："可不是！都说她运气好呢，听说除夕夜里和皇上说了两句话，初二一早皇上身边的李公公过来寻人，她答了两句，便被带走了。谁知一去竟没再回来，才知道皇上已颁了恩旨，封了她做更衣。"

我微微一笑，果然是个宫女。好个伶俐的宫女，替我挡了这一阵，看来宫中是从来不缺想要跃龙门的鲤鱼的。说话间槿汐已走进来，斜跪在榻前为我捶腿，见佩儿换了炭出去，暖阁里只剩下我和她，方才轻轻说："那天夜里小主也去倚梅园，不知可曾遇见旁人？"

我伸手取一粒蜜饯放嘴里，道："见与不见，又有什么要紧？"

槿汐微一凝神，笑道："也是奴婢胡想。只是这宫里张冠李戴、鱼目混珠的事太多了，奴婢怕是便宜了旁人。"

我把蜜饯的核吐在近身的痰盂里，方才开口："便宜了旁人，有时候可能也是便宜了自己。"


过了月余，陵容依旧无宠，只是余更衣聪明伶俐，擅长唱情意缠绵的昆曲，皇帝对她的宠爱却没有降下来，一月内连连升迁，被册了正七品妙音娘子，赐居虹霓阁。一时间风头大盛，连华妃也亲自赏了她礼物。余娘子也很会奉承华妃，两人极是亲近。余氏渐渐骄纵，连眉庄、刘良媛、恬贵人等人也不太放在眼中，出语顶撞。眉庄纵使涵养好，也不免有些着恼了。

虽说时气已到了二月，天气却并未见暖，这两日更是一日冷似一日，天空铅云低垂，乌沉沉地阴暗，大有雨雪再至的势头。果然到了晚上，雪花又密又急，下了一天一夜。到了第二天夜里，雪渐渐小了，小允子同小连子扫了庭院的积雪进来，身上已是濡湿了，冻得直哆嗦，嘴里嘟囔着"这鬼天气"，又忙忙地下去换了衣裳烤火，嘴里说着："有件稀罕事儿，小主还不知道呢。"

"怎么了？"

"今儿听敬事房说，皇上问起新入宫的小主们还有哪些未曾侍寝的，皇后娘娘在旁提了安选侍、小主和淳常在，又说小主病着，淳常在年幼，结果皇上翻了安选侍的牌子呢。"

我闻言喜悦："这是大喜！明儿我就和眉姐姐去恭喜陵容。"

小允子道："可不是。过了今晚，安选侍就有出头之日了。"他看着我手里的绣帕笑，"小主最应景，绣的黄鹂鸟，可是安选侍最喜欢的呢。小主绣成一双黄鹂，明日就送给安小主贺喜，那是最好不过的了。"

我微微一笑，又低头去绣手帕上的黄鹂鸟儿。隐隐听得远处有辘辘的车声迤逦而来，心下疑惑：棠梨宫地处偏僻，一向少有车马往来，怎的这深夜了还有车声？抬头见槿汐垂手肃然而立，轻声道："启禀小主，这是凤鸾春恩车的声音。"我默默不语，凤鸾春恩车是奉诏侍寝的嫔妃前往皇帝寝宫时专坐的车。

我顿时愣住："这个时候陵容应该去仪元殿侍寝了，怎么还会有凤鸾春恩车的声音？"

凝神听了一会儿，那车声却是越来越近，在静静的雪夜中能听到车上珠环玎玲之声。隐约还有女子歌唱之声，歌声甚是婉转高昂，唱的是一首昆曲《游园惊梦》。"好景艳阳天，万紫千红尽开遍……困春心，游赏倦，也不索香熏绣被眠……"我侧耳听了一阵子，越发惊疑："是妙音娘子？"

小允子低头小声道："这夜半在永巷高歌可不合宫中规矩。"他顿一顿，脸色也难看了，"怎么妙音娘子会在凤鸾春恩车上？这……"

槿汐缓声道："或许……皇上是想先听了妙音娘子唱歌……安选侍既被翻了牌子，此刻一定稳稳当当在仪元殿呢。"

浣碧为我理好丝线，忽然问道："小姐，你说皇上宠妙音娘子什么呢？就为她会唱昆曲么？"

小允子啧啧两声："要说唱昆曲，京城里多得是唱得好的角儿。她算什么呢？"他笑吟吟看着浣碧，"说实话，浣碧姑娘可比妙音娘子好看多了。"

浣碧一怔，立刻啐了一声，骂道："我哪有她那福气，也学不来她的气性。"

众人干笑了几声，再没有人作声，屋子里一片静默，只听见炭盆里毕剥作响的爆炭声、窗外呼啸凛冽的北风声和搅在风里一路渐渐远去的笑语之声。她的笑声那么骄傲，响在寂静的雪夜里，在后宫绵延无尽的永巷和殿宇间穿梭……

这是我第一次听到凤鸾春恩车的声音，那声音听来是很美妙的。我不知道这车声一路而去会牵引住多少宫中女人的耳朵和目光，这小小的车上会承载多少女人的期盼、失落、眼泪和欢笑。很多个宫中的傍晚，她们静静站在庭院里，为的就是等候这凤鸾春恩车能停在宫门前载上自己前往皇帝的寝宫。小时候跟着哥哥在西厢的窗下念杜牧的《阿房宫赋》，有几句此刻想来尤是惊心——

雷霆乍惊，宫车过也；辘辘远听，杳不知其所之也。一肌一容，尽态极妍，缦立远视，而望幸焉，有不得见者，三十六年！

三十六年，恐怕是很多女人的一生了！尽态极妍，宫中女子哪一个不是美若天仙？只是美貌，在这后宫之中是最不稀罕的东西了。每天有不同的新鲜的美貌出现，旧的红颜老了，新的红颜还会来，更年轻的身体、光洁的额头、鲜艳的红唇、明媚的眼波、纤细的腰肢……而她们一生做得最多最习惯的事不过是"缦立远视，而望幸焉"罢了。

在这后宫之中，没有皇帝宠幸的女人就如同没有生命的纸偶，连秋天偶然的一阵风都可以刮倒她，摧毁她。而有了皇帝宠幸的人就可以高枕无忧了吗？恐怕她们的日子过得比无宠的女子更为忧心。"以色事他人，能得几时好？"她们更害怕失宠，更害怕衰老，更害怕有更美好的女子出现。如果没有爱情，帝王的宠幸是不会比绢纸更牢固的。而爱情，恐怕是整个偌大的帝王后宫之中最最缺乏的东西了。宫中女子会为了地位、荣华、恩宠去接近皇帝，可是为了爱情，有谁听说过……

我只觉得脑中酸涨，放下手中的针线对浣碧说："那炭气味道不好，熏得我脑仁疼，去换了沉水香来。"

浣碧略一迟疑，道："小姐，这月分例的香还没拿来，已经拖了好几日了，明天奴婢就去回惠嫔小主去！"

心下明白，必定是内务府的人欺我无宠又克扣分例了。"眉姐姐已经为咱们担待得够多了，这些小事不要再去烦她！随便有什么香先点上吧。"

第二日我便知道出了大事，紧赶慢赶和眉庄到了陵容的住处，尚未进院，已经听得里头宫人们的议论。

"安选侍出身不高，又不得皇上喜欢，这辈子算是完了。"

有人啧啧："真可怜，要我这样没侍寝就被送出仪元殿，我就再不见人了。"

"偏她还像个没事人似的。听小厦子说皇上可不喜欢了，才一见安选侍的脸就说她木着脸连笑也不会，只会怕得发抖。皇上没了兴致，赶紧请了妙音娘子去。"

"我也说呢，安选侍又不是什么绝色，又这样没福……"

我与眉庄再听不下去，急匆匆走进去，宫人们吓得噤声。

眉庄瞪了他们一眼："小主就是小主，容不得奴才议论。如果有人敢背后贬损自己的小主，我会立刻回了皇后，把他轰出宫去，记住了吗？"

众人诺诺不敢抬头："奴才明白，奴才不敢。"

眉庄径直拉了我进去。

陵容正低头坐在窗下绣花，神色从容。宝鹃忧心忡忡地陪在旁边。

眉庄进来，宝鹃请安："惠嫔小主吉祥，莞贵人吉祥。"

眉庄急切："好好儿的，怎么会这样了？"

陵容苦笑："是我自己不中用，见了皇上天威就害怕得发抖，惹得皇上不高兴了。"她戚戚，"可是姐姐，我一想到华妃那样凶，我怎么能不怕？你看眉姐姐和恬贵人，这些日子一直被华妃叫去宓秀宫，说是学着磨墨好伺候皇上，可哪天不磨上一两个时辰，磨得手腕疼。"

眉庄勉强微笑："华妃的性子，也不过这样罢了。"

我抱住陵容的肩膀，心疼道："没事吧？"

陵容微笑："我都好，连累姐姐们挂心了。"

眉庄想要安慰，又说不出什么，拉着陵容的手："没事，以后会好的。咱们还有的是以后。"

陵容楚楚微笑："姐姐们还有以后，我已经没有了。"

我心中酸楚，却无言安慰，只是良久握住陵容纤瘦的手，想以指尖仅剩的一点温度，温暖前程冰寒的她。

连着几日春寒反复，我夜来便坐着做针线。槿汐点了炉火，给我披了一件外衣，关切道："小主一直在做针线，也该抱着暖炉暖会儿。"

"如今天还冷着，内务府备下的过冬衣裳不够，差不多的都得自己动手，难道我还拖累你么？"

浣碧叹口气，无奈道："晌午我按小姐的吩咐去给安小主那里送糕点，谁知安选侍那里也做针线呢。说月例不够用，好歹叫内监们送出去换点儿银子。"她微有不忿，"同是宫嫔，妙音娘子就风光得很。"

"别背后多议论，哪个宫里不做些针线贴补开销呢。好歹咱们手里还松动些。浣碧，你赶紧封些银子送去安选侍那里，开了春做衣裳又是一笔开销。"

浣碧答应着匆匆出去了，才走至门外，"呀"的一声惊道："淳常在，您怎么独个儿站在风里，不怕吹坏了？快请进来。"

我听得有异，忙起身出去。果然淳常在独自站在宫门下，鼻子冻得通红，双颊却是惨白，只呆呆地不说话。我急忙问道："淳儿，怎么只你一个人？"

淳常在闻言，只慢慢地转过头来，眼珠子缓缓地骨碌转了一圈，脸上渐渐有了表情，"哇"地哭出声来："莞姐姐，我好害怕！"

我见状不对，忙拉了她进暖阁，让晶青拿了暖炉放她怀里暖身子，又让品儿端了热热的奶羹来奉她喝下，才慢慢问她原委。原来晚膳后大雪渐小，史美人在淳常在处用了晚膳正要回宫，淳常在便送她一程。天黑路滑，点了灯笼照路，谁知史美人宫女手中的纸灯笼突然被风吹着燃了起来，正巧妙音娘子坐着凤鸾春恩车驶了过来，驾车的马见火受了惊吓，饶是御马训练纯熟，车夫又发现得早，还是把车上的妙音娘子震了一下。本来也不是什么大事，可是妙音娘子不依不饶，史美人仗着自己入宫早，位分又比妙音娘子高，加之近日妙音受宠，本来心里就不太痛快，语气便不那么恭顺。妙音娘子恼怒之下便让掖庭令把史美人关进了暴室。我闻言不由得一惊，暴室是废黜的妃嫔和犯了错的宫娥、内监关押受刑的地方。史美人既未被废黜，又不是宫娥，怎能被关入暴室？

我忙问道："有没有去请皇上或皇后的旨意？难道皇上和皇后都没有发话么？"

淳常在茫然地摇了摇头，拭泪道："她……妙音娘子说区区小事就不用劳动皇上和皇后烦心了，惊扰了皇上皇后要拿掖庭令是问。"

我心下更是纳罕，妙音娘子没有帝后手令，竟然私自下令把宫嫔关入暴室，骄横如此，真是闻所未闻！

我的唇角慢慢漾起笑意，转瞬又恢复正常。如此恃宠而骄，言行不谨，恐怕气数也要尽了。

我安慰了淳常在一阵，命小连子和品儿好好送了她回去。真是难为她，小小年纪在宫中受这等惊吓。

第二天一早，眉庄与陵容早早就过来了。我正在用早膳，见了她们笑道："好灵的鼻子！知道槿汐做了上好的牛骨髓茶汤，便来赶这么个早场。"

眉庄道："整个宫里也就你还能乐得自在，外面可要闹翻天了！"

我抿了口茶汤微笑："怎么？连你也有沉不住气的时候？"

陵容道："姐姐可听见昨晚的歌声了？"

我含笑道："自然听见了。'妙音'娘子果然名不虚传，歌声甚是动听。"

眉庄默默不语，半晌方道："恃宠而骄，夜半高歌！她竟私自下令把曾与你同住的史美人打入了暴室。"

我微笑道："那是好事啊。"

"好事？"眉庄微微蹙眉，陵容亦是一脸疑惑。

"她骤然获宠已经令后宫诸人不满，如此不知检点，恃宠而骄，可不是自寻死路么？自寻死路总比有朝一日逼迫到你头上要你自己出手好吧。"我继续说，"如此资质尚不知自律，可见愚蠢，这样的人绝不会威胁到你的地位，你大可高枕无忧了。"我举杯笑道，"如此喜事，还不值得你饮尽此盏么？"

眉庄道："话虽然如此，皇上还没发话惩治她呢！何况她与华妃交好。"

我淡然道："那是迟早的事。昨日之事已伤了帝后的颜面，乱了后宫尊卑之序，就算华妃想保她也保不住。何况华妃那么聪明，怎么会去蹚这浑水？"

陵容接口道："恐怕她如此得宠，华妃面上虽和气，心里也不自在呢，怎会出手助她？"说罢举起杯来笑道，"陵容以茶代酒，先饮下这一杯。"

眉庄展颜笑道："如此，盛情难却了。"

果然，到了午后，皇帝下了旨意，放史氏出暴室，加以抚慰，同时责令余氏闭门思过一旬，褫夺"妙音"封号，虽还是正七品娘子，但差了一个封号，地位已是大有不同了。

时日渐暖，我因一向太平无事，渐渐也减少了服药的次数和分量，身子也松泛了些。流朱私下对我说："小姐常吃着那药在屋里躺着，脸色倒是苍白了不少，也该在太阳底下走走，气色也好些。"

春日里上林苑的景致最好，棠梨宫里的梨花和海棠只长了叶子，连花骨朵也没冒出来，上林苑里的花已经开了不少。名花迎风吐香，佳木欣欣向荣，加上飞泉碧水喷薄潋滟，奇秀幽美，如在画中，颇惹人喜爱。宫中最喜欢种植玉兰、海棠、牡丹、桂花、翠竹、芭蕉、梅花、兰八品，谐音为：玉堂富贵，竹报平安，称之为"上林八芳"，昭示宫廷祥瑞。棠梨宫处在上林苑西南角，本是个少有人走动的地方，周遭一带也是罕有人至，所以我只在棠梨附近走动，也并无人来吵扰约束。

出棠梨宫不远便是太液池。太液池潋滟生光，水天皆是一色的湖蓝碧绿。池中零星分置数岛，岛上广筑亭台，满植奇花。三四月里的太液池风光正好，新叶鲜花蓬然满盈，沿岸垂杨碧柳的绿玉丝绦随风若舞姬的瑶裙轻摆翩跹。连浣碧见了也笑："碧玉妆成一树高，万条垂下绿丝绦。原来是这样的好景色。"

我逗留了几次甚是喜爱，回去后便命小连子、小允子在树上扎了一架秋千。小允子心思灵动，特意在秋千上引了紫藤和杜若缠绕，开紫色细小的香花，枝叶柔软，香气宜远。随风荡起的时候，香风细细，如在云端。

这日下午的天气极好，天色明澈，日光若金，漫天飞舞着轻盈洁白的柳絮，像是一点一点的小雪朵，随风轻扬复落。我独自坐在秋千上，一脚一脚地轻踢那缀于柔密芳草之上的片片落花。流朱一下一下轻推，熏暖的和风微微吹过，像一只手缓缓搅动了身侧那一树繁密的杏花，轻薄如绡的花瓣点点飘落到我身上，轻柔得像小时候娘抚摸我脸颊的手指。

我不自禁地抬头去看那花，花朵长得很是簇拥，挤挤挨挨得半天粉色，密密匝匝间只看得见一星碧蓝的天色。"杏花疏影里，吹笛到天明"，前人仿佛是这么写的。我忽然来了兴致，转头吩咐流朱："去取我的箫来。"流朱应一声去了，我独自荡了会儿秋千，忽觉身后不知何时已多了一道阴影，直是吓了一跳，忙跳下秋千转身去看。却见一个年轻男子站在我身后，穿一袭海水绿团蝠便服，头戴赤金簪冠，长身玉立，丰神朗朗，面目极是清俊，只目光炯炯地打量我，却瞧不出是什么身份。

我脸上不由得一红，屈膝福了一福，不知该怎么称呼，只得保持着行礼的姿势。静默半晌，脸上已烫得如火烧一般，双膝也微觉酸痛，只好窘迫地问："不知尊驾如何称呼？"

那人却不作声，我不敢抬头，低声又问了一遍。他仿若刚从梦中醒来，轻轻地"哦"了一声，和言道："请起。"

我微微抬目瞧他的服色，他似乎是发觉了，道："我是……清河王。"

我既知是清河王玄清，更是窘迫。嫔妃只身与王爷见面，似有不妥，于是退远两步，欠一欠身道："妾身后宫莞贵人甄氏，见过王爷。"

他略想了想："你是那位抱病的贵人？"

我立觉不对，心中疑云大起，问道："内宫琐事，不知王爷如何知晓？"

他微微一愣，立刻笑道："我听皇……嫂说起过，除夕的时候，皇兄问了一句，我正巧在旁。"我这才放下心来。

他和颜悦色地问："身子可好些了？春寒之意还在，怎么不多穿件衣裳？"

"有劳王爷费心，妾身已好多了。"正想告辞，流朱捧着箫过来了，见有陌生男子在旁，也是吃了一惊。我忙道："还不参见清河王。"流朱急急跪下见了礼。

他一眼瞥见那翠色沉沉的箫，含笑问："你会吹箫？"

我微一点头："闺中无聊，消遣罢了。"

"可否吹一曲来听？"他略觉唐突，又道，"本王甚爱品箫。"

我迟疑一下，道："妾身并不精于箫艺，只怕有辱清听。"

他举目看向天际含笑道："如此春光丽色，若有箫声为伴，才不算辜负了这满园柳绿花红，还请贵人不要拒绝。"

我推却不过，只得退开一丈远，凝神想了想，应着眼前的景色细细地吹了一套《杏花天影》①。

---

① 《杏花天影》：作者姜夔。

绿丝低拂鸳鸯浦。想桃叶、当时唤渡。又将愁眼与春风，待去；倚栏桡，更少驻。

金陵路、莺吟燕舞。算潮水、知人最苦。满汀芳草不成归，日暮；更移舟，向甚处？


幼年时客居江南的姨娘曾教我用埙吹奏此曲，很是清淡高远，此刻用箫奏来，减轻了曲中愁意，颇有清丽幽婉之妙。一曲终了，清河王却是默然无声，只是出神。

我静默片刻，轻轻唤："王爷。"他这才转过神来。我低声道："妾身献丑了，还请王爷莫要怪罪。"

他看着我道："你吹得极好，只是刚才吹到'满汀芳草不成归'一句时，箫声微有凝滞，不甚顺畅，带了呜咽之感。可是想家了？"

我被他道破心事，微微发窘，红着脸道："曾听人说，'曲有误，周郎顾'，不想王爷如此好耳力。"

他略一怔，微微笑道："本王也是好久没听到这样好的箫声了。自从……纯元皇后去世后，再没有人的箫声能打动……本王的耳朵了。"他虽是离我不远，那声音却是邈邈如从天际传来，极是感慨。

我上前两步，含笑道："多谢王爷谬赞。只是妾身怎敢与纯元皇后相比。"欠一欠身，"天色不早，妾身先行回宫了。王爷请便。"

他颔首一笑，也径自去了。

流朱扶着我一路穿花拂柳回到宫中，才进莹心堂坐下，我立即唤来晶青："去打听一下，今日清河王进宫了没有？现在在哪里？"晶青答应着出去了。

流朱疑道："小姐以为今日与您品箫的不是清河王？"

我道："多小心几分也是好的。"

晶青去了半日，回来禀报道："今日入宫了，现在皇上的仪元殿里与皇上品画呢。"我暗暗点头，放心去用膳。

　　隔了一日，依旧去那秋千上消磨时光。春日早晨的空气很是新鲜，带着湖水烟波浩淼的湿润，两岸柔柳依依的清新和鲜花初开的馨香，让人有蓬勃之气。秋千绳索的紫藤和杜若上还沾着晶莹的未被太阳晒去的露水，秋千轻轻一荡，便凉凉地落在脸上肩上。有早莺栖在树上嘀呖啼啭，鸣叫得很是欢快。

　　忽觉有人伸手大力推了一下我的秋千，秋千晃动的幅度即刻增大。我一惊，忙双手握紧秋千索。秋千向前高高地飞起来，风用力拂过我的面颊，带着我的裙裾迎风翩飞如一只巨大的蝴蝶。我高声笑起来："流朱，你这个促狭的丫头，竟在我背后使坏！"我咯咯地笑，"再推高一点！流朱，再高一点！"话音刚落，秋千已急速向后荡去，飞快地经过一个人的身影，越往后看得越清。我惊叫一声："王爷！"不是清河王又是谁！这样失仪，心中不由得大是惊恐，手劲一松，直欲从秋千上掉下来。

　　清河王双臂一举，微笑着看我道："若是害怕，就下来。"

　　我心中羞恼之意顿起，更是不服，用力握紧绳索，大声道："王爷只管推秋千，我不怕！"

　　他满目皆是笑意，走近秋千，更大力一把往前推去。只听得耳边风声呼呼，刮得两鬓发丝皆直直往前后摇荡。我越是害怕，越是努力睁着眼睛不许自己闭上，瞪得眼睛如杏子般圆。秋千直往那棵花朵繁茂的老杏树上飞去，我顽皮之意大盛，伸足去踢那开得如冰绡暖云般的杏花，才一伸足，那花便如急风暴雨般簌簌而下，惊得树上的流莺"嘀"一声往空中飞翔而去，搅动了漫天流丽灿烂的阳光。

　　花瓣如雨零零飘落，有一朵飘飞过来正撞在我眼中。我一吃痛，不由自主地伸手去揉，手上一松，一个不稳从秋千上直坠而下，心中大是惊恐，害怕到双目紧闭，暗道："我命休矣！"

　　落地却不甚痛，只是不敢睁开眼睛，觉得额上一凉一热，却是谁的呼吸，淡淡地拂着，像这个季节乍暖还寒的晨风。静静无声，有落花掉在衣襟上的轻软。偷偷睁眼，迎面却见到一双乌黑的瞳仁，温润如墨玉，含着轻轻浅浅的笑。我没有转开头，因为只在那一瞬间，我在那双瞳仁里发现了自己的脸孔。我第一次，在别人的目光里看见自己。我移不开视线，只看着别人眼中的自己。视线微微一动，瞥见清河王如沐春风的面容，双瞳含笑凝视着我，这才想到我原是落在了他怀里，心里一慌，忙跳下地来，窘得恨不得能找个地洞钻进去，声如细蚊："见过王爷。"

他呵呵笑："现下怎么羞了？刚才不是不怕么？还如女中豪杰一般。"

我深垂蟆首，低声道："妾身失仪，并不知王爷喜欢悄无声息站在人后。"

他朗声道："这是怪本王了。"伸手扶我一把，"本是无意过来的。走到附近忆及那日贵人的箫声，特意又让人取了箫来，希望能遇见贵人，再让本王聆听一番。"随手递一支蓝田玉箫给我，通体洁白，隐约可见箫管上若有若无的丝丝浅紫色暗纹，箫尾缀一带深红缠金丝如意结，好一支玉箫！

我接过："不知王爷想听什么？"

"贵人挑喜欢的吹奏便可。"

静下心神，信手拈了一套《柳初新》[①]来吹：

> 东郊向晓星杓亚。报帝里、春来也。柳抬烟眼，花匀露脸，渐觉绿娇红姹。妆点层台芳榭。运神功、丹青无价。
>
> 别有尧阶试罢。新郎君、成行如画。杏园风细，桃花浪暖，竞喜羽迁鳞化。遍九陌、相将游冶。骤香尘、宝鞍骄马。

《柳初新》原是歌赞春庭美景、盛世太平的，曲调极明快。他听了果然欢喜，嘴角含着笑意道："杏园风细？又是杏，你很喜欢杏花么？"

我抬头望着那一树芳菲道："杏花盛开时晶莹剔透，含苞时稍透浅红。

---

① 《柳初新》：作者柳永。

不似桃花的艳丽，又不似寒梅的清冷，温润如娇羞少女，很是和婉。"他的目光在我身上停留："人如花，花亦如人。只有品性和婉的人才会喜欢品性和婉的花。"

我微一沉吟："可是妾身不敢喜欢杏花。"

"哦？"他的眼睑一扬，兴味盎然地道，"说来听听。"

"杏花虽美好，可是结出的杏子极酸，杏仁更是苦涩。若是为人做事皆是开头很好而结局潦倒，又有何意义呢？不如松柏，终年青翠，无花无果也就罢了。"

他双眉挑起："真……从未听过这样的见解，真是新鲜别致。"

我含笑道："妾身胡言乱语，让王爷见笑了。但愿王爷听了这一曲，再别吓唬妾身即可。"

他抚掌大笑："今日原是我唐突了。我有两本曲谱，明日午后拿来与你一同鉴赏。望贵人一定到来。"

他的笑容如此美妙，像那一道划破流云浓雾凌于满园春色之上的耀目金光，竟教我不能拒绝。我怔一怔，婉声道："恭敬不如从命。"

走开两步，想起一事，又回转身去道："妾身有一事相求，请王爷应允。"

"你说。"

"妾身与王爷见面已属不妥，还请王爷勿让人知晓，以免坏了各自清誉。"

"哦，既是清誉，又有谁能坏得了呢？"

我摇头道："王爷有所不知。妾身与王爷光明磊落，虽说'事无不可对人言'，但后宫之内人多口杂，众口铄金，终是徒惹是非。"

他眉头微皱，口中却极爽快地答应了。

柒　花笺

回到宫中还早，见一宫的内监、宫女满院子地忙着给花树浇灌、松土，我不由得笑道："梨花才绽了花骨朵儿，你们就急着催它开花了。"

浣碧满脸笑容地走上来道："小姐，今日可有喜事呢！堂前的两株海棠绽了好几个花苞。"

我欢喜道："果真么？我刚才只顾着往里走，也没仔细看，是该一同去瞧瞧。"宫人们都年轻，我这么一提，谁不是爱热闹的，一齐拥着我走到堂外。果然碧绿枝叶间有几星花蕾红艳，似胭脂点点初染，望之绰约如处子。尚未开花，却幽香隐隐扑鼻。我笑道："前人《群芳谱》中记载：海棠有四品，即西府海棠、垂丝海棠、木瓜海棠和贴梗海棠。海棠花开虽然娇艳动人，但一般的海棠花无香味，只有这西府海棠既香且艳，是海棠中的上品。"

小允子立即接口道："小主博学多才，奴才们听了好学个乖，到了别的奴才面前说嘴，多大的体面。"

我笑着在他脑门儿上戳了一指，引得众人都笑了。流朱笑道："就数小允子口齿伶俐能逗小姐高兴，越发显得我们笨嘴拙舌的不招人疼。"

小允子仰头看着她笑道："流朱姐姐若是笨嘴拙舌，那咱就是那牙都没长齐全的了，怎么也不敢在姐姐面前说嘴啊。"

流朱被他哄得得意："这么会哄我开心，赶明儿做双鞋好好犒赏你。"

小允子一作揖，弯下腰道："多谢姐姐，姐姐做的鞋咱怎么敢穿，一定日日放床头看着，念着姐姐的好。"

流朱笑得忍不住啐了他一口："揖都作下了，可见我是不能赖了，定给你好好做一双。"

我道："既做了，连小连子那双也一道做上。"

两人一齐谢了恩，众人看了一会儿才渐渐散去。

转眼到了夜间，用了膳便坐在红漆的五蝠奉寿桌子前翻看《诗经》。窗外月华澹澹，风露凝香，极静好的一个晚上。《诗经》上白纸黑字，往日念来总是口角含香，今日不知怎的，心思老是恍恍惚惚。月色如华，窗前的树被风吹过，微微摇曳的影倒映在窗纸上，仿如是某人颀长的身影。神思游弋间，仿佛那书上一个一个的字都成了他的身影，夹在杏花疏影里在眼前缭乱不定。心思陡地一转，忆及白日的事，那一颗心竟绵软如绸。眼前烛光滟滟，流转反映着衣上缎子的光华，才叫我想起正身处在莹心堂内，渐渐定下心来。只不知自己是怎么了，面燥耳热，随手翻了一页书，却是《绸缪》①：

> 绸缪束薪，三星在天。今夕何夕，见此良人？子兮子兮，如此良人何？
>
> 绸缪束刍，三星在隅。今夕何夕，见此邂逅？子兮子兮，如

---

① 《国风·唐风·绸缪》：这是一首闹新房时唱的歌。诗三章意思相同，首两句是起兴，创造缠绵的气氛，并点明时间；下四句是用玩笑的话来戏谑这对新夫妇：问他（她）在这良宵美景中，将如何享受这幸福的爱情。

此邂逅何？

绸缪束楚，三星在户。今夕何夕，见此粲者？子兮子兮，如此粲者何？

心中又羞又乱，仿佛被人揭破了心事一般，慌乱把书一合，又恼了起来。我与他身份有别，何来"良人"之说，更何来"三星"？莫名间又想起温实初那句"侯门一入深似海"来，"啪"地把书抛掷在了榻上。槿汐听得响声吓了一跳，忙端了一盏樱桃凝露蜜过来道："小主可是看得累了？且喝盏蜜歇息会儿吧。"

我一饮而尽，仍是心浮气躁，百无聊赖。我一眼瞥见那红漆的五蝠奉寿桌子上斑驳剥落的漆，随口问道："这桌子上的漆不好，怎的内务府的人还没来修补下再刷一层上去？"

槿汐面上微微露出难色："小允子已经去过了，想来这几日便会过来。"

我点点头："宫中事务烦琐，他们忙不过来，晚几日也是有的。"

正巧佩儿在窗外与小允子低语："怎的小连子今日下午回来脸色那样晦气？"

槿汐脸色微微一变，正要出声阻止，我立刻侧头望住她，她只得不说话。

小允子"嘿"一声，道："还不是去了趟内务府，没的受了好些冷言冷语回来。"

佩儿奇道："不就为那桌子要上些漆的缘故，这样颠三倒四地跑了几次也没个结果？"

"你晓得什么？"小允子声音压得更低，愤然道，"那些狗眼看人低的家伙，说小连子几句也就罢了，连着小主也受了排揎，说了好些不干不净的话！"

槿汐面色难看得很，只皱着眉想要出去。见我面色如常，也只好忍着。

只听佩儿狠狠啐了一口道："内务府那班混蛋这样不把小主放在眼里

么？冬天的时候克扣着小主分例的炭，要不是惠小主送了些银炭来，可不是要被那些黑炭熏死。如今越发无法无天了，连补个桌子也要挤对人！"

小允子急道："小声些，小主还在里头，听了可要伤心的。"

佩儿的声音强压了下去，愁道："可怎么好呢？以后的日子还长，我们这些做奴婢的将就着也就罢了，可是小主……既在病中，还要受这些个闲气。"说罢恨然道，"那个黄规全，仗着是华主子的远亲，简直猖狂得不知天高地厚！"

小允子道："好姑奶奶，你且忍着些吧！为着怕小主知道了心里不痛快，小连子在跟前伺候的时候可装得跟没事人似的，你好歹也给瞒着。"

两人说了一会子也就各自忙去了。我心中微微一刺，既感动又难过，脸上只装作从未听见，只淡淡说："既然内务府忙，将就着用也就罢了，也不是什么了不得的事。"

槿汐低声道："是。"

我抬头看着她道："今晚这话，我从未听见过，你也没听见过，出去不许指责他们一言半语。"槿汐应了，我叹一口气道，"跟着我这样的小主，的确让你们受了不少委屈。"

槿汐慌忙跪下，急切动容道："小主何苦这样说，折杀奴才们了。奴婢跟着小主，一点也不委屈。"

我让她起来，叹然道："后宫中人趋炎附势，拜高踩低也不过是寻常之事，他们何必要把我这久病无宠的小主放在眼里。我们安分着度日也就罢了。"

槿汐默默半晌，眼中莹然有泪，道："小主若非为了这病，以您的容色才学，未必在华妃之下。"说罢神色略略一惊，自知是失言了。

我正色道："各人命中都有定数，强求又有何益。"

槿汐见我如此说，忙撇开话题道："小主看书累了，刺绣可好？"

"老瞧着那针脚，眼睛酸。"

"那奴婢服侍小主抚琴。"

"闷得慌，也不想弹。"

槿汐察言观色，在侧道："小主嫌长夜无聊闷得慌，不如请了惠嫔小主、安小主与淳小主一同来抽花签玩儿。"

想想是个好主意，也只有这个好主意，道："你去准备些点心吃食，命品儿她们去一同请了小主们过来。"小宫女们巴不得热闹，立即提了灯一道去了。

过了半个时辰，便听见嘈嘈切切的脚步声，走到堂前去迎，已听到淳常在的娇笑声："莞姐姐最爱出新鲜主意了。我正不知道该怎么打发这辰光呢。"

我笑道："你不犯困也就罢了，成日价躲在自个儿的屋里睡觉，快睡成猫了。"

淳常在笑着拉我的手："姐姐最爱取笑我了，我可不依。"

眉庄携着采月的手笑着进来："老远就听见淳儿在撒娇了。"又问，"陵容怎么还没到？"

我笑着看她："要请你可不容易，还得让我的宫女瞅着看别惊了圣驾。"

眉庄笑骂着"这丫头的嘴越来越刁了"，一面伸手来拧我的脸。我又笑又躲，连连告饶。

正闹着，陵容已带着菊青慢慢进来了，菊青手里还捧着一束杜鹃，陵容指着她手里的花道："我宫里的杜鹃开了不少，我看着颜色好，就让人摘了些来让莞姐姐插瓶。"

我忙让着她们进来，又让晶青抱了个花瓶来插上。晶青与菊青素来要好，插了瓶告了安就拉着手一起去下房说体己话去了。我含笑对陵容说："劳你老想着我爱这些花儿朵儿的。除夕拿来的水仙很好，冲淡了我屋子的药气，要不一屋子的药味儿，该怎么住人呢。"

眉庄道："还说呢？我倒觉得那药味儿怪好闻的，比我那些香袋啊香饼的都好。"

进暖阁坐下，槿汐已摆了一桌的吃食：蜂蜜花生、核桃粘、苹果软糖、翠玉豆糕、栗子糕、双色豆糕。

淳常在道:"御膳房里传下的菜真没味儿,嘴里老淡淡的。"

眉庄道:"他们那里对付着庆典时的大菜是没错的,若真讲起好来,还不如我们的小厨房里来的好。"

我朝淳常在道:"众口难调罢了。你不是上我这儿来尝鲜了吗?"

淳常在早已塞了一块翠玉豆糕在嘴里,手里还抓着一块苹果软糖,眼睛盯着那盘蜂蜜花生胡乱答道:"要不是莞姐姐这里有这么多好吃的,我可真要打饥荒了。"

眉庄怜爱地为她拿过一盏鲜牛奶茶,我轻轻地拍她的背心:"慢慢吃,看噎着了回去哭。"

流朱捧了一个黄杨木的签筒来,里面放着一把青竹花名签子,摇了一摇,放在当中。眉庄笑道:"我先说在前面,可是闹着玩儿的,不许当真。"

众人起哄道:"谁当真了?玩儿罢了,你急什么?"

眉庄脸微微一红:"我不过白嘱咐一句罢了。"

众人比着年龄,眉庄年纪最长,我次之,然后是陵容和淳儿。眉庄边摇着筒取了一根花签边道:"不知我能抽个什么,别手气那样坏。"抽出来自己先看一回,又笑着说,"玩意儿罢了。"随手递给我们看,那竹签上画一簇金黄菊花,下面又有镌的小字写着一句唐诗:"陶令篱边色,罗含宅里香。"①

陵容笑道:"你性爱菊花,住的地方叫'存菊堂',如今又得圣眷,可不是'罗含宅里香'?真真是没错。"

眉庄啐道:"看把陵容给惯的,我才说一句,她就准备了一车的话等着我呢。"

我道:"菊花乃陶渊明最爱,能得种陶令篱边,可见姐姐会得知己。

---

① 出自唐代李商隐《菊花》。

容儿的话半句没错，眉姐姐原是配菊花的。"

陵容捂着嘴笑："看我没说错吧？莞姐姐也这么觉得。"

眉庄打岔道："我可是好了，该嬛儿了。"说着把签筒推到我面前。

我笑道："我便我吧。"看也不看随便拔了一支，仔细看了，却是画着一枝淡粉凝脂的杏花，写着四字——瑶池仙品，并也镌了一句唐诗："天上碧桃和露种，日边红杏倚云栽。"①我一看"杏花"图样，触动心中前事，却是连脸也红了，如飞霞一般。

淳常在奇道："莞姐姐没喝酒啊，怎的醉了？"

陵容一把夺过看了，笑道："恭喜恭喜！杏者，幸也，又主贵婿。杏花可是承宠之兆呢。"

眉庄凑过去看了也是一脸喜色："是吗？杏主病愈，看来你的病也快好了。缠绵病榻那么久，如今天气暖了，也该好了。"

淳常在握着一块栗子糕道："签上不是说'桃'么，姐姐可要做桃花糕吃？"

陵容撑不住笑，一把搂了她道："只心心念念着吃，'桃'是说你莞姐姐的桃花来了呢。"

我举手去捂陵容的嘴："没的说这些不三不四的村话，还教着淳儿不学好。"又对眉庄说："这个不算，我浑抽的，只试试手气。"

"没见过这么赖皮的。"眉庄笑，"谁叫你是东道主，容你再抽一回吧。只是这回抽了再不能耍赖了。"

我道了"多谢"，把签筒举起细细摇了一回，才从中掣了一支道："这回该是好的了。"抬目看去，却是一枝海棠，依旧写着四字，是"海棠解语"，又有小诗一句"谁家更有黄金屋，深锁东风贮阿娇"作解，我抿嘴笑道，"原是不错。我住着棠梨宫，今日早上堂前那两株西府海棠又绽了花苞。"

① 出自唐代高蟾《下第后上永崇高侍郎》。

眉庄道:"画的是海棠花,这诗却好生僻!"

我道:"是唐代何希尧的诗,名不见经传。这花签倒有意思。若都是名家名篇,却也俗了。"

浣碧捧了茶在旁,笑道:"原是不错。小姐住着棠梨宫,今早院子里的海棠又绽了花苞。"

眉庄笑:"海棠又名解语花,你不就是一株可人的解语花么?"

陵容把酒递到我唇边:"金屋藏娇,大喜大喜!来来,饮了此杯作贺。"

我大笑:"什么金屋藏娇,汉武帝得了陈阿娇,还不是发落长门宫,纵使阿娇千金买得司马相如的《长门赋》,也不过'长门一步地,不肯暂回车'①。"

陵容急道:"姐姐没喝酒就醉了,不许胡说!大吉大利!大吉大利!"

眉庄笑嗔:"好好地吓唬陵容做什么?我倒记得写海棠最有名的是东坡的'东风袅袅泛崇光,香雾空蒙月转廊'。"

我举杯仰头一饮而尽:"流朱、浣碧,东坡后句是'只恐夜深花睡去,故烧高烛照红妆',你们去取两盏大红灯笼来,替我照着堂前那海棠,别叫它睡了。"

流朱、浣碧相视一笑:"是。"

眉庄抚着我的脸颊道:"这丫头今天可是疯魔了。"又让陵容:"你也抽一支玩。"

陵容笑着答"是",取了一支,自己一瞧,手却一松把签掉在了地上,双颊绯红欲醉,道:"这玩意儿不好,不该玩这个。多少浑话在上头。"

众人不解,淳儿忙拾了起来,却是一树夹竹桃,底下注着"弱条堪折,柔情欲诉,几重淡影稀疏,好风如沐"②。

眉庄用手绢掩着嘴角笑道:"别的不太通,这'柔情欲诉'我却是懂的,却不知道陵容妹妹这柔情要诉给谁去。"

---

① 出自唐代李白《妾薄命》。

② 出自《夜半乐·咏夹竹桃》。

我猛地忆起旧时之事，临进宫那一夜陵容压抑的哭声仿佛又在耳边重响，心中一凛，面上却依旧笑着，装作无意地对眉庄道："这柔情自是对皇上的柔情了，难不成还有别人么？我们既是天子宫嫔，自然心里除了皇上以外再没有别的男子了。"

我虽是面对眉庄，眼角却时刻看着陵容的反应。她听见这话，失神只是在很短的一瞬间。她的目光迅速地扫过我的神色，很快对着我们粲然笑道："陵容年纪还小，哪里懂得姐姐们说的'柔情'这话。"我微笑不语，话我已经说到份儿上了，陵容自然也该是听懂了。

眉庄道："陵容无故掉了花签，该罚她一罚。不如罚她三杯。"

陵容急忙告饶道："陵容量小，一杯下肚就头晕，哪禁得起三杯？不行不行。"

我见桌上燃着的红烛烛火有些暗，拔了头上一根银簪子去剔亮，不想那烛芯"啪"地爆了一声，烛焰呼地亮了起来，结了好大一朵灯花。眉庄道："今儿什么日子，这样多的好兆头都在你宫里？"

陵容亦是喜气洋洋："看来姐姐的身子果然是要大好了。不如这样，妹妹唱上一首向姐姐道喜。"

"这个倒是新鲜雅致，我还从未听过容妹妹唱歌呢。就劳妹妹唱一支给我们听吧。"

陵容敛了敛衣裳，细细地唱了一支《好事近》：

花动两山春，绿绕翠围时节。雨涨晓来湖面，际天光清彻。

移尊兰棹压深波，歌吹与尘绝。应向断云浓淡，见湖山真色。

一时寂然无声，陵容唱毕，淳儿痴痴道："安姐姐，你唱得真好听，我连最好吃的核桃粘也不想着吃了。"

我惊喜道："好个陵容，果然是深藏不露！我竟不知道你唱得这样好！"

眉庄听得如痴如醉，道："若早听了她唱的歌，'妙音'娘子又算什么？'妙音'二字当非你莫属。"

陵容红着脸谦道："雕虫小技罢了，反倒叫姐姐们笑话。"

"哪里什么笑话，听了这歌我将三月不知肉味了。"

说笑了一阵，又催淳常在抽了花签来看。她放在我手中说："莞姐姐替我看吧，我却不懂。"我替她看了，画的是小小一枝茉莉，旁边注着"虽无艳态惊群目，幸有清香压九秋"[①]，另有小字"天公织女簪花"。

我心中一寒，顿觉不祥，即刻又微笑着对她说："这是好话呢。"又劝她，"爱吃什么再拿点儿，小厨房里还剩着些的，你去挑些喜欢的，我叫小宫女给你包了带回去。"她依言听了，欢喜地跳着去厨房。

眉庄关切道："怎么，抽到不好的么？"

我笑笑："也没什么，只是没我们那几支好。"想了想又说，"花是好的，只是那句话看了叫人刺心。"

陵容问："怎么说？"

"天公织女簪花。相传东晋女子在天公节簪花是为……织女戴孝。"

陵容脸色微变，眉庄强笑道："闺阁游戏罢了，别当真就是。"

正说着，眉庄的丫头采月进来道："禀小主，皇上今儿在虹霓阁歇下了。"

眉庄淡淡道："知道了。你先下去。"

见她出去，我才曼声道："好个余娘子，这么快就翻身了！"

陵容疑惑："不是才刚放了闭门思过出来么？"

眉庄拈了一粒花生在手，也不吃，只在手指间捻来捻去，附在花生面上的那层红衣在她白皙的指缝间轻飘飘落下，落了一片碎碎的红屑。眉庄拍了拍手道："这才是人家的本事呢。今儿已经是第三晚了，放出来才几天就承恩三次……"眉庄微一咬牙，却不说下去了。

"怎的那么快就翻了身了？"我问道。

---

① 出自宋代江奎《茉莉》。

"听说她跪在皇上仪元殿外唱了一夜的歌，嗓子都哑了，才使皇上再度垂怜。"

陵容眉间隐有忧色，手指绞着手中的绢子道："那一位向来与惠姐姐不睦。虽然位分低微却嚣张得很。如今看来，皇上怕是又要升她的位分。"说话间偷偷地看着眉庄的神色。

我站起身来，伸手拂去眉庄衣襟上沾着的花生落屑，道："既然连你也忌讳她了，别人更是如此。若是她那嚣张的品性不改，恐怕不劳你费神，别人已经先忍不住下手了。"

眉庄会意："不到万不得已，我绝不会轻易出手。"

我嫣然一笑："浊物而已，哪里值得我们伤神？"

众人皆是不语，端然坐着听更漏"滴答滴答"地响着。眉庄方才展眉笑道："时候也不早了，我们先告辞。"

我送她们出了宫门，才回后堂歇下。午夜梦里隐约听见更鼓响了一趟又一趟，老觉得有笑影如一道明晃晃的日光勘破了重重杏花叠影，照耀在我面前。

# 杏 | 捌

　　清早起来却是下雨了，起先只是淅淅沥沥的如牛毛一般，后来竟是愈下愈大，渐成倾盆之势，哗哗如注，无数水流顺着殿檐的瓦当急急地飞溅下来，天地间的草木清新之气被水汽冲得弥漫开来，一股子清洌冷香。

　　午后雨势更大，我看一看天色，曼声道："流朱，取了伞与我出去。"

　　流朱脸色讶异道："小姐，这么大的雨哪儿也去不成啊。"

　　晶青上来劝道："小主这是要上哪里？这么大的雨淋上身，越发不好了。"

　　槿汐亦劝："不如待雨小些了小主再出门？"

　　我只说"去去就来"，再不搭理她们的劝告。流朱无奈道："咱们小姐的脾气一向如此，说一不二。"只得取了把大伞小心扶着我出去。

　　走至秋千旁，四周并无一人，杏花疏影里只闻得雨水匝地的声音。我低头看了看被雨水打湿的绣鞋和裙角，微微叹了一口气，原来他竟没有来。自己想想也是好笑，人家堂堂王爷，大雨天不待在王府里赏雨吟诗，好端端的跑来宫里作甚？也许他昨日只是一句戏语，只有我当真了；又或许他是真心邀我共赏曲谱，只是碍于天气不方便进宫。胡思乱想了一阵，他还是未来。风雨中颇有寒意，流朱紧挨着我小声问："小姐，不如我们先回去吧。"

我望着眼前如千丝万线织成的细密水帘只是默然，流朱不敢再言语，我微微侧头，看见她被雨水打得精湿的一边肩膀，身体犹自微微发抖，心下油然而生怜意，道："难为你了，咱们先回去吧。"

流朱忙应了声"是"，一路扶着我回去了。槿汐见我们回来，忙煮了浓浓的一剂姜汤让我们喝下，我又让流朱即刻下去换了衣裳。

雨夜无聊，我坐在暖阁里抚琴，原是弹着一首《雨霖铃》，听着窗外飞溅的雨水声，竟有些怔怔的，手势也迟缓起来。浣碧端了新鲜果子进来，在一旁道："小姐是在弹奏《山之高》么？"

我回过神来，道："怎么进了宫耳朵就不济了？这是《雨霖铃》。"

浣碧惊讶道："小姐自己听着，可是《雨霖铃》么？"

我心下一惊，怎么我信马由缰地弹奏的曲子竟是《山之高》么？自己怎不晓得？我唤流朱进来，问："我刚才弹的曲子如何？"

流朱道："小姐是说刚才那首《山之高》吗？从前听来并不比其他的曲子好，今日听了不知怎的心里老酸酸的。"

我心里一凉，半天才说："去点一盏檀香来。"

流朱答了"是"，浣碧极小声地说："如今春日里，可不是点檀香的季节。小姐可是心烦么？"

我瞅她一眼，说："我累了，去睡吧。"

我躺在床上辗转反侧，难以入眠。檀香，原是静神凝思的香。我知道，我怎能不烦乱呢？山之高，月出小。月之小，何皎皎！我有所思在远道。一日不见兮，我心悄悄。向来琴声流露人心，我竟是心有所思，且一日不见便心里放不下么？这对于我来说是一件多么可怕而危险的事情！

他是清河王，我是莞贵人，我们之间从来不可能有什么交集，即使我只是一个幽居无宠的贵人。我明白，从我在云意殿上被记入名册之后，我这一辈子注定是那个我从未看清容颜的皇帝的女人。我竟这样对旁的男人，尤其是皇帝的弟弟牵念，对我而言根本是有害无益。我"呼"地翻身从床上坐起，静静看着床边蟠花烛台燃着的红烛上小小的跳跃的火苗。暗自想道，从这一刻起，在我对他还能够保持距离的时候，我再不能见他。

既然下定了心意，我连着三五日没往秋千架那里去。眉庄也连着几日不来，说是皇帝前几日淋了雨，受了些风寒，要前去侍驾。我心知皇帝身子不爽，清河王必定进宫探疾，更是连宫门也不出一步，生怕再遇上。

然而我心中也不好受，闷了几日，听闻皇帝的病好了，探疾的王公大臣们也各自回去了，这才放心往外边走走散心。

素日幽居在棠梨宫内，不过是最家常的素淡衣裙，头上也只零星几点素净珠翠，远离盛装华服。临出门心里还是紧了紧，仿佛有那么一星期盼，怕是还会遇见。重又端坐在铜镜前，挑了一支翡翠簪子插上，又抓了一把钉螺银插针疏疏地在髻上插成半月形状。正举着手拿了一对点珠耳环要戴，一侧头瞧见铜镜边缘文的嫦娥奔月的样子，想起前人的诗句"看碧海青天，夜夜此心何所寄"，心下猛地微微一凉，手势也缓了下来。手一松，那对点珠耳环落在妆台上，兀自滴溜溜转着，隐隐流转淡淡的珠光。我内心颇觉索落，只觉自己这样修饰甚是愚蠢，向来"女为悦己者容"，我却是最不该视他为悦己者的。

甄嬛啊甄嬛，枉你一向自诩聪明，竟是连这一点也看不穿么？如此扪心一问，反倒更难过了起来。我是看穿了的，可是我看穿了竟还是如此难以自抑么？我到底是怎么了，失常如此？不过是一个萍水相逢可遇而不可得的男子罢了。越是这样想，越是不免焦心。终是百无聊赖，独自走了出去。流朱见我一人，也跟着出来伺候。

春雨过后花叶长得更是繁盛，一夜间花蕊纷吐。那一树杏花经了大雨没有凋萎落尽，反而开得更艳更多，如凝了一树的晨光霞影。只是春景不谢，那日的人却不见了。

我心下黯然，流朱见我面色不豫，道："我推小姐荡会儿秋千吧，松松筋骨也好。"

也不知是不是流朱心不在焉，她的手势极缓，才徐徐荡了几下，忽听得身后有女子厉声呵斥："什么人在秋千上！怎的见了余娘子还不过来！"

我听得有人这样对我说话，已是不快，仍是忍住下了秋千回身去看。却见一个身材修长、穿着宫嫔服色、头戴珠翠的女子盈盈站在树下，满脸骄矜。身边一个宫女模样的人指着我唤："还不过来，正是说你。"我登时恼怒，仍极力忍着，维持着脸上的微笑，只站着不过去。流朱皱眉道："我家小主是棠梨宫莞贵人。"

那宫女目光稍露怯色，打量我几眼，见我衣着朴素，似是不信，只看着余娘子。余娘子掩口笑道："宫中有莞贵人这等人物么？我可从没听说过。"

那宫女像是极力回想着什么，半晌道："回禀小主，棠梨宫是住着位贵人，只是得了顽疾，甚少出门。"

余娘子目光一敛，走近前来道："莞贵人好。"神色却很是不恭，行礼也是稍稍点头，连膝盖也不屈一下。

我淡淡地笑道："余娘子好。怎的这般有雅兴出来往这些角落里走动？"

余娘子眼角一飞，轻蔑地道："妹妹要服侍皇上，哪像姐姐这般空闲？"停了停又说，"妹妹有句话想奉劝姐姐，姐姐既然身患顽疾就少出来走动的好，免得传染了别人越发招人嫌。"说完得意扬扬地笑着要走。我心中已然怒极，平白无故遭她羞辱一场。流朱恼得连眉毛也竖起来了。

我心念一转，曼声道："多谢妹妹提醒，做姐姐的心里有数了。不过姐姐也有一事要告诉妹妹。"

她"哦"了一声，停住脚步骄矜地看着我："不知姐姐有何高见？"

我含笑道："听闻皇上向来喜欢礼仪周全的女子。姐姐想告诉妹妹，妹妹刚才对着我行的那个礼甚是不好，想必是妹妹对宫中礼仪还不熟悉。不如这样，我让我的侍女流朱示范一下。"说着看一眼流朱。

流朱立刻领会，朝余娘子福一福道："请小主看着。"说罢朝我屈膝弯腰行礼，低着头道："妹妹虹霓阁余娘子参见莞贵人，莞贵人好。"

我含笑说："常听宫中姐妹夸余妹妹聪明，一定学会了，请按着刚才流朱示范的向本贵人再行一次礼吧。"

余娘子听完这话，早已气得口鼻扭曲，厉声道："你一个入宫无宠的贵人，竟敢让本小主恭恭敬敬地对着你行礼参拜，你也配！"

她身边的宫女急忙扯了下她的袖子道："小主，她……莞贵人的位分的确在你之上，不如……"

余娘子恼羞成怒，一个耳光甩在那宫女脸上，那宫女的脸顿时高高肿起，退后了两步。她骂道："吃里爬外的东西！胆小怕事，一点都不中用。"又朝我冷笑："莞贵人不是真的以为只凭位分就能定尊卑的吧？皇上宠爱谁谁就是尊，否则位分再高也只是卑贱之躯！何况你的位分也就是越过我两级而已，凭什么敢指使我？"

我正要张口，不远处一个熟悉的声音冷冷道："如果是朕指使的，要你向莞贵人行礼参拜呢？"

我闻声看去，那一张脸再是熟悉不过，心头顿时纷乱迭杂，失了方寸之度。仿佛是不信，却由不得我不信，普天之下除了他还有谁敢自称为"朕"。

余娘子神情陡变，慌忙和宫女跪在地上，恭谨地道："皇上万福金安。"

皇帝点了点头，并不叫她起来。她小心翼翼地问："皇上怎么来这儿了？"

皇帝眉毛一挑："那你怎么来这里了？"

余娘子怯声道："臣妾听说皇上近来爱来这里散心，想必风景一定很美，所以也过来看看。"

皇帝微笑，语气微含讥诮，道："可见你不老实，这话说得不尽不实。"

余娘子见皇帝面上带笑，也不深思，媚声道："臣妾只想多陪伴皇上。"

皇帝声音一凛，虽依旧笑着，目光却冷冷的："怎么你对朕的行踪很清楚么？"

余娘子见状不对，身子一颤，立刻俯首不再言语。

他朝我微微一笑，我只愣愣地看着他不说话。流朱情急之下忙推了一下我的胳膊，我才醒过神来，迷迷茫茫地朝他跪下去，道："臣妾棠梨宫甄氏参见皇上，皇上万福金安。"流朱也急忙跪下磕头。

他一把扶起我，和颜悦色道："你的身子尚未痊愈，何苦行这样大的礼？"又凑近我耳边低声说，"那日朕失约了，并不是存心。"

我红了脸道："臣妾不敢。"

"这几日我日日来这里等你，你怎么都不出门？"

我急道："皇上。"一边使眼色瞟着余娘子，暗示他还有旁人在场。

他唤了流朱起来，道："好生扶着你家小主，她身子弱。"收敛了笑意，看着跪在地上大气也不敢出的余娘子，缓缓道："你的老毛病没有改啊，看来是朕上次给你的惩罚太轻了。"

余娘子听见我与皇帝的对话，额上的汗早已涔涔而下，如今听皇帝的语气中大有严惩之意，忙跪行上前两步，扯住皇帝的袍角哭喊道："皇上，臣妾知错了。臣妾今日是猪油蒙了心才会冲撞了贵人姐姐，臣妾愿意向莞贵人负荆请罪，还请皇上恕了臣妾这一回。"

皇帝厌恶地看了她一眼，并不答话。余娘子见势不对，忙摘下了珠钗耳环膝行到我身前叩首哭泣道："妹妹今日犯下大错，不敢乞求贵人原谅，但求贵人看在与我一同侍奉皇上的分儿上，求皇上饶了我吧。"

我瞥一眼披头散发、哭得狼狈的余娘子，不禁动了恻隐之心，推开流朱的手走到皇帝面前婉声道："知错能改，善莫大焉。臣妾想余娘子是真心知错了，还请皇上饶了她这一次。"

皇帝瞥她一眼，道："既是莞贵人亲自开口替你求情，朕也不好太拂了她的面子。只是你屡教不改，实在可恶！"皇帝远远走出十余步，拍手示意，几丛茂密的树后走出一个五十来岁的黄门内侍并十几个羽林护军，上前请了安，又向我行礼。皇帝皱眉道："就知道你们跟着朕。罢了，李长，传朕的旨意下去，降余氏为更衣，即日迁出虹霓阁！"李长低着头应了"是"，正要转身下去，皇帝看一眼瑟瑟发抖的余娘子，道："慢着。余更衣，你不是说莞贵人的位分只比你高了两级么。李长，传旨六宫，晋贵人甄氏为莞嫔。"

李长吓了一跳，面色为难道："皇上，莞……小主尚未侍寝就晋封，恐怕……不合规矩。"

皇帝变了神色，言语间便有了寒意："你如今的差事当得越发好了，朕的旨意都要多问。"

李长大惊，忙磕了两个头告了罪下去传旨。

皇帝笑吟吟地看我："怎么，欢喜过头了？连谢恩也忘了。"

我跪了下去正色道："臣妾一于社稷无功，二于龙脉无助，三尚未侍寝，实实不敢领受皇上天恩。"

皇帝笑道："动不动就跪，也不怕累着自己。朕既说你当得起，你就必然当得起。"

我心下感动，皇帝看也不看余氏，只对着余氏身边吓得面无人色的宫女，口气淡薄："狗仗人势的东西，去暴室做苦役吧！"两人赶紧谢了恩，搀扶着跌跌撞撞地走了。

玖　棠梨蔑嫒

众人见事毕，皆退了下去。流朱不知何时也不见了，只余我与皇帝玄凌二人。我心里微微发慌，暖暖的风把鬓角的散碎发丝吹到脸上，一阵一阵地痒。皇帝携了我的手默默往前走，浅草在脚下发出细微的摩擦声，和着衣声窸窣。他的手有一点点暖，可以感觉得到掌心凛冽的纹路。我不敢缩手，脸烫得像是要燃烧起来。低头看见足上一双软缎绣花鞋，是闲时绣得的爱物。极浅的水银白色夹了玫瑰紫的春蚕丝线绣成的片片单薄娇嫩的海棠花瓣，像是我此刻初晓世事的一颗悦动的心。走到近旁不远的寄澜亭，不过是几十步路，竟像是走了极远的羊肠山路，双腿隐隐地酸软不堪。

进了亭子，皇帝手微微一松，我立刻把手袖在手中，只觉掌心指上腻腻的潮湿。他只负手立在我面前，看着我轻轻道："那日大雨，朕并不是故意爽约。"我不敢接话，但是皇帝说话不答便是不敬，只好低首极轻声地答了句"是"。他又说："那日朕本来已到了上林苑，太后突然传旨要朕到皇后殿中一聚，朕急着赶去，结果淋了雨，受了几日风寒。"

我闻言一急，明知他身子已经痊愈，正好端端站在我面前和我说话，仍是不由自主地脱口而出："皇上可大好了？"说完自己也觉得问得愚蠢，大是失态，不由得又红了脸，低声道，"臣妾愚钝。"

他宽和地笑，说："后来朕想着，那日的雨那么大，你又在静养，定是不会出来了。"

我的声音几乎细不可闻："臣妾并没有爽约。"

他目光猛地一亮，喜道："果真么？那你可淋了雨，有没有伤着身子？"

他这样问我，我心中既是感泣又是欢喜，仿佛这几日的苦闷愁肠都如浓雾遇见日光般散尽了，道："多谢皇上关怀。臣妾没淋着雨，臣妾很好。"

我的头几乎要低到胸前，胸口稀疏的刺绣花样蹭在下巴上微微地刺痒。他右手的大拇指上戴着一枚极通透的翠玉扳指，绿汪汪的似太液池里一湖静水。四指托起我的下巴迫我抬头，只见他目光清冽，直直地盯着我，那一双瞳仁黑得几乎深不可测，唯独看见自己的身影和身后开得灿若云锦的杏花。我的心怦怦乱跳，自己也觉得花色红艳艳的一直映到酡红的双颊上来，不由自主地轻声道："皇上如何欺骗臣妾？"

他嘴角上扬，笑影更深："朕若早早告诉了，你早就被朕的身份吓得如那些嫔妃一般拘束了。还怎敢与朕无拘无束地品箫赏花，从容自若？"

我垂下眼睑盯着绣鞋："皇上戏弄臣妾呢，非要看臣妾不知礼数的笑话。"

皇帝朗声笑起来，笑了一会儿，才渐渐收敛笑容，看着我道："若朕一早说破了，你只会怕朕，畏朕，献媚于朕，那不是真正的你。"他转手搭在朱色亭栏上极目眺望着远处，像是要望破那重重花影，直望到天际深处去，"朕看重你，也是因为你的本性。若你和其他的妃子没什么两样，朕也不会重视和你的约定。"

我低头看着他一角赤色的袍脚，用玄色的丝线密密地绣着夔纹，连绵不绝的纹样，面红耳赤答："是。"又道，"臣妾愚钝，竟一点都没看出来。"

皇帝微微得意："朕存心瞒你，怎能让你知道？只是辛苦了六弟，常被朕召进宫来拘着。"

我屈一屈膝："皇上心思缜密，天纵奇才，臣妾哪能晓得？"

他突然伸手握一握我的手，问："怎么手这样冷？可是出来吹了风的缘故？"

我忙道："臣妾不冷。"

他"唔"了一声："你出来也久了，朕陪你回去。"

我正急着想说"不敢"，他忽地一把打横将我抱起。我轻轻惊呼一声，本能伸出双臂抱住他的颈。长长的裙裾曳过，软软拂过他的袍角。他笑道："步行劳累，朕抱你过去。"

我大是惶恐，又不敢挣扎，只是说："这会招来非议，叫别人议论皇上，臣妾万万不敢。"

皇帝含笑道："朕心疼自己喜欢的妃子，别人爱怎么议论就议论去。"说着脸上闪过一丝促狭的笑意，"反正朕也不是第一次抱你了。"

我羞得不敢再言语，只好顺从地缩在玄凌怀里，任由他抱着我回宫。我和他靠得这样近，紧贴着他的胸口。他的身上隐约浮动陌生的香气，这香气虽极淡薄，却似从骨子里透出来，叫人陶陶然地愉悦。他着一身宽衽儒袖的赤色缂金袍，我着的碧湖青色襦裙被永巷长街的风轻轻拂起，裙上绛碧色的丝带柔柔地一搭一搭吹在玄凌的衣上，软绵绵地无声。一路有内监、宫女见了此情此景，慌忙跪在地上毕恭毕敬地山呼"万岁"，低着头不敢抬眼，却是偷眼看去。玄凌的步子只是不急不缓，风声里隐约听得见我头上钗环轻轻摇动碰撞的微声，玲玲一路而去。

棠梨宫这座自我入住以来除了太医外从没有男人踏足的宫室因为皇帝玄凌的到来而有了不同寻常的意义。当皇帝抱着我踏入这座平日里大门紧闭的宫苑时，所有在庭院里洒扫收拾的内监、宫女全都吓了一跳，又惊又喜地慌着跪下请安。显然流朱已经让所有的人都知道我被晋封为正五品嫔，只是没有想到我回来的方式是如此出乎人的意料。

乍见了朝夕相处的那些人，又窘又羞，轻轻一挣，皇帝却不放我下来，也不看他们一眼，只随口说着"起来"，径直抱着我进了莹心堂才放我下地。皇帝看了一眼一溜儿跟进来低眉垂手站在眼前的宫人们，淡淡地问："你做贵人时就这么几个人伺候着？"

我恭声答道："臣妾需要静养，实在不用那么些奴才伺候。"

"那也不像话。谁是这宫里的首领内监和掌事宫女？"

槿汐跪下道："奴婢棠梨宫掌事宫女正七品顺人崔槿汐参见皇上。回禀皇上，棠梨宫里并无首领内监。"皇帝微露疑惑之色，槿汐道，"原本康禄海是宫中首领内监，丽贵嫔要了他去当差了。"

皇帝面色稍稍不豫，静了静道："这也是小事。"又对我说："你宫里没个首领内监也不行。朕明日叫内务府里挑几个老成的内监，你选一个在你宫里管事。"

我含笑道："哪里这样麻烦。不如就让我宫里的小允子先顶了这差使，我瞧着他还行，就让他历练历练吧。"

小允子立刻机灵地伏在地上道："奴才谢皇上恩典，谢小主赏识。奴才一定尽心竭力伺候好小主。"

皇帝笑着对我道："你说好就好吧，省得外头调来的人摸不准你的脾性。"又对小允子道："你家小主赏识你，给你体面，你更要好好办事，别让你小主烦心。"

小允子忙磕了三个响头，大声道："是，奴才遵旨。"

皇帝道："如今晋了嫔位，该多添几个人了。明日让内务府挑选些人进来，拣几个好的在宫里。"

我微笑道："谢皇上，但凭皇上做主。"

皇帝温和地道："你早些歇息，好好静养着。朕过两天再来看你。"

我跟随他走到宫门前，见宫外早停了一架明黄肩舆，几十个宫女、内监并羽林护军如雕像般站着，见皇帝出来，才一齐跪下请了安。我屈膝恭谨道："恭送皇上。"

我见那一群人迤逦而去，那明黄一色渐渐远了，方才回到堂中。

众人一齐跪下向我道喜，小允子含泪道："恭喜小主，小主终于苦尽甘来了。"

众人眼中俱是泪光，我含笑道："今儿是好日子，哭什么呢。"又看着小允子道："如今你出息了，可要好生当着差。你还年轻，有事多跟着崔顺人学，别一味地油嘴滑舌，该学着沉稳。"

小允子郑重其事地答应了。

我道一声"乏了"，便吩咐他们散了。

我信步走进西暖阁里，隐藏的心事渐渐涌了上来。我竟是避不开这纷纷扰扰的宫闱之斗么？还是命中早已注定，我这一生的良人就是皇帝了呢？这宫闱间无尽的斗争真是叫我害怕和头痛。

我非常清楚地知道，从今日皇帝出声的那一刻起，我再不是棠梨宫中那个抱病避世的莞贵人了。想必后宫之中尽人皆知，我已成为皇帝的新宠，尚未侍寝而晋升为嫔，又被皇帝一路招摇地抱回宫中，恐怕已是六宫侧目，议论纷纷了吧。

然而我也并非不欢喜，我所喜欢的人正是这世间唯一一个堂堂正正与我相爱的人，再不用苦苦压抑自己的情思。只是这份情意，是逼得我要卷入后宫无休无止的斗争中了。这份情意，到底是要还是不要？恐怕于我于玄凌都是由不得不要了，他待我如此恩宠，而我对他真的能割舍得下么？我曾祈求"愿得一心人，白头不相离"，而我的一心人偏偏是这世间最无法一心的人，可以供他选择和享用的太多太多。我望着窗外满目春色，心里如一团乱麻搅在一起。

正在心神不定间，抬首见眉庄和陵容携了手进来。眉庄满脸喜色，兴奋得脸都红了，一把拉着我的手紧紧握住，喜极而泣道："好！好！终于有了出头之日了！"

陵容急忙向我福一福道："参见莞嫔小主。"

我慌忙扶她道："这是做什么？没的生分了。"

陵容笑着道："眉姐姐欢喜疯了，我可还醒着神。规矩总是不能废的，要不然知道的说姐姐你大度不拘小节，不知道的可要说我不识好歹了。"

三人牵着手坐下，浣碧捧了茶进来，问了安。眉庄笑道："好，你们小姐得意，这一宫的奴才也算熬出头了。"浣碧笑着谢了退了下去。

陵容嗔怪道："姐姐怎么悄没声息地就成了莞嫔，瞒得这样好，一丝风声也不露。"

我笑道："好妹妹，我也实是不知道，只不过在上林苑里偶然遇见了皇上。"

眉庄打趣道："古人云'不鸣则已，一鸣惊人'，说的就是你吧。我在宫中坐着，听得消息还以为是讹传。"

陵容接口道："还是皇上身边的李内侍传了旨意下来，我们才信了。急忙拉了眉姐姐来给姐姐道喜。"转身向眉庄道："我说得不错吧。我们可是拔了头筹第一个到的。"

眉庄笑道："那天夜里抽的花签果然有几分意思，可不是你承宠了么。"忽而看了看左右，压低声音道，"皇上可临幸你了？"

我不由得面红耳赤，陵容也红了脸。我低头嗔道："姐姐怎么这么问？"

"你且说，自家姐妹有什么好害臊的。"我摇了摇头，眉庄惊讶道，"果真没有？你不欺我？"

我红着脸，低声道："妹妹在病中，怎好侍寝。"

眉庄拍手道："皇上果然看重你！这未曾侍寝而晋封的，大周开朝以来怕是少有的啊！"

我并不如眉庄期待般欢喜，静了片刻，才道："正是因为未曾侍寝而晋封，这隆宠太盛，恐怕反是不妙啊。"

陵容亦是皱眉道："怕是明里暗里的已经有人蠢蠢欲动了。"

眉庄微一变色，沉吟片刻道："如今你深受皇恩，她们也不敢太把你怎么样。只要你荣宠不衰，行事小心，也不会有碍了。"又问，"听说余娘子突然遭皇上厌弃降为最末等的更衣，与你晋封的旨意几乎是同时传下来的，中间可有什么缘故？"

我叹气道："正是她在上林苑中出言羞辱我，才引起了皇上注意。"

眉庄挑眉轻轻冷笑一声，道："瞧她那个轻狂样子，连比她位分高的小主都敢出言羞辱，当真是自取其辱！"

陵容接口道："这样更好。有了她做榜样，就没人再敢轻易招惹姐姐了。"

我仍是发愁："若是弄巧成拙，一旦失宠，岂不是连累甄家满门。"

眉庄握住我手，正色道："事到如今，恐怕不是你一己之力避得开的。你已经受人瞩目，若是现在逃避，将来也只有任人宰割的份儿。"她手上加力一握，"况且，有皇上的保护，总比你一个人来得好吧？"

陵容拍拍我的手安慰道："姐姐别忧心，现下最要紧的就是把身子养好，成为名副其实的莞嫔。"

眉庄眼中闪着奇异的光芒，点头道："陵容说得不错。只要你我三人姐妹同心，一定能在这后宫之中屹立不倒。"

眉庄和陵容走后，棠梨宫中又热闹起来，那热闹从皇帝丰厚而精美的赏赐一样一样地进入我的宫室开始。有了皇帝介入的缘故，这热闹远远胜于我入宫之初。

我突如其来的晋封和荣宠引起了这个表面波澜不惊的后宫极大的震动和冲击，勾起了无数平日无所事事的人的好奇心，以至于几乎在我晋封的同一刻被贬黜的余更衣的故事像是被卷入汹涌波涛中的一片枯叶般被迅速湮没了，除了少数的几个人之外没人再关心她的存在，昔日得宠高歌的余更衣的消失甚至不曾激起一朵浪花。而后宫众人的好奇心伴随着羡慕和妒恨以礼物和探望的形式源源不断地流淌到我的宫中，让我应接不暇。

日暮时分，皇帝终于下了旨意，要我除他和太医之外闭门谢客好好养病。终于又获得暂时的清闲。

我在这生疏而短暂，充满了好奇、敌意和讨好的热闹里下了一个很重要的决定。我决定以迎接战斗的姿态接受皇帝的宠爱，奉献上我对他的情意和爱慕。我不知道这是不是一条充满了危险和荆棘的道路，但是那个春光明媚的下午和皇帝玄凌的笑容为我开启了另一扇门，那是一个充满诱惑和旖旎繁华的世界，是我从未接触过的，尽管那里面同时也充斥着刀光剑影和毒药阴谋，但是我停止不了我对它的向往。

这个晚上我在镜子前站立良久，把自己独自关在后堂里，然后点燃了满室的红烛，看着镜子里的自己。我穿上最美丽的衣服，戴上最美丽的首饰，然后把衣服一件一件穿上又脱下。我凝视着镜子里自己美好的年轻的脸庞和身体，忽然怀疑我是否要这样一生沉寂下去，在这寂寂深宫里终老而死。这让我想起曾经在书上看到的两个成语，叫作"孤芳自赏""顾影自怜"。

玄凌的出现让我突然爱上《诗经》和乐府里那些关于爱情的美妙的诗句，即使我在以为他是清河王之后决定扼杀自己对他的思念，可是我无法扼杀自己的想象。在我的想象里，那些美好的爱情故事的男女主角一律成了我和他。在那几天里，我一直怀疑这样的想象会不会持续我的一生，成为我沉寂枯燥的生命里唯一的乐趣。有时我会想，温实初冒昧的求婚和这个明朗的春天是否会成为我唯一值得追忆和念念不忘的事。我甚至想，如果如眉庄所说，依靠皇帝的力量，我的家族能否有更好的前途，我的人生是否会因为他也许稀薄也许厚重的宠爱而变得更有意义一些。

我在自己的身体和面容上发现了一些蛰伏已久的东西，现在我发现它们在蠢蠢欲动。很好，它们想的和我一样。

既然已经决定了，那么，我要一个最好的开场，让我一步一步踏上后宫这个腥风血雨之地。

我一件一件无比郑重地穿上衣服，打开门时我的神色已经和往常没有什么两样。我对小连子说："去太医院请温大人来。"

温实初到来的速度比以往任何一次都快。我屏开其他人，只留了流朱和浣碧。见他急切的神情，我已了然他听闻了这件事。宫闱之事，盛衰荣辱，永远是不长脚但跑得最快的，可以遍布宫廷的每一个犄角旮旯，连最细小的门缝里，都隐藏着温热的传闻和流言。

我开门见山道："躲不过去了。"

他的神色瞬间黯淡了下来，转瞬间目光又被点燃，道："微臣可以向皇上陈情，说小主的身体实在不适宜奉驾。"

我看着他："如果皇上派其他的太医来为我诊治呢？我的身体只是药物的缘故才显病态，内里好得很。若是查出来，你我的脑袋还要不要？你我满门的脑袋还要不要？"

他的嘴微微张了张，终是没说出什么，目光呆滞如死鱼。

我瞟他一眼，淡淡道："温大人有何高见？"

他默然，起来躬身道："微臣，但凭莞嫔小主吩咐。"

我温和地说："温大人客气了。我还需要你的扶持呢，要不然后宫步步陷阱，嬛儿真是如履薄冰。"

温实初道："微臣不改初衷，定一力护小主周全。"

我含笑道："那就好。请温大人治好嬛儿的病，但是不要太快治好，以一月为期。"

"那微臣会逐渐减少药物的分量，再适时进些补药就无大碍了。"

浣碧送了他出去。流朱道："小姐既对皇上有意，何不早早病愈？是怕太露痕迹惹人疑心吗？"

我点头道："这是其一，更重要的是皇帝的心思。我的病若是好得太快，难免失于急切。你要知道，对于男人，越难到手就越是珍惜，越是放不下，何况他是帝王，什么女子没有见过？若我和别的女子一样任他予取予求，只会太早满足了他，让他对我失去兴趣。若是时间太久，一是皇上的胃口吊得久了容易反胃；另外后宫争宠，时间最是宝贵。若是被别人在这时间里捷足先登，那就悔之晚矣。"

流朱暗暗点头："奴婢记下了。"

我奇道："你记下做什么？"

流朱红了脸，嗫嚅道："奴婢以后嫁了人，也要学学这驭夫之术。"

我笑得喘气："这死丫头，才多大就想着要夫婿了。"

流朱一扭身道："小姐怎么这样，人家跟你说两句体己话你就笑话我。"

我勉强止住笑："好，好，我不笑你。将来我一定给你指一门好亲事，了了你的夙愿。"

次日，内务府总管黄规全亲自带了一群内监和宫女来我宫里让我挑选。见了我忙着磕头笑道："莞主子吉祥！"

我微笑道："黄总管记差了吧，我尚居嫔位，只可称'小主'，万不可称'主子'。"

黄规全吃了个瘪，讪笑道："瞧奴才这记性。不过奴才私心里觉得小主如此得圣眷，成为主子是迟早的事，所以先赶着叫了声，给小主预先道贺。"

我含笑道："我知道你是好意，可旁人不知道的会以为你当了这么多年的内务府总管还不懂规矩，抓了你的小辫子可就不好了，也没的叫人看着我轻狂僭越。"

一席话说完，黄规全忙磕着头道："是是是，奴才记住小主的教诲了。"

我命了黄规全起来。他躬着腰，脸上堆满了小心翼翼的讨好的笑容，毕恭毕敬地说："启禀小主，这些个宫女、内监全是精挑细选出来的，个个拔尖儿。请小主选八个内监和六个宫女。"

我扫了地下乌压压的一群人，细心挑了样子清秀、面貌忠厚、手脚灵便的十来个人，对小允子和槿汐道："就这几个了，带下去好好教导着。"

黄规全见小允子领了人下去，赔笑指着身后跪着的一个小内监道："奴才昏聩。因前几日忙着料理内务府的琐事，把给小主宫里的桌椅上漆那回事指给了小路子办。谁知这狗奴才办事不上心，竟浑忘了。奴才特特带了他来给小主请罪，还请小主发落。"

我还不及答话，佩儿见我裙上如意佩下垂着的流苏被风吹乱了，半蹲着身子替我整理，口中道："黄公公的请罪咱们可不敢受，哪里担待得起呢？没的背后又听见些不该听见的话，叫人呛得慌！"

我嗔斥道："越发不懂规矩了，胡说些什么！"佩儿见我发话，虽是愤愤，也立刻噤了声不敢言语。

黄规全被佩儿一阵抢白，脸色尴尬，只得讪笑着道："瞧佩姑娘说的，都是奴才教导下面的人无方。"

我微笑道："公公言重了。公公料理这内务府中的事，每天少说也有百来件，下面的人一时疏忽也是有的，何来请罪之说呢。只是我身边的宫女不懂事，让公公见笑了。"

黄规全暗自松一口气，道："哪里哪里。多谢小主宽宥，奴才们以后必定更加上心为小主效力。"又笑道，"奴才已着人抬了一张新桌子来，还望小主用着不嫌粗陋。"

我点头道："多谢你心里想着。去吧。"

黄规全见我没别的话，告了安道："莞嫔小主要是没有别的事情，奴才这就下去了。恭祝莞嫔小主身体泰健。"

眼见黄规全出去了。我沉下脸来呵斥佩儿："怎么这样浮躁？言语上一点不谨慎。"

佩儿第一次见我拿重话说她，不由得生了怕，慌忙跪下小声说："就这黄规全会见风使舵，先前一路克扣着小主的用度，如今眼见小主得宠就一味拿了旁人来顶罪拍马——"

"我怎么会不知道？自己心里明白晓得提防就行，这样当着面撕破脸，人家好歹也是内务府的总管，这样的事传出去只会叫人家笑话我们小气轻浮，白白落人口实。"我微微叹气，"我知道你是为我好，只是不该争一时的意气。跟红顶白的事见得多了，宫中人人都会做，不只他黄规全一个。"

佩儿垂了头，脸色含愧，低声道："奴婢知错了。"

"记着就好。不过你警醒那奴才两句也好，也让他有个忌惮，只是凡事都不能失了分寸。"

我唤了槿汐过来道:"你去告诉底下的人,别露了骄色,称呼也不许乱。如今恐怕正有人想捉我们的错处呢。"

槿汐答"是",又道:"有件事奴才想启禀小主。"

"你说。"

"黄规全是华妃娘娘的远亲——"

我举手示意她不必再说下去:"我知道了,正想跟你说这事。这些新来的内监宫女虽是我亲自挑的,但都是外面送来的人。你和小允子打起十二分的精神给我好好地盯着,不许他们做什么手脚。另外,只派他们做粗活儿,我近身的事仍由你们几个伺候。"

槿汐道:"奴婢和允公公必定小心谨慎。"

我问道:"今日的药煎好了没?好了让流朱拿进来我喝。"

自从玄凌亲自关心起我的病情,太医院更是谨慎,不敢疏忽,温实初每日必到我宫中为我请脉。

药量之事更不许别人插手,一点一点酌情给我减少,亲自调制好药量才交与宫女去煎。同时又以药性不相冲的补药为我调养。

皇帝隔一天必来看我,见我精神渐渐振作,脸上也有了血色,很是高兴。

一日清早,我刚起了身,皇帝身边的内监小合子满脸喜气来传话,说皇帝下了早朝就要过来看我,让我准备着。

晶青道:"皇上就要过来,小主要不要换身鲜亮的衣服接驾,奴婢帮小主梳个迎春髻可好?"

我只笑着不答,转头去问槿汐:"宫中后妃接驾大多是艳妆丽服吧?"

"是。宫中女子面圣,为求皇上欢喜,自然极尽艳丽。"

我含笑点头,让浣碧取了衣裳来。浅绿色银纹百蝶穿花式的上衣,只袖子做得比一般的宽大些,迎风飒飒。腰身紧收,下面是一袭鹅黄绣白玉兰的长裙。梳简单的桃心髻,仅戴几星淡绯珠花,映衬出云丝亮泽,斜斜一支翡翠簪子垂着细细一缕流苏。

晶青笑道:"小主穿着好美,只是素淡了些。"

我只笑着:"这样就好了。"宫中女子向来在皇帝跟前争奇斗艳,极尽奢丽,我只穿得素雅,反而能叫他耳目一新。

梳妆打扮停当,过不片刻皇帝就到了。我早早在宫门前迎候,见了他笑着行了礼。他搀住我道:"外头风大,怎么出来了。快随我一同进去。"

我谢了恩站起身来,玄凌见了我的服饰,果然目光一亮,含笑道:"清水出芙蓉,天然去雕饰。朕的莞嫔果然与众不同。"

我听他赞许,心中欢喜,含羞道:"皇上不嫌弃臣妾蒲柳之质罢了。"

进堂坐下,早有小宫女备下了锦缎垫子铺在蟠龙宝座上,又焚了一把西越所贡的瑞脑香在座侧的错金波斯文纽耳铜炉里,淡白若无的轻烟丝丝缕缕没入空气中,一室馥郁缭绕。我见玄凌坐下,才在他身侧的花梨木交椅上坐了。

玄凌微微颔首道:"此香甚好。听了一早上朝臣的奏折,正头昏脑涨的。"我抿嘴一笑,看来我没让人预备错。

我婉声道:"皇上一早下了朝便过来看臣妾,想必皇上也累了,臣妾去奉一盏茶来好不好?"

玄凌微笑道:"这种事让下人去做也就罢了,何必你亲自动手。"

"臣妾亲自奉上的茶怎是旁人可以比的,还请皇上稍候。"我一笑翩然走进暖阁,少顷捧了茶盏出来走到他面前,含笑道,"臣妾烹的茶,不知是否对皇上的脾胃?皇上可不要嫌弃才好。"嘴上说笑,心里却不由得有些忐忑,盼他品了茶能欢喜,又怕茶味不合他的意。若是他皱了眉头不喜欢可怎么好?

玄凌道:"你亲手调的,这心意朕最欢喜。"他接过去打开细白如玉的瓷碗一看,盏中盈盈生碧,似有烟霞袅袅,茶香袭人肺腑,赞道"好香的茶",饮了一小口,微微蹙眉沉思,又饮了一口。

我心中一沉,以为他不喜,正惶然无措间,玄凌的眉毛慢慢舒展开来，笑意渐浓，看着我问："这茶的味道格外清洌沁香，朕品了半日，茶叶是越州寒茶，有松针和梅花的气味，其余却不分明。你来告诉朕还放了什么？"

我笑道："皇上好灵的舌头，这道茶叫'岁寒三友'，取松针、竹叶和梅花一起用水烹了。那水是夏日日出前荷叶上的露珠，才能有如斯清新。"

"古人云'茶可以清心也'，今日喝了莞卿你的茶，朕才知古人之言并不虚。"

我脸上微微一红："皇上过奖了。也是机缘凑巧，臣妾去岁自己收了两瓮舍不得喝，特意带了一瓮进宫一直埋在堂后梨树下，前两日才叫人挖了出来的。"

"如今在棠梨宫里还住得惯么？朕瞧着偏远了些。"

"多谢皇上关怀。臣妾觉着还好，清静得很。"我的声音微微低下去，"臣妾不太爱那些热闹。"

玄凌的指尖拂过我的脸颊，抬手将起我鬓角的碎发，仿佛有一道滚烫的气息随着他的手指倏忽凝滞在了脸颊，只听他轻轻说："朕明白。棠梨清静，地气好，也养人。"他只笑着，一双清目只细细打量我，片刻道，"朕瞧着你气色好了不少，应该是大好了。"

"原也不是什么大病，是臣妾自己身子虚罢了。如今有皇上福泽庇佑，自然好得更快。"

玄凌只看着我含笑不语，目光中隐有缠绵之意。我见他笑容颇有些古怪，正纳闷不解，一眼瞥见身畔侍立的槿汐红了脸抿嘴微笑，忽然心头大亮，不由得脸上如火烧一般，直烧得耳根也如浸在沸水之中。

玄凌见我羞急，微笑道："莞卿害羞起来真叫朕喜爱。"

我想到还有宫女、内监侍立在侧，忙想缩手，急声道："皇上……"

他的笑意更浓："怕什么？"我回头去看，不知什么时候槿汐他们已退到了堂外，遥遥背对着我们站着。玄凌拉着我的手站起身来，轻轻拥我入怀。御用的赭色缂金九龙缎袍衣襟间的龙涎熏香，夹杂着清雅的瑞脑香的味道，还有他身上那种陌生的男子气息直叫我头晕目眩。玄色夹金线绣龙纹闪烁着金芒，明晃晃的叫人睁不开眼，玄凌的气息暖暖地拂在脖颈间。

　　窗外海棠的枝条上绽满了欲待吐蕊的点点绯红，玄凌静静地拥着我。听着和暖的风穿过薄薄的帷帐悠悠荡荡而入，像是极亲密的低语喁喁。那声音仿佛就落在耳边，一时又隔得那样远，似是在遥不可及的彼岸，温柔召唤着我近些，再近些。我虽是胆大不拘，此时只觉得掌心里一点绵软向周身蔓延开来，脑中茫茫然的空白，心底却是欢喜的，翻涌着滚热的甜蜜，只愿这样闭目沉醉，不舍得松一松手。

壹拾

新承恩泽時

　　玄凌甫走，槿汐走到我身边耳语道："听敬事房说已经备下了小主的绿头牌，看来皇上的意思是不日内就要小主侍寝了呢。"说罢满面笑容行礼道，"恭喜小主。"

　　我羞红了脸嗔道："不许胡说。"庭院里的风拂起我的衣带裙角，翻飞如蝶，我用手指绕着衣带，站了半晌才轻声道，"我是否应该去向皇后娘娘问安了？"

　　槿汐轻声道："既然皇上没有吩咐下来，小主暂时可以不必去，以免诸多纷扰。"想一想又道，"皇上既然已吩咐了敬事房，皇后娘娘想必也已知道，按规矩小主侍寝次日一早就要去拜见皇后娘娘。"

　　我"嗯"了一声，徐徐道："起风了，我们进去吧。"

　　此后几日，皇帝三不五时总要过来一趟与我闲话几句，或是品茗或是论诗，却是绝口不提让我侍寝的事。我也只装作不晓得，与他言谈自若。

　　那日早晨醒来，迷蒙间闻到一阵馥郁的甜香，仿佛是堂外的西府海棠开放时的香气，然而隔着重重帷幕，又是初开的花朵，那香气怎能传进来？多半是错觉，焚香的气味罢了。起来坐在镜前梳洗的时候随口问了浣碧一句："堂前的海棠开了没？"

浣碧笑道："小主真是料事如神，没出房门就知道海棠已经开花了。奴婢也是一早起来才见的。"

我转身奇道："真是如此么？我也不过随口那么一问。若是真开了，倒是不能不赏。"

梳洗更衣完毕，出去果然见海棠开了，累累初绽的花朵如小朵的雪花，只是那雪是绯红的，微微透明，莹然生光。那一刻，心里突然涌起了一点预兆般的欢悦，笑道："不枉我日日红烛高照，总算是催得花开了。"

黄昏，我正在窗下闲坐，暮影沉沉里窗外初开的海棠一树明艳。

有内监急促而不杂乱的脚步进来，声音恭敬却是稳稳，传旨道："皇上旨意，赐莞嫔泉露池浴。棠梨宫掌事崔槿汐随侍。"循例接旨谢恩，我与槿汐互视一眼，知道这是侍寝的前兆。传旨的内监客客气气地对槿汐道："请崔顺人赶快为小主收拾一下，车轿已经在宫门外等候。"

泉露池是天然温汤，以珠粉调之，可养颜祛病，延年益寿，号"珠汤"。汉武帝为求长生不老，曾筑仙人玉盘承接天上露水服用，谓之"仙露"，故名"泉露池"，意比神仙境界。春寒赐浴华清池是杨贵妃得自玄宗盛大的恩爱，而赐浴泉露池，于当今的嫔妃而言一样是极大的荣宠。

泉露池分三汤，分别是帝、后、妃嫔沐浴之处。皇帝所用的"莲花汤"进水处为白玉龙首，池底雕琢万叶莲花图案；皇后所用的"牡丹汤"进水处为碧玉凤凰半身，池底雕琢天香牡丹图案；妃嫔所用的"海棠汤"进水之处是三尊青玉鸾鸟半身，水从鸾鸟口中徐徐注入池中。

整个泉露宫焚着大把宁神的香，白烟如雾。一宫的静香细细，默然无声，只能闻得水波晃动的柔软声音。满池的无瑕美玉雕琢满无穷无尽的海棠叠蕚。我微笑，早起的棠梨宫中也新开了海棠呢。那海棠是棠梨宫里的亲切，又是泉露宫中的陌生，更是对未知的惊惶和预料中的稳妥。珠汤盈

盈、焚香甜气，将我整个没入其中，热气腾腾地烘上面来裹住心，似一双
温柔的手安抚着我起伏不定的心潮，让人暂时忘了身在何处的紧张。

转眼瞥见一道阴影映在垂垂的软帷外，不是侍立在帷外低首的宫女、
内监，帷内只有槿汐在侧，谁能这样无声无息地进来？本能地警觉着转过
身去，那身影却是见得熟悉了，此刻却不由得慌乱，总不能这样赤裸着身
子见驾。过了片刻，我见他并不进来，稍微放心，起身一扬脸，槿汐立即
将一件素罗浴衣裹我身上，瞬息间又变得严实。我这才轻轻一笑，扬声
道："皇上要学汉成帝么？臣妾可万万不敢做赵合德①。"

听我出声，帷幕外侍浴的宫人齐刷刷钩起软帷，跪伏于地，只玄凌一
人负手而立，"哧"的一声笑，随即绷着脸佯怒道："好大胆子，竟敢将朕
比作汉成帝。"

我并不害怕，只屈膝软软道："皇上英明睿智，才纵四海，岂是汉成
帝可比分毫？只怕成帝见了皇上您也要五体投地的。"

玄凌脸虽绷着，语气却是半分责怪的意味也没有，只有松快："虽是
奉承的话，朕听着却舒服。只是你身在后宫怎知朕在前朝的英明？不许妄
议朕的朝政。"

我垂首道："臣妾不出宫门怎知前朝之事。只是一样，皇上坐拥天下，
后妃美貌固在飞燕、合德之上，更重要的是贤德胜于班婕妤，成帝福泽远
远不及皇上，由此可见一斑。"

他扬声一笑："朕的莞卿果然伶牙俐齿！"他抬手示意我起身，手指轻
轻抚上我的鬓角，"莞卿美貌，可怜飞燕见你也要倚新妆了。"

我微微往后一缩，站直身子，看着玄凌道："臣妾不敢与飞燕、合德

---

① 赵合德：汉成帝宠妃，赵飞燕之妹，色殊丽，宠冠后宫。史传汉成帝有窥视合德沐
浴的癖好。宋人秦醇《赵飞燕别传》中有汉成帝喜爱窥视合德沐浴的记载：昭仪方
浴，帝私觇之，侍者报昭仪，急趋烛后避，帝瞥见之，心愈眩惑。他日昭仪浴，帝
默赐侍者金钱，特令不言，帝自屏罅后觇，兰汤滟滟，昭仪坐其中，若三尺寒泉浸
明玉，帝意思飞荡。

相较，愿比婕妤却辇之德①。"话语才毕，忽然想起班婕妤后来失宠于成帝，幽居长信宫侍奉王太后郁郁而终，心上犹蒙上了一层荫翳，不由得微觉不快。

玄凌却是微笑："仰倾城之貌，秉蕙质之心，果真是朕的福气。"他伸出右手在我面前，只待我伸手搭上。

有一瞬间的迟疑，是矜持还是别的什么？只觉那温泉的蒸汽热热地涌上身来，额上便沁出细密的汗珠。湿发上的水淋滴滴在衣上，微热地迅速淌过身体，素罗的浴衣立刻紧紧附在身上，身形毕见。我大感窘迫，轻声道："皇上容臣妾换了衣饰再来见驾。"

他不由分说扯过我的手，宫人皆低着头。我不知道他要做什么，连忙看向槿汐。槿汐不敢说话，刚取了外袍想跟上来。只听玄凌道："随侍的宫女呢？"

槿汐答了声"是"，立即替我换了干净衣裳，披上外袍，宽松的袍子摇曳在地。他的声音甚是平和，向外道："去仪元殿。"径直拉了我的手缓步出去。

永巷的夜极静，夜色无边，两边的石座路灯里的烛火明明的，照着满地的亮。一钩清浅的新月遥遥在天际，夜风带着玉兰花香徐徐吹来，把这个夜晚熏出一种莫名的诗意来。玄凌的手很暖，只执着我的手默默往前走，袖口密密的箭纹不时擦到我的袍袖，窸窸窣窣地微响。跟随在身后的内侍宫女皆是默默无声，大气不闻。

泉露宫到仪元殿的路并不远。汉白玉阶下夹杂种着一树又一树白玉兰和紫玉兰。一朵朵白玉兰在殿前的宫灯下开着圣洁的花，像雪白鸽子的翅。

---

① 却辇之德：出自班固《汉书》，说的是成帝曾想要与班婕妤同车共游于后庭，她坚辞不肯，并劝告成帝说："凡是贤圣的君王都有名臣在他身边，而夏桀、商纣、周幽王等人的身边，则多为嬖妾。"成帝因她说得有理而作罢。太后也大加赞美，说："古有樊姬，今有班婕妤。"

我随着玄凌一步步拾阶而上，心中已经了然等待我的将是什么。我的步子有些慢，一步步实实地踩在台阶上，甚是用力。

仪元殿是皇帝的寝殿，西侧殿作御书房用。皇帝素来居于东侧殿，那儿方是正经的寝宫，并不怎的金碧辉煌，尤以精雅舒适见长。玄凌与我进去，我只低着头跟着他走。澄泥金砖墁地的正殿，极硬极细的质地，非常严密，一丝砖缝也不见，光平如镜。折向东，金砖地尽头是一阑朱红门槛，一脚跨进去，双足落地的感觉绵软而轻飘，是柔软厚密的地毯，明黄刺朱红的颜色看得人眼睛发刺。

有香气兜头兜脑地上来，并不浓，却是无处不在，弥漫一殿。是熟悉的香，玄凌身上的气味。抬起头来，重重织锦帷帐以垂落深红流苏的蛟龙含珠金钩挽起，直至寝殿深处。往前过一层，便有宫人放下金钩，一层在身后翩然而垂。越往里走，深厚的锦帷越多，重重漫漫深深，仿佛隔了另一个世界。

宽阔的御榻前是一双并蒂莲花鸳鸯交颈烛台，红烛皆是新燃上的，加以冰绡刺绣如意团花大灯罩。硬木雕花床罩雕刻着象征子孙昌盛的子孙万代葫芦与莲藕图案，我才望一眼，便愈觉羞涩。

玄凌松开我的手站住，立刻有宫人无声无息上前，替他更衣换上寝衣。我见他当着我的面更衣，一惊之下立刻扭转身去。玄凌在我身后"哧"的一声笑，我更是窘迫。槿汐忙替我褪下外袍，她的手碰触到我的手时迅速看了我一眼。我知道，我的手指是冰凉的。

一时事毕，他挥一挥手，宫人皆躬身垂首无声地退了下去。遥远的殿门"吱呀"一声关闭了，我极力控制着不让自己去看被高大的殿门隔在外边的槿汐，心里不由自主地害怕。

有声音欺在我耳后，低低的笑意："你害怕？"

我极力保持着镇静，在殿内缓缓地说："臣妾不怕。"

"怎么不怕？你不敢看我。"他顿一顿，"向来妃嫔第一次侍寝，都是怕的。"

我转过身来，静静直视着玄凌，娓娓道："臣妾不是害怕。臣妾视今夜并非只是妃嫔侍奉君上。于皇上而言，臣妾只是普通嫔妃，而臣妾视皇上如夫君。今夜是臣妾的新婚之夜，所以臣妾紧张。"

玄凌微微一愣，并没想到我会说出这样一番话来，片刻才温言道："别怕，也别紧张。想必你身边的顺人早已教过你该怎么侍奉。"

我摇一摇头："臣妾惶恐。顺人教导过该怎生侍奉君上，可是并未教导该怎样侍奉夫君。"我徐徐跪下去，"臣妾冒犯，胡言乱语，还望皇上恕罪。"

双膝即将触地那一刻被一双有力的手托起。玄凌颇动容："从来妃嫔侍寝莫不诚惶诚恐，百般谨慎，连皇后也不例外。从没人对朕说这样的话。"他的声音像是一汪碧波，在空气中柔和地漾，"既是视朕为夫君，在夫君面前，不用这般小心翼翼。"

心中一暖，眼角已觉湿润。虽是在殿中，只着薄薄的寝衣在身，仍是有一丝凉意。身体微微一颤。他立时发觉了，伸臂紧紧拥住我，有暖意在耳中："别怕。"

周遭那样静，静得能听到铜漏极轻微的声响，良久，一滴，像是要惊破缠绵中的绮色的欢梦。锦衾光滑，贴在肌肤上激起一层麻麻的粟粒，他的唇落在我的唇上时有一瞬间的窒息。身体渐次滚烫起来，仿佛有熊熊烈火在燃烧。吻越深越缠绵，仿佛呼吸全被他吞了下去。我轻轻侧过头，这是个明黄的天地，漫天匝地的蛟龙腾跃，似乎要耀花了眼睛。只余我和他，情不自禁地从喉间逸出一声"嘤咛"，痛得身体弓起来。他的手一力安抚我，温柔拭去我额上的冷汗，唇齿啮住我的耳垂，渐渐坠入渐深渐远的迷蒙里。

夜半静谧的后宫，身体的痛楚还未退尽。身边的男人闭着眼沉睡，我挣扎着起身，半幅锦被光滑如璧，倏忽滑了下去，惊得立刻转过头去。他犹自在梦中，纹丝未动。我暗暗放心，蹑手蹑脚把锦被盖在他身上，披衣起来。烛火燃烧了半夜，并未有丝毫暗淡之象，那明光依旧无比柔和照耀，显出那并蒂莲花与交颈鸳鸯都是那样喜庆与温柔。

"你在做什么？"玄凌的声音并不大，颇有几分慵意。

我转过身浅笑盈盈，喜滋滋道："臣妾在瞧那蜡烛。"

他支起半身，随手扯过寝衣道："蜡烛有什么好瞧，你竟这样高兴？"

"臣妾在家时听闻民间嫁娶，新婚之夜必定要在洞房燃一对红烛洞烧到天明，而且要一双烛火同时熄灭，以示夫妻举案齐眉、白头到老。"

"哦？"他颇感兴味。

我微感羞涩："不过民间燃的皆是龙凤花烛，眼前这双红烛，也算是了。"

"你见那红烛高照，所以高兴？"我低了头只不说话。他坐起身来，伸手向我，我亦伸手出去握住他的手，斜倚在他怀里。

我见他含着笑意，却是若有所思的神态，不由得轻声道："皇上可是在笑臣妾傻？"

他轻轻抚住我肩膀："朕只觉你赤子心肠，坦率可爱。"他的声音略略一低，"朕这一生之中，也曾彻夜燃烧过一次龙凤花烛。"

我微微一愣，脱口问道："不是两次么？"

他摇了摇头，口气有一丝不易察觉的生硬："宜修是继后，不需洞房合卺之礼。"我大感失言，怕是勾起了皇帝对纯元皇后的伤逝之意，大煞眼前风景，不由得默默，偷眼去看他的神色。

皇帝却是不见有丝毫不悦与伤神，只淡淡道："天下男子，除却和尚、道士，多半有一次洞房合卺之夜。"他略一停，只向我道，"你想与朕白头偕老？"

我静静不语，只举目凝视着他。烛影摇红，他的容色清俊胜于平日，浅浅一抹明光映在眉宇间甚是温暖，并无一分玩笑的意味。

我低低依言："是。"嘴角淡淡扬起一抹笑，"天下女子，无一不作此想。臣妾也不过是凡俗之人。"脸上虽是凝着笑意，心底却慢慢泛起一缕哀伤，交杂着一丝无望和期盼。奢望罢了，奢望罢了。握着他手的手指不自觉地一分分松开。

他只凝神瞧着我，眼神闪过一色星芒，像流星炫耀天际，转瞬不见。他用力攥紧我的手，那么用力，疼得我暗暗咬紧嘴唇。声音沉沉，似有无限感叹："你可知道？你的凡俗心意，正是朕身边最缺少的。"他拥紧我的身体，恳然道，"你的心意朕视若瑰宝，必不负你。"

如同坠在惊喜与茫然的云端，仿佛耳边那一句不是真切的，却又实实在在地在耳畔。不知怎的，一滴清泪斜斜从眼角滑落，滴在明黄的软枕上迅速被吸得毫无踪迹。

他搂过我的身体，下颌抵在我的额上，轻轻拍着我的背道："别哭。"

我含笑带泪，心里欢喜，仿佛是得了一件不可期望的瑰宝，抬头道："皇上寝殿里有笔墨么？"

"要笔墨来做什么？"

"臣妾要记下来。白纸黑字，皇上就不会抵赖。"

玄凌朗朗而笑："真是孩子气。朕是天子，一言九鼎，怎会赖你。"

我自己也觉得好笑，轻笑一声方道："还请皇上早些安寝，明日还要早朝。"

他以指压在我唇上，笑道："你在身旁，朕怎能安寝？"

我羞得扭转身去，"哧"的一声轻笑出来。

椒房　壹壹

　　醒来天色微明，却是独自在御榻上，玄凌已不见了踪影。我心里发急，扬声道："谁在外头？"有守在殿外的一队宫女捧着洗漱用具和衣物鱼贯而入，为首的竟是芳若。乍见故人，心里猛然一喜，不由得脱口唤她："芳若姑姑。"

　　芳若也是喜不自胜的样子，却得守着规矩，领着人跪下行礼道："小主金安。"我忙示意她起来，芳若含笑道，"皇上五更天就去早朝了，见小主睡得沉，特意吩咐了不许惊动您。"

　　我忆起昨晚劳累，羞得低下头去。芳若只作不觉，道："奴婢侍奉小主更衣。"说罢与槿汐一边一个扶我起身。

　　我由着她们梳洗罢了，方问芳若："怎么在这里当差了？"

　　芳若道："奴婢先前一直在侍奉太后诵经，前儿个才调来御前当差的。"

　　"是好差事。如今是几品？"

　　"承蒙皇上与太后厚爱，如今是正五品温人。"

我褪下手上一副金钏放她手心："本没想到会遇见你，连礼都没备下一份，小小心意你且收下。"

芳若跪下道："奴婢不敢当。"

我含笑执了她手："此刻我与你不论主仆，只论昔日情分。"

芳若见我这样说，只得受了，起身端了一盏汤药在我面前："这是止痛安神的药，小主先服了吧。用完早膳即刻就要去昭阳殿给皇后娘娘请安。"

皇后素性不喜焚香，又嫌脂粉香浓，每日只放时新瓜果取其清新甜香。

按规矩妃嫔侍寝次日向皇后初次问安要行三跪九叩大礼，锦垫早已铺在凤座下，皇后端坐着受了礼。礼方毕，忙有宫女搀我起来。

皇后很是客气，嘱我坐下，和颜悦色道："生受你了。身子方好便要行这样的大礼，只是这是祖宗规矩，不能不遵。"

我轻轻答了"是"，道："臣妾怎敢说'生受'二字，皇后母仪天下，执掌六宫，能日日见皇后安好，便是六宫同被恩泽了。"

皇后闻言果然欢喜，道："难怪皇上喜欢你，果然言语举动讨人喜欢。"说罢微微叹口气，"以莞嫔你的才貌，这份恩宠早该有了，等到今日才……不过也好，虽是好事多磨，总算也守得云开见月明了。"

我依言答了谢过。

皇后又道："如今侍奉圣驾，这身子就不只是自己的了，定要好好将养，才能上慰天颜，下承子嗣。"

"娘娘的话臣妾必定字字谨记在心，不敢疏忽。"

皇后言罢，有宫女奉了茶盏上来，皇后接了饮着。她身侧一个宫女含笑道："自从莞小主病了，皇后三番五次想要亲自去视疾。怎奈何太医说小主患的是时疾，怕伤了娘娘凤体，只好作罢。娘娘心里可是时常记挂着小主的。"

我见她约莫二十七八年纪，服色打扮远在其他宫女之上，长得很是秀气，口齿亦敏捷，必定是皇后身边得脸的宫女，忙起身道："劳娘娘记挂，臣妾有娘娘福泽庇佑才得以康健，实在感泣难当。"

皇后笑着点了点头："宫中女子从来得宠容易固宠难。莞嫔侍奉皇上定要尽心尽力，小心谨慎，莫要逆了皇上的心意。后宫嫔妃相处切不可争风吃醋，坏了宫闱祥和。"我一一听了。絮语半日，见陆陆续续有嫔妃来请安，才起身告退。

皇后转脸对刚才说话的宫女道："剪秋，送莞嫔出去。"

剪秋引在我左前，笑道："小主今日来得好早，皇后娘娘见小主这样守礼，很是欢喜呢。"

"怎么还有嫔妃没来请安？想是我今日太早了些。"

剪秋抿嘴一笑："华妃娘娘素来比旁人晚些，这几日却又特别。"

我心里微微一动，无缘无故与我说这些做什么，便只笑道："华妃娘娘协理六宫，想是操劳，一时起晚了也是有的。"

剪秋轻笑一声，眉目间微露得意与不屑："莞小主这样得宠，恐怕华妃娘娘心里正不自在呢。不过凭她怎样，却也不敢不来。"

我迅速扫她一眼，剪秋立刻低了头，道："小主恕罪。奴婢也是胡言乱语呢。"

我稍一转念，毕竟是皇后身边的人，怎能让她看我的脸色，立刻粲然笑道："剪秋姑娘怎么这样说，这是教我呢，我感激得很。我虽是入宫半年，却一直在自己宫里闭门不出，凡事还要姑娘多多提点，才不至于行差踏错呢。"

剪秋听我这样说，方宽心笑道："小主这样说可真是折杀奴婢了。"

转眼到了凤仪宫外，剪秋方回去了。槿汐扶着我的手慢慢往棠梨宫走，我道："你怎么说？"

"剪秋是皇后身边近身服侍的人，按理不会这样言语不慎。"

我"嗯"一声，道："皇后一向行事稳重，也不像会是授意剪秋这么说的。"

**120**

"华妃得宠多时，言行难免有些失了分寸。即使皇后宽和，可是难保身边的人不心怀愤懑，口出怨言。"

我轻轻一笑："不过也就是想告诉我，华妃对我多有敌意，但任凭华妃怎样也越不过皇后去，皇后终究是六宫之主。我们听着也就罢了。"

走到快近永巷处，老远见小允子正候在那里，见我过来忙急步上前。槿汐奇道："这个时辰不在宫里好好待着在这里打什么饥荒？"

小允子满面喜色地打了个千儿："先给小主道喜。"

槿汐笑道："猴崽子，大老远就跑来讨赏，必少不了你的。"

"姑姑这可是错怪我了。奴才是奉了旨意来的，请小主暂且别回宫。"

我诧异道："这是什么缘故？"

小允子一脸神秘道："小主先别问，请小主往上林苑里散散心，即刻就能回宫。"

上林苑多有江南秀丽清新的意境，树木葱茏，山花似锦，其间几座小巧玲珑的亭台楼阁，红墙黄瓦，在万绿丛中时隐时现。忽宽忽窄的太液池回环旖旎，两岸浓荫匝地，古树上绕满野花藤萝，碧水中倒映着岸边的柳丝花影，清风拂过层层片片的青蘋之末，涟漪微动似心湖泛波。

天色尚早，上林苑里并没什么人。三月的天气，上林花事正盛，风露清气与花的甜香胶合在一起，中人欲醉。静静地走着，仿佛昨夜又变得清晰了。站在上林苑里遥遥看见仪元殿明黄的一角琉璃飞檐在晨旭下流淌如金子般耀目的光泽，才渐渐有了真实的感觉，觉得昨夜之事是真真切切，并非梦中情景。

一路想得出神，冷不防有人斜刺里蹿出来在面前跪下，恭恭敬敬地道："参见莞嫔小主，小主金安。"声音却是耳熟得很，见他低头跪着，一时想不起来是谁。

命他起来了，却是康禄海。小允子见是他，脸上不由得露了鄙夷的神气。我只作不觉，随即笑道："康公公好早，怎的没跟着丽贵嫔？"

"丽娘娘与曹容华一同去向皇后娘娘请安。奴才知道小主回宫必定要经过上林苑，特地在此恭候。"

"哦？"我奇道，"是否你家主子有什么事要你交代与我？"

康禄海堆了满脸的笑，压低了声音道："不是丽主子的事，是奴才私心里有事想要求小主。"

我看他一眼："你说。"

康禄海看看我左右的槿汐和小允子，搓着手犹豫片刻，终是忍不住道："奴才先恭喜小主承恩之喜。奴才自从听说小主晋封为嫔，一直想来给小主请安道喜，没奈何七零八碎的事太多，老走不开，皇上又下了旨意不许扰了小主静养。奴才盼星星盼月亮盼得脖子也长了，总要给小主问了安好才心安——"

我听他啰唆，打断他道："你且说是什么事。"

康禄海听我问得直接，微一踌躇，笑容谄媚道："小主晋封为嫔，宫里头难免人手不够，外头调进来的怕是手脚也不够利索。奴才日夜挂念小主，又私想着奴才是从前服侍过小主的，总比外面来的奴才晓得怎么伺候小主。若是小主不嫌弃奴才粗笨，只消一声吩咐，奴才愿意侍奉小主，万死不辞。"

一番话说得甚是恶心，纵使槿汐，也不由得皱了眉不屑。

我道："你这番想头你家主子可知道？"

"这……"

"现如今你既是丽主子的人，若是这想头被你家主子知道了，恐怕她是要不高兴了。更何况我怎能随意向丽贵嫔开口要她身边的人呢？"

康禄海凑上前道："小主放心。如今小主恩泽深厚，只要您开一句口，谁敢违您的意思呢？只消小主一句话就成。"

心里直想冷笑出来，恬不知耻，趋炎附势，不过也就是康禄海这副样子了。

　　有一把脆亮的女声冷冷在身后响起，似抛石入水激起涟漪："难怪本宫进了昭阳殿就不见你伺候着，原来遇了旧主！"

　　闻声转去看，容色娇丽，身量丰腴，不是丽贵嫔是谁？丽贵嫔身侧正是曹容华，相形之下，曹容华虽是清秀颀长，不免也输了几分颜色。不慌不忙行下礼去请安，丽贵嫔只扶着宫女的手俏生生站着，微微冷笑不语，倒是曹容华，忙让我起来。

　　丽贵嫔一句也不言语，只瞟了一眼康禄海。康禄海甚是畏惧她，一溜烟上前跪下了。

　　丽贵嫔朝向我道："听说皇上新拨了不少奴才到莞嫔宫里，怎么莞嫔身边还不够人手使唤么？竟瞧得上本宫身边这不中用的奴才。"

　　我微微一笑，不卑不亢道："贵嫔姐姐说得差了。康禄海原是我宫里的奴才，承蒙贵嫔姐姐不弃，才把他召到左右。既已是贵嫔姐姐的奴才，哪有妹妹再随便要了去的道理。妹妹我虽然年轻不懂事，也断然不会出这样的差池。"

　　丽贵嫔冷哼一声："妹妹倒是懂规矩，难怪皇上这样宠你，尚未侍寝就晋你的位分，姐姐当然是望尘莫及了。"

　　"贵嫔姐姐这样说，妹妹怎么敢当。皇上不过是看妹妹前些日子病得厉害，才可怜妹妹罢了。在皇上心里自然是看重贵嫔姐姐胜过妹妹百倍的。"

　　丽贵嫔听得我这样说，面色稍霁。转过脸二话不说，劈面一个干脆刮辣的耳光上去，康禄海一边脸顿时肿了。扶着她的宫女忙劝道："主子仔细手疼。"又狠狠瞪一眼康禄海："糊涂奴才，一大早就惹娘娘生气！还不自己掌嘴！"康禄海吓得一句也不敢辩，忙抬手"噼噼啪啪"左右开弓自己掌起了嘴。那宫女年纪不大，自然品级也不会在康禄海之上，敢这样对他疾言厉色，可见康禄海在丽贵嫔身边日子并不好过。

　　我只冷眼瞧着，即使有怜悯之心，也不会施舍分毫给他。世事轮转，早知今日，又何必当初。

丽贵嫔行事气性多有华妃之风，只是脾气更暴戾急躁，喜怒皆形于色，半分也忍耐不得，动手教训奴才也是常有之事。曹容华想是见得多了，连眉毛也不抬一下，只劝说："丽姐姐为这起子奴才生什么气，没的气坏了自己的身子。"

丽贵嫔道："只一心攀高枝儿，朝三暮四！可见内监是没根的东西，一点心气也没有，一分旧恩也不念着！难道是本宫薄待了他么？"

曹容华听她出语粗俗，不免微皱了秀眉，却也不接话，只拿着绢子拭着嘴唇掩饰。

丽贵嫔歇一歇，恨恨道："如今这些奴才越发不把本宫放在眼里了，吃里爬外的事竟是做得明目张胆，当本宫是死了么？不过是眼热人家如今炙手可热罢了，也不想想当年是怎么求着本宫把他从那活死人墓样的地方弄出来的？如今倒学会身在曹营心在汉这一出了！"

话说得太明了，不啻当着面把我也骂了进去。气氛有几分尴尬，曹容华听着不对，忙扯了扯丽贵嫔的袖子，轻轻道："丽姐姐。"

丽贵嫔一缩袖子，朝我挑眉道："本宫教训奴才，倒是叫莞嫔见笑了。"

说话间康禄海已挨了四五十个嘴巴，因是当着丽贵嫔的面，手下一分也不敢留情，竟是用了十分力气，面皮破肿，面颊、下巴俱是血淋淋的。我见他真是打得狠了，心下也不免觉得不忍。

脸上犹自带着浅浅笑意，仿佛丽贵嫔那一番话里被连讽带骂的不是我，道："既是贵嫔姐姐的奴才不懂规矩，姐姐教训便是，哪怕是要打要杀也悉听尊便。只是妹妹为贵嫔姐姐着想，这上林苑里人多眼杂，在这当子教训奴才难免招来旁人闲言碎语。姐姐若实在觉得这奴才可恶，大可带回宫里去训斥。姐姐觉得可是？"

丽贵嫔方才罢休，睨一眼康禄海道："罢了。"说罢朝我微微颔首，一行人扬长而去了。

康禄海见她走得远了，方膝行至我跟前，重重磕了个头含愧道："谢小主救命之恩。"

我看也不看他："你倒乖觉。"

康禄海伏在地上："小主不如此说，丽主子怎肯轻易放过奴才。"

我扶了槿汐的手就要走，头也不回道："丽贵嫔未必就肯轻饶了你，你好自为之。"

"小主……"我停住脚步，有风声在耳边掠过，只听他道，"小主也多保重，小主才得恩宠就盛极一时，丽……她们已经多有不满，怕是……"

康禄海犹豫着不再说下去，我缓缓前行，轻声道："要人人顺心如意，哪有这样的好事？我能求得自身如意就已是上上大吉了。"

小允子见我只是往前走，神色岿然不动，犹疑片刻方试探着道："丽贵嫔那话实在是……"

我嘴角浮起一道弧线："这有什么？我还真是喜欢丽贵嫔的个性。"小允子见我说得奇怪，不由得抬头瞧着我。

宫中历来明争暗斗，此起彼伏，哪一日有消停过？只看你遇上什么样的敌手。丽贵嫔这样的性子，半点儿心思也隐藏不得，不过让她逞一时口舌之快而已，反倒是那些不露声色暗箭伤人的才是真正的可怕。

暗自咬一咬牙，昨夜才承宠，难道今日就要竖下强敌？丽贵嫔也就罢了，可是谁不知道丽贵嫔的身后是华妃。只要在这宫里存活一日，即便尊贵风光如皇后，怕是也有无穷无尽的委屈和烦恼吧，何况我只是个小小的嫔妾，忍耐罢了。

棠梨宫外乌压压跪了一地的人，眉眼间俱是掩抑不住的喜色。斜眼看见黄规全也在，心里暗自纳闷。才进庭院，就觉棠梨宫似乎与往日不同。

黄规全打了个千儿，脸上的皱褶里全溢着笑，声调也格外高："恭贺小主椒房之喜，这可是上上荣宠，上上荣宠啊。"说罢引我进了莹心堂，果然里外焕然一新，墙壁似新刷了一层，格外有香气盈盈。

黄规全道："今儿一早皇上的旨意，奴才们紧赶慢赶就赶了出来，还望小主满意。"

槿汐亦是笑："椒房是宫中大婚方才有的规矩。除历代皇后外，等闲妃子不能得此殊宠。向来例外有此恩宠的只有前朝的舒贵妃和如今的华妃，小主是这宫中的第三人。"

椒房，是宫中最尊贵的荣耀。以椒和泥涂墙壁，取温暖、芳香、多子之义，意喻"椒聊之实，蕃衍盈升"。想到这里，脸不由得烫了起来。多子，玄凌，你是想要我诞下我们的孩子么？

黄规全单手一引，引着我走进寝殿："请小主细看榻上。"

只见帐帘换成了簇新的彩绣樱桃果子茜红连珠缣丝帐，樱子红的金线鸳鸯被面铺得整整齐齐，我知道这是妃嫔承宠后取祥瑞和好的意头，除此再看不出异样。疑惑着上前掀被一看，被面下撒满金光灿烂的铜钱和桂圆、红枣、莲子、花生等干果。心中一暖，他这样把我的话放在心上。眼中倏然温热了起来，泪盈于睫。怕人瞧见，悄悄拭了才转过身道："这是……"

"皇上听闻民间嫁娶有'撒帐①'习俗，特意命奴才们依样办来的。"

见我轻轻颔首，槿汐道："小主也累了，你们且先退下，流朱、浣碧留下服侍小主休息。"于是引了众人出去。

流朱高兴得只会扯着我的手说一个"好"字。浣碧眼中莹然有光："如今这情形，皇上很是把小主放在心上呢。煎熬了这大半年，咱们做奴婢的也可以放心了。"

一切来得太快太美好，好得远在我的意料之外，一时难以适应，如坠在五里雾的茫然之中。无数心绪汹涌在心头，感慨道："皇上这样待我，我也是没想到。"

从来宫中得宠难，固宠更难，谁知让玄凌如此厚待于我的是我的姿容、慧黠，还是对他怀有的那些许让他觉得新鲜难得的对于情缘长久的执

① 撒帐：古代婚俗的一种。形式因时因地而异。撒金钱彩果，渲染喜庆气氛，并祝愿新人早生贵子、多子多福。

着呢？或许都是，又或许都不是。揉一揉因疲倦而酸涨的脑仁，命流朱、浣碧把"撒帐"的器具好生收藏起来，方才和衣睡下。举目满床满帐的鲜红锦绣颜色，遍绣鸳鸯樱桃，取其恩爱和好，子孙连绵之意。鸳鸯，鸳鸯，愿得与君岁岁好，朝朝暮暮比鸳鸯……

同膳 | 壹 贰

　　天色尚未暗下来，敬事房的总领内监徐进良便来传旨要我预备着侍寝，凤鸾春恩车一早候在外头，载我入了仪元殿的东室。宫车辘辘滚动在永巷石板上的声音让我蓦然想起了那个大雪的冬夜，一路引吭高歌春风得意的妙音娘子。不知怎的会突然想起这个因我而失宠的女子，她昔日的宠眷与得意，今时此刻不知她正过着何种难挨的日子……纵然她骄横无礼，心里仍是对她生出了一丝怜悯。这辆车，也是她昔日满怀欢喜、期待与骄傲乘坐而去的，不过十数间间，乘坐在这辆凤鸾春恩车上奉诏而去的人已经换成了我。心底微微抽一口凉气，她是我的前车之鉴，今后无论何时何地，哪怕宠冠后宫，谨慎与隐忍都是一条可保无虞之策。

　　芳若迎候在殿外，见了我忙上来搀扶，轻声道："皇上还在西室批阅奏折，即刻就好。请小主先去东室等候片刻。"

　　芳若引了我进东室便退了下去。独自等了须臾，玄凌尚未来。我一个人走了出去，西室灯火通明，因是御书房的缘故，嫔妃等闲不能进去。我不敢冒失，只身走到仪元殿外，在朱红盘龙通天柱边止了步子。

整个紫奥城都如笼在淡淡的月色水华之中。后宫之中，东西筑揽雁、问星两台，遥遥相对，是宫中最高之所。除此之外便是皇帝居住的仪元殿。站在殿前极目远望，连绵的宫阙楼台如山峦重叠，起伏不绝。月光下所有宫阁殿宇的琉璃华瓦，粼粼如星光下的流波烁烁。

殿前的玉兰半开半合，形态甚是高洁优雅。夜风有些大，披散着的长发被风吹到眼里眯了眼睛，于是轻唤槿汐："去折一枝玉兰来。"

是一枝紫玉兰，花梗坚硬而长，花苞初绽，亭亭如小荷。随手用玉兰松松把头发绾起，发间就有了清淡迷离的香气。风愈大，玉涡色的长衣裙裾无声地飞起，衣裳被风吹得紧贴在身上，不由得举起宽大的袖子掩了掩。

听见玄凌走到身边。"春日夜里还有些凉，别站在风口上。随朕进去。"又笑一笑，"朕给你预备了样东西。"

我微感好奇，进了东室，见桌上搁着一碗热腾腾的饺子。玄凌与我一同坐下，向我道："饿不饿？朕叫人预备了点心给你。"

看上去味道似乎很好，却只有一碗，看着玄凌让道："臣妾不饿。皇上先用吧。"

"朕已在西室用过了，你且尝尝合不合口。"

我依言咬了一口，不由得蹙眉吐了出来，推开碗道："生的。"

玄凌闻言笑得促狭："这可是你自己说的。"

方才醒悟过来是上了他的当，羞急之下赌气扭转了身子。玄凌起身走至我身前，我又扭了身子不看他，如此几次，自己也觉得不成样子，兀自低了头。他俯下腰身看我，轻笑道："朕的莞卿生起气来更叫人觉得可爱可怜。"

我低声道："皇上戏弄臣妾。"

"好了好了。"他轻拍我的背，"朕并非存心戏弄你。这一碗饺子合该昨晚就让你尝了，朕听闻民间嫁娶这是不可或缺的。宫里有规矩拘着，朕虽不能一一为你办来，能办的自然也全替你办了。"

想起早上的"撒帐"，心里感动，身子依向他轻轻道："皇上这样待臣妾……"心中最深处瞬间软弱，再说不下去，只静静依着他。

他的声音渐渐失了玩笑的意味，微有沉意："朕那日在上林苑里第一次见你，你独自站在那杏花天影里，那种淡然清远的样子，仿佛这宫里种种的纷扰人事都与你无干，只你一人遗世独立。"

我低低道："臣妾没有那样好。宫中不乏丽色才德兼备的人，臣妾远远不及。"

"何必要和旁人比？甄嬛即是甄嬛，那才是最好的。"面前这长身玉立的男子，明黄天子锦衣，眉目清俊，眼中颇有刚毅之色，可是话语中挚诚至深，竟让人毫无招架之力。

我抬头看着他，他亦瞧着我。他的目光出神却又入神，那迷离的流光，滑动的溢彩，直叫人要一头扎进去。不知这样对视了多久，他的手轻轻抚上我的发际，缓缓滑落下去碰到那枝紫玉兰，微笑道："好别致。"话语间已拔下了那枝玉兰放在桌上，长发如瀑滑落。他唇齿间温热的气息越来越近……

七夜，一连七夜，凤鸾春恩车如时停留在棠梨宫门前，载着我去往仪元殿东室。玄凌待我极是温柔，用那样柔和的眼神看我，仿若凝了一池太液春水，清晰地映出我的影子。龙涎香细细，似乎要透进骨髓肌理中去。

接连召幸七日是从未有过的事，即便盛宠如华妃，皇帝也从未连续召幸三日以上。如是，后宫之中尽人皆知，新晋的莞嫔分外得宠，已是皇帝跟前炙手可热的人了，于是巴结趋奉更甚，连我身边的宫人也格外被人另眼相待，只是他们早已得了我严诫，半分骄色也不敢露。

这一日我正陪眉庄在宫里闲坐，皇后宫里遣了剪秋来，进门便盈盈福了一福："真是巧了，两位小主都在呢，省了奴婢一趟腿脚。传皇后娘娘的口谕，特请莞嫔小主与惠嫔小主一起到凤仪宫陪皇上和皇后用午膳呢。"

我与眉庄立刻起身："多谢皇后娘娘恩典。可是什么好日子么？"

"皇后娘娘喜欢两位小主，又说今日皇上过来用膳，一起热闹些。"她笑，"两位小主即刻随奴婢动身吧，晚了菜都凉了。"

到了凤仪宫中，我与眉庄向皇后请过安，便候在一旁。膳桌上一早放好精美膳食，皇后站在廊下翘首盼望，等待玄凌到来。

剪秋殷切道："娘娘，时候不早了，不如奴婢去仪元殿请皇上吧。"

皇后迟疑片刻，摆手道："想是这两日朝政繁忙，皇上今日从仪元殿过来时辰稍稍晚了些。"

剪秋即刻道："也是。今儿是初一，照例皇上要在娘娘宫中用午膳，必定会来的。"

远远听见有内监击掌的声音一下接一下传来，剪秋惊喜："娘娘，皇上来了。"

皇后含笑："剪秋，先去盛一碗紫云参鸭丁汤来，等下皇上饿了可以先喝汤垫一垫。"

剪秋道了声"是"，转身告退。

不过片刻，玄凌便进来了，我与眉庄跟在皇后身后，皇后满面含笑，屈膝请安："臣妾给皇上请安，皇上万福金安。"

玄凌略为歉疚地笑："起来吧。皇后久等了吧。"他抬一抬手，欣喜道："你们也在，快起来吧。"

话音未落，却听玄凌身后走近一位女子，不疾不徐地请安："皇后娘娘万福金安。"

皇后起身，看见站在皇帝身后的华妃，神色微变，很快如常一般："皇上国事操劳，臣妾等候也是应当的。"她向华妃笑："起来吧！难得华妃来，今日真是高兴。"

我与眉庄依礼见过华妃，她不过目光一瞟，也不多理会。

华妃靠近玄凌一步，笑吟吟道："今日臣妾陪皇上在仪元殿说话，不知不觉忘了时辰，皇后不会见怪吧？"

皇后温和道："用膳的时辰只是规矩，只要皇上圣心愉悦，何必在意小节呢。"

"今日本该朕陪皇后用膳，可是华妃说想尝一尝你宫中的手艺，朕就带她过来了。皇后不会介意吧？"

皇后笑得极大方："一家子吃饭才热闹，所以臣妾也邀了惠嫔和莞嫔。臣妾知道华妃宫中厨艺最佳，还想请华妃一一品评指点。臣妾正愁不好开口，皇上就带华妃来了。"

玄凌笑着望我们一眼，携过皇后的手进去："你是朕的皇后，多年夫妻，朕还是知道的。"

进了殿中，玄凌与皇后坐下，华妃与我们分站左右。

玄凌看着眉庄，颇为怜惜："你身子才好，和莞嫔坐下吧。华妃也不用立规矩了。"

皇后亦笑："一家子吃饭，妹妹就不必执妾妃之礼了。"

我忙欠身："多谢皇后娘娘，臣妾位卑，能为皇上与娘娘捧膳进食，已是臣妾殊荣。"

华妃侧目瞥我一眼："自知卑微，倒也算识礼数。"

眉庄微微衔了一丝笑意："华妃娘娘为嫔妃之首，以身作则，莞嫔才会如此谨守妾妃之礼。"

华妃色变，手下微重，勺子搁进碗里一声轻响。玄凌不动声色地看了她一眼，华妃低下头去。

三人分别坐下，司膳内监便开始上汤。

皇后看着剪秋将汤奉到皇帝面前，微笑道："紫云参补气，鸭子清火，又加枸杞可以明目。皇上批阅奏折，为万民劳心，这道汤于龙体很是相宜。"

华妃温婉道："饭前饮汤，实属养身之道。皇后细心过人。只是鸭子乃水禽，难免有腥臊气，臣妾倒以为换作鸽子会更好。"

"春江水暖鸭先知，这个时节水禽最知春意，所以相宜。"皇后见华妃欲争辩，更加心平气和，"凡人凡事皆有长短，无十全十美之物，知道如何取长补短为己所用才最要紧。妹妹觉得可是？"

玄凌喝了一口汤："皇后此言颇有政要之道，朕听着很好。"

皇后站起谦逊："皇上恕罪。臣妾不敢妄议朝政，只是觉得圣贤之言，放于万事皆通。"

玄凌忙道："皇后坐吧，动辄恕罪，不像夫妻倒像是君臣了。"

皇后坐下，华妃得意一笑，击掌两下，颂芝捧上一个红木食盒，放出四样精致小菜，一碗清炖云腿、一碗福建肉松、一碟冷拌鲍鱼和一碟清炒马兰头。

华妃含笑中不失机锋："臣妾厚颜陪皇上来皇后宫中用膳，也不敢空手而来失了礼数。这些小菜虽不如娘娘宫中的菜肴处处循药膳之方，但口味鲜美，有益开胃，还请皇上与娘娘笑纳。"

皇帝放下筷子，目光停留在云腿上，华妃会意，亲自夹了一筷送到皇帝唇边。

皇帝吃了一口："果然味道鲜美，令人食指大动。"

华妃得意："这是云南进贡的宣威火腿，臣妾做时用清鸡汤慢火炖成，佐以香菇、干贝、花胶，煨了一日一夜才成。"

皇帝望着她："这一日一夜，你必定时时关照火候，不能安睡。"

华妃低眉温顺："为皇上圣心愉悦，臣妾小小辛苦有何要紧。臣妾心想皇上每日用太医开的滋补汤药，日久生厌，必然不喜膳食中还有药料，所以特意为皇上烹制开胃小菜。"

皇后微微目示，眉庄动箸夹菜放在皇帝面前的碗中，含笑："皇上尝一尝这碟芙蓉炸肚，以鲜花烹炸，别有风味。"

华妃微微一笑："惠嫔有所不知，前日太医才吩咐过，皇上现吃的药忌油腻烹炸。"她夹了一筷清炒马兰头给玄凌："马兰菜清火明目，又是时令鲜蔬，皇上多尝尝。"

玄凌吃了一口，亲自夹了一筷子云腿在我碗中，道："尝尝这个，华妃宫里的手艺极好。"

我含笑吃了，见玄凌对清炖云腿兴趣颇大，连喝两碗，又尝了两筷子马兰头，正欲对马兰头再度下箸，皇后扬一扬脸，司膳内监上前道："皇上，食不过三。奴才要撤下这碟菜了。"

华妃拦下："皇上开胃，多吃一些又何妨？"

皇后含笑看着华妃："华妃难道不知祖宗规矩，食不过三。"

华妃只看着皇后："皇后方才说一家子吃饭，如若夫妻间还要处处顾着规矩忌讳，岂不无趣？"

皇后正色："夫妻亦是君臣，何时何地都不能不顾祖宗规矩。"

"皇上乃是天子，虽然要处处为天下表率，难道连一足口腹之欲也不能？"

"克己复礼，不能纵性任意。"

华妃语塞，旋即冷笑："皇后果然是贤后，也是贤臣，但断断不算体贴夫君心意的贤妻。"

皇后脸色微微发白。司膳内监左右为难，不知该不该端下菜去。我见气氛僵持，忙向司膳内监道："这马兰头凉了，怕再吃伤胃，你吩咐小厨房加剁碎的香干做成汤再端上来。"

司膳内监如逢大赦，即刻端了下去。

眉庄沉吟道："一饮一食来之不易，皆是民间疾苦，臣妾深觉不可浪费。而老祖宗规矩必有其深意，不可轻违。臣妾以为，皇上既要顾及心中所好，又要遵祖宗家法，变通之道不如交由御厨。以一物而制多法，每菜少而精，岂不两全其美？"

皇帝微微颔首："克己复礼，要克制自己的欲望，有时真的很难。然而恰如惠嫔所言，换种做法，或许更有味道。"他向皇后道："惠嫔颇识大体，亦得变通，六宫的事，皇后若觉繁杂，大可让惠嫔跟着学学。"

眉庄忙起身道："皇上三思，臣妾不通世情，更不会处理事务，如何能学什么六宫的事，怕辜负了皇上美意。"

玄凌含笑："你是大家子出身，人也稳当妥帖，朕信得过。凡事再难，慢慢学总能学好。你又聪明，能帮衬皇后。"

我笑着推一推眉庄："皇上一番心意，姐姐试试就是了。"

眉庄这才答应。皇后不顾华妃脸色微寒，只是温婉地笑："莞嫔聪慧细心，皇上等下回仪元殿批折子，带了莞嫔伺候笔墨也好。"

春日午后暖风熏然，直拂得人酣然欲睡。我伴在玄凌身边，缓缓磨着墨，浣碧远远侍立在门边。

玄凌边写折子边道："今日早朝看见你父亲咳了两声，像是嗓子不好。"

我闻言不免忧心："父亲一直有喉疾，遇到干燥的时候就会不好。臣妾也担忧得很。"

玄凌和言道："下了早朝朕就让李长取了两瓶蜜炼枇杷露给你父亲，宫中的东西，总比外头用的好。"

我心下感动，柔声道："多谢皇上关怀。"

玄凌望着我，语气和缓如窗外熏暖的天气："他是你父亲，朕关心他是应该的。"

我与他相视一笑，便道："父亲喉疾也是臣妾母亲每日牵挂之事。春日熬杏仁百合，秋日蒸川贝白梨，悉心照料了许多年。"

玄凌刮一刮我的额头:"你父母伉俪情深,难怪生出的女儿这般温婉多情。"

我含羞低头:"皇上取笑臣妾。"

低头的瞬间,居然看见的是浣碧神色怏怏的面孔。或许,父亲与母亲的多情,也是浣碧心底对于身份最难堪的解释。我低首磨墨,再不延续方才的话题了。


第七日上,循例去给皇后请安。那日嫔妃去得整齐,虽不至于迟了,但到的时候大半嫔妃已在,终是觉得不好意思。依礼见过,守着自己的位次坐下与众嫔妃寒暄了几句,不过片刻,也就散了。

眉庄与我一同携了手回去。才出凤仪宫,见华妃与丽贵嫔缓缓走在前面,于是请了安见过。华妃吩咐了"起来",丽贵嫔道:"莞嫔妹妹给皇后娘娘请安一向早得很,今日怎么却迟了?当真是稀罕。"

微感窘迫,含笑道:"众位姐姐勤勉,是妹妹懒怠了。"

丽贵嫔冷冷一笑:"倒不敢说是莞嫔妹妹你懒怠——连日伺候圣驾难免劳累,哪里像我们这些人,不用侍驾,那样清闲。"

心头一恼,紫涨了脸。丽贵嫔说话这样露骨,半分忌讳也没有。若只一味忍让,她越发无所顾忌。于是慢条斯理道:"贵嫔姐姐侍奉圣驾已久,可知'非礼勿言'四字?"

丽贵嫔脸色一沉便要发作,我笑道:"妹妹入宫不久,凡事都不太懂得,若是言语有失,还望贵嫔姐姐大度,莫要见怪。"丽贵嫔看一眼华妃,终究不敢在她面前太过出言不逊,只得忍气勉强一笑。

华妃在一旁听了只作不闻,向眉庄道:"惠嫔近来也清闲得很,不知有没有空儿替本宫抄录一卷《女论语》①,也好时时提醒后宫诸人恪守女

---

① 《女论语》:又名《宋若昭女论语》,唐代宋若莘所著,其妹宋若昭作解,在思想和行为上对古代女子提出了严格要求和应遵循的基本礼节,在当时看来,是淑女贤妇的一部行为规范和准则。

范，谨言慎行。"

眉庄顺从道："娘娘吩咐，嫔妾怎会不从。只不知娘娘什么时候要？"

华妃以手抚一下脸颊，似乎是沉思，半晌方道："也不急，你且慢慢抄录。本宫若是要了自会命人去取。"说着看看眉庄道，"惠嫔似乎清减了些，可是皇上最近没召你的缘故？"

眉庄大窘："华妃娘娘见笑了，不过是冬日略微丰腴，如今衣裳又穿得少，才显得瘦些罢了。"

华妃轻轻一笑，丽色顿生，徐徐道："原来如此。惠嫔与莞嫔一向交好，本宫还以为这一厢莞嫔圣恩优隆，惠嫔心里不自在的缘故呢。"说着又向我道："莞嫔聪敏美貌，得皇上眷顾也是情理中事。"她话锋一转，"旁人也就罢了，莞嫔既与惠嫔情同姐妹，怎的忘了专宠之余也该分一杯羹给自己的姐妹，要不然可是连管夫人和赵子儿①也不如了。"

华妃话中机锋已是咄咄逼人了，不知眉庄是否也因我得宠生了不满，不由得抬眼去看她。正巧眉庄也朝我看过来，两人互视一眼，俱知华妃蓄意挑拨，彼此顿时心意了然，温然一笑。

眉庄淡淡笑道："娘娘让嫔妾抄录《女论语》是为训示六宫女眷，嫔妾又怎能不知嫉妒怨恨为女子德行之大亏。嫔妾虽无才愚钝，德行却万万不敢有亏。"

华妃道："你虽然德行无亏，难保别人也如此。本宫在宫中多年，人心凉薄、反复无常的事看得也多了。"

话中句句意有所指，眉庄尚未来得及反应，我亦微笑道："多谢娘娘提点教诲。娘娘既让姐姐抄录《女论语》训示后宫众人，为的就是防止后宫争宠，招惹事端。娘娘用心良苦，嫔妾们恭谨遵奉还来不及，怎还敢逆娘娘的意思而行呢。何况……"我看着华妃鬓边轻轻颤动的金凤珠钗道，

---

① 管夫人和赵子儿：汉高祖妃子，曾得宠。两人与高祖妃薄姬交好，三人更曾约定"先贵毋相忘"，后管、赵二夫人皆得君王宠幸，独薄姬遭到冷遇。二人念及旧约，提携薄姬使其得高祖宠幸，诞育代王刘恒即后来的汉文帝，薄姬亦成太后。

"吕后凶残，戚妃专宠，管夫人与赵子儿均下场惨淡。如今皇后与华妃贤德，高祖后宫怎能与我朝相比。"

华妃唇边的笑意略略一凝，丽贵嫔察言观色，上前一步立即要反唇相讥。华妃眼角斜斜一飞："贵嫔今日的话说得不少了，小心闪了舌头。"丽贵嫔闻言，只得忍气默默退后。华妃转瞬巧笑倩兮："莞嫔的话听着真叫人舒坦。"说着目光如炬瞧着眉庄："惠嫔与莞嫔处得久了，嘴皮子功夫也日渐伶俐，真是不可小觑了啊。"

眉庄嘴唇微微一动，似乎想说什么，终究没有说出来，只是默默。

华妃揉一揉太阳穴，道："一早起来给皇后问安，又说了这么会子话，真是乏了。回去吧。"说着扶了宫女的肩膀，一行人浩浩荡荡一路穿花拂柳去了。

眉庄见华妃去得远了，脸一扬，宫人们皆远远退下去跟着。眉庄看着华妃离去的方向幽幽地叹了一口气："她终于也忍不得了。"携了我的手，"一起走走吧。"

眉庄的手心有凉凉的湿，我取下绢子放她手心。眉庄轻轻道："你也算见识了吧。"

春风和暖，心里却凉湿得像眉庄的手心，轻吁道："华妃也就罢了。姐姐，"我凝视着眉庄，"你可怪我？"

眉庄亦看着我，她的脸上的确多了几分憔悴之色。在我之前，她亦是玄凌所宠。本就有华妃打压，旁人又虎视眈眈，若无皇帝的宠爱，眉庄又要怎样在这宫里立足？眉庄，她若是因玄凌而与我生分了……我不敢再想，手上不由自主地加了力，握紧眉庄的手。

眉庄轻拍我的手："不是你，也会有别人。如果是别人，我宁愿是你。"她的声音微微一抖，"别怪我说句私心的话。别人若是得宠只怕有天会来害我。嬛儿，你不会。"

我心中一热："眉姐姐，我不会，决不会。"

"我信你不会。"眉庄的声音在春暖花开里弥漫起柔弱的伤感与无助，却是出语真诚，"嬛儿，这宫里，那么多的人，我能信的也只有你。陵容虽与我们交好，终究不是一同长大的情分。如若你我都不能相互扶持，这寂寂深宫数十年光阴又要怎样撑过去。"

"眉姐姐……"我心中感动，还好有眉庄，至少有眉庄，"有些事虽非嬛儿意料之中，也并非嬛儿一力可以避免，但无论是否得宠，我与姐姐的心意一如从前。纵使皇上宠爱，姐姐也莫要和我生分了。"

眉庄看着烟波浩淼的太液池水，攀一枝柔柳在手："以你我的天资，得宠是意料中事，绝不能埋没了。即使不能宠眷不衰，也要保住这性命，不牵连族人……"

我苦苦一笑，黯然道："更何况华妃已把你我当成心腹大患。咱们已是一荣俱荣、一衰俱衰的命数了。"

眉庄点一点头："不只你我，只怕在旁人眼里，连陵容和淳儿也是脱不了干系的。"眉庄口中说话，手里摆弄着的柳枝越拧越弯，只听"啪嗒"一声，已是折为两截了。

柳枝断裂的声音如鼓槌"砰"一下击在我心，猛地一警神，伸手拿过眉庄手中的断柳。张弛有度，一松一紧，才能"长得君王带笑看"。若是受力太多，即便这一枝柳枝韧性再好也是要断折的。我仰起头看着太液池岸一轮红日，轻声道："多谢姐姐。"

眉庄犹自迷茫不解："谢我什么？"

默然半晌，静静地与眉庄沿着太液池缓缓步行。太液池绵延辽阔，我忽然觉得这条路那样长，那样长，像是怎么也走不完了。

夜间依旧是我侍寝。半夜下起了淅淅沥沥的小雨，因心中有事，睡眠便轻浅，一醒来再也睡不着。宠幸太过，锋芒毕露，我已招来华妃的不满了。一开始势头太劲，只怕后继不足。如同弦绷得太紧容易断折是一样的道理。

轻轻一翻身，夹了花瓣的枕头窸窸窣窣地响，不想惊醒了玄凌。他半梦半醒道："怎么醒了？"

"臣妾听见外头下雨了。"小雨打在殿外花叶上，清脆地沙沙作响。

"你有心事？"

我微微摇头："并没有。"微蒙的橘红烛光里，长发如一匹黑绸散在他臂上枕间。

"不许对朕说谎。"

转过身去靠在他胸前，明黄丝绸寝衣的衣结松散了，露出胸口一片清凉肌肤。我抬起手慢慢替他系上："皇上，臣妾害怕。"

他的口气淡淡："有朕在，你怕什么？"

"皇上待臣妾这样好，臣妾……"声音渐次低下去，几乎微不可闻，"皇上可听过集宠于一身，亦是集怨于一身？"

玄凌的声音微微透出凌厉："怎么？有人难为你了？"

"没有人为难臣妾。"心中颇觉酸苦，可是这话不得不说，终于也一字一字吐了出来，"雨露均沾，六宫祥和，才能绵延皇家子嗣与福泽。臣妾不敢专宠。"

揽着我身体的手松开了几分，目光轻漫，却逼视着我："若是朕不肯呢？"

我知道他会肯，六宫妃嫔与前朝多有盘根错节的关系，牵一发而动全身，他不会不肯。心下一阵黯然，如同殿外细雨绵绵的时气，慢慢才轻声启齿："皇上是明君。"

"明君？"他轻哼一声，喉间有凉薄意味，像是他常用来清醒神志的薄荷油，那样凉苦的气味。

"已经八日了。皇上在前朝已经政务繁忙，六宫若成为怨气所钟之地，不啻后院起火，只会让皇上烦心。"他静静听着，只是默然的神气，我继续说，"皇上若专宠于我而冷落了其他后妃，旁人不免会议论皇上男儿凉薄，喜新忘旧。"双手蜷住他的衣襟，语中已有哽咽，"臣妾不能让皇上因臣妾一人而烦心，臣妾不忍。"说到最后一句，语中已有哀恳之意。

或许是起风了，重重的鲛绡软帐轻薄无比，风像只无形的大手，一路无声穿帘而来。帐影轻动，红烛亦微微摇曳，照得玄凌脸上的神情明灭不定。双足裸露在锦被外，却无意缩回，有凉意一点一点蔓延上来。

玄凌的手一分分加力，我的脸颊紧紧贴在他锁骨上，硌得有点儿疼。他的足绕上我的足，有暖意袭来。他合上双目，良久才道："知道了。"

我亦闭上双目，再不说话。

是夜，玄凌果然没有再翻我的牌子。小允子一早打听了，皇帝去看已长久无宠的惢妃，应该也会在她那里留宿了。虽然意外，但只要不是我，也就松了一口气。

总有七八日没在棠梨宫里过夜了，感觉仿佛有些疏远。换过了寝衣，仍是半分睡意也无，心里宛如空缺了一块什么，总不是滋味。惢妃，长久不见君王面的惢妃会如何喜不自胜呢？又是怎样在婉转承恩？

怅怅地叹了口气，随手拨弄青玉案上的一尾凤梧琴，琴弦如丝，指尖一滑，长长的韵如溪水悠悠流淌，信手挥就的是一曲《怨歌行》①。

　　　　十五入汉宫，花颜笑春红。君王选玉色，侍寝金屏中。荐枕娇夕月，卷衣恋春风。宁知赵飞燕，夺宠恨无穷。沉忧能伤人，绿鬓成霜蓬。一朝不得意，世事徒为空。鹔鹴换美酒，舞衣罢雕龙。寒苦不忍言，为君奏丝桐。肠断弦亦绝，悲心夜忡忡。

未成曲调先有情，不过断续两三句，已觉大是不吉。预言一般的句子，古来宫中红颜的薄命。仿佛是内心隐秘的惊悚被一枚细针锐利地挑破了，手指轻微一抖，调子已然乱了。

怨歌行，怨歌行，宫中女子的爱恨从来都不能太着痕迹，何况是怨，是女子大忌。又有什么好怨，是我自己要他去的，不能不如此啊……

————————

① 李白作，诗写一个宫女由得宠到失宠的悲剧命运，与诗题的"怨"字紧相关合。

略静一静心神，换了一曲《山之高》①：

> 山之高，月出小。月之小，何皎皎！我有所思在远道。一日
> 不见兮，我心悄悄。

巡巡几遍，流朱不由得好奇道："小姐，这曲子你怎么翻来覆去只弹前面的几句？"

心思付在琴音上，眉目不动，淡淡道："我只喜欢这几句。"

流朱不敢多问，只得捧了一盏纱灯在案前，静静侍立一旁。弹了许久，宽大的衣袖滑落在肘下，月光隔着窗纱清冷地落在手臂上，仿佛是在臂上开出无数雪白的梨花，泠然有微明的光泽。指端隐有痛楚，翻过一看，原来早已红了。

推开琴往外走。月白旋纹的寝衣下摆长长曳在地上，软软拂过地面寂然无声。安静扬头看天，月上柳梢，今日已是十四了，月亮满得如一轮银盘，玉辉轻泻，映得满天星子也失了平日的颜色。其实，并不圆满，只是看着如同圆满了的而已。明日方是正经的月圆之夜，月圆之夜，皇帝按祖制会留宿皇后的昭阳殿。冷眼瞧了大半年，玄凌待皇后也不过如此——的确是相敬如宾。只是，太像宾了，流于彼此客气与尊崇。每月的十五，应该是皇后最期盼的日子吧。如此一想，不免对皇后生了几分同情与怜悯。

此时风露清绵，堂前两株海棠开得极盛，花色娇红若晓天明霞。

风乍起，花朵簌簌如雨，一瓣一瓣沾在衣间袖上，如凝了点点胭脂。我任风卷着轻薄的衣袖拂在腕骨上，一阵高一阵低，若有似无的轻。偶尔

---

① 《山之高》：选自《兰雪集》。宋代女诗人张玉娘作。全文如下："山之高，月出小。月之小，何皎皎！我有所思在远道。一日不见兮，我心悄悄。 采苦采苦，于山之南。忡忡忧心，其何以堪。 汝心金石坚，我操冰雪洁。拟结百岁盟，忽成一朝别。朝云暮雨心去来，千里相思共明月。"一二章表达相思之情，情志不渝，第三章写离别变故，相逢难期，忧思难解。

有夜莺嘀呖一声，才啼破这清辉如水的夜色。

我晓得他来了，熟悉的龙涎香隐约浮在花草甘芳中，什么香也遮不住他的。他不出声，我亦只是站着，仿若在无人之境。

他终于说话："你要这样站多久？"却不转身，听得他走得近了，靴子踏在满地落花之上犹有轻浅的声响。嘴角扬起一抹浅笑，他果然来了。倏忽把笑意隐了下去，缓缓地转身，像是乍见了他，迟疑着唤："皇上。"

还隔着半丈远他已展开了双臂，我双足一动，扑入他怀里。他的金冠上有稀薄的露水，在月下折出一星明晃晃的光，手轻轻抚着我的肩膀："这样让朕心疼，叫朕怎么放得下你？"

像是想起什么，挣开他的怀抱，轻声疑道："皇上不是去看悫妃了么？怎么来了棠梨宫？"

他一笑："看过她了。走过来见今儿的风露好，想来瞧瞧你在做什么。"他的唇轻贴着我的额头，"朕若不来，岂不是白白辜负了你的《山之高》？这样好的琴声，幸好朕没有错过。"

别过头"扑哧"一笑，颊上如饮了酒般热："皇上这样说，臣妾无地自容了。"以指顽皮刮他的脸，"堂堂君王至尊，竟学人家'听壁脚'？"

他握住我的手指，佯装薄怒："越发大胆了！罚你再去弹一首来折罪。"

携手进了莹心堂，槿汐等人已沏好一壶新茶，摆了时新瓜果恭候，又有随身的内监替玄凌更了衣裳。见众人退下掩上了门，我微微蹙眉道："皇上这一走，悫妃许会难过的。"

他以食指抬起我的下巴，长目微眯，有重重笑意："你舍得推朕去旁人那里？"

我心里是为难的，只得别过脸，极力保持着端正贤德的口吻："圣主英明，恩泽均沾。"

玄凌的呼吸呵在我耳边，痒酥酥的。他亦很认真地板着脸道："圣主日日都有得做，朕今夜就且再为你昏一回罢。"

说罢，我与他都忍耐不住笑了起来。我掩唇："那臣妾亦明日再做贤妃吧，去向惢妃姐姐负荆请罪。"侧一侧头，"四郎，你想听我弹什么曲子？"

他怔了一怔，仿佛是没听清楚我的话，片刻方道："你方才唤朕什么？"

方察觉自己说错了话，脑中一凛，似有冰雪溅上，顺势屈膝下去："臣妾失仪……"

他的手已经挡住了我的跪势，弯腰将我半抱在怀中抱了起来，眼中有一闪奇异的我从未见过的明耀的光芒："很好。这样唤朕，朕喜欢得很。"他把我抱在膝上，语气温软如四月春阳煦煦，"你的闺名是甄嬛，小字是什么？"

"臣妾没有小字，都叫臣妾'嬛儿'。"

"唔。朕叫你'嬛嬛'好不好？"

低垂螓首，瞥眼看见椒泥墙上烛光掩映着我与玄凌的身影，心如海棠花般胭脂色的红，轻轻地"嗯"了一声。

懒懒地靠在玄凌身上，他的声音似饮了酒样沉醉，吻细细碎碎落在颈中："朕方才瞧了你许久。嬛嬛，你站在那海棠树下，恍若九天谪仙。嬛嬛，弹一曲《天仙子》吧。"

依言起身，试了试调子，朝他妩然一笑："其实嬛嬛弹得不算精妙，眉庄姐姐琴技远在我之上，还需她时时点拨。"

他展目道："惠嫔么？改日再听她好好弹奏一曲吧。"

琴声淙淙，只觉得灯馨月明，满室风光旖旎。

才要睡下，门上"笃笃"两下响。内侍尖细的嗓音在门外恭声唤道："皇上。"

玄凌有些不耐烦："什么要紧事？明日再来回。"

那内侍迟疑着答了"是"，却不听得退下去。

我劝道："皇上不妨听听吧，许是要事。"

玄凌披衣起身，对我道："你不必起来。"方朝外淡然扬声："进来。"

　　因有嫔妃在内，进来回话的是芳若。素来宫人御前应对声色不得溢于言表，芳若只不疾不徐道："启禀皇上，惠嫔小主溺水了。"

　　我猛地一惊，一把掀开帐帘失声道："四郎，眉姐姐是不懂水性的！"

壹肆 | 池鱼

　　畅安宫与棠梨宫并不太远，一路与玄凌乘着步辇赶去，远远看见整个畅安宫灯火通明，如同白昼一般。畅安宫主位冯淑仪早得了消息，带了宫中妃嫔与阖宫宫人在仪门外等候。见了御驾忙下跪请安。玄凌道一声"起来"，方问："怎么样了？"

　　冯淑仪回道："太医已在里头抢治了，惠嫔现时还未醒过来。"停一停道，"臣妾已打发人去回皇后娘娘了。"

　　"嗯。这时候皇后该睡下了，再打发人去告诉皇后不用过来了。"

　　"是。"冯淑仪一应声，忙有小内监悄悄退了下去回话。

　　玄凌对众妃嫔道："既然太医到了，这么一窝蜂进去反倒不好。你们且先去歇着吧，淑仪与莞嫔同朕进去。"

　　畅安宫主殿为冯淑仪居所，眉庄的存菊堂在主殿西侧。太医们见皇帝来，慌忙跪了一屋子。玄凌一挥手命他们起身，我已按捺不住，发急道："惠嫔姐姐的情形到底如何？"

为首的江太医回道:"回皇上和莞嫔小主的话,惠嫔小主已经没有大碍,只是呛水受了惊,所以一时还未能醒转过来。"听得太医如此说,我方松了一口气,一路紧紧攥着的拳头此时才松了开来,攥得太紧,指节都微微有些泛白。

江太医见玄凌"唔"一声,才接着道:"臣等已经拟好了方子,惠嫔小主照方调养身子,应该会很快康复。只是……"江太医略一迟疑。

"只是什么……"皇帝道,"说话莫要吞吞吐吐。"

江太医道:"是。是。只是小主受惊不小,怕是要好好调养一段日子精神才能完全恢复。"

"如此你们更要加意伺候,不得大意。"

众太医唯唯诺诺,见玄凌再不发话,方才退了下去。

进了内堂,眉庄的贴身侍女采月和白苓脸上犹挂着泪痕,半跪在床边忙不迭地替眉庄收拾换下的湿衣,用热水擦拭额头,见我们进来忙施了礼。

三人伫立床边。玄凌与冯淑仪犹可,我已忍不住探身细看眉庄。

眉庄已然换过衣服,头发犹是湿的,洇得颈下的香色弹花软枕上一片黯淡凌乱的水迹。面色苍白无血,衬着紫红的米珠帐帘和锦被,反而有种奇异的青白。一滴水从她额前刘海儿滑落,径直划过腮边垂在耳环末梢的金珠上,只微微晃动着不掉下来,一颤又一颤,越发显得眉庄如一片枯叶僵在满床锦绣间,了无生气。

鼻尖一酸,眼眶已尽湿了。冯淑仪历来端庄自持,见眉庄如此情状也不由得触动了心肠,拿起绢子轻轻拭一拭眼泪。玄凌并不说话,只冷冷看着内堂中服侍的宫人,一一扫视过去。目光所及,宫人们神色皆是不由自主地一凛,慌忙低下了头。

玄凌收回目光再不看他们,道:"怎么服侍小主的?"语气如平常一般淡淡,并不见疾言厉色,宫人们却吓得跪了一地。

冯淑仪怕玄凌动了肝火,忙回头朝地上的宫人道:"还不快说是怎么回事！惠嫔好好的怎会溺水？"

采月和一名叫小施的内监吓得身子猛地一抖，膝行到玄凌跟前哭诉道："奴才们也不清楚。"

冯淑仪听这话答得不对，不由得看一眼玄凌，见玄凌微点一点头示意她问下去，话语中已含了薄怒："这话糊涂！小主出了这样大的事竟有贴身的奴才不清楚的道理！"

冯淑仪待宫人一向宽厚，今见她怒气，又有皇帝在，小施早吓软了，忙"砰砰"叩首道："奴才冤枉。奴才真不清楚。夜间奴才与采月姑娘陪同小主去华妃娘娘的宓秀宫叙话，回来的时候经过千鲤池，因小主每过千鲤池都要喂鱼，所以奴才去取鱼食了。谁知奴才才走到半路就听见嚷嚷说小主落了水。"

"那采月呢？"

采月抽泣着答："华妃娘娘宫里的霞儿说有几方好墨可供小主所用，才刚忘给了，让奴婢去取。"

"如此说来，惠嫔落水的时候，你们两个都不在身旁？"冯淑仪问罢，悄悄抬头看一眼玄凌，玄凌目光一凛，冯淑仪忙低了头。

正要继续问下去，听得堂外有人通报华妃到了。也难怪，眉庄溺水的千鲤池离她的宓秀宫不过一二百步，尚在她宫禁辖地之内。她又是皇后之下位分最尊的妃子，协理六宫，自然要赶来探视。

华妃见玄凌在，巧笑嫣然温婉行礼见过。玄凌道："外头夜深，你怎么还来了？"

华妃面有愁色，道："臣妾听说惠嫔妹妹溺水，急得不知怎么才好，忙赶过来了。惠嫔可好些了么？"

玄凌往榻上一指："你去瞧瞧吧。"

华妃走近一看，抽泣道："这可怎么好？如花似玉一个人竟受这样的罪。"

冯淑仪劝道："华姐姐也别太难过。太医说醒了就不妨了。"

华妃抽了绢子拭一拭鼻子，回头对采月、小施道："糊涂东西！怎么伺候你家小主的，生生闯出这样的大祸来，叫皇上忧心。"

玄凌冷冷朝采月和小施扫一眼，缓缓吐出几字："不中用。"

华妃听得这样说，忙道："这样的奴才留在惠嫔身边怎能好生服侍，只怕以后三灾八难的事少不了。臣妾思忖，不如打发了去暴室算数。"

暗暗抽一口凉气，进了暴室的宫人受尽苦役，生不如死，不出三五月，不是被折磨至死就是自寻了断，鲜有活着出来的。又是华妃发话，采月和小施断无生还之理了。

采月和小施的话叫我心里存了个混沌的疑团。小施也就罢了，采月是眉庄的家生丫头，一直带进宫来的，如同心腹臂膀。若是失了她，实在是不小的损失。如今华妃如此说，总觉得哪里不妥，来不及细想，出言阻止道："不可。"

玄凌、华妃与冯淑仪齐齐望着我，一时间只得搜肠刮肚寻了理由来回话："采月和小施虽然服侍惠姐姐不妥当，但事出意外也不能全怪他们。与其处罚他们两人，不如叫他们将功折罪好好伺候着姐姐苏醒。"

华妃瞧着我轻笑道："怎么莞嫔妹妹以为罪不当罚，功不该赏么？如果轻纵了这两个奴才，难免叫后宫有所闲话，以为有错只要折罪即可，不用受罚了呢。"

我缓缓道："赏罚得当自然是应该的。只是妹妹想着，采月和小施一直服侍着惠姐姐，采月又是惠姐姐从府里带进宫来的，若此时罚了他们去暴室，恐怕姐姐身边一时没了得力的人手，也不晓得怎样才能照顾好姐姐，反而于姐姐养病无利。"

华妃嗤笑一声："这样的奴才连照顾惠嫔周全也不能，怎么还能让他们继续留着伺候，莞嫔未免也太放心了。"说罢冷冷道，"何况千鲤池与我宓秀宫不过百步，在本宫宫禁周围出的事，本宫怎能轻饶了过去。"

越听越不妥，内心反而有了计较："赏罚得当是理所当然，可是娘娘若杀了他们，不知道的人还以为事情出在宓秀宫附近于娘娘威严有碍才如此恼怒，并非只为惠嫔溺水。取两个奴才的命事小，可伤了娘娘的名誉事大。还望娘娘三思。"华妃眼中精光一轮，微微咬一咬牙沉思。

说完我只瞧着玄凌，若他不出声，这番话也是白说。果然，他道："莞嫔的话也有理。先饶了他们俩，若惠嫔不醒，再打发去了暴室不迟。"

玄凌说了话，华妃也不能再辩。采月和小施听我与华妃争执，早吓得人也傻了。冯淑仪催促了两次，才回过神来谢恩。我轻轻吁了一口气，还好。

见华妃脸上仍有忿意。转念一想，华妃不是要杀我们的人么？那么，不如以其人之道还施其身。我走近玄凌身边，轻轻道："臣妾有句话不知当不当说。"

"你说。"

"惠嫔姐姐落水原因尚且不明，可必定是侍卫救护不及才会呛水太多昏迷不醒。依臣妾的意思，不如撤换了宓秀宫的守卫，另换一批，否则，这次是惠嫔姐姐，若下次再有什么不当心的伤及了华妃娘娘可如何是好呢？"

华妃听我如此说，立即道："莞嫔适才不是说要将功折罪么？怎么现在又要换我宫苑的侍卫，岂非赏罚太有失偏颇？有护短之嫌。"

我微笑道："华妃娘娘多虑了。我也是为了娘娘着想。皇上一向爱重娘娘，怎能让这样一批粗心懈怠的奴才护卫娘娘宫禁，置娘娘于险地而不顾呢？况且只是换一批侍卫，并不算是惩罚啊。"转而向玄凌道："臣妾愚见，皇上勿要笑话臣妾见识短浅。"

玄凌道："你说得极是。朕差点儿忽略了这层。就让李长明日换一批精干的侍卫过去戍守宓秀宫吧。"

华妃脸色不好看，极力忍耐着再不看我，也知道事情无转圜之地，她身边的侍卫必定要被替换了，遂不再争，于是换了笑脸对玄凌道："多谢皇上挂念臣妾。"又道，"臣妾带了两支上好的山参来，压惊补身是再好不过的。叫人给惠嫔炖上好好滋补才是。"

玄凌点一点头："华卿，你成日惦记着六宫诸事，这么晚还要劳神，早点儿回去歇息吧。"

华妃温婉巧笑道："皇上明日也要早朝呢，不宜太操劳了。臣妾出来时叫人炖了一锅紫参野鸡，现在怕是快好了。皇上去用些子再歇息吧。"

玄凌笑道："还是你细心。朕也有些饿了。"转头看我，"莞卿，你也一同去用些。华卿宫里的吃食可是这宫里拔尖儿的。"

华妃只轻轻一笑："皇上这么说，实在是叫世兰惭愧了呢。妹妹也同去吧。"

哪里是真心要我去，不过是敷衍玄凌的面子罢了。玄凌这一去，多半要留在华妃宫里歇息，我怎会这样不识相。何况眉庄这里我也实在是不放心，必定要陪着她才好，遂微笑道："臣妾哪有这样好口福？不如皇上把臣妾那份也一同用了吧，方能解了皇上相思之苦啊。"

华妃含笑道："瞧皇上把莞嫔妹妹给惯的，这样的话说来也不脸红。"

玄凌道："朕哪里敢惯她？本来就这样子，再惯可要上天了。"

我笑道："臣妾说呢，原来皇上早瞧着臣妾不顺眼了呢。皇上快快去吧，野鸡煮过了就不好了。臣妾想在这里照顾惠嫔姐姐，实是不能去了。"

玄凌道："好吧。你自己也小心身子，别累着了。"

华妃笑道："那就有劳莞嫔和淑仪。"说罢跟在玄凌身后翩然出去。

夜已深了。我见冯淑仪面有倦色，知道她也累了，遂劝了她回殿歇息，独自用了些夜宵守在眉庄床头。

心里泛起凉薄的苦涩。刚才，多么和谐的妃嫔共处、雨露均沾的样子，仿佛之前我和华妃并未争执过一般，那样和睦。嘴角扯起浅浅的弧度，野鸡紫参汤，华妃还真是有备而来。

眉庄额头上不停地冒着冷汗，我取了手巾替她擦拭。眉庄这事情来得突然，来不及在心里好好过一过，理清头绪，现下夜深人静，正好可以慢慢想个清楚。

眉庄未醒，自然问不出什么。若是眉庄迟迟不醒，华妃又要惩罚采月和小施就再无理由可阻拦了。

我唤了采月进来，问道："采月，你跟着你家小姐恁多年，也该知道我与你家小姐的情谊非同一般。"

采月尚未在适才的惊吓中定下神来，听得我如此说，忙要下跪，我急忙拉住她。她呜咽道："奴婢知道。要不是这样，莞小主怎肯为了奴婢与华主子力争？要不是小主，奴婢连这条命也没了。"

我叹一口气，道："你知道华妃为什么要这样严惩你们？其实，你和小施也罪不至死，何苦要打发你们去暴室，分明是要你们往死路上走了。"

采月嗫嚅着摇了摇头，我徐徐道："宫里要杀人也得有个讲究，哪里是无缘无故便要人性命的。若真要杀，多半是灭口。"我看看她，故意端起茶水饮一口，这不说话的片刻给她制造一点内心的畏惧，方道，"你仔细想想，你小姐落水时，你可看到了什么不该看到的，才逼得人家非要杀你。"这话本是我的揣测，无根无据，只是眉庄不懂水性自然不会太近水边，又怎会大意落水呢？这其中必定是有什么蹊跷。

采月的脸色越来越白，似乎在极力回想着什么。我并不看她，轻轻擦一擦眉庄的冷汗："如今你小主都成了这个样子，万一你疏漏了什么没说，连我也保不住你。我们可不一齐成了糊涂鬼，连死也不知死在谁手里。"说罢唏嘘不已，举袖拭泪。

采月见我伤心，慌忙拉住我的袖子道："奴婢知道事关重大，而且……而且奴婢看得并不真切，所以不敢胡说。"

"我也不过想心里有个数罢了。你且说来听。"

"奴婢……奴婢取了墨回来的时候，似乎……似乎看见有个内监的身影从千鲤池旁蹿过去了。因天色黑了，所以怕是奴婢自己眼花。"

我点点头："这事没别人知道吧？"

采月忙道："奴婢真不敢跟旁人提起。"

我道："那就好，你切记不可跟别人说起，要不然你这条命怕也保不住了，知道么？"采月又惊又怕，慌乱地点点头。

我和颜悦色道:"你今日也吓得不轻,去歇会儿吧。叫了白苓来陪我看着你小姐就成了。"采月诺诺地退了出去。我注视着烛光下眉庄黯淡的容颜,轻轻道:"原本以为山雨欲来,不想这山雨那么快就来了。眉庄,你千万不能有事,要不然,这山雨之势我如何独力抵挡?"

存菊堂外的夜色那么沉,像是乌墨一般叫人透不过气,连悬在室外的大红宫灯也像幽火般飘忽,是鬼魂凄红的眼睛。我默默看着眉庄,时间怎么那样长,天色才渐渐有了鱼肚的微白。

陵容一早便过来看眉庄,见她只是昏睡,陪着守了半天被我劝回去了。

直到午后时分,眉庄才渐渐苏醒了,只是精神不太好,取了些清淡的燕窝粥喂她,也只吃了几口就推开了。

看她慢慢镇定下来,房中只余了我们两人,方才开口问她:"到底是怎么回事?"

眉庄的脸色泛着不健康的潮红,双手用力攥住被角,极力忍泪道:"嬛儿,快告诉皇上,有人要我的性命!"

果然不出所料,我道:"采月说你溺水之时曾远远看见一个小内监的身影蹿过。原本以为是眼花,据你这么说,看来是真有人故意要你溺毙在千鲤池中。"我轻轻地拍她的背,问,"看清是谁了么?"

她一怔,摇了摇头:"从背后推我入水,我并没有看清他的长相。"也是白问,既然存心要眉庄的性命,自然安排妥当,怎会轻易露了痕迹。

我握住眉庄冰冷的手,直视着她:"既然要告诉皇上,你得先告诉我,是谁做的?"

眉庄蹙了眉头,沉思片刻,缓缓道:"我甚少得罪人你也知道。与我最不睦的也就是余更衣,何况她现在的情势自顾尚且不暇,哪里还能来对付我?"她想一想,"恬贵人、丽贵嫔等人虽然有些面和心不和,也不至于要我性命这般歹毒。实在……我想不出来。"

"那么,与你最不睦的就只有……"我没再说下去,眉庄的手轻轻一抖,我晓得她明白了我的意思。

眉庄强自镇定，反握住我的袖子："千鲤池离她的宓秀宫不远，她要对付我，也不会在自己的地方。她总该要避嫌才是，怎会自找麻烦？"

我轻哼一声："自找麻烦？我看是一点麻烦也没有。皇上昨夜还歇在了她那里。"眉庄的脸色越来越难看，直要闭过气去。我安慰道："她也没有占尽了便宜。就算不是她要伤你，可你溺水昏迷必定和她宫禁的侍卫救护不及脱不了干系。所以，皇上已经下令撤换宓秀宫戍守的侍卫，那些人跟着她久了总有些是心腹，一时全被支走，也够她头疼了。"

眉庄方才缓了口气。我轻叹一口气，重新端了燕窝粥一勺一勺喂她："你先吃些东西，才有精神让我慢慢说与你听。"

我把华妃来探眉庄并要惩罚采月、小施的事细细说了一遍，又道："你前脚才出宓秀宫，不出百步就溺进了千鲤池。放眼如今宫中，谁敢这样放肆在她的地界上撒野？唯有一个人才敢——就是她自己，并且旁人不会轻易想到她会自己引火上身招惹麻烦，即使想到又有谁会相信华妃会这样愚蠢？"

"她一点也不蠢，正是如此，别人才不会怀疑她。"眉庄的脸上浮起冰凉的笑意，"我不过是言语上不顺她的意，她竟然如此狠毒！"

"如今情势，旁人会觉得华妃即便是要对付，也会是我而非你。正是有了这层盲障，华妃才敢下这狠手。其实你我……"我踌躇道，"是嬛儿对不住姐姐，连累了姐姐。"我再难忍耐心中的愧疚，眼泪滚滚下来，一滴滴打在手背上，"城门失火，殃及池鱼。姐姐你完全是被我连累的。华妃是怕我们二人羽翼渐丰，日后难以控制，才要除你让我势单力孤，形同断臂，难以与她抗衡。"

眉庄怔在那里一动不动，半晌才怔怔落下泪来，神色倒比刚才正常了许多。她慢慢道："不关你的事。早在我初承宠的时候，她已视我如鲠喉之骨，意欲除之而后快，只不过碍着皇上宠爱，我又处处对她忍让避忌，她才没有下手。如今……"眉庄轻轻撩开我哭得粘住眼睛的刘海儿，"不过是见我对她不如先前恭顺忍让，皇上又无暇顾及我才落手以报旧仇，实在与你无关……"

我知道眉庄不过是宽慰我，哭了一阵才勉力止泪道："那么姐姐预备跟皇上怎么说？"

眉庄淡淡道："还能怎么说？无凭无据怎能以下犯上诬蔑内廷主位，反而打草惊蛇。我会对皇上说，是我自己不小心失足落水。"

我点点头，如今之计，只有如此。"也要封紧了采月的嘴，不许她向旁人提起昨夜的一字半句。"

正巧白苓捧了华妃送的山参进来，惊喜道："小主醒了！奴婢去唤太医来。这是华妃娘娘送给小主补身的，华妃娘娘真关心小主，这么好的山参真是难得……"眉庄冷冷道："撂下了出去。"

白苓不明所以，我忙道："你小主身子不适要静养，快别吵着她。"白苓慌忙退了下去。

眉庄厌恶地看着那盒山参道："补身？催命还差不多。嬛儿，帮我扔出去。"

"不用就是了，何苦扔出去那么显眼。"

眉庄目光森冷可怖，恨恨道："我沈眉庄如今奈何不了她，未必今生今世都奈何不了她。既然留了我这条命不死，咱们就慢慢地算这笔账！"

眉庄从来性子平稳宽和，如今出此言语，看来已是恨华妃入骨了。唇亡齿寒，何况是与我亲如同胞的眉庄，我又如何不恨。生死悬于他人之手，现在是眉庄，不知何时就会是我。如今还能仰仗玄凌的宠爱，可是从昨夜来看，玄凌对华妃这个旧爱的情意未必就不如我这个新宠，何况华妃与他相伴良久，非我朝夕可比。我望着窗外明媚的春光，隐约觉得这灿烂的春光之后，有沉闷荫翳的血腥气息向我卷裹而来……

壹伍　殺機初現　上

　　眉庄如我们商定的一般说是自己失足落水，自然也就没人再疑心。玄凌劝慰之余去看眉庄的次数也多了。眉庄的身体很快康复，只按定了心意要伺机而动，因此只静待时机，不动声色。

　　乾元十三年四月十八，我被晋封为从四品婉仪。虽只晋封了一级，不过不管怎样说，总是件喜事，把我入春以来的风头推得更劲。迎来贺往间，后宫一如既往地维持着表面的平静与祥和。我暂时松了一口气。

　　时近五月，天气渐渐炎热起来。我的身子早已大好，只是玄凌放心不下，常叫温实初调配了些益气滋养的补药为我调理。

　　一日，我独自在廊下赏着内务府新送来的两缸金鱼，景泰蓝大缸，里头种的新荷只如幼童手掌般大小，鲜翠欲滴，令人眼前一亮。荷下水中养着几尾绯色金鱼，清波如碧，翠叶如盖，红鱼悠游，着实可爱。

　　佩儿见我悠然自得地喂鱼，忽地想起什么事，愤愤道："那位余更衣实在过分！听说自从失宠迁出了虹霓阁之后，整日对小主多加怨咒，用污言秽语侮辱小主。"

我伸指拈着鱼食撒进缸里，淡淡道："随她去。我行事为人问心无愧，想来诅咒也不会灵验。"

佩儿道："只是她的话实在难听，要不奴婢去禀报给皇后娘娘？"

我拍净手上沾着的鱼食，摇一摇手："不必对这种人费事。"

"小主也太宅心仁厚了。"

"得饶人处且饶人。她失宠难免心有不平，过一阵子也就好了。"

正巧浣碧捧了药过来："小姐，药已经好了，可以喝了。"

我端起药盏喝了一口，皱眉道："这两日药似乎比以往酸了些。"

浣碧道："可能是温大人新调配的药材，所以觉着酸些。"

我"嗯"了一声，皱着眉头慢慢喝完了，拿清水漱了口。又坐了一会儿，觉着日头下照着有些神思恍惚，便让浣碧扶了我进去歇晌午觉。

浣碧笑道："小姐这两日特别爱睡，才起来不久又想歇晌午觉，可是犯困了？"

"许是吧。只听说'春眠不觉晓'，原来近了夏，更容易倦怠。"

嘴上说笑，心里隐隐觉得有哪里不对，停了脚步问："浣碧，我是从什么时候这么贪睡的？可是从前几日开始的？"

"是啊，五六日前您就困倦，一日十二个时辰总有五六个时辰睡着。前日皇上来的时候已经日上三竿，您还睡着，皇上不让我们吵醒您……"她说着突然停了下来，脸上渐渐浮起疑惑和不安交织的表情。

我的手渐渐有点儿发冷，我问道："你也觉出不对了么？"

浣碧忙松开我的手："小姐先别睡。奴婢这就去请温大人来。"

我急忙嘱咐："别惊动人，就说请温大人把平安脉。"

我独自一步一步走进暖阁里坐下，桌上织锦桌布千枝千叶的花纹在阳光下泛着冷冷的光芒。我用手一点一点抓紧桌布，背上像扎满了刺痛奇痒的芒刺，一下一下扎得我挺直了腰身。

温实初终于到了，他的神色倒还镇定，在我手腕上盖上丝巾，一把搭住我的脉搏，半晌不作声，又拿出一支细小的银针，道一声"得罪了，请小主忍着点儿痛"，便往手上一个穴位刺下去。他的手势很轻，只觉微微酸麻，并不疼痛。温实初一边轻轻转动银针，一边解释："此穴名合谷穴，若小主只是正常的犯困贪睡，那么无事；若是因为药物之故，银针刺入此穴就会变色。"

不过须臾，他拔出银针来，对着日光凝神看了半晌道："是我配的药方，但是，被人加了其他的东西。"他把银针放在我面前，"请小主细看此针。"

我举起细看，果然银色的针上仿佛被镀上了一层淡淡的青色。我手一抖，银针落在他掌心，我看着他的眼睛："加了什么？毒药？"

"不是。有人在我的方子上加重了几味本来分量很轻的药，用药的人很是小心谨慎，加的量很少，所以即使臣日日请脉也不容易发现。但即便如此，按这个药量服下去，小主先是会神思倦怠、渴睡，不出半年便神志失常，形同痴呆。"

我的脸孔一定害怕得变了形状，我可以感觉到贴身的小衣被冷汗濡湿得黏腻。心中又惊又恨，脸上却是强笑着道："果然看得起我甄嬛，竟用这种手段来对付我！"

温实初忙道："小主放心。幸而发现得早，才服了几天，及时调养不会对身子有害。"他把银针慢慢别回袋中，忧心道，"分明是要慢慢置小主你于死地，手段太过阴毒！"

我叹气道："后宫争宠向来无所不用其极，当真是防不胜防。"我动容地对温实初道，"若不是大人，嬛儿恐怕到死也如在梦中，不明所以。"

温实初面有愧色："也是臣疏忽，才会让小主受罪。"

我温言道："大人不必过于自责。"

他郑重其事道："以后小主的药，臣会加倍小心，从抓药到熬制一直到小主服用之前，臣都会亲力亲为，不让别人插手。"

我正色道："当务之急是把要下毒害我的那个人找出来，以免此后再有诸如此类的事发生。"我警觉地看一眼窗外，压低声音说，"能把药下进我宫里，必是我身边的人。我觉得身体不适是从前些日子开始的，而月前正巧我宫里新来了十几个宫女、内监。虽然我一早叮嘱了掌事的小允子和槿汐注意他们，但宫里人多事杂，恐怕他们俩也是力不从心。依我看，这事还要在那些小宫女、小内监身上留心。"

"那小主想怎么办？"

"那就有劳温大人与嬛儿同演一出戏，装着若无其事，免得今日之事打草惊蛇。"

"但凭小主吩咐。"

"流朱，去开了窗子，我有些闷。"流朱依言开了窗。我起身走到窗前，朗声道："既然温大人说我没事，我也就放心了。"说完朝他挤挤眼。

温实初会意，立刻大声说："小主近日困乏贪睡，这并不妨。不如趁此多作休息，养好身子也好。"

我笑道："多谢温大人费心。"

"皇上亲自吩咐，微臣绝不敢疏忽。"

"那就有劳大人日日奔波了。流朱，好好送大人出去。我要歇息了。"

温实初一出去，我立刻命小允子进来，细细吩咐了他一番，他连连点头。说毕，我低声道："这事你已疏忽了。如今按我说的办，细心留神，切莫打草惊蛇。"小允子面色一凛，忙下去了。

我只装得一切若无其事。到了晚间，小允子来见我，悄悄告诉我在宫墙底下发现了一个小洞，像是新开不久的。我暗暗不动声色，心知有玄凌的旨意，除了温实初和他自己之外并没有旁人进过我宫里，这些伺候我的内监、宫女也都没有出去过，必然是有人在门户上做了手脚，偷偷把药运了进来。

我道："你只装着不知道，也别特意留神那里。只在明日煎药时分让小连子和你、槿汐一道留神着，务必人赃并获，杀他个措手不及。"

小允子切齿道："是。小连子是有些功夫在身上的，必跑不了那吃里爬外的小人！"

夜间，我躺在床上，隔着绣花的纱帐看着窗外明亮如水的月光，第一次觉得我的棠梨宫中隐伏着骇人而凌厉的杀机，向我迫来。

尽管我着意警醒，还是不知不觉睡到了红日高起。药还是上来了，一见几个人懊丧的神情，我便知道还是没查出个所以然。

小连子道："奴才们一直在外守着，药是品儿一直看着煎好的，其间并无旁人接近，更别说下药了。"

我不由得疑云大起，莫不是露了形迹被人察觉了？抬头扫一眼小连子、小允子和槿汐。槿汐忙道："奴婢们很小心。当时奴婢在厨房外与晶青说晚膳的菜色；小连子指挥着小内监打扫庭院，允公公如平常一样四处察看，并未露了行藏。"

我端起药碗抿了一口药，依旧是有淡淡的酸味。我心头恼怒，一口全吐在地上，恨恨道："好狡猾的东西！还是下了药了！"

槿汐等人大惊失色，忙一齐跪下道："定是奴才们不够小心，疏漏了，望小主恕罪。"

我也不叫他们起来，只说："也不全怪你们。能在你们几个人的眼皮子底下把药下了进去又不被人发现，而且中间并没人接近药罐，这里面必定是有古怪。"

小允子磕了一个头道："奴才想起一事，请小主容许奴才走开一会儿。"

我点头应允了，命槿汐和小连子起来。我对浣碧说："全倒恭桶里！"浣碧忙忙地去了。我问："没被人瞧见你把药倒了吧？"

"没有。"

小允子很快回来了，手里提着一个紫砂药罐和药匙，道："奴才私心想着，若不是有人亲自动手下药，那就只能在这些家伙上动手脚了。"

我颔首道："总还不算糊涂透顶。"我伸手拿过那把药匙，仔细看了并无什么不妥，又拿了药罐来看，这是一把易州产的紫砂药罐，通身乌紫，西瓜形，罐面上以草书雕刻韦庄的词，龙飞凤舞，甚是精妙。

我打开盖子对着日光看罐肚里，也没有不妥的地方。我把药罐放在桌上，正以为是小允子动错了脑筋，刚想说话，忽然闻到自己拿着药罐盖子的手指有股极淡的酸味。我立刻拿起盖子仔细察看，盖子的颜色比罐身要浅一些，不仔细看绝不会留意到。

我把盖子递给槿汐："你在宫中久了，看看这是什么缘故？"

槿汐仔细看了半日道："这药罐盖子是放在下了药的水里煮过的，盖子吸了药水，所以变了颜色。"槿汐看看我的脸色，见我面色如常，继续说，"只要小主的药煮沸滚起来的时候碰到盖子，那药便混进了小主的药里。"

久久，我才冷笑一声道："好精细的功夫！怪道我们怎么也查不出那下药的人，原来早早就预备好了。"我问槿汐，"这些东西平时都是谁收着的？"

"原本是佩儿管着，如今是新来的宫女花穗保管。"

我"嗯"一声对小允子道："你刚拿了药罐出来，花穗瞧见了么？"

"并不曾瞧见。"

"把药罐放回原位去，别让人起疑。再去打听花穗的来历，在哪个宫里当过差，伺候过哪位主子。"小允子急忙应了，一溜烟跑了下去。

过了不久，小允子便回来禀报说，花穗原是余更衣身边的宫女，因余娘子降为更衣，身边的宫女也被遣了好些，花穗就是当时被遣出来的，后又被指到了我这儿。

流朱道："小姐，看样子那蹄子是要为她以前的小主报仇呢！"

"好个忠心念旧的奴才！"我吩咐浣碧，"去厨房捡几块热炭来，要烧得通红那种，放在屋子里。"

我头也不回对小连子说："去叫花穗来，说我有话问她。若是她有半点儿迟疑，立刻扭了来。"我冷冷道，"就让我亲自来审审这忠心不贰的好奴才！"

过了片刻，花穗跟在小连子身后慢慢地走了进来，流朱喝道："小主要问你话，怎么还磨磨蹭蹭的，像是谁要吃了你！"

花穗见状，只得走快几步跪在我面前，怯怯地不敢抬头。我强自压抑着满腔怒气，含笑道："别怕，我只是有几句话要问你。"

花穗低着头道："小主只管问，奴婢知道的定然回答。"

我和颜悦色道："也不是什么要紧的事。槿汐姑姑说你的差事当得不错，东西也管得井井有条。我很高兴，心里琢磨着该赏你点儿什么，也好让其他人知道我赏罚分明，做事更勤谨些。"

花穗满面欢喜地仰起头来说："谢小主赏。这也本是奴婢分内应该的事。"

"你的差事的确当得不错，在新来的宫女里头算是拔尖儿的。"我见她脸上抑制不住的喜色，故意顿一顿道，"以前在哪个宫里当差的，你们主子竟也舍得放你出来？"

她听我说完后面的话，脸色微微一变，俯首道："奴婢粗笨，从前哪里能跟着什么好主子。如今能在婉仪宫里当差，是奴婢几生修来的福气。"

我走近她身侧，伸出戴着三寸来长的金壳镶玛瑙护甲小手指轻轻在她脸上划过，冰冷尖利的护甲尖划过她的脸庞的刺痛让她的身体不由自主地轻颤了一下。我并不用力，只在她脸颊上留了一条绯红的划痕。我轻笑道："余娘子被降为更衣，实在算不得什么好主子。可是她给你的恩惠也不小吧？要不然你怎么敢在我宫里犯下这种杀头的死罪！"

花穗趴在地上，声音也发抖了："奴婢以前是伺候余更衣的，可是奴婢实在不懂小主在说些什么。"

我的声音陡地森冷，厉声道："你真的不懂我在说什么吗？那我煎药的药罐盖子是怎么回事？"

花穗见我问到盖子的事，已吓得面如土色，动也不敢动，半晌才哭泣道："奴婢实在不知，奴婢是忠心小主您的呀！还望小主明察！"

我瞟了她一眼，冷冷道："好，算我错怪了你。既然你说对我忠心，那我就给你一个表忠心的机会。"

我唤流朱："把炭拿上来。"流朱用夹子夹了几块热炭放在一个盆子里搁在地上。我轻声说："你是余更衣身边当过差的人，我不得不多留个心。既然你对我忠心，那好，只要你把那炭握在手里，我就信了你的清白和忠心，以后必定好好待你。"

花穗脸色煞白，整个人僵在了那里，如木雕一般。流朱厌恶地看她："还不快去！"

满屋子的寂静，盆里的炭烧得通红，冒着丝丝热气，忽然"噼啪"爆了一声，溅了几丝火星出来，吓得花穗猛地一抖。晚春午后温暖的阳光隔着窗纸照在她身上，照得她像尸体一样没有生气。

我无声无息地微笑着看她，花穗浑身战栗着匍匐在地上，一点一点地向炭盆挪过去。没有人说话，所有人的眼睛都注视着她。

我知道是花穗干的，但是，她只是个服从命令的人，我要她亲口说出幕后的指使者。我徐徐笑道："不敢么？如此看来你对我的忠心可真是虚假的呢。"

花穗胆怯地看我一眼，目光又环视着所有站着的人，没有一个人会救她。她低声地抽泣着，缓缓地伸直蜷曲着的雪白的食指和大拇指，迟疑地去握那一块看上去比较小的炭。她的一滴眼泪落在滚热的炭上，"嗞"的一声响，激起浓浓的一阵白烟，呛得她立刻缩回手指，落下更多的泪来。终于，花穗再次伸出两指去，紧闭着双眼去捏一块炭。在她的手指碰触到那块滚热的炭时，她厉声尖叫起来，远远地把炭抛了出去，炭滚得老远，溅开一地的炭灰和火星。

花穗的手指血肉模糊，散发着一股淡淡的皮肉的焦臭。她号啕大哭着上来抱住我的腿，哭喊着："小主饶命！"流朱和浣碧一边一个也拉不开她。

我皱起眉头道："我以为你有多大的胆子呢，连在我的汤药里下药的事也敢做，怎么没胆子去握那一块炭！"

花穗哭诉道："小主饶命，奴婢再不敢了！"

我沉声道:"那就好好地说来,要是有半句不尽不实的,立刻拖出去打死,打死了你也没人敢来过问半句!"

"奴婢来棠梨宫之前原是服侍余更衣的,因余更衣获罪不用那么多人伺候,所以遣了奴婢出来。在奴婢来棠梨宫的前一日,余更衣叫了奴婢去,赏了奴婢不少金银,逼着奴婢答应为她当差。奴婢……也是一时糊涂。求小主原谅!求小主原谅!"说着又是哭又是磕头。

我语气冰冷:"你只管说你的。这是你将功赎罪的机会,若还有半分欺瞒,我决不饶你!"

"余更衣说别的不用奴婢操心,只需在小主服用的汤药饮食里下了药就行。奴婢进了棠梨宫的当晚,就按着余更衣的吩咐在墙脚下发现了一个小洞。余更衣有什么吩咐,要递什么东西进来,都会有人在墙脚洞里塞了纸条,奴婢按着去做即可。"

槿汐木着脸问:"那药可是这样传递进来的?也是余更衣教你用盖子放药水里煮这种奸诈法子?"

花穗哭着点头承认了。

我抬头冷笑道:"你们可听听,一出接一出的,就等着置我于死地呢!要不是发现得早,恐怕我连怎么死的都不知道!可见我们糊涂到了什么地步!"

众人齐刷刷地跪下,低着头吓得大气也不敢出一声。我道:"起来。吃一堑长一智。你们有几个都是宫里的老人儿了,竟被人这样撒野而不自知,可不是我们太老实了!"

我转脸问花穗:"这宫里还有什么同党没有?"

花穗吓得"砰砰"磕头道:"再没有了,再没有了!"

"那余更衣什么时候会给你递纸条递药进来?"

花穗略一迟疑,身侧的流朱立刻喝道:"小连子,掰开她的嘴来,把那炭全灌进去!"

小连子应了一声,作势就要掰开花穗的嘴往里灌炭。花穗吓得面无人色，又不敢大哭，只得满地打滚地去避，连连嚷着"我说我说"。我这才吩咐小连子放开她，淡淡地说："那就好好地一字一句说来。"

"余更衣每隔三天会让人把药放在那小洞里，奴婢自去拿就行了。"

"每隔三天，那不就是今晚？拿药是什么时候，可有什么暗语？"

"一更时分，听得宫墙外有两声布谷鸟儿叫就是了，奴婢再学两声布谷鸟叫应他。"

"你可见过送药的那人？"

"因隔着墙奴婢并没见过，只晓得是个男人的手，右手掌心上有条疤。"

我朝花穗努努嘴，对小连子说："捆了她进库房，用布塞住嘴，只说是偷我的玉镯子被当场捉了。再找两个力气大的小内监看着她，不许她寻短见，若是跑了或是死了，叫看着她的人提头来见我！"

花穗一脸惊恐地看着我，我瞥她一眼道："放心，我不想要你的命。"小连子手脚利索地收拾好她塞进了库房。我让浣碧关上门，看着槿汐说："今晚你就假扮花穗去拿药。"又对小允子沉声道："叫上小连子和几个得力的内监，今晚上我们就来个守株待兔。"

如此安排妥当，见众人各自退下了，流朱在我身边悄声道：已知是余更衣下的手，小姐可想好了怎么应付？

窗外渐渐落去的斜阳灼红如火，搅在满院浓密的翠色叶间，有隐隐逼迫而来的暑意。我身上却是凉津津的，漫上一层薄薄的寒意，不由得扶住窗棂长叹一声道："纵使我放过了别人，别人也还是不肯放过我啊！"

浣碧细白的牙齿在嫣红的唇上轻轻一咬，杏眼圆睁："小姐还要一味忍让么？"

我用护甲拨着窗棂上细密繁复的花枝纹样，轻轻地"吧嗒吧嗒"磕了一声又一声，只默默不语。晚风一丝一丝地拂松方才脸上绷紧的毛孔，天色一分分暗淡下来，出现朦胧的光亮的星子。我静静地吸了一口气，拢紧手指道："别人已经把刀放在了我脖颈上，要么引颈待死，要么就反击。难道我还能忍么？"

流朱扶住我的手说:"小姐心意已定就好,我和浣碧一定誓死护着小姐。"

我缓缓地吁出气道:"若不想人为刀俎,我为鱼肉,也只能拼力一争了。"

我心中明白,在后宫,不获宠就得忍,获宠就得争。忍和争,就是后宫女人所有的生活要旨。如今的形势看来,我是想不争也难了。

我伸手扶正头上摇摇欲坠的金钗,问道:"皇上今日翻了牌子没?是谁侍寝?"

流朱道:"是华妃。"

我轻声道:"知道了。传膳吧,吃饱了饭才有力气应付今晚的周折。"

时近一更，宫中已是寂静无声。棠梨宫也如往常般熄灭了庭院里一半的灯火，只是这如往常般平静的深夜里隐伏下了往日从没有的伺机而动的杀机。我依然毫无睡意，在朦胧摇曳的烛光里保持着野兽一般的警醒和惊觉。我开始觉得后宫静谧的夜里有了异样的血腥的气味，夹杂着层出不穷、防不胜防的阴谋和诅咒，在每一个嫔妃、宫女的身边蠢蠢欲动，虎视眈眈。这个万籁俱寂的夜里，我仿佛是突然苏醒和长大了，那些单纯、平和的心智渐渐远离了我。我深刻地认识到，我已经是想避而不能避，深深处在后宫斗争的巨大漩涡之中了。

更鼓的声音越来越近了，那声音不知会不会惊破旁人的春梦。而对于我，那更像是一声声尖锐的叫嚣。我带着流朱、浣碧悄无声息地走到院中，宫墙下已经埋伏了几个小内监。槿汐悄悄走近我，指着棠梨宫门上伏着的一个人影极力压低声音说："小连子在上面，单等那贼人一出现，便跳下去活捉了他。"我点了点头，小连子是有些功夫在身上的，他伏在宫门上，若不是仔细留神还真看不出来。

只听得宫墙外有两声布谷鸟儿的叫，槿汐提着灯笼也学着叫了两声。果然，从宫墙的洞里伸过一只手来，掌上托着小小一个纸包，掌心正是有条疤痕的。槿汐一点头，旁边小内监立刻掩上去一把扭住那只手。那只手着了慌，却是用力也扭不开。再听得墙外"哎哟"几声，小连子高声道："禀小主，成了！"

转瞬间宫灯都已点亮，庭院里明如白昼。小连子扭了那人进来，推着跪在我面前。却是个小内监的模样，只低着脑袋死活不肯抬头，身形眼熟得很。我低头想了想，冷哼一声道："可不是旧相识呢？抬起他的狗头来。"

小连子用力在他后颈上一击，那小内监吃痛，本能地抬起头来，众人一见皆是吃惊，继而神色变得鄙夷。那小内监忙不迭羞愧地把脑袋缩了回去，可不是从前在我身边伺候的小印子。

我淡淡一笑，道："印公公，别来无恙啊。"

小印子一声不敢吭，流朱走到他近旁说："呦，可不是印公公吗？当初可攀上了高枝儿了啊，现如今是来瞧瞧我们这班还窝在棠梨宫里守着旧主的故人么？可多谢您老费心了。"伸手扯扯他的帽子，嬉笑道，"现如今在哪里奉高差啊？深更半夜的还来旧主宫里走走。"

小印子依旧是一声不言语。流朱声音陡地严厉："怎么，不说？那可不成贼了。既是贼，也只好得罪了。小连子，着人拿大板子来，狠狠地打！"

小连子打个千儿，道："既是流朱姑娘吩咐了，来人，拿大板子来，打折了贼子的一双腿才算数！"

小印子这才慌了神，连连叩首求命。我含笑道："慌什么呢？虽是长久不见，好歹也是主仆一场，我问你什么，答就是了，好端端的我做什么要伤你？"

我对左右道："大板子还是上来预备着，以免印公公说话有后顾之忧，老是吞吞吐吐的叫人不耐烦。"

小允子立刻去取了两根宫中行刑的杖来，由小内监一人一根执了站在小印子两旁。

我问道："如今在哪里当着差呢？"

"在……在余更衣那里。"

"那可是委屈了，余更衣如今可只住在永巷的旧屋子里，可不是什么好处所呢。"

小印子低着脑袋有气无力地答："做奴才的只是跟着小主罢了，没的好坏。"

我轻笑一声："你倒是想得开。当初不是跟着你师父去了丽贵嫔那里，怎的又跟着余更衣去了？"

"余更衣当日那样得宠，丽主子说余更衣那里缺人，所以指了奴才去。"

"丽主子倒是为你打算得长远。短短半年间转了三个主子，你倒是吃香得很。"小印子满面羞惭地不作声。我淡淡地道："这旧也算是叙完了。我现在只问你，半夜在我宫外鬼鬼祟祟地做什么？"

小印子吓得愣了一愣，才回过神道："奴才不过是经过。"

"哦，这半夜的也有要紧差事？"

"这……奴才睡不着出来遛遛。"

"是么？我看你还没睡醒吧。我懒得跟你多废话。"我转头对小允子道："把合宫的宫人全叫出来看着，给我狠狠地打这个背主忘恩的东西，打到他清醒说了实话为止！"我又冷冷道："我说怎么我这宫里的情形能让外人摸得清楚，原来是这宫里出去的老人儿。"

小允子走近我问："敢问小主，要打多少？"

我低声说："留着活口，别打死就行。"站起身来道："流朱、浣碧，给我在这儿盯着，让底下的人也知道背主忘恩的下场。槿汐，外头风凉，扶我进去。"

槿汐扶着我进去，轻声道："小主折腾了半夜，也该歇着了。"

我听着窗外杀猪似的一声比一声凄厉的号叫，只端坐着一言不发。不过须臾，外头的动静渐渐小了。小允子进来回禀道："小主，那东西受不得刑，才几下就招了。说是余更衣指使他做的。"

"捆了他和花穗一起关着，好好看着他俩。"

小允子应了出去，我微一咬牙道："看这情形，我怎么能不寒心。竟是我宫里从前出去的人……我待他不薄。"

槿汐和言劝慰道："小主千万别为这起烂污东西寒心。如今情势已经很明了，必是余更衣怀恨在心，才使人报复。"

"我知道。"对于余氏，我已经足够宽容忍耐，她还这样步步相逼，非要夺我性命。沉默良久，轻轻道："怎么这样难。"

"小主说什么？"

我无声地叹了一口气："要在这宫里平安度日，怎么这样难。"

槿汐垂着眼睑，恭谨道："人无伤虎意，虎有害人心。"

"如今我才明白，宫中为何要时时祈求平安祥瑞，因为平安是后宫里最最缺少的，因为少，才会无时无刻不想着去求。"我想一想，"这事总还是要向皇上皇后禀报的。"

"是。"

"明早你就先去回了皇上。"

"奴婢明白。那余更衣那里……"

我思索片刻："人赃俱在，她推脱不了。"迟疑一下，"若是皇上还对她留了旧情就不好办了，当初她就在仪元殿外高歌一夜使得皇上再度垂怜。此女心胸狭窄，睚眦必报……万一没能斩草除根，怕是将来还有后患。"

"小主可有万全之策？"

我的手指轻轻地笃一下笃一下敲着桌面，静静思索了半晌，脑海中忽然划过一道雪亮，莞尔一笑道："毒药诅咒加上欺君之罪，恐怕她的命是怎么也留不下了。"

"小主指的是……"

"你可还记得你曾问过我除夕当日倚梅阁里是否有人鱼目混珠？"

槿汐立时反应过来，与我相视一笑。

这一夜很快过去了，我睡得很沉。醒来时槿汐告诉我玄凌已发落了小印子与花穗，正在堂上候我醒来，便急忙起身盥洗。

让皇帝久等，已是错了见驾的规矩。我见玄凌独自坐着，面色很不好看，轻轻唤他："四郎。"

见我出来，玄凌面色稍霁，道："嬛嬛，睡得还好？"

我忧声道："多谢皇上关心，就怕是睡得太沉才不好。"

"朕知道，你身边的顺人一早就来回了朕和皇后。今日起你的药饮膳食朕都会叫人着意留心，今番这种阴险之事再不许发生。"说到最后两句，他的声音里隐约透出冰冷的寒意，"后宫争宠之风阴毒如此，朕真是万万想不到！那个花穗和小印子，朕已命人带去暴室杖毙了。至于余更衣，朕下了旨意，将她打发去冷宫，终身幽禁！嬛嬛，你再不必担惊受怕了。"

皇帝果然手下留情，我念及旧事，心中又是惶急又是心酸，复又跪下呜咽落泪道："嬛嬛向来体弱，与世无争，不想无意得罪了余更衣才殃及那么多人性命。嬛嬛真是罪孽深重，不配身受皇恩。"

皇帝扶着我手臂温和道："你可是多虑了。你本无辜受害，又受了连番惊吓，切勿再哭伤了身子。"

我流着泪不肯起来，俯身道："嬛嬛曾在除夕夜祈福，唯愿'朔风如解意，容易莫摧残'，却不想天不遂人愿……"我说到此，故意不再说下去，只看着玄凌，低声抽泣不止。

果然他神色一震，眉毛挑了起来，一把扯起我问："嬛嬛，你许的愿是什么？在哪里许的？"

我仿佛是不解其意，嗫嚅道："倚梅园中，但愿'朔风如解意，容易莫摧残'。"我看着他的神色，小心翼翼地说，"那夜嬛嬛还不小心踏雪湿了鞋袜。"

玄凌的眉头微蹙，看着我的眼睛问："那你可曾遇见了什么人？"

我讶异地看着他，并不回避他的目光，道："四郎怎么知道？嬛嬛那晚曾在园中遇见一陌生男子，因是带病外出，更是男女授受不亲，只得扯了谎自称是园中宫女才脱了身。"我"呀"了一声，恍然大悟道，"莫不是那夜的男子……"我惶恐跪下道，"臣妾实在不知是皇上，臣妾失仪，万望皇上恕罪！"说完又是哭泣。

玄凌拥起我，动情之下双手不觉使了几分力，勒得我手臂微微发痛，道："原来是你！竟然是你！朕竟然错认了旁人。"

我装糊涂道："皇上在说什么旁人？"

玄凌向堂外唤了贴身内侍李长进来道："传朕的旨意。冷宫余氏，欺君罔上，毒害嫔妃。赐，自尽。"

李长见皇帝突然转了主意，但也不敢多问，躬身应了去冷宫传旨。我假意迷惑道："皇上，怎么了？忽然要赐死余氏？"

玄凌神色转瞬冰冷："她，欺君罔上，竟敢自称是当日在倚梅园中与朕说话的人。你我当日说话她必定是在一旁偷听，才能依稀说出几句。这'朔风如解意，容易莫摧残'一句竟是怎么也想不出来，只跟朕推说是一时紧张忘了。"他语气森冷道，"她多次以下犯上，朕均念及当日情分才饶过了她，如今却是再无可恕了。"

我慌忙求情道："余氏千错万错，也只因仰慕皇上的缘故。更何况此事追根究底也是从臣妾身上而起，还请皇上对余氏从轻发落。"

玄凌叹息道："你总是太过仁善，她这样害你，你还为她求情。"

我心中微有不忍，终究是余氏一条人命犯在了我手里，不觉难过流泪："还望皇上成全。"

"你的心意我已明白。只是君无戏言，余氏罪无可恕。不过，既然你为她求情，朕就赐她死后允许尸身归还本家吧。"

我再次俯身道："多谢皇上。"

事情既已了结，玄凌与我皆是松了一口气。他握住我的手，我脸上更烫，却不敢抽手，只好任他握住。玄凌带着笑意随口道："说起那日在倚梅园中祈福，你可带了什么心爱的物件去，是香囊还是扇坠或是珠花？"

　　我见他问得仿佛全不知我那日挂着的是小像，心知小像不是落在了他手里。虽微感蹊跷，也并不往心里去，只答道："也不过是女儿家喜欢的玩意儿罢了，四郎若喜欢，嬛嬛再做一个便是。"

　　玄凌清浅一笑："此番的事你必定是受了惊吓，若要做也等你放宽了心再说。"他的目光凝在我脸上，紧一紧我的手，"朕与你的日子还长，不急于一时。"

　　我听得他亲口说这"日子还长"几字，心里一软，翻起蜜般甜，仿佛是被谁的手轻轻拂过心房，温柔得眼眶发酸，低声唤他："四郎。"

　　玄凌拥我入怀，只静静不发一言。画梁下垂着几个镀银的香球悬，镂刻着繁丽花纹，金辉银烁，喷芳吐麝，袭袭香氲在堂中弥荡萦纡。窗外簌簌的风声都清晰入耳。

　　良久，他方柔声说："朕今日留下陪你。"

　　我含羞悄声说："嬛嬛身子不方便。"

　　玄凌哑然失笑："陪朕用膳、说话总可以吧。"

　　一起用过午膳，玄凌道："还有些政务，你且歇着，朕明日再来瞧你。"

　　我起身目送玄凌出去，直到他走了许久，才慢慢静下心来踱回暖阁。我召了槿汐进来道："宫女和内监死后是不是都要抬去乱葬岗埋了？"

　　槿汐神色略显伤神，低声道："是。"

　　我知她触景伤怀，叹了口气道："我原不想要花穗和小印子的命，打发他们去暴室服苦役也就罢了。谁知皇上下了旨，那也无法可施了。"

　　槿汐道："他们也是自作孽。"

　　我整整衣衫道："话虽如此，我心里始终是不忍。你拿些银子着人去为花穗和小印子收尸，再买两副棺材好好葬了，终究也算服侍了我一场。"

　　槿汐微微一愣，仿佛不曾想到我会如此吩咐，随即答道："小主慈心，奴婢必定着人去办好。"

　　我挥一挥手，声音隐隐透出疲倦道："下去吧。我累了，要独自歇一歇。"

壹柒　惊梦

　　我独自倚在暖阁里间的贵妃榻上，只手支着下巴歪着，虽是懒懒的，却也没有一丝睡意。只觉得头上一支金簪子垂着细细几缕流苏，流苏末尾是一颗红宝石，凉凉的，冰在脸颊上，久了却仿佛和脸上的温度融在了一起，再不觉得凉。正半梦半醒地迟钝间，听见有小小的声音唤我："小姐，小姐。"

　　渐渐醒神，是浣碧的声音在帘外。我并不起来，懒懒道："什么事？"她却不答话，我心知不是小事，抚一抚脸振振精神道："进来回话。"

　　她挑起帘子掩身进来，走至我跟前方小声说："冷宫余氏不肯就死，闹得沸反盈天，非嚷着要见皇上一面才肯了断。"

　　我摇头："这样垂死挣扎还有什么用。那皇上怎么说？"

　　"皇上极是厌恶她，只说了'不见'。"

　　"回了皇后没有？"

　　"皇后这几日头风发作，连床也起不了，自然是管不了这事。"

我沉吟道："那么就只剩华妃能管这事了。只是华妃素日与余氏走得极近，此刻抽身避嫌还来不及，必然是要推托了。"

"小姐说得是，华妃说身子不爽快不能去。"

我挑眉问道："李长竟这么没用，几个内监连她一个弱女子也对付不了？"

浣碧皱眉，嫌恶道："余氏很是泼辣，砸了毒酒，形同疯妇，在冷宫中破口大骂小主，言语之恶毒令人不忍耳闻！"

我慢慢坐直身子，抚平鬓角道："她还有脸骂么？凭她这么骂下去，恐怕是要死无葬身之地了。"

"余氏口口声声说自己受人诬陷，并不知自己为何要受死。"

我站起身，伸手让浣碧扶住我的手，慢条斯理道："那你就陪我走一趟冷宫，也叫她死得明白，免得做个枉死鬼！"

浣碧一惊，连忙道："冷宫乃不祥之地，小姐千万不能去！何况余氏见了您肯定会失控伤害您，您不能以身涉险！"

我凝望着窗纱外明灿灿的阳光，理了理裙裾上佩着的金线绣芙蓉荷包的流苏，道："不能再让她这么胡闹下去，叫上槿汐与我一同过去。"

浣碧知我心意已定，不会再听人劝告，只好命人备了肩舆与槿汐一同跟我过去。

冷宫名去锦，远离嫔妃居住的殿阁宫院，是历代被废黜的嫔妃被关押的地方，有剥去锦衣终生受罪之意。有不少被废黜的嫔妃贵人因为受不了被废后的凄惨冷宫生活，或是疯癫失常，或是自尽，所以私下大家都认为去锦宫内积怨太深，阴气太重，是整个后宫之中怨气最深的地方。常有住得近的宫人听到从去锦宫内传出的永无休止的哭泣呜咽和喊叫咒骂声，甚至有宫人声称在午夜时分见到有飘忽的白衣幽魂在去锦宫附近游荡，让人对去锦宫更加敬而远之。

坐在肩舆上行了良久，依旧没有接近去锦宫的迹象。午后天气渐暖，浣碧和槿汐跟在肩舆两侧走得久了，额上渗出细密的汗珠来，不时拿手帕去擦。抬着肩舆的内监却是步伐齐整，如出一人，行得健步如飞。我吩咐道："天气热，走慢些。"又侧身问槿汐："还有多远？"

槿汐答道："出了上林苑，走到永巷尽头再向北走一段就到了。"

永巷尽头的房屋已是十分矮小，是地位低下的宫人杂居的地方。再往前越走越是荒凉，竟像是到了久无人烟之处。渐渐看清楚是一处宫殿的模样，极大，却是满目疮痍，像是久无人居住了，宫瓦残破，雕栏画栋上积着厚厚的灰尘和凌乱密集的蛛网，看不清上面曾经绘着的描金图案。

还未进冷宫，已听见有女子嘶哑尖厉的叫骂声。我命抬肩舆的小内监在外待着，径直往里走去。一干内监见我进来，齐齐跪下请安。李长是玄凌身边的贴身内侍，按规矩不必行跪礼，只躬一躬身子施礼道："婉仪吉祥。"

我客气道："公公请起。"又示意内监们起身。我问道："怎么公公的差事还没了么？"

李长面带苦笑，指一指依旧破口大骂的余氏道："小主您看，真是个泼赖货。"

余氏两眼满是骇人的光芒，一把扑上来扯着我衣襟道，"怎么是你？皇上呢？皇上？"一边问一边向我身后张望。

槿汐和李长齐声惊慌喊道："快放开小主！"

我冷冷推开她的手，道："皇上万金之体，怎会随意踏足冷宫？"

余氏衣衫破乱，披头散发，眼中的光芒像是熄灭了的烛火，渐渐黯淡下来，旋即指着我又哭又叫道："都是你，都是你这个贱人！哄得皇上非要杀了我不可！你这个贱人！"

浣碧怕她伤了我，忙闪在我身前。许是余氏喊声太响，震得梁上厚积的灰尘扑簌簌掉了些许下来。我躲不及，灰尘直落在我的肩上，呛得我咳嗽了两声。

余氏见状，拍手狂笑道："好！好！你这个蛇蝎心肠的贱人！连老天也不饶你！"

李长见她骂得恶毒无状，挥手一个响亮的耳光打得她左颊高高肿起，五个通红的指印浮在脸上。她一手抚着脸颊，犹自看着我幽冷地笑。

我取出手绢拭净肩上的灰尘，从容道："你才是自作孽，不可活。不过是灰尘而已，既然惹人讨厌，拂去便是，并不是什么大不了的事，也值得皇上昔日的宠姬如此高兴么？"

余氏听我话中意有所指，渐渐止了笑，直直地注视着我。我的嘴角隐隐向上扬起，道："你这般不肯就死，不就是想死得明白么？那我来告诉你便是。"我沉下脸道，"我的药里是你动了手脚不假吧？人赃俱在，你推脱不了。"

她仰着头，面色狰狞，咬牙切齿道："是，是我指使人干的。要不是你，我怎会失宠，怎会落到这般田地。我恨不得啃你的骨，喝你的血！叫你这贱人永世不得超生！"

李长见势又要挥掌打去，我略一抬手制止他，他垂下手退到我身后。我道："你既已知道自己的罪行，怎的还不乖乖伏诛？"

"都怪我一时大意才会被你发觉，皇上为此废我进冷宫我亦怨不得人。只是我才进冷宫，皇上又突然要杀我，你敢说不是你出言挑唆？"

我微微一笑："何须我出言挑唆？你因何得宠你应该最明白！"我停一停，唇边笑意更深，"除夕之夜倚梅园中，'朔风如解意，容易莫摧残'，你可还记得？"

余氏脸上渐渐浮起疑惑的神情，继而被惊恐替代，厉声尖叫道："是你！竟然是你！"她伸开双臂纵身扑上来，声嘶力竭地喊，"那日的人是你！我竟然成也因你，败也因你！"

我侧身一闪，向槿汐道："如此无礼，给我掌嘴！"

余氏扑了个空，用力过猛扑倒在了地上，震得尘灰四起。槿汐二话不说，上前扯起她反手狠狠两个耳光，直打得她嘴角破裂，血丝渗了出来。

我见余氏被打得发愣，示意槿汐松开她，道："你获宠的手段本不磊落，更是应该小心谨慎守着你的本分，可是你三番五次兴风作浪，还不懂得吸取教训，变本加厉下毒谋害我，我怎能轻饶了你！"

她失魂落魄地听着，听我不能饶她，忽地跃起向外冲去。李长眼疾手快，一把把她推回里面。她发疯般摇头，叫嚷起来："我不死！我不死！皇上喜欢听我唱歌，皇上不会杀我！"边喊边极力挣扎想要出去。一干内监拼力拉着她，闹得人仰马翻。

我招手示意李长过来，皱着眉低声道："这样下去也不是个法子，皇上心烦，皇后的头风又犯了，不能任着她闹。"

李长也是为难："小主不知，皇上是赐她自尽，可是这疯妇砸了药酒，撕了白绫，简直无法可施。"

我问道："李公公服侍皇上有许多年了吧？"

"回小主的话，奴才服侍皇上已有二十年了。"

我含笑道："公公服侍皇上劳苦功高，在宫中又见多识广，最能揣摩皇上的心思。"我故意顿一顿，"皇上既是赐她自尽，就是一死。死了你的差事便也了了，谁会追究是自尽还是别的。"

李长低声道："小主的意思是……"

"余氏在宫中全无人心可言，没有人会为她说话，如今皇上又厌恶她。"我话锋一转，问道，"昔日下令殉葬的嫔妃若不肯自己就死，该当如何？"

李长何等乖觉，立刻垂目，看着地面道："是。"

"公公比我更明白什么是夜长梦多。了断了她，皇上也了了一桩心事。"

李长躬身恭敬道："奴才明白。奴才恭送小主。"

我微微一笑，携了浣碧、槿汐慢慢出去了。身后传来余氏尖厉的咒骂声："甄嬛！你不死在我手里，必定会有人帮我了结你！你必定不得好死！"她的狂笑凄厉如夜枭，听在耳中，心头猛地一刺，我只装作没听见继续向外走。

浣碧恨道："死到临头还不知悔改。"

我淡淡道："死到临头，随她去。"

去锦宫外暮色掩映，有乌鸦扑棱棱惊飞起来，纵身飞向远树。冷宫前的风仿佛分外阴冷，浣碧、槿汐扶我上了肩舆一路回宫。天色越发暗了，那乌黑的半面天空像是滴入清水中的墨汁，渐渐扩散得大，更大，一点点吞没另半面晚霞绚烂的长空。

永巷两侧都设有路灯，每座路灯有一人多高，石制的基座上设铜制的灯楼，永夜照明，风雨不熄。此时正有内监在点灯，提了燃油灌注到灯楼里，点亮路灯。见我的肩舆过来，一路无声地跪下行礼。

回到宫中才进了晚膳，槿汐进来回禀说李长遣了小内监来传话，说是余氏自尽了。我虽是早已知道这结果，现在从别人口中得知，心里仍是激灵灵一沉，小指微微颤了一颤。这毕竟是我第一次下手毁了一条人命，纵使我成竹在胸，仍是有些后怕。

槿汐见我面色不好看，屏开我周遭伺候的人，掩上房门静静侍立一旁。

桌上小小一尊博山炉里焚着香，篆烟细细，笔直地袅袅升起，散开如雾。我伸手轻轻一撩，那烟就散得失了形状。

我轻声问："槿汐，这事是不是我太狠心了？"

"小主指的是什么？"

我幽幽地叹了一口气，用护甲尖轻轻拨着桌布上繁乱的丝绣，只静静不语。

槿汐斟了一盏茶放我面前，轻声道："奴婢并不知过分，奴婢只知旁人若不犯小主，小主必不犯旁人。小主若是出手，必定是难以容忍的事了。"

"你这是在劝慰我？"

"奴婢不懂得劝慰，只是告诉小主，宫中杀戮之事太多太多，小主若不对别人狠心，只怕别人会对小主更狠心。"

我默默无语，槿汐看看更漏，轻轻道："时辰不早，奴婢服侍小主睡下吧。"

我"嗯"一声，道："这个时辰，皇上应该还在看折子吧？"

"是。听说这几日大臣们上的奏章特别多。"

"我也累了，差小允子送些参汤去仪元殿，皇上近来太过操劳了。"

"是。"槿汐出去吩咐了，端水替我卸了钗环、胭脂，扶我上床，放下丝帐，只留了床前两支小小烛火，悄悄退了下去。

连日来费了不少心力，加上身体里的药力还未除尽，我一挨枕头便沉沉睡了过去。不知睡了多久，只觉得身上的被衾凉凉的，仿佛是下雨了，风雨之声大作，敲打着树叶哗啦哗啦响。依稀有人在叫我的名字——甄嬛！甄嬛！很久没有人这样唤我，感觉陌生而疏离。我恍惚坐起身，窗扇"吧嗒吧嗒"地敲着，漏进冰凉的风，床前的摇曳不定的烛火立刻"噗"地熄灭了。我迷迷糊糊地问："是谁？"

有暗的影子在床前摇晃，依稀是个女人，垂散着头发。我问："谁？"

是女子的声音，呜咽着凄厉："甄嬛，你拿走我的性命，叫人勒杀我，你怎的那么快就忘了？"她反复地追问，"你怎的那么快就忘了？"

我身上涔涔地冒起冷汗，余氏！

"甄嬛，你可知道勒杀的滋味么？他们拿弓弦勒我，真痛，我的脖子被勒断了半根，你要瞧瞧么？"她肆意地笑，笑声随着我内心无法言说的恐怖迅疾弥漫在整个房间里，"你敢瞧一瞧么？"

她作势要撩开帐帘。我骇怕得毛发全要竖起来了，头皮一阵阵麻，胡乱摸索着身边的东西。枕头！镏金瓷枕！我猛地一把抓起，掀起帐帘向那影子用尽全力掷去，哐啷啷地响，碎陶瓷散了一地的"刺啦"尖锐声。我大口喘息着，厉声喝道："是我甄嬛下令勒杀的你，你能拿我怎么样！如果我不杀你，你也必要杀我！若再敢阴魂不散，我必定将你的尸骨挫骨扬灰，叫你连副臭皮囊也留不得！"

一息无声，很快有门被打开的声音，有人慌乱地冲进来，手忙脚乱点了蜡烛掀开帐帘。

"小主，小主你怎么了！"

我手腕上一串绞丝银镯呖呖地响，提醒我还身在人间。我满头满身的冷汗，微微平了喘息道："梦魇而已。"众人皆是松了一口气，忙着拿水给我擦脸，关上窗户，收拾满地的狼藉。槿汐帮我拿了新枕头放上，我极力压低声音，凑近她耳边道："她来过了。"

槿汐神色一变，换了安息香在博山炉里焚上，对旁人道："小主梦魇，我陪着在房里歇下，你们先出去吧。"

众人退了下去，槿汐抱了铺盖在我床下躺好："奴婢陪伴小主，小主请安睡吧。"

风雨之声淅淅沥沥地入耳，我犹自惊魂未定，越是害怕得想蜷缩成一团，越是极力地伸展身体，绷直手脚，身体有些僵硬。槿汐的呼吸声稍显急促，并不均匀和缓，也不像是已经入睡的样子。

我轻声道："槿汐。"

槿汐应声道："小主还是害怕么？"

"嗯。"

"鬼神之说只是世人讹传，小主切莫放在心上。"

我把手伸出被外，昏黄的烛光下，手腕上的银镯反射着冷冽的暗光，像游离的暗黄的小蛇。我镇定道："今日梦魇实在是我双手初染血腥，以致梦见余氏冤魂索命。"我静一静，继续道，"我所真正害怕的并非这些，鬼神出自人心，只要我不再心有亏欠便不会再梦魇自扰。我害怕的是余氏虽然一命归西，但是这件事并没有完全了结。"

"小主怀疑余氏背后另有人指使？"槿汐翻身坐起问。

"嗯。你还记得我们出冷宫的时候余氏诅咒我的话么？"

"记得。"槿汐的语气略略发沉，"她说必定有人助她杀小主。"

"你在宫中有些年了，细想想，余氏不像是心计深沉的人，她只是一介葹花宫女出身，怎么懂得药理，晓得每次在我汤药里下几分药量，怎样悉心安排人进我宫里里应外合？那药又是从何得来？"

槿汐的呼吸渐渐沉重，沉默片刻道："小主早已明白，实应留下她的活口细细审问。"

我摇一摇头："余氏恨我入骨，怎会说出背后替她出谋划策的人。她宁可一死也不会说，甚至会反咬我们攀诬旁人。反倒她死了，主使她的人才会有所松懈，叫咱们有迹可循。"我冷笑道，"咱们就拿她的死来做一出好戏。"

槿汐轻轻道："小主已有了盘算？"

"不错。"我招手示意她到身前，耳语几句。

槿汐听罢微笑："小主好计，咱们就等着让那人原形毕露。"

壹捌

麗貴嬪

　　宫中是流言传递最快的地方，任何风吹草动都瞒不过后妃们各自安排下的眼线，何况是余氏使人下药毒害我的事，一时又增了后宫诸人茶余饭后的谈资。

　　不几日，宫中风传余氏因我而死，怨气冲天，冤魂不散，鬼魂时常在冷宫和永巷出没，甚至深夜搅扰棠梨宫，吓得我夜夜不能安眠。闲话总是越传越广，越传越被添油加醋，离真相越远。何况是鬼神之说，素来为后宫众人信奉。

　　余氏鬼魂作祟的说法愈演愈烈，甚至有十数妃嫔、宫人声称自己曾见过余氏的鬼魂，白衣长发，满脸鲜血，凄厉可怖，口口声声要那些害她的人偿命。直闹得人人自危，鸡犬不宁。

　　我夜夜被噩梦困扰，精神越来越差，玄凌忧心得很又无计可施。正好此时通明殿的法师进言说帝王阳气最盛，坐镇棠梨宫鬼魂必定不敢再来骚扰，又在通明殿日夜开场做水陆大法事超度冷宫亡魂。于是玄凌夜夜留宿棠梨宫相伴，果然，我的梦魇逐渐好了起来。

　　晨昏定省是妃嫔向来的规矩。因我近日连番遭遇波折，身心困顿，皇后极会体会皇帝的意思，加意怜惜，有意免了我几日定省。这两日精神渐好，便依旧去向皇后请安谢恩。近夏的天气雷雨最多。是日黄昏去向皇后请安，去时天气尚好，有晚霞当空流照。不想才陪皇后和诸妃说了一会子话，就已天色大变，雷电交加，那雨便瓢泼似的下来了。

　　江福海走出去瞧了瞧道："这雨下得极大，怕一时半会儿停不下来，要耽搁诸位娘娘、小主回宫呢。"

　　皇后笑道："这天跟孩儿的脸似的说变就变，妹妹们可是走不成了。看来是老天爷想多留你们陪我聊天解闷呢。"

　　皇后在前，谁敢抱怨天气急着回宫，都笑道："可不是老天爷有心，见皇后凤体痊愈，头风也不发了，才降下这甘霖。"

　　皇后见话说得巧也不免高兴，越发上了兴致与我们闲聊。直到酉时三刻，雨方渐渐止了，众人才向皇后告辞各自散去。

　　大雨初歇，妃嫔们大多结伴而行。我见史美人独自一人，便拉了她与我和眉庄、陵容同行。

　　出了凤仪宫，见华妃与丽贵嫔正要上车辇一同回宫，却不见平日与她常常做伴的曹容华。四人向华妃和丽贵嫔行了礼。华妃打量我几眼道："婉仪憔悴多了，想来噩梦缠身不好过吧。"

　　我闻言吓得一缩，惊惶看向四周，小声说："娘娘别说，那东西有灵性，会缠人的。"

　　华妃不以为然道："婉仪神志不清了吧？当着本宫的面胡言乱语。"

　　眉庄忙解围道："华妃娘娘恕罪。甄婉仪此番受惊不小，实在是……"眉庄小心翼翼地看了看周围，"实在是很多人都亲眼见过，不得不小心啊。"

　　史美人最信鬼神之说，不由得点头道："的确如此。听说有天晚上还把永巷里一个小内监吓得尿了裤子，好几天都起不来床。”

我忧心忡忡道：“她恨我也就罢了。听说当日皇上要赐她自尽，平日与她交好的妃嫔竟无一人为她求情，才使她惨死冷宫……”我见华妃身后的丽贵嫔身体微微一抖，面露怯色，便不再说下去。

华妃登时拉长了脸，不屑道：“身为妃嫔，怎能同那些奴才一般见识，没的失了身份。再说她自寻死路罪有应得，谁能去为她求情！”

我惶然道：“这些话的确是我们不该说的，只是如今闹得人心惶惶的。”我看向华妃身后道，“听闻曹容华素来胆大，要是我们有她陪伴也放心些。咦？今日怎不见曹容华？”

丽贵嫔出声道：“温宜帝姬感染风寒，曹容华要照顾她，所以今日没能来向皇后请安。”

华妃盯着我，浅浅微笑：“婉仪心思细密，想必是多虑了。婉仪自己要多多放心才是，做了亏心事，才有夜半鬼敲门。”

我的声音像是从腔子逼出来似的不真实，幽幽一缕呜咽飘忽：“娘娘说得是。要是她知道谁教她走上死路，恐怕怨气会更大吧。”

丽贵嫔脸色微微发白，直瞪着我道：“甄婉仪，你……你的声音怎么了？”

我兀自浮起一个幽绝的笑意，也直瞪着她，恍若不知：“贵嫔娘娘说什么？我可不是好好的。”我抬头看看天色，拉了眉庄、陵容的袖子道：“快走快走，天那么黑了。”史美人被我的语气说得害怕，忙扯了我们向华妃告辞。

陵容与眉庄对着华妃赧然一笑，急匆匆地走了。

下过雨路滑难行，加上夜黑风大，一行人走得极慢。天色如浓墨般沉沉欲坠，连永巷两侧的路灯看着也比平时暗淡了许多。

风哗哗地吹着树响，有莫名的诡异，陵容与史美人不自觉地靠近我和眉庄。我不安地瞧了一眼眉庄，忽听得前方数声凄厉的惨叫，划破夜深人静的永巷，直激得所有人毛骨悚然。四人面面相觑，谁也不敢上前去看个究竟，仿佛连头皮也发麻了。

那声音发了狂似的尖叫："不是我！不是我！与我不相干！"

我一把扯了眉庄的手道："是丽贵嫔的声音！"我转身一推身后的小允子，对他道："快去！快去告诉皇后！"小允子得令立刻向凤仪宫跑去。

史美人还犹豫着不敢动，眉庄与我和陵容急急赶了过去，一齐呆在了那里。果然是丽贵嫔，还有几个侍奉车辇的宫人吓得瘫软在地上连话也不会说了。华妃站在她身旁厉声呵斥，却止不住她的尖叫。车辇停在永巷路边，丽贵嫔蜷缩在车辇下，头发散乱，面色煞白，两眼睁得如铜铃一般大，直要冒出血来，一声接一声地疯狂尖叫，仿佛是见到什么可怕的物事，受了极大的惊吓。

随后赶到的史美人见了丽贵嫔的情状，霎时变得面无人色，几个踉跄一跌，背靠在宫墙上，惶恐地环顾四周："她来了？是不是她来了？"

华妃本已又惊又怒，听得史美人这样说，再按捺不住，几个箭步过来，朝史美人怒喝道："再胡说立刻发落了你去冷宫！"口中气势十足，身体却禁不住微微颤抖。华妃一转身指着丽贵嫔对身边的内监喊道："站着干什么！还不给本宫把她从车下拖出来！"

众人七手八脚去拉丽贵嫔，丽贵嫔拼命挣扎，双手胡乱挥舞，嘴里含糊地喊着："不是我！不是我！药是我给你弄来的，可不是我教你去害甄嬛的……"

华妃听她混乱的狂喊，脸色大变，声音也失了腔调，怒喝道："丽贵嫔失心疯了！还不给本宫拿布堵了她的嘴带回我宓秀宫里去！"华妃一声令下，忙有人急急冲上前去。

眉庄见机不对，往华妃身前一拦，道："华妃娘娘三思，此刻出了什么事还不清楚，娘娘应该把丽贵嫔送回她的延禧宫中再急召太医才是，怎的要先去宓秀宫？"

华妃缓了缓神色道："丽贵嫔大失常态，不成体统。若是被她宫中妃嫔目睹，以后怎能掌一宫主位？还是本宫来照顾比较方便。"

眉庄道:"娘娘说得极是。但事出突然,嫔妾以为应先命人去回皇上与皇后才是。"

华妃眉心微微一跳,见一干内监被眉庄梗在身后不能立即动手,大是不耐烦:"事急从权。丽贵嫔如此情状恐污了帝后清听,等下再去回报也不迟。"见眉庄仍是站立不退开,不由得大是着恼,口气也变得急促凌厉,"何况本宫一向助皇后协理六宫,惠嫔是觉得本宫无从权之力么?"

眉庄素来沉稳不爱生事,今日竟与后宫第一宠妃华妃僵持,且大有不肯退让的架势,众人都惊得呆了,一时间无人敢对丽贵嫔动手。华妃狠狠瞪一眼身边的周宁海,周宁海方才回过神,一把捂了丽贵嫔的嘴不许她再出声喊叫。

我暗暗着急,不知皇后来不来得及赶来,要不然这一场功夫可算是白做了。眼下也只得先拖住华妃多挨些时间等皇后到来,一旦丽贵嫔只身进了苾秀宫,可就大大棘手了!

眉庄朝我一使眼色,我站到眉庄身边,道:"娘娘协理六宫,嫔妾等怎敢置疑,只是丽贵嫔乃是一宫主位,兹事体大,实在应知会皇上皇后,以免事后皇上怪罪啊。"

华妃杏眼含怒,银牙紧咬,冷冷道:"就算婉仪日日得见天颜圣眷优渥,也不用抬出皇上来压本宫。婉仪与惠嫔这样阻拦本宫,是要与本宫过不去么?"

"娘娘此言令嫔妾等惶恐万分。并非嫔妾要与娘娘过不去,只是丽贵嫔言语中涉及嫔妾前时中毒之事,嫔妾不得不多此一举。"

四周静得诡谲,除了丽贵嫔被捂住嘴发出的呜咽声和霍霍的风声,无人敢发出丝毫声响。华妃怒目相对,情势剑拔弩张,一触即发。那寂静许是片刻,我却觉得分外漫长。华妃终于按捺不住,向左右斥道:"愣着做什么!还不快把贵嫔带走。"说罢就有人动手去扯丽贵嫔。

眼看就要阻拦不住,心下懊恼,这番心思算是白耗了。

远远听见通报:"皇后娘娘凤驾到——"只见前导的八盏鎏银八宝明

灯渐行渐近，由宫女、内监簇拥着凤辇疾步而至。我心头一松，果然来了。

夜间风大，皇后仍是穿戴整齐端坐在凤辇之上，更显后宫之主的威势。

华妃无奈，只得走上前两步与我们一同屈膝行礼。皇后的神态不见有丝毫不悦，只唤了我们起来，单刀直入问道："好端端的，究竟丽贵嫔出了什么事？"

华妃见皇后如此问，知道皇后已知晓此事，不能欺瞒，只好说："丽贵嫔突发暴病，臣妾正想送她回宫召太医诊治。因为事出突然不及回禀皇后，望皇后见谅。"华妃定一定神，看着皇后道，"不过皇后娘娘消息也快，这会儿工夫便得了信儿赶过来了，世兰真是自愧不如。"说着狠狠剜了我一眼，我恍若不觉，只依礼站着。我和眉庄的事已经完成了，接下来的，就是皇后的分内之事了。

皇后点一点头说："既是突然，本宫怎会怪罪华妃你呢？何况……"皇后温和一笑，"知晓后宫大小诸事并有得宜的处置本就是我这皇后分内之事。"皇后话语温煦如和风，却扣着自身尊贵压着华妃一头。华妃气得脸色铁青，却无可反驳。

皇后说罢下了凤辇去瞧丽贵嫔，走近了"咦"一声，蹙了眉头道："周宁海，你一个奴才怎么敢捂了丽贵嫔的嘴，这以下犯上成什么样子！"

周宁海见皇后质问，虽是害怕却也不敢放手，只偷偷去看华妃。华妃上前一步道："皇后有所不知。丽贵嫔暴病胡言乱语，所以臣妾叫人捂了她的嘴，以免秽语扰乱人心。"

"哦。"皇后抬起头看一眼华妃，"那也先放开丽贵嫔，难不成要这样捂着她的嘴送回延禧宫去么？"

华妃这才示意周宁海放开，丽贵嫔骤得自由，猛身扑到华妃膝下胡乱叫喊道："娘娘救我！娘娘救我！余氏来找我！她来找我！娘娘你知道不是我教她这么做的，不是我啊！"

华妃忙接口道："是。和谁都不相干，是她自己作孽。"华妃弯下腰，放缓了语调，柔声哄劝道，"贵嫔别怕，余氏没来，跟本宫回宫去吧。"

丽贵嫔退开丈许，眼珠骨碌碌转着看向四周，继而目光古怪地盯着华妃道："她来了。真的！娘娘，她来寻我们报仇了！她怪我们让她走了死路！"静夜里永巷的风贴地卷过，丽贵嫔的话语漫卷在风里，听见的人都不由得面色一变，身上激灵灵地发凉，感觉周身寒毛全竖了起来，仿佛余氏的亡魂就在身边游荡，朝着我们狞笑。

华妃听她说得不堪，急怒交加，呵斥道："你要作死么！胡说些什么！"瞪着我极力自持道："冤有头，债有主！就算余氏要来也是要找害死她的人，干我们什么事？"

我站在华妃身后慢吞吞道："华妃娘娘说得是。冤有头，债有主，娘娘自是不必害怕。"

丽贵嫔打量着周围所有的人，突然扑到皇后身下。她处在极度的惊恐之下，力气极大，一扑之力差点儿把皇后撞了个趔趄，吓得旁边的宫人忙不迭扶好皇后拉开丽贵嫔。丽贵嫔惶恐地哭泣着扯住皇后凤裙下摆，哭道："鬼！有鬼！我……我不要死啊！"

皇后也觉得不安，挥一挥手："吵吵闹闹成何体统。这样子回延禧宫本宫也不放心，好生扶了丽贵嫔回本宫的凤仪宫去安置。"

华妃急道："皇后娘娘，丽贵嫔的病症像是失心疯，怎能在凤仪宫扰您休息，还是去臣妾的宓秀宫由臣妾照顾吧。"

皇后含笑道："凤仪宫那么大，总有地方安置，华妃不用空自担心。而且丽贵嫔虽说神志混乱，可言语间口口声声涉及甄婉仪中毒之事，牵涉重大，本宫必要追查。难道华妃觉得丽贵嫔在本宫那里有什么不妥么？"

华妃眉毛一扬，丹凤双眸气势凌人，道："臣妾自然不会担心由皇后照顾会有不妥。只是皇上亲命臣妾协理六宫，当然觉得臣妾是能为皇后分忧的。皇后总不会不让臣妾'分忧'吧？若真如此，皇上怕要怪罪臣妾不体恤皇后呢。"

华妃出语极是不客气，皇后身边的宫人都露出不忿之色。皇后一愣之下一时无反对之由，只犹豫着不说话。

我见事情又要横生枝节，若是丽贵嫔随华妃去了只怕前功尽弃，便立刻道："娘娘乃六宫之主，由您亲自费神，皇上必定更加放心。"说罢忙跪下道，"恭送皇后。"

眉庄反应极快，拉着陵容、史美人跪下一齐道："恭送皇后。"皇后不由分说地带了丽贵嫔回凤仪宫。

华妃大怒却又无可奈何，眼睁睁看皇后带了丽贵嫔走，直气得双手发颤，几欲晕厥。

回到宫中，流朱、浣碧已备下了几样小菜做宵夜。槿汐掩上房门，我瞧着候在房中的小连子微笑道："要你装神弄鬼，可委屈了你这些日子。"

小连子忙道："小主这话可要折杀奴才了。"他扮个鬼脸嬉笑，"不过奴才偷照了镜子，那样子还真把自己吓了一跳。"

我忍俊不禁，连连点头道："可不是！你把丽贵嫔吓得不轻，颠三倒四说漏嘴了不少。"

"没想奴才这点儿微末功夫还能派上这用场，还真得谢谢流朱姐姐教我摆的那水袖，还有浣碧姐姐给画的鬼脸。"

流朱撑不住"扑哧"笑出了声："咱们那些算什么啊？还是小姐的主意呢。"想了想对小连子道："把你扮鬼的行头悄悄烧了，万一露了痕迹反要坏事。"小连子忙答应了。

槿汐示意他们静下，道："先别高兴。如今看来是华妃指使无疑了，丽贵嫔也是逃不了干系。只是丽贵嫔形同疯癫，她的话未必作得了数。"

我沉吟半晌，用玉搔头轻轻拨着头发，道："你说得有理。只是，皇后也未必肯放过这样的机会呢。咱们只需冷眼旁观，需要的时候点拨几下便可。戏已开场了，锣鼓也敲了，总得一个个粉墨登场了才好。"我轻轻一笑，"今晚好生休息，接下来怕是有一场变故等着咱们呢。"

初勝 ｜ 壹玖

　　次日一早，皇后就急召我进了凤仪宫。忙赶了过去，一看眉庄、陵容与史美人早在那里，知道皇后必是要询问昨晚之事。皇后想是一夜劳碌并未好睡，眼圈微微泛青，连脂粉也遮不住，精神倒是不错，照例问了我们几句，我们也原原本本说了。

　　忽听得宫外内监唱道："皇上驾到——"

　　皇后忙领着我们站了起来，就见玄凌走了进来，身后还跟着一位妃嫔，却是华妃。华妃神色冷淡，只作未瞧见我们。

　　我与眉庄相视，以为昨夜玄凌是在华妃宫里就寝了。只是华妃未免也过于嚣张，巴巴地跟着玄凌一起过来。几个人面色都不好看，唯有皇后神色如常。

　　玄凌却道："才出宫就看见华妃往你这里来，知道丽贵嫔不大好，也过来看看。"众人方知昨夜玄凌并未召幸华妃，只是偶然遇上，登时放宽了心。

皇后忙让人上了一盏杏仁酪奉与玄凌，方道："劳皇上挂心。不过丽贵嫔是不大好，昏迷了一夜，臣妾已召了太医，现安置在偏殿。"

玄凌点点头，问道："太医怎么说？"

"说是惊风，受了极大的惊吓。"皇后回道，"昏迷中还说了不少胡话。"说罢扫了一眼华妃。

华妃听得此话脸色微微一变，向玄凌道："正是呢。昨晚丽贵嫔就一直胡乱嚷嚷，可吓着臣妾了。"

皇后道："事情究竟如何发生臣妾尚未得知，但昨夜华妃一直与丽贵嫔同行，想来知道得比臣妾多些。"

玄凌问华妃道："如此说，昨晚丽贵嫔出事你在身边了？"

"是。"

"你知道什么尽管说。"

"是。昨夜臣妾与丽贵嫔同车回宫，谁知刚至永巷，车辇的轮子被石板卡住了不能前行。丽贵嫔性急便下了车察看，谁知臣妾在车内听得有宫人惊呼，紧接着丽贵嫔便惨叫起来，说是见了鬼。"华妃娓娓道来，可是闻者心里皆是明白，能把素日嚣张的丽贵嫔吓成这样，可见昨晚所见是多么可怕。

玄凌听她说完眉头紧紧锁起，关切地问："你也见到了吗？没吓着吧？"

华妃轻轻摇了摇头："多谢皇上关怀。臣妾因在车内，并未亲眼看见。"

我瞥眼看她，华妃一向好强，虽然嘴上如此说，可是她说话时十指紧握，交绕在一起，透露了她内心不自觉的惶恐。

我嘴角微扬露出一丝只有自己能察觉的微笑，能害怕就好，只要有人害怕，这台戏就唱得下去。

皇后也是满面愁容，道："臣妾问过昨晚随侍的那些宫人了，也说是见有鬼影从车前掠过，还在丽贵嫔身边转了个圈儿，难怪丽贵嫔如此害怕了。"

玄凌突然转向我道："婉仪，你如何看待这事？"

我起身道:"皇上,臣妾以为鬼神之说虽是怪力乱神,但冥冥之中或许真有因果报应,才能劝导世人向善祛恶。"

华妃冷冷一笑:"听说婉仪前些日子一直梦魇,不知是否也因余氏入梦因果报应之故?"

我抬头不卑不亢道:"臣妾梦魇确是因梦见余氏之故,却与因果报应无关。臣妾只是感伤余氏之死虽是自作孽不可活,但归根结底是从臣妾身上而起。臣妾实在有愧,这是臣妾自身德行不足的缘故。"说到末句,语中已微带哽咽。

这一哭,三分是感伤,七分是感叹。这后宫是一场红颜厮杀的乱局,我为求自保已伤了这些人,以后,只怕伤得更多。

玄凌大是见怜:"这是余氏的过错,你又何必归咎自己。狂风摧花,难道是花的过错么?"

眼泪在眼眶中闪动,含泪向玄凌微笑道:"多谢皇上体恤。"

玄凌道:"朕先去瞧丽贵嫔,一切事宜等丽贵嫔醒了再说。"

几日不见动静。人人各怀心事,暗中静观凤仪宫的一举一动。

想起小时候听人说,但凡海上有风暴来临前,海面总是异乎寻常地平静。我想如今也是,越是静,风波越是大。

消息一一传来:

玄凌去探视丽贵嫔时,丽贵嫔在昏迷中不断地说着胡话,玄凌大是不快。

玄凌旨意,除皇后外任何人不许探视丽贵嫔。

丽贵嫔昏迷了两日终于苏醒,帝后亲自问询。

丽贵嫔移出凤仪宫,打入冷宫。

三日后的清晨去向皇后请安,果见气氛不同往日,居然连玄凌也在。诸妃按序而坐,一殿的肃静沉默。皇后咳嗽两声,玄凌神色倒平常,只缓缓道:"丽贵嫔自册封以来,行事日益骄奢阴毒,甚是不合朕的心意。朕意废她以儆效尤,打入冷宫思过。"

我微微抬眸看了一眼华妃,她的脸色极不自在。以她的聪明,必然知道是丽贵嫔醒后帝后曾细问当夜之事,必定是她说漏了什么才招来玄凌大怒废黜。

其实当日之事已十分明白,丽贵嫔是华妃心腹,既然向我下毒之事与她有关,华妃又怎能撇得开干系?

丽贵嫔还真是不中用,经不得那么一吓,可见"做贼心虚"这话是不错的。

玄凌看也不看华妃,只淡然道:"华妃一向协理六宫,现下皇后头风顽疾渐愈,后宫诸事仍交由皇后做主处理。"一语既出,四座皆惊,诸妃皆是面面相觑,有性子浮躁的已掩饰不住脸上幸灾乐祸的笑容。玄凌转头看着皇后,语气微微怜惜:"若是精神不济可别强撑着,闲时也多保养些。"

想是皇后许久没听过玄凌如此关怀的言语,有些受宠若惊,忙道:"多谢皇上关怀。"说着向华妃道:"多年来华妹妹辛苦,如今可功成身退了。"

华妃闻言如遭雷击,身子微微一晃,却也知道此时多说也是无益。强自镇定跪下谢恩,眼圈却是红了,只是自恃身份,不肯在众人面前落泪。如此情状,真真是楚楚可怜。

皇后忽然道:"若是端妃身子好,倒是能为臣妾分忧不少,只可惜她……"

玄凌闻言微微一愣,方才道:"朕也很久没见端妃了,去看看她吧。你们先散了吧。"

送了玄凌出去,众人才各自散了。

走出宫门正见华妃,我依足规矩屈膝:"恭送华妃。"华妃嗤鼻不理,拂袖而去。

陵容见我受委屈,颇有不平道:"姐姐先前受华妃的气可不少,如今她失势，为何还要对她恭敬如初？"

我掸一掸衣裳，道："她如今是失势，可未必不会东山再起，还是不要撕破脸好。再说她毕竟位分在我之上，她不受礼是她理亏，我却不能失了礼数招人话柄。眉姐姐，你说是不是？"

眉庄点头："的确如此。"

陵容涨红了脸，轻声道："多谢姐姐教诲。"

我忙牵了她手道："自己姐妹说什么教诲不教诲的，听了多生分。"

陵容这才释然。送了陵容，眉庄心情大好，含笑道："今日天气甚好，去我宫里对弈一局如何？"

我微笑道："瞧你的样子憋着到现在才笑出来，我可学不来。好吧，就陪你手谈一局作贺。"

眉庄掩不住满面笑容："你我终于能吐这一口恶气，真是畅快。"说完微显忿色，"只去了一个丽贵嫔，没能扳倒华妃，真是可惜。"

我折一枝杜鹃在手里把玩："原也不指望能扳得倒华妃。华妃在宫中多年，势力已是盘根错节，皇后位主六宫也需让她两分，可见她的影响。而且朝廷正在对西南用兵，正是用得着华妃的父亲慕容迥的地方，皇上必有顾忌。皇上他又念旧情，必不会狠下心肠。"

"可是总会对她有所冷落。"

"嗯。这是当然。咱们能来个敲山震虎让她对我们有所忌惮，能相安无事即可。毕竟再追查下去牵连无数，惹起腥风血雨也不是积福之举啊。"

"如今未能除去她，怕是日后更难对付，将是心腹大患啊！"眉庄眼中大有忧色。

"她是我们的心腹大患，我们也是她的心腹大患。如今她失了丽贵嫔这个心腹，元气大伤，又失了协理六宫的权势，只怕一心要放在复宠和与皇后争夺后宫实权上，暂时还顾不上对付我们。咱们正好趁这个时候休养生息，好以逸待劳。"

"难道真不能斩草除根？咱们也能高枕无忧。"眉庄双眉紧锁，终究不甘心，"只要一想到千鲤池之事，我就寝食难安。"

我无奈地摇摇头："走到这一步已经是极限，若再追究下去恐怕会有更多的人牵连进去。这是皇上与皇后都不想看见的。若是我们穷追猛打，反而暴露了自己在这件事中的谋划，也让皇上觉得咱们阴狠，反倒因小失大。"

眉庄知道无法，沉思良久方道："如今皇上削了华妃之权，也是想事情到此为止，闹得太大终究是丢了皇家脸面。我又何尝不明白……只得如此了。"

我与眉庄坐在她存菊堂后的桂花树下摆开棋枰，黑白对垒。

眉庄始终还是不放心，取一枚白子在指间摩挲，迟迟不肯落子。"嬛儿，丽贵嫔多年来如同华妃的心腹臂膀，你真觉得华妃会弃她不顾？何况丽贵嫔貌美，位分也不低，只怕他日华妃东山再起之时她也有再起之日。"

我执了一枚黑子落下，道："华妃不会顾及丽贵嫔。她已深受牵连，怎会再蹈覆辙？丽贵嫔虽然貌美位高，又跟随她多年，可是言语不逊，不得人心，皇上喜欢她的貌美也不过一时新鲜。你想皇上已经有多久没召幸丽贵嫔了？一个不得皇上宠爱的女人，容貌再美、位分再高有什么用？"

眉庄浅笑道："说得是。丽贵嫔是一宫主位，可是膝下并无所出，还不如曹容华尚有一位温宜帝姬可以倚靠。说来，曹容华如此温文，真不像是华妃身边的人。"

"你可别小看了曹容华，皇上虽不偏宠她，一月总有两三日在她那里。常年如此，可算屹立不倒。"我抿一口茶水，这时节的风已经渐渐热了起来，吹得额头温温的。我专注于棋盘上的较量，漫不经心道："能被华妃器重，绝不是简单的人物。"

眉庄嘴上说话，手下棋子却不放松："自从连番事端，我怎会有小觑之心，说是草木皆兵也不为过。"

"那也不必，太过瞻前顾后反倒失了果断。"我看着棋盘上错落分明的黑白棋子，展眉一笑，"姐姐，嬛儿赢了。"

夜已深沉，明月如钩，清辉如水，连天边的星子也分外明亮，倾了满天晶莹。

我知道，今夜，玄凌一定会来。

遣开了所有人，安静躺在床上假寐养神。屋子里供着几枝新折的栀子花，浓绿素白的颜色像是玉色温润，静静吐露清雅芳香。

忽然一双臂膀轻轻将我搂住，我轻轻闭上眼睛，他来了。

"嬛嬛，你可睡了？"

我轻轻自他的怀中挣脱出来，想要躬身施礼。他一把拉住我，顺势躺在我身边。我温顺地倚在他臂上："端妃姐姐好些了么？"

"老样子，只是又清瘦了，见朕去看她，强挣扎着要起来——到底还是起不来。朕瞧着也可怜见儿的。"

"四郎若有空儿就多去看看端妃姐姐吧，她见了四郎必定很高兴，说不定这病也好得快些。"

又絮絮说了些端妃的病，我知道，这不过是闲话家常，他要说的并不是这些。

终于，玄凌说："下毒之事终于了结了。你能安心，朕心里也松泛些。"他眸中凝着一缕寒气，"只是朕并不曾亏待丽贵嫔，她竟阴毒如此。"

我低声道："事情既已过去，皇上也勿要再动气。丽贵嫔也是在意皇上，才会忌恨臣妾。"

"在意朕？"他鼻端冰冷一哼，"她在意的究竟是自己的位分与荣华还是朕，只有她自己明白。"他停了一停，"就算是在意朕，若是借在意朕之名而行阴鸷之事，朕也不能轻纵了她。"

心里微微一动，虽然我是这件事的受害者，但是场面还是要做一下的，何况我必须得清楚此时此刻华妃在他心中究竟还有多少分量。身体贴近玄凌一些，轻轻道："丽贵嫔犯错已经得到教训，虽然华妃姐姐素日与丽贵嫔多有来往，但是华妃姐姐深受天恩又聪颖果毅，必然不会糊涂到与丽贵嫔同流合污。"

果毅这个词亦好亦坏，用得好便是行事果断能掌事用人，用得不好，我心中莞尔，只怕就会让人想到专断狠毒了。个中含义，就要让人细细品味了。其实很多人，就是坏在模棱两可的话语上，说者"无心"，听者有意嘛。

玄凌一手轻轻抚着我的肩膀，看着窗纱上树的倒影，唇齿间玩味着两个字："果毅？"他唇边忽然扬起一抹若有似无的笑，"这次的事即便她没有参与其中，但朕许她协理六宫之责，丽贵嫔出事之时她竟不欲先来禀朕与皇后，多少有专断之嫌。朕暂免了她的职权，她该好好静静心！"

加了三分难过的语气在话语间，一字一字渗进他耳中："华妃侍奉皇上多年，还请皇上看在她服侍您小心体贴的分儿上——"

话未说完已被他出声打断："朕严惩了丽贵嫔，亦申饬了华妃，就是要警诫后宫不要再这样乌烟瘴气。"他的声音饱含怜爱之情，"嬛嬛，你总是这样体谅旁人。"

我婉声道："嬛嬛只希望后宫诸姐妹能够互相体谅，少怀嫉恨，皇上才能专心政事，无后顾之忧。"我又道，"嬛嬛听闻丽贵嫔出事是因为余氏冤魂索命，如今流言纷纷，恐怕宫中人心不安。"

玄凌露出嫌恶的神色："朕瞧着未必是什么冤魂索命，八成是她做贼心虚自己吓的，还胡言乱语蛊惑人心。"他略一思索，"不过为了人心安定，还是让通明殿的法师做几场法事超度吧。"

"嬛嬛以为法事是要做，只是对外要称是为祈福求安，若说是超度，宫中诸人便会认为皇上也信鬼神冤魂之说，只怕会适得其反。"

"就按你说的明日吩咐下去。"玄凌微笑着看我，眼中情意如春柳脉脉，"有你善解人意，体贴入微，朕心也能安慰了。"

我轻柔地投进玄凌的怀抱，柔声唤道："四郎……"

室中香芬纯白，烛影摇红，只余红罗绣帐春意深深……

华妃失势后，宫里倒是安静了不少。没了眼前这个强敌，我与眉庄都松了一口气，只安心固宠。华妃失去了协理六宫的权力，门庭自然不及往日热闹。她在多次求见玄凌而不得后倒也不吵不闹，除了每日必需的晨昏定省之外几乎足不出户，对所有嫔妃的窃窃私语和冷嘲热讽一应充耳不闻。

到了五月中，京都天气越发炎热，循例历代皇帝每年六月前皆幸西京太平行宫避暑，至秋方回銮。玄凌倒是不怕热，只是祖制如此，宫眷亲贵又不耐热的居多，所以一声吩咐下去，内务府早就布置妥当。玄凌便率了后妃、亲贵、百官，浩浩荡荡驻跸太平行宫。

太平行宫本是由前朝景宗的"好山园"改建而来，此处依山傍水，风水极佳。到了我朝，天下太平，国富力强，在好山园的旧景上陆续营建亭台馆阁，将南国北地的好景致都收录其中，终成规模最盛的一处行宫御苑。

后宫随行的除了皇后之外只带了六七个素日有宠的嫔妃，曹容华也在其列。华妃失势，曹容华虽是她的亲信倒也未受牵连，多半是因为她平日虽在华妃左右却性子安静的缘故。何况昔日那位丽贵嫔最是跋扈急躁的，一静一动，反而显得曹容华招人喜欢了。而且玄凌膝下子女不多，除了早夭的之外，只有一位皇子和两位帝姬，而曹容华即是皇二女温宜帝姬的生母。温宜帝姬尚不满周岁，起居饮食虽然有一大堆奶妈、宫女服侍，可仍是离不了生身母亲的悉心照料。

华妃虽然失了玄凌好感，但是位分仍是妃位之首，皇后也安排了她来，只是她在到达西京之前半步也不下车，刻意避开了和众人见面的尴尬；端妃在病中更是受不得一点热，虽然车马劳顿，但是也随众而来，只是独居一车并不与我们照面；而陵容与淳常在从未得宠，史美人失宠已久，都仍留居宫中不得随驾。陵容谨小慎微，淳常在年幼懵懂都不放在心上，只是史美人为了这事怄了好些日子的气，连我们出宫到底也没来相送。

成日在宫里与人周旋，乍离了百尺朱红宫墙，挑起车帘即可见到稼穑农桑、陌上轻烟，闻着野花野草的清新，顿觉得身心放松，心情也愉悦了不少。

太平行宫依着歌鹿山山势而建，山中有园，园中有山，夹杂湖泊、密林，宫苑景致取南北最佳的胜景融于一园，风致大异于紫奥城中。

住在太平行宫中总觉得比宫里无拘无束些，虽然后宫还是这后宫，只是挪了个地方而已。但是这次西幸避暑，太后嫌兴师动众的麻烦，又道年老之身静心礼佛不觉畏热，便依旧留于宫中。虽然进宫已半年有余，但太后非重大节庆从不出颐宁宫半步，素日请安也只见帝后与皇子皇女，嫔妃非召不得见，所以至今仍未见过太后一面。但是太后昔年英明我曾听父兄多次提及，所以心中不由得对她多了一分敬畏景仰之心。如今不与太后居住一宫，仿佛幼年离了严父去外祖家一样，多了好些轻松随意。

玄凌选了清凉宁静的水绿南薰殿作寝殿；皇后自然住了仪制可以与之

比肩的光风霁月殿；眉庄喜欢玉润堂院中一片碧绿竹林，凤尾森森，龙吟细细，便拣了那里住；我素性最是怕热，玄凌又舍不得我住得远，便想把我安置在水绿南薰殿的偏殿，日夜得以相见。只是此举未免太惹眼，怕又要引来风波，少不得婉言推却了。于是玄凌指了最近的宜芙馆给我住，开门便有大片荷花亭亭玉立，凉风穿过荷叶自湖上来，惬意宜人。

乍进宜芙馆，见正间偏殿放置了数十盆茉莉、素馨、玉兰等南花，蕊白可爱；每间房中皆放有一座风轮。黄规全打了个千儿满面堆笑："皇上知道小主素性爱香，为避暑热又不宜焚香，因此特命奴才取新鲜香花，又放风轮纳凉取香。"果然风轮转动，凉风习习，清芬满殿。

黄规全奉承道："别的小主娘娘那里全没有。小主如今这恩宠可是宫里头一份儿的呢！"

玄凌果然细心周到。心中微微感动，转头对黄规全道："皇上隆恩。你去回话，说本宫等下亲自过去谢恩。"

黄规全道："是。皇上等会子怕是要去射猎，小主可歇歇再慢慢过去。"

我微笑道："这法子倒是巧，皇上真真是费心了。"

黄规全道："如今天还不热，一到了三伏日子，在殿里放上冰窖里起出的冰块，那才叫一个舒服透心。皇上一早吩咐了咱内务府，只要小主一觉热马上就用冰。奴才们哪敢不用心啊。"

我瞧了他两眼，方含笑道："黄公公辛苦，其实这差使随便差个人来就成了，还劳公公亲自跑一趟。去崔顺人那里领些银子吧，就当本宫请公公们喝茶。"

黄规全慌忙道："小主这话奴才怎么敢担当。奴才们能为小主尽心那是几世修来的福分，断断不敢再受小主的赏了。"说着忙打千儿躬着身子退下去了。

佩儿看着他的身影在一旁道："华妃一倒，这家伙倒是学了个乖，如今可是夹着尾巴做人了，生怕哪里不周到。"

流朱轻笑道："就算华妃不倒,这宫里又有谁敢对我们小姐不周到?"

我看她一眼道："就顾着说嘴,去折些新鲜荷叶来熬汤要紧。"

歇息了一会儿,重新梳妆匀面,才扶了浣碧慢慢往玄凌的寝殿走去。过了翻月湖上的练桥,穿过蜿蜒曲折、穿花透树的雕绘长廊,便是长长一条永巷,两侧古柏夹道,花木繁荫,遮去大半日光,倒也阴凉。

只闻得头顶"嗖"的一声利器刺破长空的锐响,仰头见一支长箭直破云霄而上,箭势凌厉异常,迅疾没入棉堆般蓬松的云间。

倏然有阴影远远从天际飞快直坠而下,我本能地往后退开数步。有重物压破花树枝叶砰然坠地,激得尘土飞起,夹杂着羽毛和零落的花叶扬在空气里,有凛冽的血腥气直冲入鼻。定睛一看,却见一箭贯穿两只海东青的首脑,竟是穿四目而过。那海东青尚未死绝,坚硬如铁的翅膀扑腾两下终于不再动了。

心底暗暗叫一声好!海东青出自辽东,体型虽小却异常凶猛彪悍,喙如钢钩翅如铁,健俊远胜于寻常鸟禽。能一箭射落两只并贯穿四目,箭法之精准凌厉,实在令人叹服。

浣碧亦忍不住称许:"好箭法!"

不远处掌声欢呼雷动。有内侍匆匆跑过来捡了那两只海东青,见我在忙行了礼问安。我不由得问道:"是皇上在园子里射猎么?"

内侍恭谨答道:"清河王来了,皇上与王爷在射猎呢。"

闻得"清河王"三字,情不自禁想起春日上林苑中与玄凌初见,他便自称"清河王",不由得勾动心底温柔情肠,心情愉悦。我见那箭矢上明黄花纹尾羽,微笑道:"皇上果然好箭法!"

那内侍赔笑道:"王爷箭术精良,皇上也赞不绝口呢!"

我微微一愣,素闻清河王耽于琴棋诗画,性子如闲云野鹤,不想箭法精准如斯,实是大出意料。

也只是意外而已,与我没什么相干,随口问他:"还有别的人在么?"

"曹容华随侍圣驾。"

我点了点头道:"快捧了海东青去吧。禀报皇上,说本宫即刻就到。"

他诺诺点头而去。我见他去了半晌,理了理鬓发衣裙对浣碧道:"咱们也过去吧。"

进了园中,远远见有侍从簇拥一抹颀长的湖蓝背影消失在郁郁葱葱的花树之后,那背影如春山青松般远逸,有股说不出的闲逸之态。心中好奇,不由得多看了一眼。

有内侍迎了上来道:"皇上在水绿南薰殿等候小主。"说罢引了我过去。

水绿南薰殿临岸而建,大半在水中。四面空廊迂回,竹帘密密低垂,殿中极是清凉宁静。才进殿,便闻得清冽的湖水气息中有一股淡雅茶香扑面而来,果见玄凌与曹容华对坐着品茗。玄凌见我来了,含笑道:"你来了。"

依礼见过,微笑道:"皇上好兴致。从何处觅得这样香的好茶?"

玄凌呵呵一笑:"还不是老六,费了极大的功夫才寻了这半斤'雪顶含翠'来,真真是好茶。你也来品一杯。"

"雪顶含翠"生长于极北苦寒之地的险峻山峰,极难采摘,世间所有不过十余株,因常年得雪水滋养,茶味清新冷冽,极是难得,连皇室贵胄也难以轻易尝到。

"王爷真是有心。"我向四周一望,道,"臣妾听闻皇上适才与王爷射猎得了极好的彩头,怎的王爷转眼就不见了?"我故意与玄凌玩笑,"准是王爷听说臣妾貌若无盐,怕受惊吓所以躲开了。"

玄凌被我怄得直笑,指着我对曹容华道:"琴默你听听,她若自比无盐,朕这后宫诸人岂非尽成了东施丑妇一流。"

曹容华眼波将流,盈盈浅笑,手中只慢慢剥着一颗葡萄,对我道:"王爷适才还在,只因越州新进贡了一批瓷器来,王爷急着观赏去了。"说罢举手递了剥了皮的葡萄送到玄凌嘴边,"婉仪妹妹美貌动人,不过谦虚罢了。皇上听她玩笑呢。"

玄凌张嘴咽了，皱着眉笑："不错，不错。果然孔夫子说'唯女子与小人为难养也'。"

我举了团扇障面，假意恼怒道："这话臣妾可听得明白，皇上把臣妾比作小人呢。臣妾可不依。"说罢一拂袖道，"皇上不喜臣妾在眼前，臣妾告退了。"

玄凌起身拉住我，道："说那么些话也不嫌口干，来，尝尝这'雪顶含翠'，算朕向你赔不是可好？"

我这才旋身转嗔为喜："皇上真会借花献佛，拿了六王的东西做人情。"

玄凌道："人情也罢了，你喜欢才好。"这才坐下三人一起品茶。

曹容华听我与玄凌戏语，只静静微笑不语，秋波盈盈，别有一番清丽姿色。半晌方含笑徐徐道："俗话说千金买一笑，皇上对婉仪妹妹此举也算抵得过了。"

我脸上微辣，亦笑："叫容华姐姐取笑。"

曹容华取盏饮了一口茶："清香入口，神清气爽，六王果然有心。"说着用团扇半掩了面道："臣妾听说皇上当日初遇婉仪妹妹，为怕妹妹生疏，便借六王之名与妹妹品箫谈心，才成就今日姻缘，当真是一段千古佳话呢。"

听得曹容华说及当日与玄凌初遇情景，心头一甜，红晕便如流霞泛上双颊。玄凌正与我相对而坐，相视俱是无声一笑。

忽然隐隐觉得不对，当日我与玄凌相遇之事虽然宫中之人多有耳闻，可玄凌借清河之名这样的细微秘事她又如何得知？记忆中我也似乎并未与人提起。如此一想，心里不由得忽地一沉。

正思量间，曹容华又道："如此说来，六王还是皇上与婉仪妹妹的媒人呢，应该好好一谢。何况这位大媒俊朗倜傥，朝中不知有多少官宦家的小姐对他倾心不已，日夜得求亲近呢。想必妹妹在闺中也曾听闻过咱们六王的盛名吧？"

玄凌闻言目光微微一闪，转瞬又恢复平日望着我的殷殷神色。虽然只那么一瞬，我的心突地一跳，顿觉不妙，忙镇定心神道："妹妹入宫前久居深闺，进宫不久又卧病不出，不曾得闻王爷大名，真是孤陋寡闻，曹姐姐见笑了。"说罢轻摇团扇，启齿粲然笑道，"皇上文采风流，又体贴我们姐妹心思，怕我们拘束，不知当日是不是也做此举亲近姐姐芳泽呢？"

虽与曹容华应对周旋，暗中却时时留意着玄凌的神色。玄凌倒是如常的样子，并不见任何异样。我已竭力撇清，只盼望玄凌不要在意她曹琴默的挑拨。如果他当真疑心……我心中微微发凉。不，以他素日待我之情，他不会这样疑我。

曹容华只安静微笑，如无声栖在荷尖的一只蜻蜓，叫人全然想不到她的静默平和之中暗藏着这样凌厉的机锋，激起波澜重叠。她看一看天色，起身告辞道："这时辰只怕温宜快要饿了，臣妾先回去瞧瞧。"

玄凌颔首道："也好。温宜最近总是哭闹，江太医常为你把平安脉，也让他看看温宜这样哭闹是什么缘故。"

"是。臣妾让江太医看过再来回禀皇上。"说罢从容浅笑退了下去。

殿中只余了我和玄凌，浣碧与其余宫人候立在殿外。空气中有胶凝的冷凉，茶叶的清香也如被胶合了一般失了轻灵之气，只觉得黏黏的沉溺。远远树梢上蝉一声叠一声地枯哑地嘶鸣，搅得心里一阵一阵发烦。

玄凌的嘴角凝着浅薄的笑意，命人取了一把琴出来："这把琴是昔日先皇舒贵妃的爱物，先皇几经波折才为她求来的。你来之前朕本想听人弹一曲，可惜琴默人如其名，在琴艺上甚是生疏。"

我道："臣妾着人去请惠嫔姐姐过来吧。"

"惠嫔音律曲调的精通娴熟皆在你之上，可是曲中情致却不如你。如此良琴，缺了情致就索然无味了，还是你来弹奏一曲吧。"

我道："那么臣妾为皇上弹奏一曲吧。"

玄凌望着我道："好。碧波清风，品茶听琴，坐观美人，果然是人生乐事。就弹那半阕《山之高》吧。"

我依言轻抚琴弦。果然是上好的琴，音色清澈如大珠小珠玎玲落入玉盘之中。只是此时此地我心有旁骛，心思没有全付与此琴，真是辜负了。

一曲终了，皇帝抚掌道："果然弹得精妙。"皇帝目光炯炯地逼视着我的眼睛，过了片刻，才扬起淡淡一抹笑，道，"嬛嬛对朕的情意，朕完全明了。只是不知道嬛嬛是何时对朕有情的？"

心头猛然一紧，他果然如此问了，他终于还是问了。容不得我多想，站起身走到他面前，从容不迫地跪下道："嬛嬛喜欢的是站在嬛嬛面前的这个人，无关名分与称呼。"

皇帝并不叫我起来，只不疾不徐地说："怎么说？"

"皇上借清河王之名与臣妾品箫赏花，嬛嬛虽感慕皇上才华，但一心以为您是王爷，所以处处谨慎，并不敢越了规矩多加亲近。皇上表明身份之后对嬛嬛多加照拂，宠爱有加。皇上对嬛嬛并非对其他妃嫔一般相待，嬛嬛对皇上亦不只是君臣之礼，更有夫妻之情。"说到这里，我抬头看了一眼玄凌，见他的神色颇有触动，稍稍放心。

我继续说："若非要追究嬛嬛是何时对皇上有情的，嬛嬛对皇上动心是在皇上帮我解余更衣之困之时。嬛嬛一向不爱与人有是非，当日余氏莽撞，嬛嬛当真是手足无措。皇上出言相救不啻解困，更是维护嬛嬛为人的尊严。虽然这于您只是举手之劳，可在嬛嬛心目中皇上是救人于危困的君子。"

玄凌眼中动容之情大增，唇边的笑意也渐渐浓了，温柔伸手扶我道："朕也不过是随口问一句罢了。"

我执意不肯起来："请皇上容嬛嬛说完。"身躯伏地道，"嬛嬛死罪，说句犯上僭越的话，嬛嬛心中敬重皇上是君，但更把皇上视作嬛嬛的夫君来爱重。"说到后面几句，我已是声音哽咽，泣不成声。

玄凌心疼地把我搂在怀里，怜惜道："朕何尝不明白你的心思，所以朕爱重你胜过所有的嫔妃。今日之事确是朕多疑了，嬛嬛，你不要怪朕。"

我靠在他的胸前，轻声漫出两字："四郎。"

　　他把我抱得更紧："嬛嬛，你刚才口口声声唤'皇上'陈情，朕感动之余不免难过，一向无人之处你都唤我'四郎'。嬛嬛，是朕不好，让你难过了。"眼泪一点点沾湿了他龙袍上鲜活的金线龙纹。夏日天气暑热，我又被玄凌紧紧拥在怀里，心却似秋末暴露于风中的手掌，一分一分地透着凉意。

贰壹　谗言

离开了水绿南薰殿时已是次日上午。虽是西幸，早朝却不可废，玄凌依旧前去视朝，嘱咐我睡醒了再起。

浣碧跟着我回到宫中，见我愀然不乐，小心翼翼地道："小姐别伤心了。皇上还是很爱重您的。"

嘴角的弧度浮起一个幽凉的冷笑："皇上真的是爱重我么？若是真爱重我，怎会听信曹琴默的谗言，这般疑我。"

浣碧默然，我道："你可知道，我昨日如同在鬼门关走了一遭，好不容易才消除皇上的疑心，保住这条性命。"

浣碧大惊，立刻跪下道："小姐何苦如此说？"

我伸手拉她起来，黯然道："昨日我的话若答得稍有偏颇不慎，便是死路一条。你以为皇上只是随口与我说起昔日温柔？大错特错。他是试探我当初动心的是以清河王为名的皇上，还是九五之尊的皇上。若我答了是当初与我闲谈品箫的皇上，那么我便是以天子宫嫔之身与其他男子接近，是十恶不赦的淫罪。"

浣碧忍不住疑惑道："可是是皇上先出言隐瞒的呀？"

"那又如何？他是皇帝，是不会有错的。正因为我不知他是皇帝，那么他在我心目中只是一个其他男子，而我对他动心就是死罪。"

浣碧张口结舌："那么您又怎的不能对表明了身份的皇上动心？"

"他是皇帝，我可以敬，可以怕，但是不能爱。因为他是君，我是臣，这是永远不能逾越的。我若说我是对表明了身份的皇帝动心，那么他便会以为我是屈服于他的身份而非本人，这对一个男子而言是一种屈辱。而且他会认为我对他只是曲意承欢，媚态相迎，和其他嫔妃一样待他，根本没有一丝真情。这样的话，我面临的将是失宠的危机。"

我一席话说完，浣碧额上已经冷汗淋漓。

我长叹一声道："你可知道，这宠与不宠，生与死之间，其实只有一线之隔！"

浣碧说不出话来，半晌方劝道："皇上也是男子，难免会吃醋。清河王又是那样的人物。皇上有此一问也是在意小姐的缘故啊。"

"也许吧。"我怔怔地拈了一朵玉兰在指间摩挲，芳香的汁液黏在手心，花瓣却是柔弱不堪地零落了。

槿汐在宫中多年，经历的事多，为人又沉着。趁着晚间卸妆，无旁人在侧，便把水绿南薰殿中的事细细说给了她听。

槿汐沉思片刻，微微倒吸一口凉气道："小主是疑心有人把小主与皇上的私事告诉了曹容华。"

我点点头："我也只是这么想着，并无什么证据。"

槿汐轻声道："这些事只有小主最亲近的人才得知，奴婢也是今日才听小主说起。当日得以亲见的只有流朱姑娘而已。可是流朱姑娘是小主的陪嫁……"

我蹙眉沉思道："我知道。她跟着我恁多年，我是信得过她的。她绝不会与曹氏牵连一起来出卖我。"

"是。"槿汐略作思忖答道，"奴婢是想，流朱姑娘一向爽直，不知是否曾向旁人无心提起，以至于口耳相传到了曹容华的耳朵里。毕竟宫里人多口杂。"

我思来想去，也只有这个解释，无奈道："幸好皇上信了我，否则众口铄金真是无形利刃啊。"

槿汐点头道："的确如此。别的都不要紧，只要皇上心里信的是小主就好。"

明知已经渡过一劫，心里却是无限烦恼。虽然这一劫未必不是福，只怕玄凌对我的垂怜将更胜往日。只是玄凌向来对我亲近怜爱，恩宠一时无人可以匹敌，却不想这恩宠却是如此脆弱，竟经不得他人三言两语的拨弄，我不由得暗暗灰心。

心里发烦，连午睡也不安稳，便起身去看眉庄。进了玉润堂，见她午睡刚醒，家常的一窝丝杭州攒边衣，随意簪了几朵茉莉花，零乱半缀着几个翠水梅花钿，身上只穿一件鹅黄色撒花烟罗衫，下穿曲绿绣蟹爪菊薄纱裤，隐隐现出白皙肌肤，比日前丰润俏丽，格外动人。

眉庄正睡眼惺忪地半倚在床上就着采月的手饮酸梅汤，见我来了忙招手道："她们新做的酸梅汤，你来尝尝，比御膳房做得好。"

我轻轻摇头："姐姐忘了，我是不爱吃酸的。"

眉庄失笑道："瞧我这记性，可见是不行了。"说着一饮而尽，问白苓道："还有没有？再去盛一碗来。"

白苓讶异道："小主您今日已经饮了许多，没有了。"

眉庄趿拉了鞋子起身，坐在妆台前由着白苓一下一下地替她梳理头发。

见我闷闷的半日不说话，眉庄不由得好奇，转过身道："平日就听你叽叽喳喳，今日是怎么了？像个锯了嘴的葫芦。"

我只闷坐着不说话，眉庄是何等伶俐的人，撇了白苓的手道："我自己来梳，你和采月再去做些酸梅汤来。"

见她们出去，方才走近我面前坐下，问："怎么了？"

我把昨日曹容华的话与玄凌的疑心原原本本地说了，只略去了我与玄凌剖心交谈的言语，慨叹道："幸好反应得快，巧言搪塞过去了，要不然可怎么好？"

眉庄只蹙了眉沉吟不语，良久方道："听你说来这个曹容华倒是个难缠的主儿，凭她往日一月只见皇上两三面就晓得皇上介意什么，一语下去正中软肋，叫人连一点把柄都捉不着。只是这次未必真是她故意，恐怕也是皇上多心了。"眉庄摇头，"华妃失势，以她如今的状况应该不敢蓄意挑拨，万一一个弄不好，怕是要弄巧成拙，她怎会这样糊涂？"

"但愿如此吧。只是兵家有一着儿叫作兵行险招，连消带打，她未必不懂得怎么用。"我想一想，"也许是我多心了。华妃之事之后我对人总是多想些了。"

眉庄点头道："只是话说回来，华妃的事没牵累她，为着温宜帝姬下月十九便要满周岁，皇上也正得意她，特特嘱咐了皇后让内务府要好好热闹一番。"

我低着头道："那有什么办法。皇上膝下龙裔不多，唯一的皇长子不受宠爱，只剩了欣贵嫔的淑和帝姬和曹容华的温宜帝姬。温宜襁褓之中玉雪可爱，皇上难免多疼爱些。"

眉庄无语，只幽幽叹了一口气，恍惚看着银红软纱窗上"流云百蝠"的花样道："凭皇上眼前怎么宠爱我们，没有子嗣可以依靠，这宠爱终究也不稳固。"眉庄见我不答话，继续说，"皇上再怎么不待见皇长子和惠妃，终究每月都要去看他们。曹容华和欣贵嫔也是。即便生的是个女儿，皇上也是一样疼爱。只要记挂着孩子，总忘不了生母，多少也顾惜些。若是没有子女，宠爱风光也只是一时，过了一时的兴头也就抛到一边了，丽贵嫔就是最好的例子。"

眉庄越说越苦恼，烦忧之色大现。我略略迟疑，虽然不好意思，可是除了我，这话也没有别人能问，终究还是问了出口："你承恩比我还早半年，算算服侍皇上也快一年了。怎么……"我偷偷瞟着眉庄轻薄睡衣下平坦的小腹，"怎么仍是不见有好消息？"

眉庄一张粉脸涨得如鸽血红的宝石，顾不得羞怯道："皇上对我也不过是三天打鱼两天晒网，终究一月里去你那里多些，照理你也该有喜了。"

我也红了脸，羞得只使劲揉搓着手里的绢子，道："嬛儿年纪还小，不想这些。"继而疑惑道，"皇上又哪里是对姐姐三天打鱼两天晒网了，当初姐姐新承宠，雨露之恩也是六宫莫能比拟的啊。"

眉庄显然是触动了心事，慢慢道："六宫莫能比拟？也是有六宫在的。皇上宠爱我多些终究也不能不顾她们，但凡多幸我一晚，一个一个都是虎视眈眈的，这个如今你也清楚。唉，说到底，也是我福薄罢了。"

我知道眉庄感伤，自悔多问了那一句，忙握了她手安慰道："什么福薄！当初华妃如此盛宠还不是没有身孕。何况你我还年轻，以后的日子长远，必定儿孙满堂，承欢膝下。姐姐放心。"言犹未尽，脸上早热辣辣烫得厉害。

眉庄"哧"一声破涕为笑，用手指刮我的脸道："刚才谁说自己年纪还小不想这些来着，原来早想得比我长远呢。"

我急了起来："我跟你说些掏肺腑的话，姐姐竟然拿我玩笑。"说着起身就要走。

眉庄连忙拉住了我赔不是，好说歹说我才重坐下了说话。眉庄止了笑，正色道："虽然说诞育龙裔这事在于天意，但谋事在人，成事在天，咱们也要有些人为才是。"

我奇道："素日调养身子这些我也明白，左右不过是皇上来与不来，还能有什么人为呢？"

眉庄悄声说道："华妃也不是从没有身孕。我曾听冯淑仪说起，华妃最初也有过身孕，只是没有好生保养才小产了。听说是个男孩儿，都成形了，华妃伤心得可了不得。这也是从前的话了。"眉庄看了看四周，起身从妆奁盒子的底层摸出薄薄一卷小纸张，神秘道，"我软硬兼施才让江太医开了这张方子出来，照着调养必定一索得男。你也拿去照方调养吧。"

我想了想道："是哪个江太医？"

"还能有哪个江太医，妇产千金一科最拿手的江穆炀。"

"江穆炀？他弟弟太医江穆伊好像是照料温宜帝姬母女的。这方子可不可信？"

"这个我知道。我就是放心不下才特意调了人去查，原来这江穆炀和江穆伊并非一母所生。江穆伊是大房正室的儿子，江穆炀是小妾所生，妻妾不睦已久，这兄弟俩也是势成水火，平日在太医里共事也是形同陌路，否则我怎能用他。我也是掂量了许久，又翻看了不少医书，才敢用这方子。"

我总觉得不妥，想了想让眉庄把方子收好，唤了采月进来："悄悄去太医院看看温实初大人在不在，若是在，请他即刻过来，就说我身子不适。"

采月答应着去了。眉庄看向我，我小声道："温实初是皇上指了专门侍奉我的太医，最信得过的。万事小心为上，让他看过才好放心。"

眉庄赞许地点了点头："早知道有我们的人在太医院就好办了。"

我道："他虽然不是最擅长千金一科，可医道本是同源之理，想来是一样的。"

不过多时，采月回来回禀道："护国公孙老公爷病重，皇上指了温大人前去治疗，一应吃住全在孙府，看来孙老公爷病愈前温大人都不会回来了。"

真是不巧，我微微蹙眉，眉庄道："不在也算了。我已吃过两服，用着还不错，就不必劳师动众了。"

既然眉庄如此说，我也不好再说，指着那银牙钩钩着的樱草色帐帷对采月道："这颜色太亮，看得人心里不安静，我记得皇后曾赐你家小姐一幅'石榴葡萄'的水色纱帷，去换了那个来。"转而对眉庄微笑："也算是一点好兆头吧。"

石榴葡萄都是多子的意兆，眉庄舒展了蹙眉，半喜还羞："承你吉言，但愿如此。"

离温宜帝姬满周岁的日子越来越近。这日黄昏去光风霁月殿向皇后请安，随行的妃子皆在。皇后座下三个紫檀木座位，端妃的依旧空着，恧妃和华妃各坐一边。恧妃还是老样子，安静地坐着，沉默寡言，凡事不问到她是绝不会开口的。华妃憔悴了些许，但是妆容依旧精致，不仔细看也瞧不太出来，一副事不关己的冷淡样子，全不理会众人说些什么。妃嫔们也不爱答理华妃，虽不至于当面出言讥刺，但神色间早已不将她放在眼里。只有皇后，依旧是以礼相待，并无半分轻慢于她。

闲聊了一阵，皇后徐徐开口道："再过半月就是温宜帝姬的生辰，宫里孩子不多，满周岁的日子自然要好好庆祝。皇上的意思是虽不在宫里，但一切定要依仪制而来，断不能从简，一定要办得热闹才是。这件事已经交代了内务府去办了。"

曹容华忙起身谢恩道："多谢皇上皇后关心操持，臣妾与帝姬感激不尽。"

皇后含笑示意她起来："你为皇上诞下龙裔，乃是有功之人，何必动不动就说谢呢？"说着对众妃嫔道："皇上膝下龙裔不多，各位妹妹要好生努力才是。子孙繁盛是朝廷之福、社稷之福。只要你们有子嗣，本宫身为嫡母必定会与你们一同好生照料。"

众人俱低头答应，唯有华妃轻"哼"一声，不以为然。

皇后不以为意，又笑吟吟对曹容华说："你这容华的位分还是怀着温宜的时候晋的，如今温宜满周岁，你的位分也该晋一晋了。旨意会在庆生当日下来。"

曹容华大喜，复又跪下谢恩。

皇后见天色渐晚，便吩咐了我们散去。出了殿，众人一团热闹地恭贺曹容华一通，曹容华见人渐渐散了，含笑看向我与眉庄道："两位妹妹留步。"

我因前几日水绿南薰殿之事难免对她存了几分芥蒂，眉庄倒没怎么放在心上，于是驻足听她说话。曹容华执了愫妃与欣贵嫔的手对我歉意道："前几日做姐姐的失言，听说惹得皇上与妹妹有了龃龉。实在是姐姐的不是。"

我见她自己说了出来，反而不好说什么，一腔子话全堵回了肚子里，微笑道："容华姐姐哪里的话，不过是妹妹御前失仪才与皇上嘀咕了几句。也不是什么了不得的事。"

欣贵嫔笑道："婉仪得皇上宠爱，与皇上嘀咕几句自然不是什么了不得的事。要换了旁人，这可是了不得的大事了。"说着睬一眼一旁默不作声的愫妃。

愫妃初生皇长子时也是有宠的，只因皇长子稍稍年长却不见伶俐，玄凌二十岁上才得了这第一个儿子，未免寄予厚望，管教得严厉些，愫妃心疼不过，与玄凌起了争执，从此才失了宠，变得谨小慎微，如履薄冰。欣贵嫔这话，虽是讥刺于她，也不免有几分对我的酸妒之意在内。只是欣贵嫔一向嘴快无忌，见得惯了，我也不以为意。

曹容华忙打圆场道："好了好了，哪有站在这里说话的，去我的烟爽斋坐坐吧。我已命人置了一桌筵席特意向婉仪妹妹赔不是，又请了悫姐姐和欣姐姐作陪，还望妹妹赏脸。"又对眉庄道："惠妹妹也来。听闻妹妹弹得一手好琴，俗话说'主雅客来勤'，我这做东的没什么好本事，还请妹妹为我弹奏一曲留客吧。"

曹琴默的位分本在我和眉庄之上，今日如此做小伏低来致歉，又拉上了悫妃与欣贵嫔。悫妃本来少与人来往，欣贵嫔和曹容华又有些不太和睦，曹容华既邀了她们来作陪，想来不会有诈。我与眉庄稍稍放心，也知道推辞不得，少不得随了她去。

曹容华的烟爽斋在翻月湖的岸边。通幽曲径之上是重重假山叠翠，疑是无路，谁想往假山后一绕，几欲垂地的碧萝紫藤之后竟是小小巧巧一座安静院落，布置得甚是雅致。

几声婴儿的啼哭传来，曹容华略加快脚步，回首歉然笑道："准是温宜又在哭了。"曹容华进后房安抚一阵，换了件衣服抱着温宜出来。

红色襁褓中的温宜长得眉目清秀，粉白可爱，想是哭累了眯着眼睡着了，十分逗人。眉庄不由得露出一丝艳羡的神色，转瞬掩饰了下去。

几人轮流抱了一回温宜，又坐下吃酒。曹容华布置的菜色很是精致，又殷勤为我们布菜。眉庄面前放着一盅白玉蹄花，曹容华说是用猪蹄制的，用嫩豆腐和乳汁相佐，汤浓味稠，色如白玉，极是鲜美。眉庄一向爱食荤腥，一尝之下果然赞不绝口，用了好些子。

酒过三巡，气氛也渐渐融洽起来了，眉庄也离席清弹了几曲助兴。

用过了饭食，闲聊片刻，曹容华又嘱人上了梅子汤解腻消渴，一应地细心周到。

曹容华的梅子汤制得极酸，消暑是最好不过的，众人饮得津津有味。我一向不喜食酸，抿了一口意思一下便算了。眉庄坐在我身旁，她一向爱食梅子汤，今日却是一反常态，盏中的梅子汤没见少多少，口中也只含了一口迟迟不肯咽下去。

我悄悄问道:"你怎么了?"

眉庄勉强吞下去,悄声答道:"胸口闷得慌,不太舒服。"

我关切道:"传太医来瞧瞧吧。"

眉庄轻轻摇头:"也没什么,可能是天气闷热的缘故。"

我只好点了点头。眉庄见众人都在细细饮用,只好又喝了一口,却像是含着苦药一般,一个撑不住"哇"的一声吐在了我的碧水色绫裙上。绿色的底子上沾了梅子汤暗红的颜色格外显眼,我顾不上去擦,连忙去抚眉庄的背。

众人听得动静都看了过来,眉庄忙拭了嘴道:"妹妹失仪了。"

曹容华忙着人端了茶给眉庄漱口,又叫人擦我的裙子,一通忙乱后道:"这是怎么了?不合胃口么?"

眉庄忙道:"想是刚才用了些白玉蹄花,现下反胃有些恶心,并非容华姐姐的梅子汤不合胃口。"

"恶心?好端端的怎么恶心了?"曹容华略一沉思,忽地双眼一亮,"这样恶心有几日了?"

我听得一头雾水,眉庄也是不解其意,答道:"这几日天气炎热,妹妹不想进食,已经六七日了。"

只听欣贵嫔"哎呀"一声,道:"莫不是有喜了?"说着去看曹容华,曹容华却看着惢妃,三个人面面相觑。

我想起那日去看她,她渴饮酸梅汤的样子,还有那张据说有助受孕的方子,心里不免疑惑不定。眉庄自己也是一脸茫然,又惊又喜,疑惑不定的样子。我忙拉了她的手问道:"惠姐姐,是不是真的?"

眉庄羞得不知怎么才好,轻轻挣开我的手,细声道:"我也不知道。"

欣贵嫔嚷道:"惠嫔你怎么这样糊涂?连自己是不是有喜了也不知道。"

惢妃扯住了她,细声细气道:"惠嫔年轻,哪里经过这个?不知道也是情理之中的事。"

曹容华一股认真的神气，问："这个月的月信①来了没有？"众目睽睽之下眉庄不禁红了脸，踌躇着不肯回答。

欣贵嫔性急："这有什么好害臊的，大家都是姊妹。快说吧！"

眉庄只好摇了摇头，声如蚊细："已经迟了半月有余了。"

曹容华忙扶了她坐好："这八成是有身孕了。"说着向惠妃道："惠姐姐您说是不是？"

惠妃慢吞吞问："除了恶心之外，你可有觉得身子懒怠，成日不想动弹？或是喜食酸辣的东西？"

眉庄点了点头。

欣贵嫔一拍手道："这样子果然是有喜了！"话音刚落见惠妃盯着自己，才醒过神来发觉自己高兴得甚是没有来由，于是低了嗓门儿嘟哝一句道："以前我怀着淑和帝姬也是这个样子。"

这三人都是宫中有所出的嫔妃，眉庄听得她们如此说已经喜不自胜，再难掩抑，直握了我的手欢喜得要沁出泪来。

我瞥眼见惠妃无声地撇了撇嘴。难怪她要不快，宫中迄今只有她诞育了一位皇子，再怎么不得皇帝的心意也是独一无二的。如果侥幸将来没有别的皇子——这也是极其渺茫的侥幸，惠妃的儿子仍是有一分希望继承帝位。可是如今眉庄有宠还不算，乍然有孕如同平地一声惊雷，若是将来生了帝姬还好，若是也生了皇子，她的儿子在玄凌眼里就越发无足轻重，地位也岌岌可危了。

曹容华生的是帝姬，倒也不觉得怎么，忙喜气盈盈安抚了眉庄，让她先别急着回去，进了内室歇息。忙乱间太医也赶了过来，想是知道事情要紧，太医来得倒快，话一传出去立刻到了，诊了脉道："是有喜了。"

曹容华一迭声地唤了内侍去禀报帝后，叫了眉庄的贴身侍女白苓和采月来细细嘱咐照顾孕妇的事宜。突然有这样大的喜事，众人惊讶之下手忙

① 月信：古人称月经的代名词。

脚乱，人仰马翻，直要团团转起来。

是夜玄凌本歇在别处，皇后也正要梳洗歇息，有了这样大的事，忙先遣人嘱咐了眉庄不许起来，急匆匆赶来了曹容华的烟爽斋里。

眉庄安适地半躺在曹容华的榻上，盖着最轻软的云丝锦衾，欣喜之下略微有些局促不安。我陪在她身侧安慰她，心里隐隐觉得这一晚的事情总有哪里不对，却想不出到底是哪里不对，想要极力思索却是一团乱麻。

我瞧着坐在桌前写方子的太医道："这位太医面生，仿佛从前没见过。"

他忙起身敛衣道："微臣是上月才进太医院当职的。"

"嗯。"我抬眉道，"不知从前在何处供奉？"

"微臣刘畚，济州人氏，入太医院前曾在济州开一家药坊，为乡人医治病痛。"

"哦？"眉庄笑道，"如此说来竟是同乡了。刘太医好脉息。"

"承小主谬赞，微臣惶恐。"


正说话间，皇帝和皇后都赶了过来。

玄凌又惊又喜，他如今已有二十六了，但膝下龙裔单薄，尤其是子嗣上尤为艰难，故而分外高兴，俯到眉庄身边问："惠嫔，是不是真的？"

皇后问了曹容华几句，向眉庄道："可确定真是有孕了？"

眉庄含羞低声道："臣妾想恁姐姐、欣姐姐和曹姐姐都是生育过的，她们说是，大概也就是了。"

皇后低声向身边的宫女吩咐了几句，不过片刻，她捧了一本描金绯红的簿册过来。我知道皇后是要查看彤史①。果然，皇后翻阅两页，面上露出一点微笑，又递给玄凌看。玄凌不过瞄了一眼，脸上已多了几分笑意："已经迟了半月有余。"

---

① 彤史：帝王与后宫女子同房，有女史记录下详细的时间、地点、女子姓名，因为这些房事记录都用红笔，所以又称为彤史。彤史上还记载了每个女子的经期、妊娠反应、生育等。

皇后点点头扬声道："惠嫔贴身的宫女在哪里？去唤了来。"

采月与白苓俱是随侍在殿外的，听得传唤都吓了一跳，急忙走了进来。

皇后命她们起来，因是关系龙裔的大事，和颜悦色中不免带了几分关切："你们俩是近身服侍惠嫔的宫人，如今惠嫔有喜，更要事事小心照料，每日饮食起居都要来向本宫回禀。"

白苓和采月连忙答应了。

玄凌正坐在床前执了眉庄的手细语，烛火明灼摇曳，映得眉庄雪白丰润的脸颊微染轻红，洋溢着难以抑制的幸福的柔和光晕，容色分外娇艳。

皇后道："惠嫔有身孕是宫中大事，必定要小心照顾妥当。太医院中江穆炀最擅长妇科千金一项，昔日三位妹妹有孕皆由他侍奉，是个妥当的人。"

欣贵嫔插嘴道："江太医家中有白事，丁忧①去了。这一时之间倒也为难。"

眉庄微微蹙眉，想了想方展颜笑道："刚才来为臣妾诊脉的是太医院新来的刘奋刘太医，臣妾觉着他还不错，又是臣妾同乡，就让他来照应吧。"

皇后道："那也好。你如今有孕才一个月多，凡事一定要小心谨慎，以免出什么差池。"又对我道："甄婉仪与惠嫔情同姐妹，一定要好好看顾惠嫔。"

我与眉庄恭谨听了。

曹容华"哎呀"一声轻笑道："臣妾疏忽。皇上与皇后来了许久，竟连茶也没有奉上一杯，真是高兴糊涂了，还望皇上皇后恕罪。"

玄凌兴致极好，道："正好朕也有些渴了。"说着问眉庄："惠嫔，你想要用些什么？"

眉庄忙道："皇上做主吧。"

---

① 丁忧：原指遇到父母丧事，后多专指官员居丧。

玄凌道:"眼下你是有身子的人,和朕客气什么?"

眉庄想了想道:"适才臣妾不小心打翻了梅子汤,现在倒有些想着。"

曹容华微笑道:"梅子汤有的是。妹妹要是喜欢,我日日让人做了送你那里去。"

欣贵嫔讥刺一笑:"容华真是贤良淑德。"

曹容华赧然笑了笑,正要吩咐宫女去端梅子汤,忽听玄凌出声:"甄婉仪不爱吃酸的,她的梅子汤多搁些糖。"

眉庄的突然怀孕已让惠妃、欣贵嫔等人心里不痛快了。玄凌此言一出,皇后和曹容华面上倒没什么,其余几人嫉妒的目光齐齐落在我身上,刺得我浑身难受。眉庄宽慰般拉拉我的手,我心下明了,眉庄有孕她们自然不敢怎么样,只留了一个我成为她们的众矢之的。我只得装作不觉,笑着起身道:"多谢皇上关爱。"


次日一大清早就去看望眉庄,正巧敬事房的总领内监徐进良来传旨,敕封眉庄为正四品容华,又赏赐了一堆金珠古玩、绸缎衣裳。

眉庄自是喜不自胜,求子得子,圣眷隆重,等到怀孕八个月的时候,娘家的母亲还能进宫亲自照拂,一家人天伦团聚。

眉庄谢过圣恩,又吩咐人重赏了徐进良,才携了我的手一同进内阁坐下。

我指着那日换上的"石榴葡萄"的水色纱帷,打趣道:"好梦成真,你要如何谢我?"

眉庄道:"自然要好好谢你,你要什么,我能给的自然都给你。"

我以手虚抚她的小腹,含笑道:"我可是看上了你肚子里的这一位。何时让我做他的干娘?"

眉庄忍俊不禁:"瞧瞧你这点儿出息,还怕没人叫你'母妃'不成,就来打我的主意。是男是女都不知道呢。"

我笑道:"无论男女,来者不拒。"

"我只盼是个男孩才好，这样我也终身有靠了。"

"是男是女都好。我瞧着皇上如今宠爱你的样子，无论你生下的是男是女他都会喜欢。恐怕不必等你出月子，就又要晋封了。"我以指托腮笑道，"让我来想想皇上会封你什么。婕妤？贵嫔？若是你产下的是位皇子，保不准就能封妃，与华妃、端妃、惢妃三人并肩了。"

眉庄笑着来捂我的嘴："这蹄子今天可是疯魔了。没的胡说八道。"

我笑得直捂肚子："人家早早地来贺你还不好？肚子还没见大起来，大肚妇的脾气倒先长了。"

玩笑了一阵，眉庄问道："皇上一月里总有十来日是召幸你，照理你也该有身子了。"

我不好意思道："这有什么法子，天意罢了。"

眉庄道："你瞧我可是受天意的样子？那张方子果然有效，你拿去吧。"

我咬了咬嘴唇，垂首道："不瞒你说，其实我是怕当日服了余氏给我下的药已经伤了身子，所以不易受孕。"

眉庄闻言倒抽一口凉气，呆了半晌，方反应过来："确实吗？太医给你诊治过了？"

我摇了摇头，黯然道："太医虽没这般说，但是这药伤了身子是确实。我也只是这样疑心罢了。"

眉庄这才舒了一口气："你还年轻，皇上也是盛年，身子慢慢调理就好了。"想了想俯在我耳边低声说，"皇上召幸你时千万记得把小腰垫高一点，容易有身孕。"

我吓了一跳，面红耳赤之下一颗心慌得怦怦乱跳，忙道："哪里听来这些浑话，尽胡说！"

眉庄见我的样子不禁哑然失笑："服侍我的老宫人说的。她们在宫中久了都快成人精了，有什么不懂的。"

我尴尬不过，撇开话题对她说："热热的，可有解暑的东西招待我？"

眉庄道："采月她们做了些冰水银耳，凉凉的倒不错，你尝尝？"

我点头道:"我也罢了。你如今有孕,可不能贪凉多吃那些东西。我让槿汐她们做些糕点拿来给你吧。"

眉庄道:"我实是吃不下什么东西,放着也白费。"想了想道,"我早起想起了一件事,刚才浑忘了,现在嘱咐也是一样,这才是要紧的事。"

我奇道:"如今哪里还有比你的身孕更让你觉得要紧的事?"

眉庄压低了声音道:"我如今有了身孕,怕是难以思虑操劳。华妃虽然失势,但是难保不会东山再起,只怕你一个人应付不过来。而且我冷眼瞧着,咱们的皇上不是专宠的人。我有着身孕恐很快就不能侍寝,怕是正好让人钻了空子大占便宜。"

"你的意思是……"

"陵容容貌不逊于欣贵嫔、曹容华之流,难道她真要无宠终老?"

我为难道:"陵容这件事难办,我瞧她的意思竟是没有要承宠之意。"

眉庄微微颔首:"这个我也知道,也不知她是什么缘故,老说自己门楣不高能入宫已是万幸,不敢祈求圣恩。其实门楣也不是顶要紧的,先前的余氏不是……"

"她既然如此想,也别勉强她了。"

"算了。承宠不承宠是一回事,反正让她先来太平行宫,咱们也多个帮手,不至于有变故时手足无措。"眉庄顿一顿,"这件事我会尽快想法子和皇上说,想来皇上也不会拒绝。"

"如今你是皇上跟前一等一的红人,自然有求必应。"我微微一笑,劝道,"凡事好歹还有我,你这样小心筹谋难免伤神,安心养胎才是要紧。"

贰

叁

驚鸿上

自从眉庄有孕，皇帝除了每月十五那日与皇后做伴，偶尔几日留宿在我的宜芙馆之外，几乎夜夜都在眉庄的玉润堂逗留。一时间后宫人人侧目，对眉庄的专宠嫉妒无比又无可奈何。

眉庄果然盛宠，不过略在皇帝面前提了一提，一抬小轿就立即把陵容从紫奥城接来送进了太平行宫陪伴眉庄安胎。

素来无隆宠的妃嫔是不能伴驾太平行宫避暑的，何况陵容的位分又低，怕是已经羡煞留在紫奥城那班妃嫔了。果然，陵容笑说："史美人知道后气得鼻子都歪了，可惜了她那么美的鼻子。"

六月十九是温宜的生辰，天气有些热，宴席便开在了扶荔殿。扶荔殿修建得极早，原本是先朝昭康太后晚年在太平行宫颐养的一所小园子，殿宇皆用白螺石甃成，四畔雕镂阑槛，玲珑莹彻。因为临湖不远，还能清楚听见丝竹管弦乐声从翻月湖的水阁上传来，声音清亮悠远又少了嘈杂之声。

正中摆金龙大宴桌，坐北朝南，帝后并肩而坐。皇后身着绀色芾衣、双佩小绶，眉目端然地坐在皇帝身边，一如既往地保持着恰到好处的微笑。只是今日，她的微笑莫名地让我觉得时隐时现着一缕浅淡的哀伤。入宫多年来，皇后一直没有得到过皇帝的专宠，自从她在身为贵妃时产下的孩儿夭折之后再没有生下一男半女，宫人们私底下都在传说皇后已经失去了再次生育的能力。

皇帝对皇后虽然客气尊重，但终究没有对纯元皇后的那种恩爱之情。太后对皇后也总是淡淡的，许是介意皇后是庶出的缘故，不像纯元皇后一样是正室所出。

我徐徐饮了一口"梨花白"，黯然想道，其实这一对先后执掌凤印、成为天下之母的朱氏姐妹实在很可怜。纯元皇后难产而死，一死连累了当时位分极高的德妃和贤妃；现下这位皇后也失去了唯一的孩子。我摇了摇头，在这个后宫里，每个人的风光背后未必没有她不为人知的辛酸。

地平下自北而南，东西相对分别放近支亲贵、命妇和妃嫔的宴桌。宫规严谨，亲贵男子非重大节庆宴会不得与妃嫔见面同聚。今日温宜生辰设的是家宴，自然也就不拘礼了。

帝后的左手下是亲贵与女眷、命妇的座位。一列而下四张紫檀木大桌分别是岐山王玄洵、汝南王玄济、清河王玄清和平阳王玄汾。

岐山王玄洵圆脸长眉，面色臃白，一团养尊处优的富贵气象。岐山王的王妃也是极美的，看上去比他年轻许多，想是正室王妃去世许久，这是新纳的续弦。

汝南王玄济的王妃是慎阳侯的女儿贺氏，长得并不如何出色，看上去也柔弱，并无世家女子的骄矜，只静静含笑看着自己的夫君，并不与旁人说话。汝南王长得虎背熊腰，一双眸子常常散发着鹰隼般锐利的光芒，脸上也总是一种孤傲而冷淡的神情，看上去只觉寒气逼人。他自小失了母妃，又不得父皇的宠爱，心肠冷硬狷介，是出了名的刚傲，可是对这位王妃却极是亲厚疼惜，几乎到了百依百顺的地步。为着这个缘故被人暗地里戏称为"畏妻丈夫",倒也是一对令人诧叹的夫妻。席间见皇帝对汝南王夫妇极是亲厚笼络,知道是因为西南战事吃紧,近支亲族中能够在征战上倚重的也只有这位汝南王。

清河王玄清和平阳王玄汾都尚未成亲,所以都没有携眷。清河王玄清的位子空着,直到开席也不见人来。皇帝只是笑语:"这个六弟不知道又见了什么新鲜玩意儿不肯挪步了。"平阳王玄汾才十四岁,是个初初长成的少年,剑眉朗目,英气勃勃。

右边第一席坐着已经晋了容华的眉庄和刚被册封为婕妤的曹琴默。今日的宴席不仅是庆贺温宜帝姬周岁的生辰,也是眉庄有孕的贺席。温宜帝姬年幼,所以她们两个才是今天真正的主角,连位分远在她们之上的端妃和悫妃也只能屈居第二席。而失宠的华妃则和冯淑仪共坐第三席,第四席才是我和陵容的位子。因为怕陵容胆怯,又特意拉了她同坐。而其他妃嫔,更是排在了我们之后。

眉庄穿着绯红绣"杏林春燕"锦衣,一色的嵌宝金饰,尤其是发髻上的一支赤金和合如意簪,通体纹饰为荷花、双喜字、蝙蝠,簪首上为和合二仙,象征多子多福、如意双全,是太后听闻眉庄有喜后专程遣人送来的。珍珠翠玉,赤金灿烂,更是尊贵无匹,显得眉庄光彩照人、神采飞扬。曹婕妤一身莲紫裙褂,满头珠翠,也是华丽夺目。她们身后簇拥着一大群宫女,往酒爵里不断加满美酒,最受人奉承。

华妃自从进太平行宫那日随众见驾请安后再未见过玄凌,今日也只是淡淡妆扮了默默而坐。幸好冯淑仪是最宽和无争的人,也并不与她为难。

我嘴角划出新月般微弯的弧度,为了这一场战事,今日恐怕有一场好戏要看。只是不知道她要怎么演这一出"东山再起"的戏。

临开席的时候才见端妃进来,左右两三个宫女扶着才颤巍巍行下礼来。皇帝忙离座扶了她一把,道:"外头太阳那么大你还赶过来,也不是什么紧要的事。"

端妃苍白的脸上浮起一个微笑:"温宜帝姬周岁是大事,臣妾定要来贺一贺的。臣妾也好久没瞧见温宜了。"

曹婕妤忙让乳母抱了温宜到端妃面前。天气热，温宜只穿了个大红绣"丹凤朝阳"花样的五彩丝兜肚，益发显得如粉团儿一般。端妃看着温宜露出极温柔慈祥的神色，伸手就想要抱，不知为何却是硬生生收住了手，凝眸看了温宜半晌，微微苦笑道："本宫是有心要抱一抱温宜的，只怕反而摔着了她，也是有心无力啊。"说着向扶着她的宫女道："吉祥。"

那个叫"吉祥"的小宫女忙奉了一把金锁并一个金丝八宝攒珠项圈到曹婕妤面前。金锁倒也罢了，只那个项圈正中镶着一颗拇指大的翡翠，水汪汪的翠绿欲滴，明眼人一看便知是产自渥南国的老坑细糯飘翠，想必是端妃积年的心爱之物。

果然，皇帝道："这个项圈很是眼熟，像是你入宫时的陪嫁。"又道，"还是个孩子，怎能送她这样贵重的东西。"

端妃歪向一边咳嗽了几声，直咳得脸上泛起异样的潮红，方含笑道："皇上好记性。只是臣妾长年累月病着，放着可惜了。温宜那么可爱，给她正好。"

曹婕妤显然没想到端妃送这样的厚礼，又惊又喜，忙替温宜谢道："多谢端妃娘娘。"

端妃轻轻抚摸着温宜的脸颊感叹道："上次见她还是满月的时候，如今已经这么大了。长得眉清目秀的，长大一定是个美人。"

曹婕妤笑着让道："娘娘谬赞了，娘娘快请入席吧。"

端妃站着说了一会子话早已气喘吁吁，香汗淋漓。宫女们忙扶了她坐下。

这是我入宫许久来第一次见到端妃，这个入宫侍奉圣驾最久的女子。她的容貌并不在华妃之下，只是面色苍白如纸，瘦怯凝寒，坐不到半个时辰身体就软绵绵地歪在侍女身上，连单薄的丝衣穿在身上也像是不堪负荷，更别说髻上的赤金凤钗上垂下的累累珠珞，直压得她连头也抬不起来，一点也不像是出身世代将门的虎贲将军的女儿。

再看她座旁的华妃却是另一番模样。端妃与华妃俱是将门之后，相较之下，华妃颇有将门虎女风范，行事果决凌厉，威慑后宫，即使失势也不减风韵。端妃一眼瞧去却是极柔弱的人，弱质纤纤也就罢了，身体孱弱到行动也必要有人搀扶，说不上几句话便连连气喘。

端妃与众人点头见过，打量了眉庄几眼，看到我时却微微一愣，旋即朝着我意味深长地一笑，转头若无其事微笑着对皇帝道："皇上又得佳人了。"

皇帝也不说话，只置之一哂。皇后却含笑道："妹妹长年累月不见生人，所以还留着当年的眼力呢。"

这话说得没头没脑，众人只顾着说笑没放在心上，我也不作他想。


案上名酒热炙，腊味野珍，殿角筌篌悠悠，微风拂帘，令人心旷神怡。"梨花白"酒味甘醇清甜，后劲却大。酒过三巡，脸上热热地烫起来，头也晕晕的，见众人把酒言欢兴致正高，嘱咐了陵容几句便悄悄扯了流朱出去换件衣裳醒酒。

浣碧早吩咐了晶青和佩儿在扶荔殿旁的小阁里备下了替换的衣裳。扶荔殿虽然比别处凉快，可是温宜帝姬的周岁礼是大事，虽不需要按品大妆，可依旧要穿着合乎规制的衣服，加上酒酣耳热，贴身的小衣早被汗水濡得黏糊糊地难受。

小阁里东西一应俱全，专给侍驾的后妃女眷更衣醒酒所用。晶青和佩儿见我进来，忙迎上前来忙不迭地打扇子递水。我接过打湿了的手绢捂在脸上道："这天气也奇怪，六月间就热成这样。"

晶青赔笑道："小主要应酬这么些宫妃、命妇，难怪要热得出了一身的汗。"

我轻哂道："哪里要我去应酬？今日是曹婕妤和沈容华的好日子，咱们只需好好坐着饮酒听乐便可。"

晶青笑道："怪道小主今日出门并不盛装丽服。"

我饮了一口茶道："今日盛宴的主角是曹婕好和沈容华，是她们该风风光光的时候。不是咱们出风头时就要避得远远的，免得招惹是非。有时候一动不如一静。"

佩儿边替我更衣边插嘴道："这宫里哪有避得开的是非？万一避不过呢？"

我斜睨她一眼，并不说话。浣碧接口道："既然避不过，就要暂时按兵不动，伺机行意外之举，才能出奇制胜。小姐，您说是不是？"

我微笑道："跟我在宫里住了这些日子，你倒长进不少了。"

浣碧低眉一笑："多谢小姐夸奖。"

换过一身浅紫的宫装，浣碧道："小姐可要立即回席？"

我想了想笑道："你在这里看着。好不容易逃席出来，等下回去少不得又要喝酒，这会子心口又闷闷的，不如去散散心、醒醒神吧。"说着扶了流朱的手出去。

外面果然比殿里空气通透些，御苑里又多百年古木藤萝，花木扶疏，假山嶙峋，浓荫翠色欲滴，比别处多了几分凉爽之意。这时节御苑里翠色匝地，花却不多，只有石榴花开到极盛，却也渐渐有颓唐之势，艳如火炬的花心里隐隐有了浓黑的一点，像是焚烧到了极处的一把灰烬。流朱陪着我慢慢看了一会儿花，又逗了一会儿鸟，不知不觉走得远了。

走得微觉腿酸，忽见假山后一汪清泉清澈见底，如玉如碧，望之生凉。四周也寂静并无人行。一时玩心大盛，随手脱了足上的绣鞋抛给流朱，挽起裙角伸了双足在凉郁沁人的泉里戏水。

泉中几尾红鱼游弋，轻啄小腿，痒痒的，我忍不住笑出了声。

流朱"哧"的一声笑："小姐还是老样子，从前在府里的脾气一丁点儿也没改。"

我踢了一脚水花，微微苦笑："哪里还是从前的脾气，改了不少了。纵使如今这性子，还是明里暗里不知吃了多少亏。"见流朱显露赧色，忙笑道，"瞧我喝了几盅酒，和你说着玩的呢。"

流朱道："奴婢哪里有不明白的。从得宠到如今，小姐何曾有真正松过一口气。"

我拍了拍她的手道："好端端的说这些做什么。如今眉庄姐姐有喜，好歹我也有了点儿依靠。不说这些扫兴的话了。"我转头笑道，"这水倒凉快，你下不下来？"

正说话间，忽听远远一个声音徐缓吟诵道："云一绹，玉一梭……"①

暗想道，这是李后主的词，其时后主初遇大周后，后主吟诵新词，大周后弹烧槽琵琶，舞《霓裳羽衣曲》，何等伉俪情深、欢乐如梦的日子。只可惜后主到底是帝王，专宠大周后如斯，也有了"手提金缕鞋，教君恣意怜"②的小周后。

我暗暗摇头，想起那一日春日杏花天影里的玄凌，他为了怕我生疏故意回避，含笑道："我是清河王。"

"人生若只如初见，何事西风悲画扇？等闲变却故人心，却道故人心易变。"那一日的玄凌温文尔雅，可是如今的他却也会听了别人的挑拨来疑心我了。低低地吁一口气，若是人生永远能如初见该有多好！

想得入神，竟没有发觉那声音越来越近。猛然间闻得有熏然冷幽的酒香扑鼻而来，甜香阵阵，是西越进贡的上好的"玫瑰醉"的气味，却夹杂着一股陌生男子的气息，兜头兜脸席卷而来。心中一惊，足下青苔腻腻地滑溜，身子一斜便往泉中摔去。流朱不及伸手拉我，惊惶喊道："小姐！"

眼见得就要摔得狼狈不堪，忽地身子一旋，已被人拉住了手臂一把扯上了岸，还没回过神来，只听他笑嘻嘻道："你怎么这样轻？"

---

① 出自南唐后主李煜《长相思》。全文为："云一绹，玉一梭。淡淡衫儿薄薄罗，轻颦双黛螺。　秋风多，雨相和。帘外芭蕉三两窠。夜长人奈何！"

② 出自南唐后主李煜《菩萨蛮》。全文为："花明月暗笼轻雾，今宵好向郎边去。刬袜步香阶，手提金缕鞋。　画堂南畔见，一向偎人颤。奴为出来难，教君恣意怜。"是描写他与小周后偷情相见的词。

　　一惊之下大是羞恼，见他还拉着我的手臂，双手猛地一使劲，推得他往后一个趔趄，忙喝道："你是谁？"

　　流朱慌忙挡在我身前，呵斥道："大胆！谁这样无礼？"

　　抬眼见他斜倚在一块雪白太湖山石上，身上穿了一件宽松的泼墨流水云纹白色绉纱袍，一支紫笛斜斜横在腰际，神情慵倦闲适。

　　他被我推了却不恼，也不答话，只怔了怔，微眯了双眼，仿佛突见了阳光般不能适应。他打量了我几眼，目光忽然驻留在地上，嘴角浮起一缕浮光掠影的笑："李后主曾有词赞佳人肤白为'缥色玉柔擎'，所言果然不虚也。只是我看不若用'缥色玉纤纤①'一句更妙。"

　　见他双目直视着我的踝足，我一低头，才发现自己慌乱中忘了穿鞋，雪白赤足隐约立在碧绿芳草间，如洁白莲花盛开，被他觑了去品题赏玩。我又羞又急，忙扯过宽大的裙幅遮住双足。自古女子裸足最是矜贵，只有在洞房花烛夜时才能让自己的夫君瞧见。如今竟被旁人看见了，顿觉尴尬，大是羞惭难当。又听他出言轻薄，心里早恼了他，欠了欠身正色道："王爷请自重。"

　　流朱惊讶地看着我，小声道："小姐……"

　　我看也不看她，只淡淡道："流朱，见过清河王。"

　　流朱虽然满腹疑问，却不敢违拗我的话，依言施了一礼。

　　清河王微微一哂："你没见过我，怎知我是清河王？"

　　维持着淡而疏离的微笑，反问道："除却清河王，试问谁会一管紫笛不离身，谁能得饮西越进贡的'玫瑰醉'，又有谁得在宫中如此不拘？不然如何当得起'自在'二字。"

　　他微显诧异之色："小王失仪了。"随即仰天一笑，"你是皇兄的新宠？"

　　心下不免嫌恶，这样放浪不羁，言语冒失。

　　流朱见情势尴尬，忙道："这是甄婉仪。"

---

① 缥色玉纤纤：形容女子肌肤润白细腻。

略点了点头，维持着表面的客套："嫔妾冒犯王爷，请王爷勿要见怪。"说罢不愿再与他多费唇舌，施了一礼道，"皇上还在等嫔妾，先告辞了。"

他见我要走，忙用力一挣，奈何醉得厉害，脚下不稳跟跄了几步。

我对流朱道："去唤两个内监来扶王爷去邻近的松风轩歇息，醒一醒酒。"

流朱即刻唤了内监来，一边一个扶住。他摆一摆手，目光落在我身上："你叫什么名字？"

我一怔，心下越发羞恼。问名乃夫家大礼，我既为天子妃嫔，自然也只有玄凌才能问我的闺名。我端然道："贱名恐污了王爷尊耳。王爷醉了，请去歇息吧。"说罢拂袖而去。

直到走得远了，才郑重对流朱道："今日之事一个人也不许提起，否则我连就死之地也没有了。"

流朱从未见过我如此神色，慌忙点了点头。

驚
鴻
下

贰<br>肆

　　略消了消气，整理了仪容悄悄回到席间，不由自主先去看华妃，见她依旧独自坐着饮酒。陵容急道："姐姐去了哪里？这么久不回来，眉姐姐已叫人找了好几回了。"

　　我淡淡一笑："酒醉在偏殿睡了一晌，谁知睡过头了。"

　　陵容轻吁一口气，方笑道："姐姐香梦沉酣，妹妹白焦心了。"

　　正说话间，见玄凌朝我过来，道："你的侍女说你更衣去了，怎么去了好一会儿？"

　　"臣妾酒醉睡了半晌才醒。"

　　"朕也有些醉意了，叫人上些瓜果解酒吧。"话音未落，早有人捧上各色时令鲜果。

　　曹婕妤走过来盈盈浅笑道："今日的歌舞虽然隆重，只是未免太刻板了些。本是家宴，在座的又都是亲眷，不如想些轻松的玩意儿来可好？"

　　玄凌道："今日你是正主，你有什么主意说来听听。"

"臣妾想宫中姐妹们侍奉圣驾必然都身有所长，不如写了这些长处在纸上抓阄，谁抓到了什么便当众表演以娱嘉宾，皇上以为如何？"

玄凌颔首道："这个主意倒新鲜。就按你说的来。"

曹婕妤忙下去准备了，不过片刻捧了个青花纹方瓶来："容华妹妹有孕不宜操劳，这抓阄行令的差事就让臣妾来担当吧。"

玄凌道："怎么，你这个出主意的人自己不去演上一段？"

曹婕妤道："臣妾身无所长，只会打珠珞玩儿，实在难登大雅之堂。臣妾已经想好了，无论各位姐妹表演什么，臣妾都送一串珠珞以表心意。皇上您说好不好？"

"那也勉强算得过了。"

眉庄在一旁道："万一抽中的纸签上写着的不是某位姐妹的长项，可要如何是好呢？"

曹婕妤笑道："就算不是长项，皮毛总是懂得些的。况且都是日日相见的姐妹，随意即可。"

宴席已经开了半日，丝竹声乐也听得腻了，见曹婕妤提了这个主意，大家都觉得有趣，跃跃欲试。

宫中妃嫔向来为争宠出尽百宝，争奇斗艳。如今见有此一举，又是在帝后亲贵面前争脸的事，都是存了十分争艳的心思。

曹婕妤抽的是皇后左右手各写一个"寿"字。皇后书法精湛本是后宫一绝，且能双手同书。两个"寿"字一出，众人皆是交口称赞。

端妃体弱早已回去休息，冯淑仪填了一阕词，欣贵嫔与恬贵人合奏一曲《凤求凰》，刘良媛画了一幅丹青《观音送子》，俱是各显风流。

曹婕妤素手一扬，抽了一枚纸签在手心道："这是甄婉仪的。"说着展开纸签一看，自己先笑了，"请妹妹作《惊鸿舞》一曲。"转头对玄凌笑道："妹妹姿貌本是'翩若惊鸿，婉若游龙'①，臣妾又偏偏抽到这一支，

_____

① 出自汉魏时期曹植《洛神赋》。

可见是合该由妹妹一舞了，妹妹可千万不要推却啊。"

　　双手微蜷，《惊鸿舞》本是由唐玄宗妃子梅妃所创，本已失传许久。纯元皇后酷爱音律舞蹈，几经寻求原舞，又苦心孤诣加以修改，一舞动天下，从此无论宫中民间都风靡一时，有井水处便有女子演《惊鸿舞》。只是这《惊鸿舞》极难学成，对身段体形皆有严格要求，且非有三五年功底不能舞，有七八年功夫才能有所成。舞得好是惊为天人，舞不好就真成了东施效颦，贻笑大方了。

　　欣贵嫔是一根肠子通到底的人，脸上早露了几分不屑："甄婉仪才多大，怎能作《惊鸿舞》？未免强人所难了。"

　　曹婕妤笑道："欣姐姐未免太小觑婉仪妹妹了。妹妹素来聪慧，这《惊鸿舞》是女子皆能舞，妹妹怎能不会呢？再说若舞得不如故皇后也是情理之中，自己姐妹随兴即可，不必较真的。"

　　欣贵嫔本是为我抱不平，反叫曹婕妤堵得一句话也说不出来，赌气扭了脸再不理她。

　　原本独斟独饮的华妃出声道："既然不能舞就不要舞了，何必勉强？故皇后曾一舞动天下，想来如今也无人能够媲美一二了。"说罢再不发一言，仰头饮下一杯。

　　这话明明是激将了。我心内一阵冷冽，前后已想得通透。若是不舞，难免招人笑话，说皇帝新宠的甄氏平平无才，浪得虚名，失了皇家的体面。若是舞，舞得不好必然招人耻笑；万一舞得好博得众人激赏，今日倒是大占风光，万一有一日不顺帝意，怕是就要被别有用心的人说成是对先皇后的不敬。当今皇后是故皇后亲妹，皇上与故皇后少年结缡，恩爱无比，若是被人这样诬蔑，恐怕以后在宫中的日子就难过了。

　　皇后听得再三有人提及故皇后，脸上微微变色，只看着玄凌。见玄凌若有所思，轻声道："《惊鸿舞》易学难精，还是不要作了，换个别的什么吧。"

　　眉庄与陵容俱是皱眉。眉庄知我从来醉心诗书，并不在歌舞上用心，连连向我使眼色要我向皇帝辞了这一舞。听皇后开口，连忙附和道："婉仪适才酒醉，也不宜舞蹈啊。"

玄凌凝视我片刻，缓缓道："宫中许久不演《惊鸿舞》，朕倒想看一看了。婉仪，你随便一舞即可。"

既是皇帝开口了，再也推辞不得。我深吸一口气，缓步走到大殿中央。人人都准备要看我的笑话了：以诗书口齿得幸于皇帝的甄氏要怎样舞出"翩若惊鸿"的姿态，恐怕是"惊弓之鸟"之姿吧。

眉庄忽然起身，对皇帝笑道："寻常的丝竹管弦之声太过俗气，不如由臣妾抚琴、安选侍高歌来为婉仪助兴。"

我知道眉庄有心帮我，以琴声、歌声分散众人的注意力。我看一眼陵容，眉庄又心心念念要让陵容引起皇帝的注意，好助我们一臂之力。这倒也是个机会，只是不知道陵容肯不肯。

皇帝点头道："去取舒太妃的'长相思'来。"忙有内监奉了当日我在水绿南薰殿所弹的那具琴来。昔日舒贵妃得幸于先皇，碍于舒贵妃当时的身份，二人苦恋许久才得善果。舒贵妃进宫当日，皇帝特赐一琴名"长相思"、一笛名"长相守"为定情之物。先皇驾崩之后，舒贵妃自请出宫修行，这一琴一笛便留在了宫中。

眉庄调了几下音，用力朝我点点头。陵容向帝后行了一礼，垂首坐在眉庄身侧担心地看着我。我略一点头，陵容曼声依依唱了起来。

乐起，舞起，我的人也翩然而起。除了眉庄的琴声和陵容的歌声，整个扶荔宫里一片寂静，静得就如同没有一个人在一般。宽广的衣袖飞舞得如铺洒纷扬的云霞，头上珠环急促地摇晃，玲玲作响，腰肢柔软如柳，渐次仰面反俯下去。庭中盛开的紫萝被舞袖带过，激得如漫天花雨纷飞，像极了那一日被我一脚飞起的漫天杏花。

陵容歌声曼妙，眉庄琴音琳琅，我只专心起舞，心里暗想，曹婕妤未免太小觑我了，以为我出身诗礼之家，便不精于舞蹈。我虽以诗书口齿得幸于皇帝，可是我懂得不需要把所有好的东西一下子展现出来，在无意处有惊喜，才能吸引住你想吸引的人的目光。

我并不担心自己的舞艺，小时候居住江南的姨娘就常教习我舞蹈。七八岁上曾听闻纯元皇后作《惊鸿舞》颠倒众生，观者莫不叹然。小小的心思里存了一分好胜之心，特意让爹爹请了一位在宫中陪伴过纯元皇后的舞师来传授，又研习了《洛神赋》和与梅妃《惊鸿舞》有关的一切史料，十年苦练方有此成就。

只是，让我为难的是，我的《惊鸿舞》源自纯元皇后当日所创，动作体态皆是仿效于她，要怎样才能做到因循中又有自己的风格，才不至于让人捉住对故皇后不敬的痛脚。这片刻之间要舞出新意，倒真是棘手，让人颇费筹谋。

忽听一缕清越的笛声昂扬而起，婉转流亮如碧波荡漾、轻云出岫。一个旋舞已见清河王立在庭中，执一紫笛在唇边悠悠然吹奏，漫天紫色细碎萝花之下，雪白衣袂如风轻扬。几个音一转，曲调已脱了寻常《惊鸿舞》的调子，如碧海潮生，落英玉华，直高了两个调子，也更加悠长舒缓。

眉庄机警，律调一转已跟上了清河王，陵容也换过了曲子来唱。

心中一松，高兴非常。这清河王随意吹奏，倒让我脱离了平日所学舞姿的拘泥，云袖破空一掷，尽兴挥洒自如。紫萝的花瓣纷纷扬扬拂过我的鬓，落上我的袖，又随着奏乐旋律漫成芳香的云海无边。

正跳得欢畅，眉庄的琴声渐次低微下去，几个杂音一乱，已是后续无力。我匆忙回头一看，眉庄皱着眉头捂着嘴像是要呕吐出来。仓促间不及多想，只见清河王把紫笛向我一抛，随手扯过了"长相思"席地坐下抚琴。

眉庄被宫女忙扶了下去休息。我一把接过紫笛，心下立刻有了计较。昔年梅妃江采萍得幸于唐玄宗，因精通诗文，通晓音律，更难得擅长歌舞，深得玄宗喜爱。梅妃"吹白玉笛，作《惊鸿舞》，一座光辉"，被玄宗戏称为"梅精"。如今我一笛在手，再起舞蹈，自然不会与纯元皇后双手无物的翩然之姿相提并论，也就更谈不上不敬僭越之说了。何况《惊鸿舞》本就源起于梅妃，也算不得离题。

想着横笛已经在唇边，双足旋转得更疾，直旋得裙裾如花迸放吐灿，环佩飞扬如水，周遭的人都成了团团一圈白影，却是气息不促不乱，一曲悠扬到底。

旋转间听得有箫声追着笛音而上，再是熟悉不过，知道是玄凌吹奏，心里更是欢喜。一个眼神飞去，见他含情专注相望，神情恰似当日初遇情景，心头一暖，不愿再耿耿于怀水绿南薰殿一事了。

笛箫相和，琴音袅袅，歌喉曼曼，渐渐都低缓了下去，若有似无。舞姿嫣然定下的瞬间，玄凌伸手向我，轻声在我耳畔道："你还有多少惊喜是朕不知道的？"

我低首含笑："雕虫小技，博皇上一笑罢了。"

侧身见曹婕妤面色微变，瞬间已起身含笑对玄凌道："皇上看臣妾说得如何？妹妹果然聪慧，能作寻常人不能作之舞，不逊于故皇后在世呢。"

话音未落，皇后似笑非笑看着曹婕妤道："曹婕妤怎么今日反复提起故皇后的《惊鸿舞》呢？本宫记得故皇后作此舞时连华妃都尚未入宫，更别说婕妤你了。婕妤怎知故皇后之舞如何？又怎么拿甄婉仪之舞与之相较呢？"

曹婕妤听皇后口气不善，大异于往日，讪讪笑道："臣妾冒失。臣妾亦是耳闻，不能得见故皇后舞姿是臣妾的遗憾。"

玄凌微微朝曹婕妤蹙了蹙眉，并不答理她，只柔声问我："跳了那么久累不累？"

我看着他微笑道："臣妾不累。臣妾未曾见故皇后作《惊鸿舞》的绝妙风采，实是臣妾福薄。臣妾今日所作《惊鸿舞》乃是拟梅妃之态的旧曲，萤烛之辉怎能与故皇后明月之光相较呢？"

玄凌朗声一笑，放开我的手向清河王道："六弟你来迟了，可要罚酒三杯！"

玄清举杯亦笑："臣弟已吹曲一首为新嫂歌舞助兴，皇兄怎的也要看新嫂们的面不追究臣弟才是。"说着一饮而尽。

玄凌道："'长相思'的笛音必定要配'长相守'的琴音才称得上无双之妙。"说着分别指着我与眉庄道："这是容华沈氏、婉仪甄氏。"转头看见陵容，问道："这歌唱的是……"

陵容见皇帝问起自己，忙跪下道："臣妾选侍安氏。"

玄凌"哦"一声命她起来，随口道："赏。"再不看陵容，执了我的手到帝后的席边坐下。陵容有一瞬的失神，随即施了一礼默默退了下去。

我转身盈盈浅笑，将紫笛还给清河王，道："多谢王爷相助，否则嫔妾可要贻笑大方了。"

他淡然一笑："婉仪客气。"说着在自己座上坐下。我见他身形如琼树玉立，水月观音①，已不是刚才那副无赖轻薄的样子，心里暗笑原来再风流不羁也得在旁人面前装装腔子。瞧着庭中四王，岐山王玄洵只是碌碌无为之辈；汝南王玄济虽然战功赫赫，可是瞧他的样子绝不是善与之辈，华妃的父亲慕容迥又是在他麾下，倒是要加意留心几分；平阳王玄汾虽然尚未成年，生母亦出身卑微，可是接人待物气度高华，令人不敢小觑，倒是"玄"字一辈诸王中的珠玉；而玄清虽负盛名，也不过是恃才风流，空有一副好皮囊而已。

玄凌拉我在身边坐下，向玄清道："六弟精于诗词，今日观舞可有佳作？"

玄清道："皇兄取笑，臣弟献丑了。"

说罢略一凝神，掣一支毛笔在手，宣纸一泼，龙飞凤舞游走起来。片刻挥就，李长亲自接了呈给玄凌。玄凌接过一看，已是龙颜大悦，连连道："好！好！"说着畅声吟道，"南国有佳人，轻盈绿腰舞。华筵九秋暮，飞袂拂云雨。翩如兰苕翠，婉如游龙举。越艳罢前溪，吴姬停白纻。慢态不能穷，繁姿曲向终。低回莲破浪，凌乱雪萦风。堕珥时流盼，修裾欲溯

---

① 水月观音：出自《法华经·普门品》。佛经谓观音菩萨有三十三个不同形象的法身，画作观水中月影状的称水月观音。后用以喻人物仪容清华。

空。惟愁捉不住，飞去逐惊鸿。"①玄凌越吟兴致越高，一时吟毕，向我笑道："六弟的诗作越发精进了。一首五言，宛若嬛嬛舞在眼前。"

皇帝如是说，众人自然是附和喝彩。只有汝南王眼中大是不屑，手中的酒杯往桌上一搁，大是不以为然。汝南王妃忙拉了拉他的衣袖暗示他不要扫兴。我只装作不见，垂首道："今日得见六王高才，又得王爷赞誉，嬛嬛有幸。"

皇后颔首微笑："皇上虽不擅作诗，可是品评是一流的。皇上既说好，自然是好的。"

玄凌笑道："嬛嬛才冠后宫，何不附作一首相和？"

微微一笑，本想寻辞推托，抬头见清河王负手而笑，徐徐饮了一口酒看着我道："臣弟素闻闺阁之中多诗才，前有卓文君、班婕妤，近有梅妃、鱼玄机，臣弟愿闻婉仪赐教。"

我想了想，执一双象牙筷敲着水晶盏曼声道："汗浥新装画不成，丝催急节舞衣轻。落花绕树疑无影，回雪从风暗有情。"②吟罢眼波流转睐一眼玄凌，旋即嫣然微笑道，"嫔妾薄才，拙作怎能入王爷的眼，取笑罢了。"

玄清双眸一亮，目光似轻柔羽毛在我脸上拂过，嘴角蕴含着若有似无的笑意，似冬日浮在冰雪上的一缕淡薄阳光。"好一句'回雪从风暗有情'，皇兄的婉仪不仅心思机敏、闺才卓著，且对皇兄情意温柔，皇兄艳福不浅。"说罢举杯，"臣弟敬皇兄与婉仪一杯。"一仰头一饮而尽。

玄凌把自己杯中的酒饮了，握住我手臂，柔声道："慢些饮酒，刚刚舞毕，喝得太急容易呛到。"

含情向玄凌笑道："多谢皇上关怀，臣妾不胜酒力。"

玄凌自我手中把酒杯接过，微笑道："朕替你饮吧。"玄凌把我杯中残酒饮下，对李长道："去把今日六王和甄婕妤所作的诗铭刻成文，好好

① 出自唐代李群玉《长沙九日登东楼观舞》。
② 出自唐代顾况《王郎中妓席五咏·舞》。

收藏。"

李长何等乖觉，立刻道："恭喜王爷，恭喜婕妤小主。"

皇后在一旁笑道："还不去传旨，甄氏晋封从三品婕妤。"

众人起身向我敬酒："贺喜婕妤晋封之喜。"侧头见眉庄朝我展颜微笑，我亦一笑对之。

众人重又坐下饮酒品宴，忽听见近旁座下有极细微的一缕抽泣之声，呜咽不绝。不觉略皱了眉：这样喜庆的日子，谁敢冒大不韪在此哭泣扫兴？

果然，玄凌循声望去，见华妃愁眉深锁，眸中莹莹含光，大有不胜之态。华妃一向自矜"后宫第一妃"的身份，不肯在人前示弱分毫，如今泪光莹然，如梨花带雨，春愁暗生，当真是我见犹怜。

心底冷冷一笑，果然来了。

皇后微显不悦之色："好好的，华妃哭什么？可有不快之事？"

华妃慌忙起身伏地道："臣妾惶恐，一时失态扰了皇上皇后雅兴，还望皇上与皇后恕罪。"

玄凌平静道："华妃，你有什么委屈只管说来。"

皇后深深地看了玄凌一眼，默然不语。

华妃勉强拭泪道："臣妾并无什么委屈，只是刚才见甄婕妤作《惊鸿舞》，一时触动情肠才有所失仪。"

玄凌饶有兴味道："昔日纯元皇后作《惊鸿舞》之时你尚未入宫，如何有情肠可触？"

华妃再拜道："臣妾连日静待宫中，闲来翻阅书籍文章，见有唐玄宗梅妃《楼东赋》①一篇，反复回味有所感悟。《惊鸿舞》出自梅妃，为得宠时所舞；《楼东赋》则写于幽闭上阳宫时。今日见《惊鸿舞》而思《楼东

---

① 《楼东赋》：唐玄宗梅妃因争宠败于杨贵妃，失意于玄宗，独居上阳东宫十余年，不得见君一面。梅妃才情高华，作《楼东赋》自述心意和在冷宫的寂寞、对玄宗的思念。唐玄宗读后大为感动，但碍于杨贵妃之故，只赐一斛珠作赏，不复召见。

赋》，臣妾为梅妃伤感不已。"

玄凌饶有兴味："你一向不在诗书上留心的，如今竟也有如此兴致了。"

华妃凝望玄凌道："臣妾愚昧，听闻诗书可以怡情养性。臣妾自知无德无才，若不修身养性，实在无颜再侍奉君王。"

"既然你对《楼东赋》如此有感，能否诵来一听。"

华妃答一声"是"，含泪徐徐背诵道："玉鉴尘生，凤奁香殄。懒蝉鬓之巧梳，闲缕衣之轻练。苦寂寞于蕙宫，但凝思乎兰殿。信摽落之梅花，隔长门而不见……君情缱绻，深叙绸缪。誓山海而常在，似日月而无休……"等诵到"思旧欢之莫得，想梦著乎朦胧。度花朝与月夕，羞懒对乎春风"几句时已经呜咽声噎，再难为继。如此伤情之态，闻者莫不叹息。

汝南王再也按捺不住，起身道："华妃娘娘之事本是皇上后宫家事，臣不该置喙。只是华妃娘娘侍奉皇上已久，也并无听闻有什么大的过失。如有侍奉不周之处，还请皇上念其多年伴驾，宽恕娘娘。"

玄凌忍不住对华妃唏嘘："实在难为你了。"凝神片刻道，"起来吧。你如今所住的地方太偏僻了，搬去慎德堂居住吧，离朕也近些。"

华妃面露喜色，感泣流泪，忙叩首谢恩。

我拣一片莲藕放在口中，面带微笑。华妃再起本是意料中事，只是没想到来得这样快。看见玄凌座边皇后微微发白的脸色，如今形势摆得清楚，华妃有汝南王撑腰，又有父亲效命军中，只怕不日就要重掌协理六宫的大权，气势盛于往日。

这日子又要难过了……


想起昨夜去水绿南薰殿侍驾的情景。

才至殿外，芳若已拦住我："内阁几位大人来了，小主请去偏殿等候片刻。"

夜来静寂，偏殿又在大殿近侧，夜风吹来，零星几句贯入耳中：

"如今朝廷正在对西南用兵，华妃之父慕容迥效命于汝南王麾下，望皇上三思。"

……

"华妃纵有大过，可如今朝廷正在用人之际，事从权宜。"

……

事从权宜？我兀自一笑，西南一仗打得甚苦，不知何时才能了结。一旦得胜归来自然要大行封赏，恐怕那时华妃气焰更盛。

然而……

进殿时众臣已散去了。皇帝独自躺在那里闭目养神，听见我进来眼睛也不睁开，只说："朕头疼得很，你来帮朕揉一揉。"

我依言去了。殿中真安静，茉莉花的香气里夹杂着一丝薄荷脑油凉苦的气味。我知道玄凌在朝政上遇到为难之处，头疼郁结的时候就会用薄荷脑油。

我手上动作轻柔，轻声问道："四郎有心事？"

玄凌道："嬛嬛，你一向善解人意，你来猜一猜朕在烦心什么。"

"皇上心系天下，自然是为朝廷中事烦恼。"

"你说得不错，"玄凌道，"其实后宫也是天下的一部分，朕也要忧心。"

他想说的我已经了然于心，也许他也并不心甘情愿要这么做，只是他希望是我说出口来劝他。

清凉的风从湖面掠过带来蛙鸣阵阵，吹起轻薄的衣衫。

我轻轻道："皇后独自执掌后宫大小事宜也很辛苦，该有人为她分忧。"

"那你怎么想？"

"其实华妃娘娘协理六宫多年，能够助皇后一臂之力。何况……"我顿一顿道，"昔日之事其实是丽贵嫔的过错，未必与华妃娘娘有所干系。皇上若是为此冷落华妃太久，恐怕会惹人微词。再说皇上只是介意华妃有些独断，如今给的教训也够了，想来娘娘会有所收敛。"

玄凌默默半晌，伸手揽过我道："华妃的事恐怕以后会叫你受些委屈。

只是你放心，朕必然护着你。"

我亦静默，靠在玄凌肩上："为了皇上，臣妾没什么委屈的。"

不过是人人都参演其中的一场戏……我静静看着皇后，也许，今日之事她比我和眉庄更头疼。

一时宴毕，众人皆自行散去。

我经过曹婕妤身边，忽然停下在她耳畔悄声道："妹妹想问婕妤姐姐一句，那张写着'惊鸿舞'的纸条是一直藏在姐姐袖子里的吧？"说着盈盈一笑，"所以妹妹今日一舞竟是姐姐为我注定的呢。姐姐有心了。"

曹婕妤扶着宫女的手从容道："甄妹妹说什么？做姐姐的可听不明白。"

我抬眸望着万里无云的碧蓝天空："姐姐敏慧，自然知道没有《惊鸿舞》，何来《楼东赋》。"我云淡风轻道，"华妃娘娘一向不爱书册，怎的忽然爱看诗词歌赋了？梅妃含情所著的《楼东赋》没有能使她再度得幸于唐玄宗，倒让咱们的华妃娘娘感动了皇上。想来梅妃芳魂有知，也会感知姐姐这番苦心，含笑九泉了。"

曹婕妤淡然一笑："妹妹说什么就是什么吧。姐姐笨嘴拙舌的也辩不了什么。妹妹这几日也许会得空儿，不如好好照顾沈容华的胎吧，这才是皇上真正关心的呢。"

　　华妃再度起势，眉庄与曹琴默又风头正劲，玄凌一连好几日没到我的
宜芙馆来。虽然他一早嘱咐过我，可是心里难免有些闷闷不乐。

　　白天的辰光越发长了，午后闷热难言，一丝风也没有，日头毒辣辣
的，映得澄泥金砖地上白晃晃的，让人眼晕。整个宜芙馆宫门深锁，竹帘
低垂，蕴静生凉，恨不能把满天满地的暑气皆关闭门外。榻前的景泰蓝大
瓮里奉着几大块冰雕，渐渐融化了，浮冰微微一碰，"丁零"一声轻响。

　　昏昏然斜倚在凉榻上，半寐半醒。身下是青丝细篾凉席，触手生凉。
我自梦中一惊，身上的毛孔忽忽透着蓬勃的热意，几个转身，身上素绘绉
纱的衣裳就被濡得汗津津的，几缕濡湿了的头发黏腻地贴在鬓侧。

　　佩儿与品儿一边一个打着扇子，风轮亦鼓鼓地吹。可是那风轮转入室
内，一阵子温热一阵子凉。

　　半合上眼睛又欲睡去。蝉的嘶鸣一声近一声远地递过来，叫人昏昏
欲睡却不能安睡。烦躁地拍一拍席子，含糊道："去命人把那些蝉给粘了，

再去内务府起些新的冰来。"

槿汐答应一声，悄无声息地出去了。

面壁朝里睡着，半晌觉得外头静些，身边扇子扇起的风却大了好多，凉意蕴人。迷迷糊糊"嗯"一声道："这风好，再扇大些。"

那边厢轻声道："好。"

听得是玄凌的声音，一时清醒过来，翻身坐起。他一手摇着一把檀香扇，摇出微甜的风，一手来抚我的额头："瞧你睡得一头汗，这样怕热。"我在睡中，衣带半褪，头上别着的几枚蓝宝石蜻蜓头花也零星散落在床上，怎么看都是有意媚惑君主的暧昧。我一时羞急，忙不迭理好衣衫，口中忍不住埋怨："皇上是有德天子，怎么这样无礼，私闯臣妾寝处？"

玄凌的语调越发怜惜温软："听说你这两日睡得不好，果然朕才坐下你就醒了。朕替你扇扇风让你好睡。"

这样的体贴，我亦动容了。即便有得宠的华妃和怀孕的眉庄，他亦是珍视我的吧。

这样想着，心头微微松快了些。

才要起身见礼，他一把按住我不让，道："只朕和你两个人，闹那些虚礼做什么。"

我向左右看道："佩儿和品儿两个呢？怎么要皇上打扇？"

"朕瞧她们也有些犯困，打发她们下去了。"

他在我身旁坐下，顺手端起床侧春藤案几上的一个瓷碗，里面盛着浇了蜂蜜的蜜瓜冰碗，含笑道："食些冰碗解暑吧。"我素来畏热贪凉，又不甚喜欢食酸，所以这冰碗是日日要备着品尝的。

他用银匙拣了一块放我唇边："朕来喂你。"

我启唇含了，口中甜润生津。又让玄凌尝些，他只尝了一口，道："太甜了些。用些酸甜的才好。"

我歪头想一想，笑道："嬛嬛自己做了些吃食，四郎要不要尝尝？"说着趿拉了鞋子起身取了个提梁鹦鹉纹的银罐来。

玄凌拈起一颗蜜饯海棠道:"这是什么?"

我道:"嬛嬛自己做的,也不知合不合四郎的胃口。"

他放一颗入嘴,含了半天赞道:"又酸又甜,很是可口。怎么弄的,朕也叫别人学学。"

我撒娇道:"嬛嬛不依,教会了别人,四郎可再也不来嬛嬛这里了。"

玄凌仰首一笑,忍不住捏住我的下巴道:"嬛嬛,朕还不知道你这么小心眼呢。"

我推开他的手,坐下端了冰碗舀了一口方慢慢道:"其实也不难,拿海棠秋日结的果子放在蜜糖里腌渍就成了。只是这蜜糖麻烦些,拿每年三月三那日的蜜蜂采的梨花蜜兑着冬天梅花上的雪水化开,那蜜里要滚进当年金银花的花蕊,为的是清火。用小火煮到蜜糖里的花蕊全化不见了,再放进填了玫瑰花瓣和松针的小瓮里封起来就成了。"

"亏得你这样刁钻的脑袋才能想出这样的方子来炮制一个蜜饯。"

我假装悠悠地叹了口气道:"嬛嬛不过长日无事,闲着打发时间玩儿罢了。"

玄凌一把把我抱起来,笑道:"这话可不是怪朕这几天没来瞧你么?"

我噘嘴:"四郎以为嬛嬛是那一味爱拈酸吃醋不明事理的人么,未免太小觑嬛嬛了。"

忽然紧闭的门"吱呀"一声轻响,湖绿的轻绡裙边一闪,只见浣碧尴尬地探身在门外,手上的琉璃盘里盛着几枝新折的花,想是刚从花房过来。因夏日焚香过热,清晨、午后与黄昏都要更放时新的香花,故而她会在这时候来。所有的人都被玄凌打发去睡了,想是浣碧没想到玄凌在此,一时间怔怔地站在那里,进也不是,退也不是。

我一见是她,想到自己还在玄凌怀里,不由得也尴尬起来。浣碧见我们望着她,扑通一声跪倒在地上,连连唤道:"皇上饶恕,奴婢无心之失啊!"又眼泪汪汪望向我道:"小姐,浣碧无心的啊。"

玄凌微有不快："怎么这样没眼色？"闻得声音娇软不由得看了她一眼，"你叫浣碧？"

浣碧慌忙点了点头，把头深深地低了下去，轻声道："是。奴婢是小姐带进宫的陪嫁丫鬟。"

玄凌这才释然，向我道："这是你陪嫁进宫的？"

见她那副诚惶诚恐的样子，我"扑哧"一下笑出声来，道："放下东西下去吧。"浣碧应了"是"，把花插在瓶中，悄悄掩门而去。

玄凌看着我笑，轻声在我耳边道："嬛嬛一笑倾国！"转而看着浣碧退去的身影，"有其主必有其仆。主子是绝色，丫鬟也比别人的俏丽些。"

我心中忽然起疑，想起浣碧的身世与处境，顿时疑云大起。转念一想这些年她虽然名义上是我的婢女，可是我待她更在流朱之上，吃穿用度几乎不亚于我，在家时爹爹也是暗里照顾于她，又是跟随我多年的，这才稍微放心。

斜睨玄凌一眼，他却轻轻拿起我的手，放到嘴边轻轻一吻。我直觉得脸上热辣辣的，莞尔低笑一声，轻轻捶在他肩上。

我想起什么，问道："大热的中午，四郎是从哪里过来？"

他只看着别处："才在华妃那里用了午膳。"

我"哦"了一声，只静静拣了一块蜜瓜咀嚼，不再言语。

玄凌搂一搂我的肩，方道："你别吃心。朕也是怕她为难你，才那么快又晋了你的位分——好叫她们知道你在朕心里的分量，不敢轻易小觑了你。"

我低声道："嬛嬛不敢这么想，只是余氏与丽贵嫔之事后未免有些心惊。"

他喟然道："朕怎么会不明白？本来朕的意思是要晋你为贵嫔，位列内廷主位，只是你入侍的时间尚短，当时又是未侍寝而晋封为嫔，已经违了祖制，只得委屈你些日子，等有孕之日方能名正言顺。"

我靠在他胸前，轻轻道："嬛嬛不在意位分，只要四郎心里有嬛嬛。"

他凝视着我的双眸道："朕心里怎么会没有你？嬛嬛，朕其实很舍不得你。"他低低道，"六宫那么些人总叫朕不得安宁，只在你这里才能无拘惬意。"

心里稍稍安慰，他的心跳声沉沉入耳，我环着他的脖子，轻声呢喃："嬛嬛知道。"静了一会儿，我问，"皇上去瞧眉姐姐，她的胃口好些了吗？"

"还是那样，一味爱吃酸的。朕怕她吃伤了胃，命厨房节制些她的酸饮。"

"臣妾原本也要去看眉姐姐，奈何姐姐怀着身孕，懒懒的不爱见人。臣妾想有皇上陪着也好，有了身孕也的确辛苦。"

玄凌亲一亲我的脸颊，低声笑道："总为旁的人担心，什么时候你给朕生一个白白胖胖的皇子才好。"

我推一推他，嘟哝道："皇子才好，帝姬不好么？"

"只要是我们的孩子，朕都喜欢……唔，你推朕做什么？"

我微微用力一挣，肩头轻薄的衣衫已经松松地滑落了半边，直露出半截雪白的肩膀，臂上笼着金镶玉臂环，更显得肌肤腻白似玉。他的嘴唇滚烫，贴在肌肤之上密密地热。

我又窘又急，低声道："有人在外边呢。"

玄凌"唔"了一声，嘴唇蜿蜒在我的锁骨之上："都被朕打发去午睡了，哪里有人？"

话音未落，衫上的纽子已被解开了大半。我只觉得心跳得越来越急，道："现在是白天……"

他轻笑一声，却不说话。

我只得道："天气这样热……"

他抬起头来，百忙中侧头咬一块蜜瓜在嘴里喂到我口中。我含糊着说不出话来，身子一歪已倒在了榻上，散落的一个蓝宝石蜻蜓头花正硌在手臂下，微微地生硬。我伸手拨开，十指不自觉地抓紧了席子，再难完整地说出话来。

晕眩般的迷堕中微微举眸，阳光隔着湘妃竹帘子斜斜地透进来，地砖上烙着一道一道深深浅浅的帘影，低低的呻吟和喘息之外，一室清凉，静淡无声。

起来已是近黄昏的时候了，见他双目轻暝，宁和地安睡，嘴角凝了一抹淡淡的笑意，像是在做什么好梦。

悄然起身，理了理衣裳，坐在妆台前执着象牙梳子，有一下没一下地梳着长发，不时含笑回首凝望一眼睡梦中的他。镜中的人午睡刚醒，娇波流慧，羞晕彩霞，微垂蛛首，浅笑盈盈。

还未到掌灯时分，黄昏的余晖隔着帘子斜斜射进来，满屋子的光影疏离，晦暗不明，像在迷梦的幻境里。

忽听他唤一声"莞莞"，语气一如往日的温柔缱绻。心里一跳，狐疑着回过头去看他。遍寻深宫，只有我曾有过一个"莞"字，只是他从未这样叫过我——"莞莞"。

他已经醒了，手臂枕在颈下，半枕半靠着静静看着我，目光中分明有着无尽的依恋缱绻，近乎痴怔地凝睇着对镜梳妆的我。

勉强含笑道："皇上又想起什么新人了么？对着臣妾唤别人的名字？"不由自主把梳子往妆台上一搁，尽量抑制着语气中莫名的妒意，笑道，"不知是哪位姐妹叫作'莞莞'的，皇上这样念念不忘？"

他只这样痴痴看着我，口中道："莞莞，你的《惊鸿舞》跳得那样好，翩若惊鸿，婉若游龙，恐怕梅妃再世也未能与你相较。"

一颗心放了下来，哧哧一笑："几天前的事了，不过一舞而已，四郎还这样念念不忘。"

他起身缓步走过来，刮一下我的鼻子笑道："醋劲这样大，'莞'可不是你的封号？"

自己也觉得是多心了，一扭身低头道："嬛嬛没听四郎这样唤过，以为在唤旁人。"

妆台上的五彩团花纹瓷瓶里供着几枝新摘的蝴蝶堇，静香细细。他扶着我的肩膀，随手折一枝开得最盛的插在我鬓角，笑道："真是孩子话，只有你和朕在这里，你以为朕在唤谁？"

我"扑哧"一笑，腻在他胸前道："谁叫四郎突然这样唤我，人家怎么知道呢。"

他的声音温柔至极："朕在云意殿第一次见你，你虽是依照礼节笑不露齿，又隔得那样远，但那容色莞尔，朕一见难忘，所以拟给你的封号即是'莞'，取其笑容明丽、美貌柔婉之意。"

我盈盈浅笑："四郎过奖了。"

他的神色微微恍惚，像是沉溺在往日美好欢悦的回忆中："进宫后你一直卧病，直到那一日在上林苑杏花树下见到你，你执一箫缓缓吹奏，那份惊鸿照影般的从容清冽之姿，朕真是无以言喻。"

我捂住他的嘴，含羞轻笑道："四郎再这么说，嬛嬛可要无地自容了。"

他轻轻拨开我的手握在掌心，目光明澈似金秋阳光下的一泓清泉："后来朕翻阅诗书，才觉用'倾国殊色'来形容你也嫌太过鄙俗。唯有一句'烟分顶上三层绿，剑截眸中一寸光'①才勉强可以比拟。"

我轻柔吻他的眼睛，低低道："嬛嬛不想只以色侍君上。"

玄凌神色迷醉："朕看重的是你的情。"

声音越发绵软："四郎知道就好。"

螺钿铜镜上浮镂着各色人物花鸟的图案，是交颈双宿的夜莺儿，并蒂莲花的错金图样，漫漫的精工人物，是西厢的莺莺张生、举案齐眉的孟光梁鸿，泥金飞画也掩不住的情思邈邈。镜中两人含情相对，相看无厌。

他执起妆台上一管螺子黛②："嬛嬛，你的眉色淡了。"

我低笑："四郎要效仿张敞③么？为嬛嬛画眉？"

---

① 出自唐代崔珏《有赠》。写美人的倾国之貌。

② 螺子黛：隋唐时代妇女的画眉材料，出产于波斯国，它是一种经过加工制造，已经成为各种规定形状的黛块。使用时蘸水即可，无须研磨。因为它的模样及制作过程和书画用的墨锭相似，所以也被称为"石墨"，或称"画眉墨"。

③ 《汉书》云，张敞为妻子画眉，被人告到皇帝那里，结果"上爱其能，弗备责也"，张敞画眉成为典故，千古流传。常被用以形容夫妻恩爱。

玄凌只微笑不语，神情极是专注，像是在应付一件无比重要的大事。他的手势极为熟练，认真画就了，对镜一看，画的是远山黛①，两眉透迤横烟，隐隐含翠。

其实我眉型细长，甚少画远山黛，一直描的都是柳叶眉。只是他这样相对画眉，我不禁心中陶陶然，沉醉在无边的幸福欢悦之中。左右顾盼，好似也不错。

我轻笑道："嬛嬛甚少画远山黛，不想竟也好看呢。"拣了一枚花钿贴在眉心，红瑛珠子颗颗圆润饱满，殷红如血，轻轻一侧头，便是莹莹欲坠的一道虹。我调皮地笑："好不好看？"

他轻轻吻我："你总是最好看的。"

婉转斜睨他一眼："四郎画眉的手势很熟呢。"

"你这个矫情的小东西。"他并不答我，托起我的下巴，声音轻得只有我能听见，"双眉画未成，那能就郎抱②，是也不是？"

我忍不住笑出声，推开他道："四郎怎么这样轻嘴薄舌。"

他轻轻抚着我的背，道："饿不饿？叫人进晚膳来吧。"

我轻笑道："也好，用过膳咱们一起去瞧眉姐姐好不好？"

他只是宠溺地笑："你说什么朕都依你。"

---

① 远山黛：赵飞燕妹赵合德所创的一种眉型，眉如远山含翠，因其美，世人争相效仿。汉代伶玄《飞燕外传》："女弟合德入宫，为薄眉，号远山黛。"又取意于刘歆《西京杂记》卷二："卓文君姣好，眉色如望远山。"
② 出自《乐府诗集·读曲歌》："芳萱初生时，知是无忧草。双眉画未成，那能就郎抱。"

菰生凉 贰陆

用过晚膳已是天黑，晚风阵阵，星斗满天，夜风徐徐吹过，有清淡的荷香四逸。

去玉润堂的路不远，所以并未带许多侍从。玄凌与我携手漫步在水边游廊，临风折花戏鱼，言笑晏晏。

才进院中，就听见一屋子的莺莺燕燕，十分热闹。依礼退后两步，跟在玄凌身后进去。皇后、华妃、惢妃与欣贵嫔、曹婕好等人皆在，正与眉庄说话，见玄凌来了，忙起身迎驾。

玄凌忙按住将要起身的眉庄道："不是早叮嘱过你不必行礼了。"一手虚扶皇后："起来吧。"笑着道，"今日倒巧，皇后与诸位爱妃也在。"

皇后笑道："沈容华有孕，臣妾身为后宫之主理当多加关怀体贴，恪尽皇后职责。"

诸妃亦道："臣妾等亦追随皇后。"

玄凌满意地点点头。

除了我与华妃、曹婕妤之外，其余诸人皆是有几日不见圣驾了。乍然见了玄凌，难免目光殷切皆专注在他身上。

华妃睨我一眼，娇笑一声道："皇上用过膳了么？臣妾宫里新来了西越厨师，做得一手好菜。"

玄凌随口道："才在宜芙馆用过晚膳了。改日吧。"

华妃淡淡笑道："想必婕妤宫里有好厨子呢，方才留得住皇上。"

眉庄朝我点点头；皇后仍是神色端然，和蔼可亲；曹婕妤恍若未闻；其余诸人脸色已经隐隐不快。

华妃果然不肯闲着，要把我拱到众人面前去呢！

我温然微笑："华妃娘娘宫中的紫参野鸡汤已经让皇上念念不忘了，如今又来了个好厨子，可不是要皇上对娘娘魂牵梦萦了么？"

果然此语一出，众人的注意力立时转到了华妃身上，不再理会我。一同进一次晚膳有什么要紧，皇帝心里在意谁想着谁才是后宫妃嫔们真正在意和嫉妒的。

华妃双颊微微一红，冷笑一声："月余不和婕妤聊天，婕妤口齿伶俐如往昔。"

略略低了头，婉转看向玄凌，嫣然向他道："娘娘风范也是一如往昔呢。"

华妃刚要再说话，玄凌朝华妃淡然一笑，目光却是如殿中置着的冰雕一般凉沁沁在华妃姣美的面庞上扫过："妮子伶俐机智，年幼爱玩笑，华妃也要与她相争么？"

华妃触及玄凌的目光不由得一悚，很快微笑道："臣妾也很喜欢婕妤的伶俐呢，所以多爱与她玩笑几句。"

玄凌看她一眼，颜色缓和道："华妃果然伴朕多年，明白朕的心思所在。"

说话间玉润堂的宫女已端了瓜果上来，众人品了一回瓜果，又闲谈了许久。

是夜玄凌兴致甚好，见皇后在侧殿勤婉转，不忍拂她的意，加之诸妃环坐，若又要去我的宜芙馆终是不妥，便说去皇后的光风霁月殿。

既然皇帝开口，又是去皇后的正宫，自然无人敢有非议，一齐恭送帝后出门。

才出玉润堂正殿门口，忽见修竹千竿之后有个人影一闪，欣贵嫔眼尖，已经"哎哟"一声叫了起来。玄凌闻声看去，喝道："谁鬼鬼祟祟在那里？"

立即有内侍赶了过去，一把扯了那人出来，对着灯笼一瞧，却是眉庄身边一个叫茯苓的小宫女。她何曾见过这个阵仗，早吓得瑟瑟发抖，手一松，怀里抱着的包袱落了下来，散开一地华贵的衣物，看着眼熟，好似都是眉庄的。

玄凌一扬头，李长会意，走了上去。

李长弯腰随手一翻，脸色一变指着茯苓呵斥道："这是什么，偷了小主的东西要夹带私逃？"说着已经让两个力气大的内侍扭住了茯苓。

茯苓脸色煞白，只紧紧闭了嘴不说话。眉庄素来心高气傲，见自己宫里出了这样丢人的事又气又急，连声道："这样没出息的奴才，给我拖出去！"

玄凌一把扶住她，道："你是有身子的人，气什么！"

跪在地下的茯苓哭泣道："小主！小主救我！"

眉庄见众人皆看着自己，尴尬一甩手："你做出这样的事，叫我怎么容你！"跺脚催促道："快去！快去！"

曹婕好忽然"咦"了一声，从内侍手里取过一盏宫灯，上前仔细翻了一下那包袱，拎起一条绸裤奇道："这是什么？"

欣贵嫔亦凑上去仔细一看，掩了鼻子皱眉道："哎呀，这裤子上有血！"

难不成是谋财害命？我心里转了几圈，侧首看众人脸色都是惊疑不定，眉庄更是惊惶。心里更是狐疑，既是偷窃，怎么会不偷贵重的珠宝首饰，只拿了几件衣物，而且全是裤子、下裙，连一件上衣都不见？

玄凌道："这事很是蹊跷，哪有偷窃不偷值钱的东西只拿些裤子裙子的，而且是污秽的？"

皇后连连称"是"，又道："这些东西像是沈容华的，只是怎会沾染了血？"

欣贵嫔小声道："莫不是——见了红？"

声音虽小，但近旁几个人都听见了，一时人人紧张地朝着眉庄看去。眉庄更是糊涂："没有呀——"

话音未落，华妃道："你们扶沈容华进去歇息。"又对玄凌道："皇上，这丫头古怪得很，臣妾愚见，不如先命人带去暴室好好审问。"

眉庄因是自己的人在帝后面前丢了脸面，早生了大气，怒道："手爪子这样不干净，好好拖下去拷打！"

暴室是宫女、内监犯错时受刑拷打的地方，听闻刑法严苛，令人不寒而栗。茯苓一听"呀"一声叫，差点儿没昏厥过去，忽然叫道："小主，奴婢替你去毁灭证据，没想到你却狠下心肠弃奴婢于死地，奴婢又何必要忠心于你！"说完扑倒在玄凌脚下，连连磕头道："事到如今奴婢再不敢欺瞒皇上，小主其实并没有身孕。这些衣物也不是奴婢偷窃的，是小主前几天信期到了弄污了衣裤要奴婢去丢弃的。这些衣裤就是铁证！"

眉庄面白如纸，惊恐万分，几欲晕厥过去，身边采月和白芩连声急呼："小主、小主……"眉庄颤声转向玄凌道："皇上——她！她！这个贱婢诬蔑臣妾！"

众人听得茯苓的话俱是面面相觑，我骇得说不出话来，这事发生得突然，连我也如坠雾中，不明就里。

玄凌闻言也不说话，只冷冷逼视茯苓，只看得她头也不敢抬起来，才曼声道："沈容华受惊，去请太医来。"眉庄听了似微微松了口气，道："李公公去请为我护胎的刘太医吧。只不知今晚是不是他轮值。"

李长应一声"是"，道："今晚不是刘太医轮值。"

玄凌道："不在也无妨。那就请太医院提点章弥。"

眉庄道："可是臣妾的胎一直都是由刘太医……"

"不妨。都是一样的太医。"

我听得他这样说，知道是要请太医验证真假了。不知为何，身上忽然凉津津的，清淡月光下，眉庄容色如纸。

太医很快就到了。眉庄斜坐在椅上由他把脉。章弥侧头凝神搭了半天的脉，嘴唇越抿越紧，山羊胡子微微一抖，额上已经沁出了黄豆大的汗珠。

皇后见状忙道："章太医，究竟是什么个情形？莫非惊了胎气？"

章太医慌忙跪下道："皇上皇后恕罪。"说着举袖去拭额上的汗，结结巴巴道，"臣无能。容华小主她，她，她——"一连说了三个"她"，方吐出下半句话，"并没有胎象啊！"

一语既出，四座皆惊。

心里骤然发凉，只见眉庄一惊之下一手按着小腹一手指向章弥厉声道："你胡说！好好的孩子怎会没有了胎象！"

我一把扯住眉庄道："姐姐少安毋躁，许是太医诊断有误也说不定。"

章弥磕了个头道："微臣不是千金一科的圣手，为慎重故可请江慕炀江太医一同审定，只是江太医在丁忧中……"

玄凌脸色生硬如铁，冷冷吐出两字："去请。"

众人见如此，知道玄凌是动了怒，早是大气也不敢出。殿中寂静无声，空气胶凝得似乎化不开。眉庄身怀有孕，一向俸例最是优渥，连金盘中所供的用来取凉的冰也精雕细镂成吉祥如意的图案。冰块渐渐融化，融得那些精雕图案也一分分模糊下去，只剩下透明的不成形的几块，细小的水珠一溜滑下去，落在盘中，泠泠的一滴脆响。整个玉润堂弥漫着一种莫名的阴凉。

眉庄见了江穆炀进来，面色稍霁。江穆炀亦微微点头示意。

江穆炀把完脉，道："小主并无身孕，不知是哪位太医诊治了说是有孕的。"

眉庄本来脸上已有了些血色，听他这样说，霎时身子一软几乎要瘫在椅上，顺势已滑倒在地俯首而跪。

事已至此，眉庄是明明白白没有身孕的了，只是不知道这事是她自己的筹谋还是受人诬陷。我知道，眉庄的确急切地想要个孩子，难不成她为了得宠竟出了如此下策？若果真是这样，我不禁痛心，眉庄啊眉庄，你可不是糊涂至极了！

眉庄身后的采月急道："这话不对。小姐明明月信不来，呕吐又爱食酸，可不是怀孕的样子吗？"

江穆炀微微蹙一蹙眉，神色镇定道："是么？可是依微臣的愚见，小主应该前几日就有过月信，只是月信不调有晚至的迹象罢了，应该是服用药物所致。"说着又道，"月余前容华小主曾向微臣要过一张推迟月信的方子，说是常常信期不准，不易得孕。微臣虽知不妥，但小主口口声声说是为皇家子嗣着想，微臣只好给了小主方子。至于为何呕吐、爱食酸，臣就不得而知了。"言下之意是暗指眉庄假意装有孕。

眉庄又惊又怒，再顾不得矜持，对玄凌哭诉道："臣妾是曾经私下向江太医要过一张方子，但是此方可以有助于怀孕，并非推迟月信啊。臣妾实在冤枉啊。"

玄凌面无表情，只看着她道："方子在哪里，白纸黑字一看即可分明。"

眉庄向白苓道："去我寝殿把妆台上妆奁盒子底层里的方子拿来。"又对玄凌道："臣妾明白私相授受事犯宫规，还请皇上恕罪。"

华妃大是不以为然，啜了一口茶缓缓道："也是。私相授受的罪名可是比假孕争宠要小得多了。"

眉庄伏在地上不敢争辩，只好暂且忍气吞声。

片刻后白苓匆匆回来，惊惶之色难以掩抑，失声道："小姐，没有啊！"连妆奁盒子一起捧了出来。

眉庄身子微微发抖，一把夺过妆奁盒子，"啪"的一声打开，手上一抖，盒中珠宝首饰已四散滚落开来，晶莹璀璨，撒了满地都是，直刺得眼睛也睁不开来。眉庄惊恐万分，手忙脚乱去翻，哪里有半点儿纸片的影子。

玄凌额上青筋暴起，嘴唇紧紧抿成一线，喝道："别找了！"头也不回对李长道："去把刘畚给朕找来。他若敢延误反抗，立刻绑了来！"

李长在一旁早已冷汗涔涔，轻声道："奴才刚才去请江太医的时候也顺道命人去请了刘太医，可是刘太医家中早已人去楼空了。"

玄凌大怒："好！好！好个人去楼空！"转头向眉庄道："他是你同乡是不是？他是你荐了要侍奉的是不是？"

眉庄何曾见过玄凌这样疾言厉色，吓得浑身颤抖，话也说不出来。

我微微合上双目，心底长叹一声，眉庄是被人陷害了！

如果别的也就罢了，偏偏这张方子我是见过的，且不说这张方子是推迟月信还是有助怀孕，可是它的不翼而飞只能让我知道眉庄是无辜的，加上偏偏这个时候刘畚也不见了，桩桩件件都指向眉庄。

除了她，只有我一个人见过那张药方。

我微一屈膝就要跪下替眉庄说话，现在只有我才见过那张方子，才可以证明眉庄是被人陷害的，她是清白的。

我与眉庄并肩而跪，刚叫出口："皇上——"

玄凌逼视向我，语气森冷如冰雪："谁敢替沈氏求情，一并同罪而视。"

眉庄之前得宠已经惹得众人侧目，见她出事幸灾乐祸还来不及，现在玄凌说了这话，更没有人肯出言求情了。我眼见她凄惶模样，哪里按捺得住，刚要再说，袖中的手已被眉庄宽大裙幅遮住，她的手冰冷滑腻，在裙下死命按住我的手。我知道，她是不要我再说。再说，只会连累了我自己，连日后救她的机会也没有了。

慜妃瞥了我一眼道："皇上，甄婕妤一向与沈容华交好，不知今日之事……"

玄凌一声暴喝，怒目向她："住口！"悫妃立刻吓得噤声不敢再言。

也是一个糊涂人，这种情况下还想落井下石，只会火上浇油让玄凌迁怒于她。

众人见状，慌忙一齐跪下请玄凌息怒。

只见他鼻翼微微翕动，目光落在眉庄发上。不由得侧头看去，殿中明亮如昼，眉庄发髻上所簪的正是太后所赐的那支赤金和合如意簪，在烛光之下更是耀目灿烂。

来不及让眉庄脱簪请罪，玄凌已伸手拔下那支赤金和合如意簪掷在地上，簪子"丁零"落在金砖地上，在烛光下兀自闪烁着清冷刺目的光芒。玄凌道："欺骗朕与太后，你还敢戴着这支簪子招摇！"这一下来势极快，眉庄闪避不及，亦不敢闪避，发髻散落，如云乌发散乱如草，衬得她脸色惨白。

皇后极力劝解道："皇上要生气沈容华也不敢辩，还请皇上保重龙体要紧。"

玄凌静一静气，对眉庄道："朕一向看重你稳重，谁知你竟如此不堪，一意以假孕争宠，真叫朕失望至极。"

眉庄也不敢辩解，只流着泪反复叩首说"冤枉"。

我再也忍耐不住，被冤枉事小，万一玄凌一怒之下要赐死眉庄。不！我不能够眼睁睁看眉庄就死。

我抢在眉庄身前，流泪哭泣道："皇上不许臣妾求情，臣妾亦不敢逆皇上的意，只是请皇上三思。沈容华纵使有大错，还请皇上顾念昔日容华侍奉皇上的尽心体贴。臣妾当日与容华同日进宫，容华是何为人臣妾再清楚不过，纵然容华今日有过，也请皇上给容华一个改过自新的机会。何况虽然眼下沈容华让皇上生气，可是若有一日皇上念起容华的半点儿好处，却再无相见之期，皇上又情何以堪啊！"说罢额头贴在冰冷砖地上再不肯抬头。

皇后亦唏嘘道："甄婕妤之言也有理。沈容华今日有过，也只是太急切想有子嗣罢了，还望皇上顾念旧情。"

不知是不是我和皇后的话打动了玄凌，他默默半晌，方才道："容华沈氏，言行无状，着降为常在，幽禁玉润堂，不得朕令不许任何人探视。"

我吁出一口气，还好，只要性命还在，必定有再起之日。

李长试探着问："请皇上示下，刘畚和那个叫茯苓的宫女……"

"追捕刘畚，要活口。那个宫女……"他的目光一凛，迸出一字，"杀。"

贰柒 | 榴花

眉庄之事玄凌震怒异常，加上西南军情日急，一连数日他都没有踏足后宫一步。战事日紧，玄凌足不出水绿南薰殿，日日与王公大臣商议，连膳食也是由御膳房顿顿送进去用的。别说我，就连皇后想见一面也不可得。

我心急如焚，也不知眉庄如今近况如何。禁足玉润堂、裁减俸禄用度和服侍的宫人都在意料之中。可是宫中的人一向跟红顶白、见风使舵，眉庄本是炙手可热，眼下骤然获罪失宠，纵使皇帝不苛待她，可是那些宫人又有哪一个好相与的，不知眉庄正怎样被他们糟践呢。眉庄又是那样高的心性，万一一个想不开……我不敢再想下去。

陵容心急眉庄的事，一日三五次往我这里跑，终究也是无计可施。她本是因眉庄才能进这太平行宫，眼下怕是也要受牵连。我忙嘱咐了小允子另外安排了住所给她，远远地离开玉润堂，尽量不引人注目。

这日黄昏心烦难耐，便坐在馆前小舟上纳凉。小舟掩映在浓绿花荫里，阴凉如水。凉风吹过满湖粉荷碧叶，带来些许清凉。其时见金乌西坠，光映满湖，脉脉如杜鹃泣血。

我坐在小舟上，随手折下一朵熟得恰好的莲蓬，有一搭没一搭地剥着莲子。槿汐劝道："小主别再剥那莲子了，水葱似的指甲留了两寸了，弄坏了可惜。"我轻叹一声，随手把莲蓬掷在湖里，"咚"的一声沉了下去。

槿汐道："小主心里烦恼奴婢也无从劝解，只是恕奴婢多嘴，眼下也无法可想，小主别怄坏了自己的身子才是。"

我伸指用力掐一掐荷叶，便留下一弯新月似的指甲印，绿色的汁液染上绯红指面，轻声道："事情落到这个地步，你叫我怎么能不焦心？"

槿汐压低声音："奴婢人微言轻帮不上什么忙，小主何不去请芳若姑姑帮忙，她是御前的人。"

我顺手捋下手上的金镯子道："这个镯子本是一对，我曾送过她一个，如今这个也给她凑成一对。你悄悄去找她，就说是我求她帮忙，好歹顾念当日教习的情分，让她想法多多照顾眉庄，劝解劝解她。"

槿汐忙接过去了。

槿汐刚走，只见流朱忙忙地跑过来喜滋滋道："小姐，敬事房来传话，说皇上晚上过来，请小姐准备呢。"

终于来了。

舟身轻摇，我扶着流朱的手起身上岸，道："替我梳妆，准备接驾。"

流朱将我的头发绾成髻，点缀些许珠饰，道："好不容易皇上过来，小姐要不要寻机提一提眉庄小主的事，劝劝皇上？"

我摆一摆手道："越是这个时候越是不能劝，只能等皇上消消气再慢慢筹谋。"

流朱将我额前碎发拢起："如今这情形小姐要自保也是对的。皇上这几日不来，难保不是因为眉庄小主的事恼了小姐您呢。"

我起身站到窗前："那也未必。只是若能救她我怎会不出声？你冷眼瞧着这宫里，一个个巴不得我沉不住气去求皇上，顶好皇上能恼了我，一并关进玉润堂里去。我怎能遂了她们的心愿？"我沉吟道，"本来我与眉庄两人多有照应，如今她失势，陵容又是个只会哭不中用的，只剩了我孤身一人，只好一动不如一静。"

流朱道："若是能有证据证明眉庄小主是无辜的就好办了。"

我苦恼道："我知道眉庄是被人陷害的，可恨现在无凭无据。我就是有十分的法子也用不上啊。"忽然脑中灵光一闪，对流朱道，"去把小连子找来。"

小连子应声进来，我嘱咐道："你亲自出宫去，拿了我的手信分别去我娘家甄府和眉庄小主在京中的外祖家，让他们动用所有人手必定要把刘畚给找回来。活要见人，死要见尸。"我攥紧手中的绢子，淡淡道："我就不信一个大活人能逃遁得无影无踪！"

转眼瞥见纱窗下瓷缸里种着的石榴花，花开似血，却有大半已经颓败了，惶惶地焦黑，触目一惊。

心里说不出的厌恶，冷笑一声道："内务府的黄规全倒是越来越有出息了，这样的花也往我宫里摆。"

小连子与流朱皆不敢接口，半晌才道："这起子小人最会拜高踩低。眼见着华妃娘娘又得宠了，眉庄小主失势，皇上又不往咱们这里来。要不奴才让人把它们搬走，免得碍小主的眼。"

我听着心里发烦，我是新封的婕妤都是这个光景，眉庄那里就更不必提了。若是一味忍耐，反倒让旁人存了十分轻慢之心，不能这么叫人小觑了我们去。我略想一想，道："不用了。明早天不亮就把这些石榴放到显眼的地方去，留着它自有用处。"

天已全黑了，还不见玄凌要来的动静。

我独自坐在偏殿看书，小连子进来打了个千儿道："小主吩咐的事奴才已经办妥了，两府里都说会尽心竭力去办，请小主放心。"

我颔首"唔"了一声，继续看我的书。

小连子又笑道："给小主道喜。"

我这才抬头，道："好端端的有什么喜了？"

小连子道："大人和夫人叫奴才告诉小主阖家安好，请小主安心。另外大公子来了消息，说是明年元宵要回朝视亲，老爷、夫人想要为公子定下亲事，到时还请小主做主。"

我一听哥哥元宵即可归来，又要定亲，心头不由得一喜，连声道："好，好。哥哥与我不见有年，此番回来，若能早日成家，倒是甄门一大喜事。"随手拿起桌上一个玛瑙镇纸道，"这个赏你。"

小连子忙谢恩告退了下去。

槿汐回来正见小连子出去，四顾无人，方走近我道："奴婢已经跟芳若姑姑说了，芳若姑姑说她自会尽力，这个却要还给小主。"说着从袖中摸出那个金镯子，"芳若姑姑说小主待她情重，本就无以为报，不能再收小主东西了。"

我点点头道："难为她了。这件事本就棘手，又在风头上，换了旁人早就避之不及了。"想了想又说，"只是芳若虽然是御前的人，但是要照顾眉庄也得上下打点要她破费。"

槿汐道："这个奴婢已经对芳若姑姑说了，若要银钱疏通关节，就使个可靠的人来宜芙馆拿。"

我微微一笑："你做得对。只是话虽如此，她却未必肯来拿，你还是得留心着点儿。"

槿汐答应了，轻声道："皇上这个时候还不来，恐怕也不会来了。要不小主先歇息吧。"

烛火微暗，我拔下头上一支银簪子轻轻一挑，重又拢上，曼声道："不必。"

玄凌来的时候已经是夜半了。他满面疲倦，朝我挥挥手道："嬛嬛，朕乏得很。"

我亲自捧了一盏蜂蜜樱桃羹给他，又走至殿外的玉兰树边折了两朵新开的玉兰花悬在帐钩上，清香幽幽沁人，微笑道："羹是早就冰镇过的，不是太凉，夜深饮了过凉的东西伤身。又兑了蜂蜜，四郎喝了正好消乏安睡。"

说罢命人服侍了玄凌去沐浴更衣。

事毕，众人都退了下去。

自己则如常闲散坐在妆台前松了发髻，除下钗环。

玄凌只倚在床上看我，半晌方道："你没话对朕说？"

我"嗯"一声，指着眉心一点花钿回首向他道："如今天气炎热，金箔的花钿太过耀眼刺目，也俗气，鱼鳃骨的色若白玉却不显眼。四郎帮嬛嬛想想，是用珊瑚好还是黑玉好？"

玄凌一愣："这就是你的要紧事？"

我反问道："这个不要紧么？且不说容饰整洁是妃嫔应循之理，只说一句'女为悦己者容'，可不是顶要紧的么？"

玄凌哑然失笑："是，是，的确是头等要紧的大事。依朕看不若用珊瑚，嬛嬛姿容胜雪，不若眉心一点红反而俏皮可爱。"

我朝他盈盈一笑："多谢四郎。"

夜晚虽有些许凉意，但烛火点在殿中终究是热。便换了芳苡灯，那灯打在黑暗中，幽幽荧荧。

夜静了下来，凉风徐徐，吹得殿中鲛纱轻拂。偶尔一两声蛙鸣，反而显得这夜更静更深。

玄凌见我只字不提眉庄的事，只依着他睡下，反而有些讶异，终于按捺不住问我："你不为沈氏求情？"

"四郎已有决断，嬛嬛再为眉姐姐求情亦是无益，反而叫四郎心烦。所谓'路遥知马力，日久见人心'，此事若有蹊跷，必定有迹可循。"

他略略沉吟："人人皆云你与沈氏亲厚，沈氏之事于你必有牵连，怎的你也不为自己剖白？"

"嬛嬛自然知道何谓'三人成虎'，何谓'众口铄金，积毁销骨'，但四郎是明君，又知晓嬛嬛心性，自然不会听信一面之词。"我轻声失笑，"若四郎疑心嬛嬛，恐怕嬛嬛此时也不能与四郎如此并头夜话了，是不是？"

他叹道："你如此相信朕对你没有一分疑心？"

我直盯着他的眼眸，旋即柔声道："怎会？诚如此时此景，四郎是嬛嬛枕边人，若连自己枕边之人也不相信，偌大后宫，嬛嬛还可以信任谁，依靠谁？"

他低声叹息，紧搂我在怀里，三分感愧七分柔情唤我："嬛嬛……"

我枕在他臂上道："眉姐姐的事既然四郎已经有了决断，嬛嬛也不好说什么。四郎不是早嘱咐过嬛嬛说华妃复宠后嬛嬛许会受些委屈，嬛嬛不会叫四郎为难。"说罢轻声道，"近日朝政繁忙，四郎睡吧。"再不言语，只依在他怀中。

只是玄凌，你是我的枕边人，亦是她们的枕边人，如今情势如此，纵然你爱我宠我，又怎会真正对我没有一丝疑心？

虽然你在众人面前叱责了莽撞的惢妃，可是你若全心全意信任我，处置眉庄后是会急着来看我安慰我的。可是，你没有。

若是此时我特意替眉庄求情或是极力为自己撇清反而不好。不若如常体贴你，对你说她做什么我都愿意承受委屈，才能让你真心怜惜心疼，事事维护，不让我受半点儿委屈。

若非我今日着意说这番话，恐怕不能打消你对我那一丝莫须有的疑虑吧。夫妇之间用上君臣心计，实在非我所愿，亦实在……情何以堪。

可是终于，还好，你终究还是信我比较多。

心底蔓生出无声的叹息。我闭上双眸，沉沉睡去。

醒来玄凌已离开了，梳妆过后照例去向皇后请安，回到宜芙馆中见庭院花树打理得焕然一新，葳蕤可爱，那几盆开败了的石榴全不见了踪影，心中已明白了八九分。

果然小允子乐颠颠跑过来道："小主不知道呢，内务府的黄规全坏了事，一早被打发去暴室服役了。这花草全是新来的内务府总管姜忠敏亲自命人打理的。"

我坐下饮了一口冰碗道："是么？"

小允子见我并没什么特别高兴的样子，疑惑道："小主早就知道了？"

小连子在一旁插嘴道："昨晚小主让奴才把那些开败了的石榴放在显眼处时就料到了。"

小允子还来不及说话，浣碧已紧张道："小姐昨晚对皇上表明情由了吗？皇上不会再疑心您和眉庄小主假孕的事有牵连了吧？"

我接过槿汐递来的团扇轻摇道："何必要特特去表明呢？我若是一意剖白，反而太着了痕迹，越描越黑，不若四两拨千斤罢了。"见他们听得不明白，遂轻笑道，"皇上信与不信全在他一念之间，我只需做好我分内之事也就罢了，何必惹他不痛快呢？"

众人一时都解不过味来，唯见槿汐低眉敛目不似众人极力思索的样子，知道以她的聪慧自然已经明白了我的意思，不由得更对她另眼相看。

小允子一拍脑门儿，惊喜道："奴才明白了，就是因为皇上痛快了，才会在意是不是有人让小主不痛快。所以皇上见内务府送来的石榴是开败了的才会如此生气，认为他们轻慢小主，才惩罚了黄规全。"

我含笑点头："不错，也算有些长进了。"

槿汐道："黄规全是华妃的远亲这是大家都知道的，皇上这招儿叫以儆效尤，故意打了草去惊动蛇。"

我"唔"了一声，浣碧道："那皇上现在应该对小姐半分疑心也无了吧？"

我微微一笑："大致如此。只有我的地位巩固如前，才有办法为眉庄筹谋。"

傍晚时分，槿汐带人进殿撤了晚膳时的饭菜，又亲自服侍我沐浴。这本不是她分内的事，一向是由晶青、品儿、佩儿她们伺候的。我知道她必定有事要对我说，便撤开了其他人，只留她在身边。

槿汐轻手轻脚用玫瑰花瓣擦拭我的身体，轻声道："芳若姑姑那里来了消息，说眉庄小主好些了，不似前几日那样整日哭闹水米不进，渐渐也安静下来进些饮食了。"

我吁一口气，道："这样我也就放心了——只怕她想不开。"

槿汐安慰道："眉庄小主素日就是个有气性的，想必不致如此。"

"我又何尝不知道。"忽地想起什么事，伸手就要去取衣服起身，"她的饮食不会有人做手脚吧？万一被人下了毒又说她畏罪自尽，可就真的死无对证了！"

槿汐忙道："小主多虑了。这个事情看守眉庄小主的奴才们自然会当心。万一眉庄小主有什么事，第一个跑不了的就是他们啊。"

想想也有道理，这才略微放心，重又坐下沐浴。槿汐道："奴婢冷眼瞧了这大半年，小主对眉庄小主的心竟是比对自己更甚。原本眉庄小主有孕，皇上冷落了您好几日，宫中的小主娘娘们都等着看您和她的笑话，谁知您竟对眉庄小主更亲热，就像是自己怀了身孕一般。"

我感慨道："我与眉姐姐是幼年的好友，从深闺到深宫，都是我们两个一起，岂是旁人可以比的。在这宫里，除了陵容就是我和她了，左膀右臂相互扶持才能走过来。她今日落魄如此，我怎能不心痛焦急。"

槿汐似乎深有感触，对我道："小主对眉庄小主如此，眉庄小主对小主也是一样的心吧。这是眉庄小主想尽办法让芳若姑姑送出来的，务必要交到小主手中。"

我急忙拿过来一看，小小一卷薄纸，只写了寥寥八字：珍重自身，相助陵容。

才一看完，眼中不觉垂下泪来，一点点濡湿了纸片。

眉庄禁足玉润堂,身边自然没有笔墨,这一卷纸还不知她是如何费尽心思才从哪里寻来的。没有笔墨,这区区八字竟是用血写成,想是咬破了指头所为。心中难过万分。眉庄啊眉庄,你自身难保还想着要替我周全,想着我孤身无援,要我助陵容上位。

我看完纸片,迅速团成一团让槿汐放进香炉焚了。

心中不由得踌躇。我何尝不知道陵容是我现在身边唯一一个可以信任又能借力扶持的人。可是进宫将近一年,陵容似乎对我哥哥余情未了,不仅时时处处避免与玄凌照面,照了面也尽量不引他注意,我又怎么忍心去勉强她和一个自己不喜欢的男人亲近呢?

沐浴完毕换过干净衣裳,看看时辰已经不早,携了槿汐去看陵容,让流朱与浣碧带了些水果、丝缎跟着过去。

陵容的住处安置在宜芙馆附近的一处僻静院落,除了贴身服侍她的宝鹃和菊青,另有两个早先眉庄派给她的宫女翠儿和喜儿伺候。

还未进院门已听得有争吵的声音。却是翠儿的声音:"小主自己安分也就罢了,何苦连累了我们做奴婢的。若能跟着沈常在一天也享了一天的好处,要是能跟着甄婕好就更好了,且不说婕好是皇上跟前的红人,连带着我们做奴才的也沾光。"

我忙示意槿汐她们先不要进去,静静站在门口听。

喜儿也道:"不怪我们做奴婢的要抱怨,跟着小主您,咱们可是一日的光也没沾过,罪倒是受了不少。"

陵容细声细气道:"原是我这个做主子的不好,平白叫你们受委屈了。"

菊青想是气不过,道:"小主您就是好脾气,由着她们闹腾,眼里越发没有小主您了。"

翠儿不屑道:"小主都没说什么,你和我们是一样的人,凭什么由着你说嘴了。"

喜儿嗤笑道:"小主原来以为自己是主子了呢?也不知道这一世里有

没有福气做到贵嫔让人称一声'主子'呢？"

陵容自知失言，被堵得一句话也说不上来，只涨红了脸坐在廊下。菊青却耐不住了要和她们争吵起来。

我听得心头火起，再忍不住，冷冷哼了一声踏进门去。

众人见是我进来，都吓了一跳。翠儿和喜儿忙住了嘴，抢着请了安，赔笑着上前要来接流朱和浣碧手里的东西。

我伸手一拦，道："哪里能劳驾两位动手，可不罪过。"说着看也不看她们，只微笑对菊青道："好丫头，知道要护主。浣碧，取银子赏她。"

菊青忙谢了赏。

翠儿与喜儿两人脸上一阵红一阵白，只得讪讪缩了手站在一边。

我道："不是说想做我身边的奴才么？我身边的奴才可不是好当的。你们的小主好心性才纵着你们，我可没有这样好的性子，断断容不下你们这起子眼睛里没小主的奴才。"我脸一沉，冷冷道："槿汐，你带她们去暴室，告诉主事的人说这两个奴才不能用了。亲自盯着人打她们二十杖，再打发了去浣衣局为奴。"她们一听早吓得跪在地上拼命求饶，哭得涕泗横流。我也不理她们，只对槿汐道："等下去内务府拣两个中用的奴才来服侍陵容小主。"说着拉了陵容的手一同进去。

我一向对宫人和颜悦色，甚少动怒，今日翻脸连槿汐也吓了一跳。槿汐也不顾她们哭闹求饶，忙驱她们走了。

陵容和我一同进屋坐下，面含愧色道："陵容无用，叫姐姐看笑话了。"

我道："你的性子也太好了，由着她们来。我不是早告诉过你，宫女、内监有什么不好的要来告诉我，原本眉姐姐能照顾你，如今我也是一样的。"

陵容低声道："眼下是多事之秋，眉姐姐落难，姐姐焦头烂额，陵容又怎能那么不懂事，再拿这些小事来让姐姐烦心。"

我拍拍她的手道："你我情同姐妹，有什么是不可说的？"见她总是羞愧的样子，心里也是不忍，转了话题道，"前两日看你吃着那荔枝特别香甜，今日又让人拿了些来。你尝尝有没有上次的好。"又指着流朱手里的蜜瓜道，"这是外头新进的蜜瓜，特意拿来给你。"

陵容眼中隐有泪光："姐姐这么对我，陵容实在……"

我忙按住她手，假意嗔怪道："又要说那些话了。"

说着让流朱去切了蜜瓜，一起用了一些。

陵容的屋子有些小，下午的日头一晒觉得分外闷热，说不上一会儿话，背心就有些汗涔涔了。

眉庄叮嘱的事我实在觉得难开口，犹疑了半日只张不开嘴。

无意看见她搁在桌上的一块没有绣完的绣件，随手拿起来看，绣的是"蝶恋花"的图样，针工精巧，针脚细密，绣得栩栩如生。陵容见我看得津津有味，不由得红了脸，伸手要来取回。

我微笑道："陵容的针线又进益了。"看了一会儿又道，"你的手艺真好，也给我绣一个做香囊好不好？"

陵容甜甜笑道："当然好。姐姐也要绣一个'蝶恋花'的么？"

我抿嘴想了想，忽然笑道："我可不要什么'蝶恋花'。蝶恋花，花可也一样恋蝶么？这个不好。"

陵容怔了怔，亦微笑道："也是。我给姐姐绣个比翼鸟和连理枝，祝皇上和姐姐恩爱好不好？"

我微微一笑看着她："陵容只要祝我与皇上恩爱，却不想与皇上恩爱么？"

陵容一惊，随即低了头道："姐姐说什么呢？"

我遣开周围的人，正了神色道："是我要问你做什么呢？"我顿一顿，"那日在扶荔殿，你是怎么了？"

陵容极力避开我的目光，低声嗫嚅道："没有什么啊。"

我看她一眼，舒一口气和颜悦色道："你以为那日我只顾着跳舞没听到？你唱得的确不错，可是连平日功夫的五成也没唱出来——陵容，可是故意的？"

　　陵容头埋得更低，越发楚楚可怜，叫我不忍心说她。再明白不过的事，她是怕得皇帝青睐，才故意不尽心尽力去唱。只是她为了什么才不愿意尽心尽力去唱，恐怕再没有人比我更清楚。

　　我叹息道："陵容，你的心思我怎么会不懂？"我的目光停驻在她身上片刻，陵容身姿纤弱，皮肤白若脂玉，一双妙目就如小鹿般大而温柔，轻柔目光从密密的眼睫后面探出来，让人油然生出一种怦然心动的怜惜。

　　陵容被我瞧得不自在起来，不自觉地以手抚摸脸颊，半含羞涩问道："姐姐这样瞧我做什么？"

　　我伸手拈起她的绣件，放在桌上细细抚平："难道你真要成天靠刺绣打发时光，连那些奴婢也敢来笑话你？"

　　陵容手指里绞着手绢，扭成了个结，又拆散开来，过不一会儿，又扭成一个结，只管将手指在那里绞着，低头默默不语，半晌才挤出一句："陵容福薄。"

　　"这样的日子，"我抬头打量一下这小小的阁子，幽幽道，"不比我当日卧病棠梨宫好多少。"

　　我站起身，缓缓理齐簪子上乱了的碎金流苏，扶了浣碧的手往外走。走至仪门前，回头对陵容道："夜深风大，快进去吧。不必送了。"

　　陵容道："姐姐路上小心。"

　　我点点头，忽而作回忆起了什么事的样子，粲然笑道："前些天哥哥从边关来了家书，说是明年元宵便可回来一趟探亲。"

　　见陵容目光倏地一亮，如明晃晃一池春水，脸上不自觉带了一抹女儿家的温柔神色。

　　我心知她仍对哥哥有情，心底黯然叹息了一声：陵容，不要怪我狠心，你这样牵挂哥哥，于你的一生而言，真的是一分好处也没有。我脸上充起愉悦的笑容："爹爹说哥哥此番回来必定要给他定了亲事。家有长媳，凡事也好多个照应，也算我甄家的一桩喜事了。"

　　陵容闻言身子微微一晃，眼中的光芒瞬间黯淡了下去，像烧得通红的炭淬进水中，"刺"地激起白烟袅袅。

我心里终究是不忍。这个样子，怕她是真的喜欢哥哥的。可是不这样做，陵容心里总是对哥哥存着一分侥幸的希望，她的心思断不了。所谓壮士断腕，实在是不得不如此。

也不过那么一瞬，陵容已伸手稳稳扶住了墙，神色如常，淡淡微笑如被风零散吹落的梨花："这是喜事啊，甄公子娶妻必是名门淑女，德容兼备。陵容在此先恭喜姐姐了。"

夏日炎炎，一轮烈日正当着天顶，晒得远处金黄色的琉璃瓦上都似要淌下火来。宜芙馆殿宇掩映在绿树荫里，浓荫密布，带来些许清凉。

昨夜玄凌宿在宜芙馆，一夜的困倦疲累尚未消尽，早上请安时又陪着皇后说了一大篇话，回来只觉得身上乏得很，见槿汐带人换了冰进来，再耐不住，和衣歪在贵妃榻上睡着了。

这一觉睡得香甜，也不知睡了多久，迷迷糊糊听见有人在身边低声啜泣。

睡得久了头隐隐作痛，勉强睁眼，却是陵容呜咽抽泣，眼睛肿得跟桃子一样，手中的绢子全被眼泪濡湿了，大不似往日模样。

挣扎着起身，道："这是怎么了？"心里惶然一惊，以为是眉庄幽禁之中想不开出了事。

陵容呜咽难言，只垂泪不已。

我心里着急，一旁槿汐道："陵容小主的父亲下狱了。"

我望向陵容："好端端的，这是怎么回事？"

陵容好容易才止住了哭，抽泣着把事情讲了一遍。原来玄凌在西南用兵，松阳县县令蒋文庆奉旨运送银粮，谁知半路遇上了敌军的一股流兵，军粮被劫走，蒋文庆临阵脱逃，还带走了不少银饷。玄凌龙颜震怒，蒋文庆自是被判了斩立决，连带着松阳县的县丞、主簿一同下了牢狱，生死悬于玄凌一念之间。

陵容掩面道："蒋文庆临阵脱逃也就罢了，如今判了斩立决也是罪有应得，可是连累爹爹也备受牵连。这还不算，恐怕皇上一怒之下不仅有抄家大祸，爹爹也是性命难保。"陵容又哭道，"爹爹一向谨小慎微，为人只求自保，实在是不敢牵涉到蒋文庆的事情中去的。"

我忙安慰道："事情还未有定论，你先别急着哭，想想办法要紧。"

陵容闻言眉头皱成了一团，眼泪汪汪道："军情本是大事，父亲偏偏牵连在这事上头，恐怕凶多吉少。陵容人微言轻，哪里能有什么办法。"

我知道陵容是想我去向玄凌求情，一时间不由得为难，蹙眉道："你的意思我知道。可是这是政事，后宫嫔妃一律不许干政，你是知道的。"

陵容见我也无法，不由得哭出声来。我想了想，起身命槿汐去传软轿，又唤了流朱、浣碧进来替我更衣梳妆，拉起陵容的手道："为今之计，只有先去求皇后了。"

陵容忙止了哭，脸上露出一丝企盼之色，感激地点了点头。

贰捌　寒鸦上

中午炎热，虽是靠着宫墙下的阴凉走，仍是不免热出一身大汗。

嫔妃参见皇后必要仪容整洁，进凤仪宫前理了理衣裙鬓发，用绢子拭净了汗水才请宫女去通报。出来回话的却是剪秋，向我和陵容福了一福含笑道："两位小主来得不巧，娘娘出去了呢。"

我奇道："一向这个时候娘娘不是都午睡起来的么？"

剪秋抿嘴笑道："娘娘去水绿南薰殿见皇上了。小主此来为何事，娘娘此去见皇上亦是为了同一事。"又道，"娘娘此去不知何时才归来，两位小主先到偏殿等候吧。茶水早就预备下了。"

我含笑道："皇后料事如神，那就有劳剪秋姑娘了。"

剪秋引了我和陵容往偏殿去。我心中暗想，皇后好快的消息，又算准了我和陵容要来求她，先去向玄凌求情了。倒是真真善解人意，让人刮目相看呢。

我忽然间明白了几分，皇后虽然不得玄凌的钟爱，可是能继位中宫，手掌凤印，恐怕并不仅仅是因为太后是她姑母、前皇后是她亲姊的缘故。华妃从来气傲，皇后虽然谦和却也是屹立不倒，稳居凤座，想来也是与她这样处事周虑、先人一步又肯与人为善有关吧。当初计除丽贵嫔、压倒华妃，虽然没有和皇后事先谋定，可是紧急之下她仍能与自己有利的人配合默契、游刃有余，无形之中已经和我们默契联手。回想到此节，不由得对平日看似仁懦的皇后由衷地更生出几分敬畏感佩之情。

一等便是两个时辰。终于，皇后归来，我与陵容屈膝行礼。她嘱我们起来，又让我们坐下，略停了停，饮了口茶方才缓缓道："这事本宫已经尽力，实在也是无法。听皇上的口气似乎是生了大气，本宫也不敢十分去劝，只能拣要紧的意思向皇上说了。皇上只说事关朝政，再不言其他。"

我与陵容面面相觑，既然连皇后也碰了这么个不软不硬的钉子回来，这求情的话是更难向玄凌开口了。

陵容心中悲苦，拿了绢子不停擦拭眼角。

皇后说着叹了一口气，疲倦地揉了揉额头道："如今政事繁冗，皇上也是焦头烂额，后宫再有所求亦只能添皇上烦扰啊。如今这情形，一是要看安氏你父亲的运数，二是要慢慢再看皇上那里是否还有转圜的余地。"

陵容听不到一半，眼泪已如断了线的珠子滚滚而落，因在皇后面前不能太过失仪，极力自持，抽噎难禁，勉强跪下道："陵容多谢皇后关怀体恤，必当铭记恩德。"

皇后伸手虚虚扶起陵容，感叹道："谁都有飞来横祸、命途不济的时候。本宫身为后宫之主，也与你们同是侍奉皇上的姐妹，能帮你们一把的时候自然是要帮你们一把，也是积德的事情。"

无论事情成功与否，身为皇后肯先人之忧而忧，替一位身份卑微又无宠的宫嫔求情，已经是卖了一个天大的面子给我们。何况皇后如此谦和，又纡尊降贵说了如此一番体己贴心的话，我也不禁被感动了，心下觉得这深宫冷寂，暗潮汹涌，幸好还有这么一位肯顾虑他人的皇后，也稍觉温暖了。

陵容更是受宠若惊，感泣难言。

皇后和颜悦色看着我道："甄婕妤一向懂事，颇能为本宫分忧，这件事上要好好安慰安选侍。知道么？"

我恭谨应了"是"，对皇后行礼道："昔日沈常在之事幸得皇后出言求情，沈常在才不致殒命。此事臣妾还未向皇后好好谢过，实在是臣妾疏忽。今日皇后如此关怀，臣妾感同身受，不知如何才能回报皇后恩泽。"

皇后满面含笑："婕妤敏慧冲怀，善解人意。如今后宫风波频起，本宫身子不好，应接不暇，婕妤如果能知本宫心之所向，自然能为本宫分劳解愁。"说着睨一眼身侧的剪秋。

剪秋走至凤座旁，取过近处那盏镏金博山炉。皇后掀开炉顶看了一眼，摇了摇头道："这样热的天气，这香炉里的死灰重又复燃可怎么好？"

皇后本不爱焚香，又是炎夏，忽然提起炉灰之事自有她的深意。如今宫闱之中什么最让皇后烦恼我自然明白，不由得感叹再平和的人也有火烧眉毛按捺不住的时候了。

我起身道："既然天热，这香灰复燃可真是令人烦扰。"说着掀开手中的茶盅，将剩余的茶水缓缓注入博山炉中，复又盖上炉盖。我微笑看着皇后，道："臣妾等身处后宫之中，仰仗的是皇后的恩泽，能为皇后分忧解劳是臣妾等分内的事。俗话说'智者劳心'，臣妾卑微，只能劳力以报皇后。"

博山炉内的芬芳青烟自盖上的镂孔中溢出，袅袅升起。皇后微眯着眼，掩口看二三缕若有若无的青烟四散开去，终于不见，露出满意的笑容："你果然没叫本宫失望。"

我缓缓屈膝下去："月明星稀，乌鹊南飞，绕树三匝，终于有枝可依。"

皇后温和的容色在午后的阳光下明晃晃的，不真切。"其实后宫从来只有一棵树，只是乱花渐欲迷人眼罢了。只要你看得清哪棵是树哪朵是花就好。"

我低头默默，内心惊动。如果刚才还有几分觉得皇后贤德与温暖的感动，此刻也尽数没有了。任何所谓的恩惠都不会白白赠予你，必定要付出代价去交换。

天气真热，背心隐约有汗渗出来。可是如今势单力孤，强敌环伺，纵然有玄凌的恩宠，也必要寻一棵足以挡风遮雨的大树了。我强自挺直背脊，保持着最恰到好处的笑容，从容道："多谢皇后指点。臣妾谨记。"

见陵容一脸迷茫与不解看着我与皇后，无声地叹了口气，一起退了出去。

送别了陵容，低声向槿汐道："皇后去见皇上为安比槐求情的事，她该很快就知道了吧？"

槿汐道："此时没有比华妃娘娘更关心皇后娘娘的人了。"

我道："她耳目清明，动作倒是快。你猜猜华妃现在在做什么？"

"必然是与皇后反其道而行之，想请皇上从严处置安比槐吧。"

我轻笑出声："那可要多谢她了。"

槿汐微微疑惑："小主何出此言？"

"多谢她如此卖力。如此一来，我可省心多了。"


估摸着时候差不多了，独自向水绿南薰殿走去。

从绿荫花架下走出，顺着蜿蜒曲廊，绕过翻月湖，穿了朱红边门，便到了水绿南薰殿。见宫人恭谨无声侍立门外，示意他们不要通报，径自走了进去。

暮色四合下的殿宇有着几分莫名的沉寂，院落深深，飞檐重重。

殿中原本极是敞亮，上用的雨过天青色蝉翼窗纱轻薄如烟，透映着檐外婆娑树影，风吹拂动，才在殿中、地上留下了明昧不定的暗迹，偶尔有簌簌的枝叶相撞的声音，像是下着淅沥的雨。

脚上是绣花宫鞋，轻步行来，静似无声。只见玄凌伏在紫檀案几上，半靠着一个福枕，睡得正酣甜。本是拿在手中的奏折，已落在了榻下。我轻轻拾起那本奏折放好，直瞧着案几上堆着的满满两叠小山似的奏折，微微摇了摇头。

殿中寂寂无声，并无人来过的痕迹。

无意看见一堆奏折中间露出一缕猩红流苏，极是醒目。随手拿出来一看，竟是一把女子用的纨扇，扇是极好的白纨素，泥金芍药花样，象牙镂花扇骨柄，精巧细致，贵气逼人。一上手，就是一股极浓的脂粉香扑面而来。是"天宫巧"的气味，这种胭脂以玫瑰、苏木、蚌粉及益母草等材料调和而成，敷在颊上面色润泽若桃花，甜香满颊，且制作不易，宫中能用的妃嫔并无几人。皇后素性不喜香，也就只有华妃会用了。

清淡一笑，举起来有一搭没一搭地扇，闭目轻嗅，真是香。想必华妃来见玄凌时精心装扮，浓墨重彩，是以连纨扇上也沾染了胭脂香味。

华妃果然有心。

皇后一出水绿南薰殿华妃就得了消息赶过来，可见宫中多有她的耳目。如今我势弱，悫妃、恬贵人一流，华妃还不放在眼里，在意皇后也多半是为了重夺协理六宫的权力。

我身边如今只得一个陵容，可惜也是无宠的。一直以来默默无闻，像影子般生活的陵容。我无声叹息，眉庄啊眉庄，我知道你是为了我好，知道这寂寂深宫中即便有君王的宠爱，独身一人也是孤掌难鸣，可是你可知道你给我出了个多么大的难题。旁人也就罢了，偏偏我是知道陵容的心思的，纵然她今生与哥哥是注定无缘的了，可是我怎能为了一己安危迫使她去亲近玄凌呢？

头痛无比，偏偏这个时候陵容的父亲又出了差池。皇后求情玄凌也未置可否，凭我一己之力不知能否扭转陵容父亲的命途，也只能尽力而为了。

正闭目沉思，忽地觉得脸上痒痒的，手中却空落落无物。睁眼一看，玄凌拿着扇柄上的流苏拨我的脸，道："何时过来的？朕竟没有听见。"

侧首对他笑："四郎好睡，臣妾不忍惊动四郎。"看一眼桌上堆积如山的奏折，"朝政繁忙，皇上也该注意身子。"

"案牍劳形，不知不觉也已看了一天的折子了。"说着苦笑，瞪那些奏折，"那些老头子无事也要写上一篇话来啰唆。真真烦恼。"

我温婉轻笑："身为言官，职责如此，四郎亦不必苛责他们。"说着似笑非笑举起纨扇障面，"何况时有美人来探四郎，何来案牍之苦呢？大约是红袖添香，诗情画意呢。"说罢假意用力一嗅，拉长调子道，"好香呢——"

他哭笑不得："妮子越发刁滑。是朕太过纵你了。"

我旋身转开一步，道："嬛嬛不如华妃娘娘善体君心，一味胡闹只会惹四郎生气。"

他一把捉住我的手臂，道："她来只是向朕请安。"

我扇扇风，道："好热的天气，华妃娘娘大热的午后赶来，果然有心。"

玄凌拉我在身边坐下："什么都瞒不过你。皇后前脚刚走华妃就到了，她们都为同一个人来。"

"可是为了选侍安陵容之父松阳县县丞安比槐？"

"正是。"玄凌的笑意若有似无，瞧着我道，"那么你又是为何而来？"

我道："让嬛嬛来猜上一猜。皇后娘娘仁善，必定是为安选侍求情；华妃娘娘刚直不阿，想必是要四郎执法严明，不徇私情。"

"那么你呢？"

我浅浅笑："后宫不得干政，嬛嬛铭记。嬛嬛只是奇怪，皇后娘娘与华妃娘娘同为安比槐一事面见皇上，不知两位娘娘的意见是真的相左，还是这事的原委本就值得再细细推敲。"我见他仔细听着并无责怪之意，俯身跪下继续道，"臣妾幼时观史，见圣主明君责罚臣民往往宽严并济，责其首而宽其从，不使一人含冤。臣民敬畏之外更感激天恩浩荡、君主仁德。皇上一向仰慕唐宗宋祖风范，其实皇上亦是明君仁主。臣妾愚昧，认为外有战事，内有刑狱，二者清则社稷明。"说到此，已不复刚才与玄凌的调笑意味，神色郑重，再拜而止。

玄凌若有所思，半晌含笑扶我起身，难掩欣喜之色："朕只知嬛嬛饱

282

读诗书，不想史书国策亦通，句句不涉朝政而句句以史明政。有卿如斯，朕如得至宝。安比槐一事朕会让人重新查明，必不使一人含冤。"

我松一口气，放下心来："臣妾一介女流，在皇上面前放肆，皇上莫要见怪才好。"

玄凌道："后宫不得干政。可朕若单独与你一起，朕是你夫君，妻子对夫君畅所欲言，论政谈史，有何不可？"

我垂首道："臣妾不敢。"

他微笑："婕妤甄氏不敢，可是甄嬛无妨。"

我展眉与他相视而笑："是。嬛嬛对皇上不敢僭越，可是对四郎必定知无不言。"

回到宜芙馆已经夜深，知道陵容必定辗转反侧，忧思难眠，命流朱去嘱了她"放心"，方才安心去睡。

次日一大早陵容匆匆赶来，还未进寝殿眼中已落下泪来，俯身便要叩拜。我忙不迭拦住道："这是做什么？"

陵容喜极而泣："今早听闻皇上命刑部重审爹爹牵涉运送军粮一案，爹爹活命有望。多谢姐姐去为陵容与爹爹求情。"

"何止活命，若是安大人果真无辜，恐怕还能官复原职。"我扶起她道，"其实昨日我并无为你求情，只是就事论事。何况我也并不敢求情，皇后都碰了个软钉子，我若求情皇上却应允了，岂非大伤皇后颜面。"

陵容满面疑惑看着我道："不是姐姐为我父亲求情，皇上才应允重审此事的么？"

"皇上乃一国之君，岂是我辈可以轻易左右得了的。"我拉她坐下一同用早膳，淡淡微笑道，"其实昨日我也无十分把握能劝动皇上。话说回来，真是要多谢华妃，若非她心性好胜，恃宠想与皇后一争高低，在皇上面前要求从严定安大人等人的罪刑，恐怕这事也没有那样容易。"

陵容略一思索，脸上绽出明了的微笑："如此可要多谢她。"

"华妃与皇后娘娘争意气，皇后娘娘要为你求情，她却偏要反其道而行之。本来主犯是蒋文庆，你父亲刑责轻重皇上无心多加理会，殊不料此举反而让皇上存了心，我再顺水推舟，皇上便有意要去彻查你父亲在这件事中是否真正无辜。"

陵容道："姐姐怎知华妃是与皇后争意气而非针对姐姐与我？"

我夹了一块素什锦在陵容碗中，道："也许有此意。她的亲信黄规全前不久在我宫里犯事被皇上责罚了，以她的性子怎能咽得下这口气。只是事分轻重缓急，华妃复起之后最要紧的是什么？就是重夺回协理六宫的权力，与皇后平分秋色，暂且还顾不上对付我，否则，眉庄姐姐之后要对付的就是我，我哪里还能得一个喘息之机与你在此说话？"

陵容听完忧愁之色大现："那姐姐准备怎么办？"

"幸好皇上对我还有几分宠爱，只要我小心提防，她也未必敢对我怎样。如今情势只能走一步算一步，静观其变，还要设法救眉庄出来。"

陵容道："妹妹无用，但若有可以效力之处，必定竭尽所能。"

午睡起来闲来无事，便往陵容那里走动，到的时候她正在内间沐浴，宝鹃奉了茶来便退出去了。

闲坐无聊，见她房中桌上的春藤小箩里放着一堆绣件，颜色鲜艳，花样精巧，心里喜爱便随手拿起来细看。

不外是穿花龙凤、瑞鹊衔花、鸳鸯莲鹭、五福捧寿、蜂蝶争春之类的吉祥图案，虽然寻常，在她手下却栩栩如生。

正要放起来，却见最底下一幅的图案不同寻常，一看却不是什么吉祥如意的彩头。绣着一带斜阳，数点寒鸦栖于枯枝之上。绣功精巧，连乌鸦羽毛上淡淡的夕阳斜晖亦纤毫毕见，色泽层叠分明，如泼墨般飘逸灵巧，可见是花了不少心思，让人一见之下蓦然而生萧瑟孤凉之感。

秋风清，秋月明。落叶聚还散，寒鸦栖复惊。相思相见知何日，此时此夜难为情。

不禁叹惜，难为了陵容，终于也明了与哥哥相期无日，却终究还是此时此夜难为情。不知夜夜相思，风清月明，陵容如何耐过这漫漫长夜。可叹"情"之一字，让多少人辗转其中、身受其苦却依然乐此不疲。

才要放回去，心底蓦地一动，以为自己看错了，重又细看，的确是她的针脚无疑，分明绣的是残阳如血，何来清淡月光。竟原来……她已经有了这样的心思。

玉颜不及寒鸦色，犹带昭阳日影来。

我竟没有发觉。

听见有脚步声从内室渐渐传来，我不动声色把绣件按原样放回，假意看手边绣花用的布料。

陵容新浴方毕，只用一支钗子松松半绾了头发，发上犹自沥沥滴着水珠，益发衬得她秀发如云，肤若映雪，一张脸如荷瓣一样娇小。

转念间寻了话题来说，我抚摸着一块布料道："内务府新进来了几匹素锦，做衣裳嫌太素净了些，用来给你绣花倒是好。"

陵容笑道："听说素锦很是名贵呢，姐姐竟让陵容绣花玩，岂不暴殄天物。"

我道："区区几匹布而已，何来暴殄天物一说。我宫里的锦缎用不完，白放着才暴殄天物呢，若能配上妹妹你精妙的女红才算不辜负了。"说着自嘲道，"又不是当初卧病棠梨宫的日子，连除夕裁制新衣的衣料也被内务府克扣。"说着唤流朱捧了素锦进来。

素锦平平无纹理，乍看之下毫不起眼，但是穿在身上毫无布料的质感，反而光滑如婴儿肌肤，触手柔若轻羽。陵容见了微微一呆，目光便不能移开了，双手情不自禁细细抚摸，生怕一用力碰坏了它。

"你觉着怎么样？"我轻声问。向来陵容对我和眉庄的馈赠只是感谢，这样的神色还是头一回见。

陵容仿佛不能确信，转头向我，目光仍是恋恋不舍看着素锦："真的是送给我么？"

我嘴角舒展出明艳的微笑，道："当然。"

陵容喜上眉梢，几乎要雀跃起来。我微笑："如果你喜欢，我那里还有几匹，全送你也无妨。"

陵容大喜过望，连连称谢。

安比槐的事终于告一段落，证明他的确无辜，官复原职。陵容也终于放心。

我时常去看陵容，她总是很欢喜的样子，除了反复论及我送她的素锦如何适合刺绣但她实在不舍轻易下针总是在寻思更好的花样之外，更常常感激我对她父亲的援手。

终于有一日觉得那感激让我承受不住，其实我所做的并不多，身为姐妹，她无须这样对我感恩戴德。

我对陵容道："时至今日，其实你应该看得很明白。你父亲的事虽然是小事，但皇上未必不愿意去彻查，只是看有无这个必要。在皇上眼中，朝廷文武百官数不胜数，像你父亲这样品级的更是多如牛毛，即使这次的事的确是蒋文庆连累了你父亲，但是身为下属，他也实在不能说太冤枉。"我刻意停下不说，抬手端起桌旁放着的定窑五彩茶盅，用盖碗撇去茶叶沫子，啜了口茶，留出时间让陵容细细品味我话中的含义。

见她侧头默默不语，我继续说："其实当日皇后为你求情，皇上为什么没有立刻应允而我去皇上就答应了，你应该很明白。宠爱才是真正的原因，并不关乎位分尊崇与否，只是看皇上是否在意这个人，是否愿意去为她费神而已。其实那日在我之前华妃亦去过皇上那里，至于去做什么，想必你也清楚。所以，事情的真相固然重要，皇上的心偏向谁更重要。"

陵容抬起头来，轻声道："陵容谢过姐姐。"

我执起陵容的手，袖子落下，露出她一段雪白手腕，腕上一只素银的镯子，平板无花饰纹理，戴得久了，颜色有淡淡的黯黄。

我道："这镯子还是你刚来我家时一直戴着的，这么许久了，也不见你换。"我直视她片刻，目光复又落在那镯子上，"你父亲千辛万苦送你入宫选秀，倾其所有，只为你在宫中这样落魄，无宠终身么？你的无宠又会带给你父亲、你的家族什么样的命运？"

陵容闻言双肩剧烈一颤，绾发的玉石簪子在阳光下发出冷寂的淡光。我知道她已经被打动，或者她的心早在以往什么时候就已经开始动摇，只是需要我这一番话来坚定她的心意。

我长长地叹了一声，不由得感触："你以为后宫诸人争宠只是为了争自己的荣宠么？'生男勿喜，生女勿忧，独不见卫子夫霸天下'不只是汉武帝时的事。皇上英明虽不致如此，但旁人谁敢轻慢你家族半分，轻慢你父亲半分？"

陵容冰冷的手在我手中渐渐有了一星暖意，我把手上琉璃翠的镯子顺势套在她手上，莹白如玉的手腕上镯子像一汪春水碧绿，越发衬得那素银镯子黯淡失色。

窗边小几上便摆着几盆栀子花，是花房新供上的，尚未开花，只吐出片片新叶，淡淡的阳光洒在嫩芽之上，仿佛一片片莹润的翡翠。

陵容临窗而坐，窗纱外梧桐树叶影影绰绰落在她单薄的身子上，越发显得她身影瘦削，楚楚可怜。

我从春藤小箩中翻出那块绣着寒鸦的缎子，对陵容道："你的绣件颜色不错，针脚也灵活，花了不少的心思吧，我瞧着挺好。"

陵容不料我翻出这个，脸上大显窘色，坐立不宁，不自觉地把缎子团在手中，只露出缎角一只墨色鸦翅。

我抚了抚鬓角的珠翠，心中微微发酸："玉颜不及寒鸦色，犹带昭阳日影来。宫中女子的心事未必都相同，但是闺中伤怀，古今皆是。班婕妤独守长信宫的冷清你我皆尝试过，可是你愿意像班婕妤一样孤老深宫么？"

我再不说话。话已至此，多说也无益。取舍皆在她一念之间，我所能做的，也只有这些了。

贰玖

寒鸦下

回到宜芙馆，槿汐问我道："小主这样有把握安选侍一定能获皇上宠爱？"

"你说呢？"我微笑看她，"旁观者清，其实你很清楚。"

槿汐道："陵容小主歌喉婉转，远在当日妙音娘子之上，加上小主个性谨小慎微、温顺静默，想必会得皇上垂怜。"

我颔首道："不错。皇后高华、华妃艳丽、冯淑仪端庄、曹婕好沉静、恬贵人温柔、欣贵嫔爽直，后宫妃嫔各有所长，但都系出名门，是大家闺秀的风范。而陵容的小家碧玉、清新风姿正是皇上身边所缺少的。凡事因稀而贵。"

"可是，"槿汐又道，"陵容小主沉寂许久，似乎无意于皇上的宠幸。"

"长久以来的确如是。可是经她父亲安比槐一事，她已经很清楚，在宫中无皇上爱幸只会让别人轻视欺凌她的家族。她是孝女。你可还记得当日我赠她素锦一事？"

"奴婢记得。陵容小主很是欢喜，不似往常。"

我点点头："你可听过这一句'玉颜不及寒鸦色，犹带昭阳日影来'？"

"奴婢才疏，听来似乎颇有感伤身世之意。"

我幽幽叹息："美好的容貌尚且不及暮色中的乌鸦，还能带着昭阳殿的日影归来。陵容如此顾影自怜，自伤身世，我看了也不免伤情。只是，她终于也有了对君恩的期盼。我不知道这于我于她是不是真正的好事。"

"小主本就难以决断是否要助陵容小主，既然陵容小主有了这点儿心思，小主也可不必烦恼了。"

"对荣宠富贵只要有一丝的艳羡和企盼，这似身处冷宫的日子便挨不了许久。我已对她加意提点，想来不出数日，她必定有所决断。"话毕心有愧怍，怅然叹了口气，向槿汐道，"我是否过分，明知她心有牵念，仍引她往这条路走？"心里愈加难过，"我引她去的，正是我夫君的床榻。"

槿汐道："小主有小主的无奈。请恕奴婢多言，如今小主虽得皇上眷顾，可是一无子嗣可依，二是华妃娘娘再起，三又少了眉庄小主的扶持，看似风光无限，实则孤立无援，这荣耀岌岌可危。"

我叹息，眼角不禁湿润："我何尝不明白。皇上如今对我很是宠爱，可是因了这宠爱，后宫中有多少人对我虎视眈眈，我只要一想就后怕。"情绪渐渐激动，"可是我不能没有皇上的宠爱，只有他的宠爱才是我在后宫的生存之道。不！槿汐，他也是我的夫君、我的良人啊。"

槿汐肃了神色道："还请小主三思。皇上不仅是小主您的夫君，也是后宫所有娘娘、小主的夫君。"

我心中缠绵无尽："皇上先是一国之君，其次才是我的夫君。轻重缓急我心里明白，可是对陵容我不忍，对皇上我又不舍。槿汐，我实在无用。"

槿汐直挺挺跪下："小主实在无须妄自菲薄。先前华妃娘娘有丽贵嫔、曹婕好相助，如今只剩了曹婕好在身边，可是恬贵人、刘良媛等人未必没有投诚之意。而小主一人实在急需有可以信任的人加以援手，否则陵容小主的父亲将成为小主家族的前车之鉴。"眼中微见泪光闪动，"小主若是连命也没了，又何求夫君之爱。"

倏然如醍醐灌顶，神志骤然清明。我双手扶起槿汐，推心置腹道："诚然要多谢你。我虽是你小主，毕竟年轻，一时沉不住气。你说得不错，与其将来人人与我为敌，不若扶持自己可以相信的人。他是君王，我注定要与别人分享。无论是谁，都实在不该因情误命。"

"小主，奴婢今日僭越，多有冒犯，还请小主体恕。"

我感叹道："流朱、浣碧虽是我带进宫的丫鬟，可是流朱的性子太急，浣碧虽然谨慎……终究年轻没经过事，所以有些事我也实在没法跟她们说，能够拿主意的也就是你了。"

槿汐眸中微微发亮："槿汐必定相伴小主左右。"

第一天过去了，第二天也是，已经第三天了。

这三天，陵容没有来宜芙馆一步，遣了人去问候，也只是菊青来回："小主似是中暑了呢，这几天都没有起床。"

抬头看天，铅云低垂，天色晦暗，燕子打着旋儿贴着湖水面飞过去了，似乎酿着一场大雨。晴热许久，终于要有一场大雨了。

我淡淡听了，只命人拿些消暑的瓜果和药物给她，半句也不多说。

是夜是十六追月之夜，玄凌宿在华妃宫中。夜半时电闪雷鸣，闪电照得天际明亮如白昼，轰轰烈烈的焦雷滚过，呼呼的风吹得窗子"啪啪"直响。我"啊"的一声惊醒，守夜的晶青忙起来将窗上的风钩挂好，紧闭门户，又点上蜡烛。

我静静蜷卧于榻上，紧紧拥住被子。从小就怕雷声，尤其是电闪雷鸣的黑夜。在娘家的雷雨之夜，娘都会搂着我安慰我；而进宫后，这样的雷电交加的夜晚，玄凌都陪伴在我身边。

而今晚，想必是华妃正在婉转承恩、浓情蜜爱吧。

连日来的风波纠缠，心神疲惫，终于无声沉默地哭泣出来。

眼泪温热，落在暗红的绸面上像一小朵一小朵颜色略暗的花，洇得丝绸越发显得柔软。

侍女一个个被我赶了出去。越害怕，越不想有人目睹我的软弱和难过。

有人走来，轻轻拨开我怀中紧拥的丝绸薄被。我惊诧回头，轻唤："四郎……"

他低声叹息，让我依偎于他怀中，转身背朝窗外，为我挡去刺目的电光。他轻声低语："朕被雷声惊醒，忽然想起你害怕雷电交加的雨夜……"

他的身上有被雨水打湿的痕迹，湿漉漉的触觉让我焦躁惶恐的心渐渐趋于平静。

我略微疑惑："那华妃……"

他的手指轻按住我的唇："朕怕你害怕……"

我没有说出更多的话，因他已展臂紧紧搂住我。

我不愿再想更多。

他低首，冰凉的唇轻柔触及我温热濡汗的额头，在这温情脉脉的一瞬间，仿佛找到现世的片刻安宁。

我想，也许为了他，我可以再有勇气和她们争斗下去，哪怕……这争斗永无止境……

四面只是一片水声，落雨潇潇，清凉芬芳的水汽四散弥漫开来，渐渐将暑热消弭于无形。

炎热许久，终于能睡一个好觉……


这样雨密风骤，醒来却已是晴好天气。

服侍了玄凌起身穿衣去上朝，复又躺下假寐了一会儿才起来。

晨光熹微如雾，空气中隐约有荷花的芬芳和清新水汽。

门乍开，却见陵容独自站在门外，面色微微绯红，发上沾满晶莹露水，在阳光下璀璨莹亮如同虚幻。

我微觉诧异，道："怎么这样早就过来？身子好了么？"

风吹过，一地的残花落叶，满地鲜艳。浮光蔼蔼，阳光透过树枝斑驳落在陵容身上，如梦如幻一般。

她扬起脸，露出极明媚温婉的笑容，盈盈行了个礼，道："陵容从前一意孤行，如在病中，今日久病初愈，终于神志清明，茅塞顿开。"

我会意微笑，伸手向她："既然病好了，就要常来坐坐。"

她雪白一段藕臂伸向我，微笑道："陵容费了几天工夫才用姐姐赠予的素锦绣成此物，特来拿与姐姐共赏。"

我与她携手进殿，相对而坐。

白若霜雪的素锦上赫然是一树连理而生的桃花，灿若云霞，灼艳辉煌。

陵容低眉浅笑，声如沥珠："妹妹觉得与其绣一只带着昭阳日影的寒鸦，不若绣开在上林苑中的春日桃花，方不辜负这华贵素锦。"

我拔下头上一支金崐点珠桃花簪斜斜插在她光滑扁平的低髻上，轻轻道："桃之夭夭，灼灼其华。妹妹自然是宜室宜家。"


陵容自是着意打扮了一番，一袭透着淡淡绿色的素罗衣裙，长及曳地，只袖口用淡粉丝线绣了几朵精致的小荷，鹅黄丝带束腰，益发显得她的身材纤如柔柳，大有飞燕临风的娇怯之姿。发式亦简单，只是将前鬓秀发中分，再用白玉梳子随意绾于脑后，插上两支碎珠发簪，却有一种清新而淡雅的自然之美。

我亦费心思量衣着，最后择一身茜红色绣春海棠的轻罗纱衣，缠枝花罗的质地，无论从哪个角度看过去，都是玲珑浮凸的浅浅的金银色泽。整个人似笼在艳丽浮云中，华贵无比，只为衬托陵容的"清水出芙蓉，天然去雕饰"。

陵容像二月柔柳上那最温柔的一抹春色，我则是天边夕阳下最绮艳的一带彤云。

艳则艳矣，贵亦无匹，只是在盛暑天气，清新之色总比靡艳更易令人倾心。

这是一个美丽的夏日清晨，凉爽的风遥遥吹拂，微微带来荷叶、芦荻的清香。天空碧蓝澄澈如一方上好的琉璃翠，绵白的云是轻浅的浮梦。

如何看这一切，都是这么美好。

牵着陵容的手顺着游廊一路行去，但见周围俱是游廊曲桥，绘有描金五彩图案，甚是美丽，雕镂隔子浮着碧纱，现下敞开着，四面通风甚是凉爽。翻月湖中，鸳鸯、鹭鸶浴水游乐，满眼望去一个个羽毛丰艳、文采炫耀，只觉炫目缤纷，十分好看。一树木槿临水而立，枝头叶底是深深浅浅的娇艳芬芳。

我低声在她耳边道："若是寻常把你引荐给皇上自然也无不可，只是这样做的话，即使蒙幸皇上也未必会把你放在心上，不过三五日便丢开了，反而误了你。"

陵容手心不住地出汗，滑腻湿冷，只低头看着脚下："姐姐说得是。"

"既然要见，一定要一见倾心。"我看一看碧蓝天色，驻足道，"皇上每日下朝必定会经过此处，时辰差不多了，你放声歌唱便是。"

陵容用力点一点头，紧握我的手，舒展歌喉曼声唱道："劝君莫惜金缕衣，劝君惜取少年时。花开堪折直须折，莫待无花空折枝。"

我拍拍她的手欣喜道："很好。叫人闻之欲醉呢。"

陵容含笑羞赧低头。

忽闻一声散漫："谁在唱歌？"

听见这声音已知不好，转头依足规矩行礼下去："华妃娘娘金安。"陵容久未与华妃交面，一见之下不由得慌了神色，伏地叩首不已。

华妃道一声"起"，目光淡淡扫在我面孔上："甄嬛好何时学会歌唱了？能歌善舞，真叫本宫耳目一新呢。"

我含笑道："娘娘谬赞。嫔妾何来如此歌喉，乃选侍安氏所歌。"

华妃睨了我身旁的陵容一眼，见她低眉垂首而立，突然伸手托起陵容的下巴，双眼微眯："长得倒还不算难看。"

陵容一惊之下不免花容失色，听得华妃如此说才略略镇定。谁知华妃突然发难，呵斥道："大胆！竟敢在御苑唱这些靡靡之音！"

陵容一抖，满面惶恐俯下身去："嫔妾不敢。"

华妃冷冷逼视陵容，想是看着眼生，凝视片刻才道："本宫以为是谁，原来是日前才被皇上宽恕的安比槐的女儿。"带了几分鄙视的神情，"罪臣之女，不闭门思过还在御苑里招摇往来。"一语刚毕，华妃身后的宫女、内监都忍不住掩口笑了起来。

陵容见状不由得气结，几乎要哭出来，竭力咬着下唇忍着道："嫔妾父亲不是罪臣。"

我道："安选侍之父无罪而释，官复原职，并非罪臣。"

华妃微微变色，旋即冷漠："有时候无罪而释并不代表真正无辜，个中因由婕妤应当清楚。"转头向我道："小小选侍不懂规矩也就罢了，怎的婕妤也不晓得教会她礼义廉耻。"

我不由得瞠目结舌，与陵容面面相觑，不知该如何作答，只得道："歌曲而已，怎的关乎礼义廉耻？嫔妾不明，还望娘娘赐教。"

华妃脸上微露得意之色，一双美目盯住我道："怎么婕妤通晓诗书亦有不明的时候么？"我忍住气不发一言，华妃复道，"那么本宫问你，此歌为何人所作？"

"此歌名《金缕衣》，为唐代杜秋娘所作。"

"杜秋娘先为李锜妾，后来李锜谋反被处死，杜秋娘又侍奉唐宪宗召进宫里被封为秋妃，甚为恩宠。既为叛臣家属，又以一身侍两夫。如此不贞不义的女子所作的靡靡之音，竟然还敢在宫中肆无忌惮吟唱。"

陵容听她这样曲解，不住叩首请罪。

我屈一屈膝，道："娘娘所言极是。杜秋娘为叛臣家属也非其心甘情愿，何况入宫后尽心侍奉君上，匡扶朝政，也算将功折罪。穆宗即位后，又命其为皇子傅母，想来也并非一无是处。还望娘娘明鉴。"

华妃轻巧一笑，眸中却是冷冽幽光直刺而来："甄婕妤倒是于言辞事上甚为了得啊。"笑容还未隐去,秀脸一板,口中已蕴了森然怒意,"司马光《家范》①曰,'故妇人专以柔顺为德,不以强辩为美也。'婕妤怎连这妇德也不遵循,强词夺理,语出犯上?"

这一招儿来得凌厉迅疾,额上逼出涔涔冷汗,我道:"嫔妾不敢。"

陵容忙抢在我身前,带着哭腔求道:"甄婕妤不是有心的,还请娘娘恕罪。"

华妃冷冷一哼:"自己犯错还敢为旁人求情,果然姐妹情深。"倏然又笑了起来,笑容艳媚入骨,与她此时的语调极不搭衬,只看得人毛骨悚然,"本宫身为后宫众妃之首,必定竭尽全力,教会两位妹妹应守的规矩。"朝身后道:"来人——"虽然她手中已无协理六宫的权力,但毕竟皇后之下是她位分最尊,却不知她要如何处置我和陵容。

"啪啪"两声击掌,恍若雷电自云中而来。未见其人,声音却先贯入耳中。

"这歌声甚是美妙。"

举目见御用绣金雷纹云龙伞,翠华盖、紫芝盖色彩灼目。玄凌负手立于华妃背后,皇后唇际隐一抹淡淡疏离的微笑,仿若事不关己一般,立于玄凌身边,只冷眼无话,也不知今朝一幕有多少早已落入帝后眼中。

心头一松,欢喜得想要哭出来。

华妃一愣,忙转身过去行礼见驾:"皇上万安。皇后万安。"

地上乌压压跪了一群人,玄凌只作不见,越众而前,一手扶起我,目色温柔:"你甚少穿得这样艳丽。"我起身立于他身旁,报以温柔一笑。

玄凌命华妃等人起身,朝我道:"远远听见有人歌唱,却原来是你在此。"说着睨一眼华妃:"今日天气清爽,御苑里好热闹。"

华妃欲言又止,转而温软道:"皇上下朝了么?累不累?"

① 宋代司马光著有《家范》,他主张女子要读《论语》《孝经》《女诫》《列女传》等书,认为女子"为人妻者,其德有六:一曰柔顺,二曰清洁,三曰不妒,四曰俭约,五曰恭谨,六曰勤劳"。

玄凌却不立即说话，片刻才似笑非笑对华妃道："一大早的，有华卿累么？"

我含笑道："皇上来得好巧，华妃娘娘正与臣妾一同品赏安妹妹的歌呢。"

他挽过我的手"哦"一声，问华妃道："是么？"

华妃正在尴尬，听得玄凌这样问，不觉如释重负，道："是。"勉强笑道，"臣妾觉得安选侍唱得甚好。"

玄凌长眸微睐，俊美的脸庞上忽然微蕴笑意，向陵容温和道："适才朕远远地听得不真切，再唱一次可好？"

我鼓励地看着陵容，她微微吸一口气，重重地点了点头，清了清嗓子复又唱了一遍。

陵容歌喉宛若塘中碧莲，郁郁青青，又似起于青蘋之末的微风，清新醉人。婉转于回肠之内，一折一荡，一音一切，有敲晶破玉之美，好似丝絮袅袅，道是多情，似是无情，仿佛身上三万六千个毛孔全舒展了开来，温温凉凉的说不出地舒服惬意。世间所谓美妙的歌声变得庸俗寻常无比，只有昆山玉碎、香兰泣露才勉强可以比拟。

我在震惊之余不由得感喟无比，这世间竟有这样好的歌声，黄莺般娇脆，流水般柔美，丝缎般光滑，鸽子般温柔，叫人销魂蚀骨，只愿溺在歌声里不想再起。

玄凌神情如痴如醉，华妃在惊异之下脸色难看得如要破裂一般，皇后的惊异只是一瞬间，随后静静微笑不语，仿佛只是在欣赏普通的乐曲，并无任何特别的新意。

我不免暗暗诧异，皇后的定力竟这样好。

一曲三回，渐渐而止。那美妙旋律似乎还凝滞空中回旋缠绕，久久不散。玄凌半晌痴痴凝神，如坠梦中。

皇后轻声唤："皇上。"玄凌只若不闻，皇后复又唤了几声，方才如梦初醒。

我知道，陵容已经做到了，而且，做得十分好，好得出乎意料。

皇后笑意盈盈对玄凌道："安选侍的歌真好，如闻天籁。"

陵容听得皇后夸奖，谢恩过后深深地低下了轻盈的蛾首。玄凌嘱她抬头，目光落在色若流霞的陵容的脸上。

陵容一双秋水盈盈的眸子里流露出混合着不安、羞急与娇怯的光芒。那种娇羞之色，委实令人动心。这种柔弱少女的娇羞和无助，正是玄凌如今身边的后妃所没有的。脉脉含羞的娇靥，楚楚动人的风情，令我心头不禁生出一种异样的感觉。

玄凌的心情很好，好得像今天晴蓝如波的天空。"好个'有花堪折直须折'！"他和颜道，"你叫什么名字？"

陵容惶惑地看我一眼，我微笑示意，她方镇定一些，声细若蚊："安陵容。"

华妃的笑有些僵硬："回答皇上问话时该用'臣妾'二字，方才不算失礼。"

陵容一慌，窘迫地把头垂得更低："是。谢娘娘赐教。"

皇后看着华妃道："看来今后华妃妹妹与安选侍见面的时候很多，妹妹慢慢教导吧，有的是时候。"

华妃目中精光一轮，随即粲然微笑露出洁白牙齿："这个自然。娘娘掌管后宫之事已然千头万绪，臣妾理当为您分忧。"

玄凌只含笑看着陵容，吩咐她起来，道："很好，歌清爽人亦清爽。"

我只默默退开两步，保持着作为嫔妃该有的得体微笑。已经没有我的事了。

华妃随帝后离开，我只推说有些乏了，想要先回去。

玄凌嘱了我好好休息，命侍女好生送我回去。陵容亦想陪我回去。

玄凌与众人前行不过数步，李长小跑过来请了陵容同去。

陵容无奈看我一眼，终于提起裙角疾走上去跟在玄凌身边去了。

我扶了流朱的手慢慢走回去，品儿与晶青尾随身后。流朱问我："小姐要即刻回去么？"

我轻咬下唇，摇摇头，只信步沿着翻月湖慢慢往前走。慢慢地低下头，看见瑰丽的裙角拖曳于地，似天边舒卷流丽的云霞。

裙摆上的胭脂绡绣海棠春睡图，是韶华盛极的无边春色，占尽了天地间所有的春光呵。只是这红与翠、金与银，都似灿烂华美到了顶峰，再无去路。

缺一针少一线都无法成就。我忽发奇想，当锐利的针尖刺破细密光洁的绸缎穿越而过时，绸缎会不会疼痛？它的疼痛，是否就是我此刻的感觉？

举眸见丛丛深红扶桑正开得飒飒如火炬。庭院湖中遍是芙蓉莲花，也许已经不是海棠盛开的季节了……

突然，心中掠过一丝模糊的惊怵，想抓时又说不清楚是什么。几瓣殷红如血的扶桑花瓣飘落在我袖子上。我伸出手轻轻拂去跌落的花瓣，只见自己一双素手皎洁如雪，几瓣扶桑花瓣粘在手上，更是红的红、白的白，格外刺目。

那种惊怵渐渐清晰，如扶桑花的汁液沾染素手，蜿蜒分明。

流朱急起来，拼命用绢子要为我擦拭干净："哎呀，这扶桑花，音同'丧'，意头真不好，小姐快擦干净了。"

一滴泪无声地滑落在手心。

或许，不是泪，只是这个夏日清晨一滴偶然落下的露水，抑或是昨晚不让我惊惧的雷雨夜遗留在今朝阳光下的一滴残积的雨水，濡湿了我此刻空落的心。

我仰起脸，轻轻拭去面颊上的水痕，无声无息地微笑出来。

叁拾　夕颜

如是，陵容的歌声夜夜在水绿南薰殿响起。

无论是谁侍寝，陵容破云穿月的歌声都会照旧回荡在太平行宫之中。

玄凌对她不能不说是宠爱，亦不算宠爱太过。按着有宠嫔妃的规制，循例在侍寝后晋了位分，册的是从六品美人。原本在我和眉庄、淳儿之间，陵容的位分是最低的。如今眉庄被黜降为常在，淳儿亦是常在，陵容的地位就仅在我之下了。

陵容的晋封我自然是高兴的，然而高兴之外有一丝莫名的失落与难受，并不像当时眉庄承宠一般全心全意地欢喜。

或许，只是为那一幅偶然见到的寒鸦图——前人总说"玉颜不及寒鸦色，犹带昭阳日影来"，这样淡淡的自怨自艾与羡慕……

它让我下定决心扶持陵容，但是，我的心里亦存下分毫芥蒂。

可是这样的深宫里，又是陵容这样的身世处境，自怜也在情理之中，不禁自嘲真不是个宽容大度的人，连陵容这样亲近的密友姐妹亦会猜疑。

甄嬛啊甄嬛，难道你忘了同住甄府相亲相近的日子了么？

稍稍释然。

陵容的承宠在后宫诸人眼中看来更像是第二个妙音娘子，出身不高，容貌清丽，以歌喉获宠。然而陵容温顺静默，不仅事上柔顺，对待诸妃亦谨婉，并无半分昔日妙音娘子的骄矜。不仅皇后对她满意，连玄凌也赞其和顺谦畏。

陵容对我一如既往地好，或者说，是更好。每日从皇后处请安回来必到我的宜芙馆闲坐，态度亲密和顺。

对玄凌的宠幸，陵容似乎不能做到如鱼得水，游刃有余，总是怯生生的样子，小心翼翼应对，叫人心生怜惜。

陵容曾泪眼迷蒙执了我的衣袖道："姐姐怪陵容么？陵容不是有心争宠的。"

我停下修剪瓶中花枝的手，含笑看向她："怎会？你有今日，我高兴还来不及。是我一力促成的，我怎有怪责之意。"

陵容呜咽，目光恳切："若使姐姐有丝毫不快，陵容必不再见皇上。"

我本不想说什么，她这样说反倒叫我更不能说什么，只笑语："快别这样说，像小孩子家的赌气话。怎么说我也算半个媒人，怎的新娘要为了媒婆不见新郎的面呢。"

陵容方才破涕为笑，神气认真："姐姐怎么取笑我？只要姐姐不怪我就好。"说话间腰肢微动，头上曳翠鸣珠的玉搔头和黄金璎珞随着她的动作在乌黑云髻间划出华丽如朝露晨光般的光芒。

我只微笑，手把了手教她怎样用花草枝叶插出最好看的式样。

心中暗想，玄凌对陵容的确是不错。陵容的居室自然搬离了原处，迁居到翻月湖边的精致楼阁"繁英阁"中，分例的宫女、内监自不必说，连赏赐亦是隔三岔五就下来，十分丰厚。有陵容的得宠，又有皇后暗中相助，华妃虽是咬牙切齿却也无可奈何，对我就更多了三分忌惮。我总算稍稍安心，一心为眉庄筹谋。

日子维持着表面的风平浪静，一如既往地过下去。

自从陵容得宠，她的动人歌声勾起了玄凌对歌舞的热爱，于是夜宴狂欢便常常在行宫内举行，而宴会之后玄凌亦歇在陵容的繁英阁。

自我进宫以来从未见玄凌如此沉迷歌舞欢宴，不免有几分疑惑。然而，听皇后私下聊起，玄凌曾经也甚爱此类歌舞欢会，只是纯元皇后仙逝后便甚少这样热闹了。

皇后对陵容为玄凌带来的笑容与欢乐似乎不置可否，说话的时候神气和靖，垂下眼帘，长长的睫毛如寒鸦的飞翅，在眼下覆上了青色的阴影，只专心抱着一只名叫"松子"的五花狸猫逗弄。这只狸猫是汨罗国进贡的稀罕动物，毛色五花，花色均匀，毛更是油光水滑，如一匹上好的缎子。脸上灰黑花纹相间，活像老虎脸上的花纹，一双绿幽幽的虎形眼炯炯有神。更难得的是性情被驯服得极其温顺，皇后很是喜欢，尝言"虎形猫性，独擅人心"，除了吃睡，几乎时刻抱在怀中。

皇后纤纤十指上苍白如莲的指甲染就了鲜艳的绯红，宛若唇上精心描绘的一点胭脂，出入在狸猫的毛色间分外醒目。她抬头看我，道："你过来抱一抱松子，它很是乖巧呢。"我的笑容有些迟疑，只不敢伸手。皇后随即一笑，恍然道："本宫忘了你怕猫。"

我赔笑道："皇后关怀臣妾，这等微末小事也放在心上呢。"

皇后把狸猫交到身边的宫女手中，含笑道："其实本宫虽然喜欢它，却也时时处处小心，毕竟是畜生，万一不小心被它咬着伤了自己就不好了。"

我低眉含笑道："皇后多虑了。松子是您一手抚养，很是温驯呢。"

"是么？"皇后抚抚袖子上繁复的绣花，似笑非笑道，"人心难测，何况是畜类，越是亲近温驯，越容易不留神呢。"

皇后话中有话，我只作不懂。皇后也不再说下去，只笑："华妃似乎很不喜欢安美人。"

听闻华妃在背后很是愤愤，唾弃陵容为红颜祸水，致使皇上沉迷声色。玄凌辗转听到华妃言语倒也不生气，只道"妇人醋气"一笑置之，随后每每宴会都携了她一起，陵容更是谦卑，反让华妃一腔怒气无处可泄。

是夜，宫中如常举行夜宴，王公贵胄皆携了眷属而来，觥筹交错，山呼万岁。

繁华盛世，纸醉金迷。

李长轻轻击击了双掌，大厅之内丝竹声悠然响起，一群近百个姿容俏丽，垂着燕尾平髻，穿着透明轻薄衣料的歌舞姬，翩翩若飞鸟舞进殿内，载歌载舞。每一个都有着极妩媚的容颜，用极婀娜的身姿，如蝶飘舞。一双双白玉般的手臂在丝弦的柔靡之音中，不断变幻着做出各种曼妙的姿态，叫人神为之夺。层层娇娘的行列，望之顿生如波的浩荡，却也如波的娇柔。

皇后与华妃分坐玄凌身侧，我与陵容相对而坐陪在下手。

对面的陵容，容色清秀，眉眼精致，蝶练纱的荔枝红襦裙，石青的宫绦系出似柳腰肢，如墨青丝上珠玉闪烁，掩唇一笑间幽妍清倩，不免感叹盛妆之下的陵容虽非天姿绝色，却也有着平时没有的娇娜。

陵容缓缓在杯中斟满酒，徐步上前奉与玄凌。

玄凌含笑接过一饮而尽。华妃冷冷一笑只作不见。

恬贵人柔和微笑道："安美人殷勤，咱们做姐姐的倒是疏忽了。实在感愧。"

陵容红了脸色不语，忙告退了下去。

玄凌向恬贵人道："将你面前的果子取来给朕。"

恬贵人一喜，柔顺道："是。"复又浅笑，"皇上也有，怎的非要臣妾的？"

玄凌微晒："朕瞧你有果也不顾着吃果子反爱说话，不若拿了你的果子给朕，免得白白放着了。"

恬贵人面红耳赤，不想一句话惹来玄凌如此讥诮，一时愣愣，片刻方才勉强笑道:"皇上最爱与臣妾说笑。"说罢讪讪不敢再多嘴。

锦帘轻垂飞扬,酒香与女子的脂粉熏香缠绕出暧昧而迷醉的意味。

似若无意轻轻用檀香熏过的团扇掩在鼻端,遮住自己嘴角淡淡一抹冷笑。

陵容这着棋果然不错,甚得玄凌关爱。然而……

殿外几株花树在最后一抹夕阳的映照下如火如荼、如丹如霞,花枝斜出横逸,在微风中轻轻摇曳,映在那华美的窗纱上,让人不知今夕何夕。

我忽然觉着,这昌平欢笑、绮靡繁华竟不如窗外一抹霞色动人。

趁着无人注意,借更衣之名悄悄退将出来。

月光莹白若破冰灿水,花香四溢的御苑便笼罩在一片银色的光晕中。

已是七月末的时候,夜渐渐不复暑热,初有凉意。镶着珍珠的软底绣鞋踏在九转回廊的石板上,连着裙裾声音,沙沙轻响。

走得远了,独自步上桐花高台。

台名桐花,供人登高远望,以候四时。取其"桐花万里路,连朝语不息"[①]之意。

梧桐,本是最贞节恩爱的树木。

昔日舒贵妃得幸于先皇隆庆帝,二人情意深笃。奈何隆庆帝嫡母昭宪太后不满于舒贵妃招人非议的出身,不许其在紫奥城册封。隆庆帝便召集国中能工巧匠,在太平行宫筑桐花台迎接舒贵妃入宫行册封嘉礼。直至昭宪太后薨逝,舒妃诞下六皇子玄清,才在紫奥城中加封为贵妃。

偶尔翻阅《周史》,史书上对这位出身让人诟病却与帝王成就一世恩爱的传奇般的妃子的记载只有寥寥数句话,云:"妃阮氏,知事平章阮延年女,年十七入侍,帝眷之特厚,宠冠六宫,初立为妃,赐号舒,十年十月生皇子清,晋贵妃,行册立礼,颁赦。仪制同后。帝薨,妃自请出居道家。"

---

① 出自唐代李商隐的:"桐花万里丹山路,雏凤清于老凤声。"胡兰成将其改写为"桐花万里路,连朝语不息",用来描述情人之间的恩爱与亲密。

不过寥寥几笔，已是一个女子的一生。然而，先帝对她的宠爱却在桐花台上彰显一角。

桐花台高三丈九尺，皆以白玉石铺就，琼楼玉宇，栋梁光华，照耀瑞彩。台边缘植嘉木棠棣与梧桐，繁荫盛然。遥想当年春夏之际，花开或雅洁若雪，或轻紫如雾，花繁秾艳，暗香清逸。舒贵妃与先帝相拥赏花，呢喃密语，是何等旖旎曼妙的风光。

我暗暗喟叹，"桐花万里路，连朝语不息"，是怎样的恩爱，怎样的浓情蜜意。

大周四朝天子，穷其一生只钟爱一妃的只有隆庆帝一人。然而，若帝王只钟情一人，恐怕也是后宫与朝廷纷乱迭起的根源吧。

也许帝王注定是要雨露均沾施于六宫粉黛的吧。

凄楚一笑，既然我明了如斯，何必又要徒增伤感。

斯人已去，当今太后意指桐花台太过奢靡，不利于国，渐渐也荒废了。加之此台地势颇高，又偏僻，平日甚少有人来。连负责洒扫的宫女、内监也偷懒，扶手与台阶上积了厚厚的落叶与尘灰，空阔的台面上杂草遍生，当日高华树木萎靡，满地杂草野花却是欣欣向荣，生机勃勃。

我黯然，再美再好的情事，也不过浮云一瞬间。

清冷月光下见台角有小小繁茂白花盛放，藤蔓青碧葳蕤，蜿蜒可爱。花枝纤细如女子月眉，花朵悄然含英，素白无芬，单薄花瓣上犹自带着纯净露珠，娇嫩不堪一握，不由得心生怜爱，小心翼翼伸手抚摸。

忽而一个清朗声音徐徐来自身后："你不晓得这是什么花么？"

心底悚然一惊：此地偏僻荒凉，怎的有男子声音突然出现？而他何时走近，我竟丝毫不觉。强自按捺住惊恐之意，转身厉声喝道："谁？"

看清了来人才略略放下心来，自知失礼，微觉窘迫。他却不疾不徐含笑看我："怎么婕妤每次看到小王都要问是谁？看来的确是小王长相让人难以有深刻印象。"

我欠一欠身道："王爷每次都爱在人身后突然出现，难免叫人惊惶。"

他微笑："是婕妤走至小王身前而未发觉小王，实在并非小王爱藏身婕妤身后。"

脸上微微发烫，桐花台树木葱郁，或许是我没发觉他早已到来。

"王爷怎不早早出声，嫔妾失礼了。"

他如月光般的目光在我脸上微微一转："小王见婕妤今日大有愁态，不似往日，所以不敢冒昧惊扰。不想还是吓着婕妤，实非玄清所愿。"他语气恳切，并不似上次那样轻薄。月光清淡，落在他眉宇间隐有忧伤神色。

我暗暗诧异，却不动声色，道："只是薄醉，谢王爷关怀。"

他似洞穿我隐秘的哀伤，却含一缕淡薄如雾的微笑不来揭穿，只说："婕妤似乎很喜欢台角小花。"

"确实。只是在宫中甚少见此花，很是别致。"

他缓步过去，伸手拈一朵在指间轻嗅："这花名叫'夕颜'①，的确不该是宫中所有，薄命之花宫中的人是不会栽植的。"

我微觉惊讶："花朵亦有薄命之说么？嫔妾以为只有女子才堪称薄命。"

他略略凝神，似有所思，不过须臾浅笑向我："人云此花卑贱只开墙角，黄昏盛开，翌朝凋谢。悄然含英，又阒然零落无人欣赏。故有此说。"

我亦微笑："如此便算薄命么？嫔妾倒觉得此花甚是与众不同。夕颜？"

"是夕阳下美好容颜的意思吧。"话音刚落，听他与我异口同声说来，不觉微笑，"王爷也是这么觉得？"

今晚的玄清与前次判若两人，静谧而安详地立丁夏夜月光花香之中，声音清越。我也渐渐放松了下来，伸手拂了一下被风吹起的鬓发。

他的手扶在玉栏上，月下的太平行宫，万余灯盏，珠罩闪耀，流苏宝带，交映璀璨。说不尽那"光摇朱户金铺地，雪照琼窗玉作宫"。

---

① 夕颜：葫芦或者瓠子的花，多开在墙边角落，夕开朝谢，传说为薄命花。

只觉得那富贵繁华离我那样远，眼前只余那一丛小小夕颜白花悄然盛放。

"听闻这几日夜宴上坐于皇兄身畔歌唱的安美人是婕妤引荐的。"他看着我，只是轻轻地笑着，唇角勾勒出一朵笑纹，清冷得让人觉得凄凉，"婕妤伤感是否为她？"

心里微微一沉，不觉退开一步，发上别着的一支金镶玉双双蝶翅步摇震颤不已，冰凉的须翅和圆润珠珞一下一下轻轻碰触额角，颊上浮起疏离的微笑："王爷说笑了。"

他微微叹息，目光转向别处："婕妤可听过集宠于一身亦同集怨于一身？帝王恩宠太盛则如置于炭火之上，亦是十分辛苦。"

我垂下头，心底渐起凉意，口中说："王爷今日似乎十分感慨。"

他缓缓道："其实有人分宠亦是好事，若集三千宠爱于一身而成为六宫怨望所在，玄清真当为婕妤一哭。"

我低头思索，心中感激向他致意："多谢王爷。"

"其实婕妤冰雪聪明，小王的话也是多余。只是小王冷眼旁观，婕妤心境似有走入迷局之象。"

我垂下眼睑，他竟这样体察入微，凄微一笑："王爷之言嫔妾明白。"

他的手抚在腰间长笛上，光影疏微，长笛泛起幽幽光泽："婕妤对皇兄有情吧？"我脸上微微一红，还不及说话，他已说下去，"皇兄是一国之君，有些事也是无奈，还请婕妤体谅皇兄。"他悠悠一叹，复有明朗微笑绽放唇际，"其实清很庆幸自己并非帝王之身，许多无奈烦扰可以不必牵萦于身。"

我忍俊不禁："譬如可以多娶自己喜欢的妻妾而非受政事影响。"我复笑，"王爷美名遍天下，恐怕是很多女子的春闺梦里人呢。"

他哑然失笑，金冠上翅须点点晃动如波光，继而肃然，道："清只望有一心人可以相伴，不求娇妻美妾如云。"见我举袖掩住笑容，道，"婕妤不信清所言？清私以为若多娶妻妾只会使其相争，若真心对待一人必定要不使其伤心。"

我闻言微微黯然失神，他见状道："不知为何，对着婕妤竟说了许多不会对别人说的胡话。婕妤勿放在心上。"

我正色道："果如王爷所言，乃是将来六王妃之幸。嫔妾必当祝福。"略停一停，"今日王爷所言对嫔妾实有裨益，嫔妾铭记于心。"

他俊秀的面容上笼上了一层薄薄的笑容，带着淡淡的若有若无的忧郁，瞬间，像忽然吹起的风，像秋末鸳鸯瓦上一层似冷霜的雪，带了种无法形容的黯然神伤的气质。

"婕妤不必致谢。其实清身为局外之人实是无须多言，只是不希望皇兄太过宠爱婕妤而使婕妤终有一日步上清母妃的后尘，长伴青灯古佛之侧。"他的目光迷离，仿佛看着很远的地方，背影微微地，有如荡漾的水波毂动。

我说不出安慰的话，突然被他深藏的痛苦击中，身上激灵灵一凉——原来，这其中曲折多端。舒贵妃似乎并非自愿出家呢，即使身负帝王三千宠爱，也保不住他身后自己的安全。

宫闱女子斗争，不管你曾经有过多少恩宠，依旧是一朝定荣辱，成王败寇。

然而，前尘旧事，知道得多于我并无半分益处。

我走近一步，轻声道："王爷，若哀思过度，舒太妃知道恐怕在佛前亦不能安心。请顾念太妃之心。"

月光照射在玄清翩然衣袂上，他静默，我亦静默。风声在树叶间无拘穿过，簌簌入耳。

瞬间相对而视，忽然想起一个曾经看到过的词——温润如玉，不错，便是温润如玉。

只那么一瞬间，我已觉得不妥，转头看着别处。台上清风徐来，鬓发被吹得丝丝飘飞，也把他碧水色青衫吹得微微作响。夜来湿润的空气抚慰着清凉的肌肤，我慢慢咀嚼他话中的深意。

良久，他语气迟迟如迷蒙的雾："夕颜，是只开一夜的花呢，就如同不能见光、不为世人所接受的情事吧。"

内心颇惊动，隐隐不安。银线绣了莲花的袖边一点凉一点暖地拂在手臂上，我说不出话来。

宫闱旧事，实在不是我该知道的。然而，舒贵妃与先帝的情事世人皆知，冒天下之大不韪的爱情想来也是伤感而坚持的吧。

不知玄凌对我之情可有先帝对舒贵妃的一分？

抬头见月又向西偏移几分，我提起裙角告辞："出来许久，恐怕宫女已在寻找，嫔妾先告辞了。"

走开两步，听他道："前次唐突婕妤，清特致歉。"他的声音渐渐低下去，"温宜生辰那日是十年前母妃出宫之日。清一时放浪形骸，不能自持，失仪了。"

心里有模糊的丝丝温暖，回首微笑："不知王爷说的是何时的事，嫔妾已经不记得了。"

他闻言微微一愣，微笑在月色下渐渐欢畅："喏！清亦不记得了。"

杨妃色曳地长裙如浮云轻轻拂过蒙尘的玉阶。我踏着满地轻浅月华徐徐下台，身后他略带忧伤的吟叹隐约传来，不知叹的是我，还是在思念他的母妃。

白露濡兮夕颜丽，花因水光添幽香，疑是若人兮含情睇，夕颜华兮芳馥馥，薄暮昏暗总朦胧，如何窥得兮真面目。[1]

夕颜，那是种美丽忧伤的花朵，有雪一般的令人心碎的清丽和易逝。

这是个溅起哀伤的夜晚，我遇见了一个和我一样心怀伤感的人。

我低低叹息，这炎夏竟那么快就要过去了呢，转眼秋要来了。

---

[1]　出自日本平安时代紫式部《源氏语物》。

叁壹 | 温宜

悄然回到宴上，歌舞升平，一地浓醉如梦。每个人都沉浸在自己的专注里，浣碧悄声在我耳边忧心道："小姐去了哪里？也不让奴婢跟着，有事可怎么好。"

我道："我可不是好好的，只是在外面走走。"

浣碧道："小姐没事就好。"

陵容一曲清歌唱毕，玄凌向我道："什么事出去了这样久？"

"臣妾不胜酒力，出去透了透风。"我微笑，"臣妾看见一种叫夕颜的花，一时贪看住了。"

他茫然："夕颜？那是什么花？"复又笑着对我说，"庭院中紫薇开得甚好，朕已命人搬了几盆去你的宜芙馆。唔，是紫薇盛放的时节了呢。"

我欠身谢恩。

紫薇，紫薇，花色紫红婀娜，灿然多姿。可是眼下，却是小小夕颜称我的心情。

曹婕妤含笑道："皇上对甄婕妤很好呢。"

我淡然一笑："皇上对六宫一视同仁，对姐姐也很好啊。"

曹婕妤婉转目视玄凌，目似含情脉脉："皇上雨露均沾，后宫上至皇后下至臣妾同被恩泽。"曹婕妤向玄凌举杯，先饮助兴，赢得满堂喝彩。

她取手绢轻拭唇角，忽而有宫女神色慌张走至她身旁，低声耳语几句。曹婕妤脸色一变，起身匆忙告辞。玄凌止住她问："什么事这样惊惶？"

她勉强微笑："侍女来报说温宜又吐奶了。"

玄凌面色掠过焦急："太医来瞧过吗？"

"是。"曹婕妤答，"说是温宜胎里带的弱症，加上时气溽热才会这样。"说着眼角微现泪光，"原本已经见好，不知今日为何反复。"

玄凌听完已起身向外出去，曹婕妤与皇后、华妃匆匆跟在身后奔了出去，只余众人在当地，旋即也就散了。

陵容出来与我一同回宫。

她低了头慢慢思索了一会儿道："姐姐不觉得有些蹊跷吗？"

"你说来听听。"

"吐奶是婴儿常有之事，为何温宜帝姬这样反复。若是说溽热，温宜帝姬和曹婕妤居住的烟爽斋是近水之处啊。"

我心中暗暗称是，道："温宜帝姬已满周岁，似乎从前并未听说过有吐奶的症状，的确来势突然。"

"不过，"陵容微微一笑，又道，"或许只是婴儿常见症状，好好照顾便会好转吧。"

我淡淡道："但愿曹婕妤与华妃能好好照顾帝姬。"

陵容垂目，面有戚戚之色："为一己荣宠，身为母妃这样也未免太狠心。"

心底不免怜惜小小粉团样可爱的温宜，不知此时正在身受如何苦楚，我摇头轻声道："不要再说了。"

心下交杂着复杂难言的恐惧和伤感。听宫中老宫人说，先朝怀炀帝的景妃为争宠常暗中掐褴褓幼子身体，使其哭闹引起皇帝注意，后来事发终被贬入冷宫囚禁。

母亲原本是世间最温柔慈祥的女人，在这深宫之中也被深深扭曲了，成为为了荣宠不惜视儿女为利器的蛇蝎。

自己的儿女尚且如此，难怪历代为争储位而视他人之子如仇雠的比比皆是，血腥杀戮中通往帝王宝座的路途何其可怖。

我下意识地抚摸平坦的小腹，渐渐后悔当时不该为了避宠而服食阴寒药物，如今依旧无怀孕征兆，恐怕要生育也是极困难的事了。然而若要生子，难免又要与人一番恶斗纠缠。虑及心中所想，我实在笑不出来，勉强转了话题对陵容道："只怕今晚有许多人难以入眠了。"

陵容甜笑依旧："难说，怕不只是今晚而已。"

一语中的，玄凌在曹婕好处宿了一晚之后便接连两日宿在华妃处，连温宜帝姬也被抱在华妃宫中照料。宫中人皆赞华妃思过之后开始变得贤德。

皇后对此只作不晓，她在抱着松子和我对弈时淡漠道："华妃日渐聪明了呢，晓得假借人手了。"

我落下一子，浅浅笑："皇后娘娘能洞穿华妃伎俩，可见她的功夫不能与娘娘您相抗衡，也算不得多聪明。"

皇后妙目微合，露出满意的笑容。怀中松子"喵呜"一声，目中绿光骤亮，轻巧跳了下去，扑向花盆边一个绒毛球。它去势凌厉，将绒毛球扑在爪下扯个稀烂，抛在一边，复又露出温顺优雅的微笑。

我忍住心中对松子的厌恶与害怕，转头不去看它。

皇后停下手谈，静静看着这一过程，微笑道："这东西也知道扑球了。"

然而温宜帝姬吐奶的情形并没有好转。

次日清晨跟随皇后与众人一同去探望温宜帝姬。平日富丽堂皇的慎德堂似乎被愁云笼罩，曹婕妤双目红肿，华妃与玄凌也是愁眉不展，太医畏畏缩缩站立一旁。

温宜似乎刚睡醒，双眼还睁不开，精神似乎委顿。

保姆抱着轻轻哄了一阵，曹婕妤又拿了花鼓逗她玩。华妃在一旁殷勤道："前几天进的马蹄羹本宫瞧帝姬吃着还香，不如再去做些来吃，大家也好一起尝一尝。"

玄凌道："也好，朕也有点儿饿了。"

不过一会儿，马蹄羹就端了上来。

其实是很简单的一道甜点，用马蹄粉加绵糖和滚水煮至雪白半透明状，再加些蜜瓜、桃子和西瓜的果肉进去，很是开胃。

温宜尚且年幼，她那碗中就没放瓜果，曹婕妤一勺一勺小心地喂到保姆怀中的温宜的口中，不时拿绢子擦拭她口角流下的涎水。见到帝姬吃得香甜，曹婕妤疲倦面容上露出温柔笑颜。

我与陵容对视一眼，暗道如此温柔细心的母亲，应该不会为争宠而对亲生孩子下手，未免是我与陵容多心了。

皇后见状微笑道："本宫瞧帝姬吃着香甜，看来很快就会好了。"

曹婕妤闻言显出感激的神色，道："多谢皇后关怀。"

才喂了几口，乳母上前道："小主，到给帝姬喂奶的时候了。"说着抱过温宜侧身给她喂奶。

小小一个孩子，乳母才喂完奶汁，不过片刻就见乳白奶汁从口中吐出，很快鼻中也如泉涌般喷泻而出，似一道小小的白虹，连适才吃下的马蹄羹也一同吐了出来。温宜小而软的身子承受不住，几乎要窒息一般战栗，呛得啼哭不止，一张小脸憋得青紫。曹婕妤再忍不住，"哇"的一声哭了出来，从乳母手中抢过孩子，竖抱起来将脸颊贴在温宜的小脸上，手势温柔轻拍她的后背。

华妃亦流泪，伸手要去抱温宜。曹婕妤略略一愣，并没有立即放手，大有不舍之意。华妃这才悻悻放手。

一时间人仰马翻。

玄凌听得女儿啼哭登时大怒，上前两步指着太医道："这是怎么回事，治了三天也不见好，还更加厉害了！"

太医见龙颜震怒，吓得慌忙跪在地上砰砰叩首道："微臣……微臣也实在是不知。照理来说，婴儿吐奶大多发生在出生一两月间，因幽门细窄所致。如今帝姬已满周岁……"他使劲拿袖子擦拭额上汗水。

玄凌怒喝："废物！无用的东西！连婴孩吐奶也治不好。"

皇后忙劝慰道："皇上勿要生气，以免气伤身子反而不好。让太医细细察看才是。"

太医连连磕头称是，想了片刻道："微臣反复思量，恐是帝姬肠胃不好所致，想是服食了伤胃的东西。微臣想检看一下从帝姬吐奶严重之日起至今吃过的东西。"

玄凌不假思索道："好。"


紫檀木长桌上一一罗列开婴儿的食物，太医一道道检查过去并无异样，脸色越来越灰暗，如果食物也没有问题的话，就只能说明他这个太医医术不精，恐怕不只是从太医院离职那么简单了。

众人站在皇后身后，一时间难免窃窃私语。

直至太医端起刚才温宜吃了一半的马蹄羹仔细看了半晌，忽然焦黄面上绽露一丝欢喜神色，瞬间凝重脸色立即跪下道："微臣觉得这羹有些毛病，为求慎重，请皇上传御膳房尝膳的公公来一同分辨。"

玄凌闻得此话脸色就沉了下去，轩轩眉道："去传御膳房的张有禄来。"

不过片刻张有禄就到了，用清水漱了口，先用银针试了无毒，才用勺子舀一口慢慢品过。只见他眉头微蹙，又舀了一勺尝过，回禀道："此马蹄羹无毒，只是并非只用马蹄粉做成，里面掺了木薯粉。"

玄凌皱眉道："木薯粉，那是什么东西？"

太医在一旁答道："木薯又称树薯、树番薯、木番薯，属大戟科，木薯为学名，是南洋进贡的特产，我朝并无出产。木薯磨粉可做点心，只是根叶有毒，须小心处理。"

皇后惊愕道："你的意思是有人下毒？"

太医摇头道："木薯粉一般无毒，只是婴儿肠胃娇嫩，木薯粉吃下会刺激肠胃导致呕吐或吐奶，长久以往会虚弱而亡。"又补充道，"木薯粉与马蹄粉颜色形状皆相似，混在一起也不易发觉。"

刚吃过马蹄羹的妃嫔登时惊惶失措，作势欲呕，几个沉不住气的呜呜咽咽地就哭出来了。

太医忙道："各位娘娘、小主请先勿惊慌。微臣敢断定这木薯粉无毒，用量也只会刺激婴儿肠胃，对成人是起不了作用的。"众人这才放心。

玄凌脸色铁青："御膳房是怎么做事的，连这个也会弄错？"

张有禄磕头不敢言语，华妃道："御膳房精于此道，决计不会弄错，看来是有人故意为之。"

玄凌大怒："好阴毒的手段，要置朕的幼女于死地么？"

众人面面相觑，一时间谁也不敢多言。

曹婕妤悲不自禁，垂泪委屈道："臣妾无德，若有失德之处还请上天垂怜放过温宜，臣妾身为其母愿接受任何天谴。"

华妃冷笑一声，拉起她道："求上天又有何用，只怕是有人捣鬼，存心与你母女过不去！"说罢屈膝向玄凌道："请皇上垂怜曹婕妤母女，彻查此事，也好肃清宫闱。"

玄凌眼中冷光一闪，道："查！立即彻查！"

此语一出，还有谁敢不利索办事。很快查出马蹄羹的服用始于温宜严重吐奶那晚，也就是夜宴当日。而温宜这几日都服用此羹，可见问题的确是出于混在羹中的木薯粉上。

当御膳房总管内监查阅完领用木薯粉的妃嫔宫院后，面色变得苍白为难，说话也吞吞吐吐，终于道："只有甄婕妤的宜芙馆曾经派人在四日前来领过木薯粉，说要做珍珠圆子，此外再无旁人。"

众人的目光霎时落在我身上，周围鸦雀无声。

我忽觉耳边轰然一响，愕然抬头，知道不好，只是问心无愧，也不去理会别人，只依礼站着，道："四日前，臣妾因想吃马蹄糕就让侍女浣碧去领取，她回来时也的确带了木薯粉要为臣妾制珍珠圆子。"

"那么敢问婕妤，木薯粉还在么？"

略一迟疑，心想隐瞒终究是不好，遂坦然道："想必还没有用完。"

玄凌追问道："只有甄婕妤宫里有人领过，再无旁人么？"

内监不敢迟疑，道："是。"

玄凌的目光有意无意扫过我的脸庞，淡淡道："这也不能证明是甄婕妤做的。"

忽然宫女中有一人跪下道："那日夜宴，甄婕妤曾独自外出，奴婢见小主似乎往烟爽斋方向去了。"

玄凌骤然举眸，对那宫女道："你是亲眼所见么？"

那宫女恭谨道："是，奴婢亲眼所见，千真万确。"

又一宫女下跪道："小主独自一人，并未带任何人。"

矛头直逼向我，言之凿凿，似乎的确是我在马蹄粉中投下了木薯粉加害温宜。

冯淑仪惊疑道："若此羹中真混有木薯粉，刚才甄婕妤也一同吃了呀，只怕其中有什么误会吧？"

悫妃不屑道："方才太医不是说了吗，这么一点是吃不死人的哪。她若不吃……哼！"冯淑仪略显失望，无奈看我一眼。

华妃冷眼看我，道："还不跪下么？"

曹婕妤走至我身畔，哭泣道："姐姐为人处世或许有失检点，无意得罪了婕妤。上次在水绿南薰殿一事，姐姐只是一时口快，并不是有意要引起皇上与妹妹的误会。若果真因此事而见罪于婕妤，婕妤可以打我骂我，但请不要为难我的温宜，她还是褓褓婴儿啊。"说着就要向我屈膝。

我一把扯住她，道："曹姐姐何必如此说，妹妹从未觉得姐姐有何处得罪于我。水绿南薰殿一事姐姐也不曾让我与皇上有所误会，又何来记恨见罪一说。"我顿一顿，反问道，"难道是姐姐认为自己做了什么对不住妹妹的事么，妹妹竟不觉得。"

曹婕妤一时说不出话来，只拉着我的袖子哀哭不已。

皇后道："曹婕妤你这是做什么，事情还未查清楚，这样哭哭啼啼成何体统。"

华妃出声道："本宫看并非没有查清楚，而是再清楚不过了。皇后这样说恐怕有蓄意袒护甄婕妤之嫌？"

华妃这样出言不逊，皇后并不生气，只徐徐道："华妃，你这是对本宫说话该有的礼数么，还是仅以妃位就目无本宫？"

华妃脸色也不好看，倔强道："臣妾并非有意冒犯，只是怜惜帝姬所受之苦，为曹婕妤不平。"说着向玄凌道："还请皇上做主。"

玄凌道："纵然关怀温宜帝姬也需尊重皇后，毕竟她才是后宫之主。"言毕看我："你要说什么尽管说。"

我缓缓跪下，只仰头看着他，面容平静道："臣妾没有做这样的事，亦不会去做这样的事。"

"那么，那晚你是独自出去，去了烟爽斋么？"

"臣妾的确经烟爽斋外，但并未进去。"

华妃漠然道："当日宫中夜宴，烟爽斋中宫女、内监大多随侍在扶荔殿外，所余的仆妇也偷闲，多在聚酒打盹儿，想来无人会注意你是否进入烟爽斋厨房。但是宫中除御膳房外，只有你宜芙馆有木薯粉一物，而且有宫女目睹你去往烟爽斋方向，你去之后帝姬就开始发作，恐怕不是'巧合'二字就能搪塞得过去的吧。"

我不理会她，只注视着玄凌神色，道："虽然事事指向臣妾，但臣妾的确没有做过。"

华妃冷冷道："事到如今，砌词狡辩也是无用。"

我道："华妃娘娘硬要指责臣妾，臣妾亦无话可说，只求皇上皇后明鉴。臣妾绝非这等蛇蝎心肠的人。"说罢俯首以额触碰光洁坚硬的地面。

玄凌道："你且抬头。你既然说没有，那么那晚你离席之后，可有遇见什么人可以证明你没有进入烟爽斋，也就可证明与此事无干。"

心念一动，几乎要脱口而出那晚遇见玄清的事。抬头陡然看见曹琴默伤心面容，水绿南薰殿一事汹涌奔上心头。喉头一哽，又见玄凌目光中隐然可见的关怀与信任，若他不相信我不想维护我，大可把我发落至宫狱慢慢审问，或是如眉庄一般囚禁起来加以惩治。

若是让玄凌知道我与其他男子单独说话，虽然那人是他弟弟，恐怕也是不妙，何况玄凌必要问我与玄清说了什么。我与玄清的话或多或少涉及当年宫中舒贵妃与先帝的旧事，倘若被有心的人听去传到太后耳中，只怕更是尴尬，再召玄清来对质的话岂非闹得宫内宫外尽人皆知，于我和玄清都是有百害而无一利。

况且玄凌曾因曹琴默几句挑拨而疑心过我当日仰慕的是玄清，再提旧事只会失去玄凌对我的信任。而他对我的信任是我唯一可以保全自己和脱罪的后盾，一旦失去，华妃的欲加之罪也会被坐实为我真正的罪名，到时才是真正的悲惨境地。

转瞬间脑海中已转过这无数念头，于是决定缄口不语，俯首道："臣妾并没有遇见什么人，但不知还有谁看见臣妾并未进入烟爽斋。"说着——目视周围的嫔妃、宫女。

却见陵容自人群中奔出，至我身边跪下，泫然对玄凌道："臣妾愿以自身性命为甄婕妤担保，婕妤绝不会做出如此伤天害理的事情。"说罢叩首不已。

一旁恬贵人露出厌弃的神色，小声咕哝："一丘之貉。"

皇后温言道："安美人你先起来，此事本宫与皇上自会秉公处理。本宫也相信甄婕妤是皇上身边知书达理第一人，不致如此。"

华妃道："知人知面不知心，皇后娘娘切勿被人蒙蔽才好。"说着睨我一眼。

此刻皇后已没有平时对华妃的宽和忍让，针锋相对道："本宫看并非本宫受人蒙蔽，倒似华妃先入为主太过武断了。"

玄凌森然道："朕要问话，你们的话比谁都多，一个个都出去了才清净！"

见玄凌如此态度，皇后当即请罪，众妃与宫人也纷纷跪下请求玄凌息怒。

玄凌向我道："你再好好想想，若想到有谁可以证明你并没有去过烟爽斋的就告诉朕。"

双膝在坚硬的大理石地板上跪得生疼，像是有小虫子一口一口顺着小腿肚慢慢地咬上来。地面光滑如一面乌镜，几乎可以照见我因久跪而发白的面孔。汗珠随着鬓角发丝"滴答"轻响滑落于地，溅成不规则的圆形。

我再三回想，终于还是摇头。我知道玄凌一意想要帮我，可是我若以身边宫女为我佐证，只怕也会让人说她们维护我，反而让她们牵累其中。并且当日的确无人跟随于我，若被揭穿说谎，只会坐实我加害帝姬的罪名，恐怕还会多一条"欺君罔上"，到时连玄凌都护不了我。

玄凌长久嘘出一口气，默然片刻道："如此朕只好先让你禁足再做打算。"

脑中有些晕眩，身子轻轻一晃已被身边的陵容扶住。

他牢牢看着我："你信朕，朕会查清此事。必不使一人含冤，这是你跟朕说过的。"

心头一暖，极力抑住喉间将要溢出的哭声，仰头看他衣上赤色蟠龙怒目破于云间，道："是。臣妾相信。"

叁 贰 端妃月宝

　　我才要谢恩，身后有虚弱的女子声音缥缈浮来："当夜甄嬛好是与本宫在一起。"

　　闻言一惊，本能地转过头去看，竟是被左右侍女搀扶着立于慎德堂外的端妃。

　　微微发蒙，急促间转不过神来。

　　端妃徐徐进来颤巍巍要行礼，玄凌道："不是早说过要你免礼的么。"复又奇道，"你怎么出来了？太医不是叮嘱过不能受暑热，不宜外出么？"说话间已有宫女搬了花梨木大椅来请她坐下。

　　端妃道："才来不久，见堂中似有大事，一时驻足未敢进来。"

　　皇后唏嘘道："端妃，好些日子不见你，可好些了吗？"

　　端妃坐于帝后下首，欠身恭顺道："本该日日来向皇上皇后请安，奈何身子不济，实在惭愧。今日一早就听闻温宜帝姬不适，放心不下所以急着来看看。"复又微笑对玄凌，"幸好臣妾来了，否则恐怕这慎德堂就要唱

《窦娥冤》了。"

玄凌道："端妃适才说当夜与甄嬛好一起，是真的么？"

端妃淡淡微笑，娓娓道来："是夜臣妾遥遥见嬛好独自出扶荔殿，似有醉意，一时不放心便与侍女同去看顾，在翻月湖边玉带桥遇见嬛好，一同步行至臣妾的雨花阁，相谈甚欢，聊了许久。"她的笑似苍白浮云，转首对身边侍女道："如意。"

名唤"如意"的宫女跪道："是。当夜娘娘与小主在雨花阁讲论佛经，很是投契。后来小主说时辰不早才匆匆回扶荔殿。"

皇后含笑道："如此说来温宜帝姬的事就与甄嬛好不相干了。"

华妃嫣然转眸，望住端妃道："端妃姐姐来得真巧，真如及时雨一般。"说着似笑非笑，双眉微挑，"听闻姐姐一直不适，所以养病于宫中，怎么那晚兴致那么好，竟不顾太医谆嘱夜行而出呢？"

端妃微显赧色，不疾不徐道："久病之人的确不宜外出。但长闭宫中，久之亦烦闷不堪。那夜听闻宫中有宴会，想来不会惊扰他人，所以带了宫女出来散心。"说完温和浅笑看我，"不想本宫与甄嬛好如此有缘。"

我再不伶俐也知道端妃是帮我，只是不晓得她为什么会这样突兀地帮我，摸不清来龙去脉。然而，容不得我多想，随即微笑道："是。臣妾也是如此觉得。"

"哦？"华妃双眼微眯，长长的睫毛在雪白粉面上投下一对鸦青的弧线，"那么本宫倒有一疑问，适才嬛好为何不说出曾经与端妃相遇的事呢？也不用白白受这么些罪了。"

端妃才要说话，忽然一呛咳嗽不止，连连喘息，只满面通红手指向我。

我立即会意，不卑不亢道："臣妾本不该隐瞒皇上皇后，只是当日端妃娘娘外出本不想让人知道，以免传入皇上皇后耳中使皇上皇后担忧，反倒误了娘娘的一片心，所以当日娘娘与臣妾相约此事不让旁人知晓。谁料会牵扯进帝姬一事，臣妾心想皇上圣明、皇后端慧，必定会使此事水落石出，还臣妾一个清白，况且臣妾不想失信于端妃娘娘，故而三缄其口。"

华妃还想再说什么，端妃已缓过气来，缓缓道："怎么华妃妹妹不信么？"

华妃道："并非妹妹多疑，只是觉得姐姐似乎与甄婕妤很相熟呢。"

端妃淡淡一笑："本宫与婕妤之前只有两面之缘，初次相见也是在温宜周岁礼上。华妃这么说是意指本宫有意维护么？"说着伤感摇头，"本宫病躯本不宜多事，何必要做谎言袒护一位新晋的婕妤。"

众人见端妃孱弱之态而在华妃面前如此伤感，不由得隐隐对华妃侧目。华妃无言以对，只好道："本宫并未做此想，端妃姐姐多心了。"

玄凌不顾她二人你言我语，起身走至我面前，伸手拉我起来："尾生长存抱柱信①，朕的婕妤不逊古人。"

心底暗暗松出一口气，大理石地极坚硬，跪得久了双腿早失了知觉。咬牙用手在地上轻轻按了一把，方搭着玄凌的手挣扎着站起来，不想膝盖一软，斜倚在了他怀里。

众目睽睽之下不由得大是窘迫，脸腾的一下滚滚地热了起来。华妃微一咬牙，别过脸去不再看。皇后微笑道："先坐下，等下让太医好好瞧瞧，夏天衣裳单薄，别跪出什么毛病来。"说着瞥眼看华妃。

有殷勤宫女连忙放一把椅子在端妃身旁请我坐下。见我无恙坐好，玄凌才放开我手。

端妃转眸环视立于诸妃身后的宫女，咳嗽几声面色苍白，缓缓道："华妹妹不信本宫的话也有理，刚才本宫在堂外似乎听见有宫女说当夜见婕妤前往烟爽斋方向，不如还是再澄清一下比较好，以免日后再为此事起纠葛。不知皇上和皇后意下如何。"

皇后道："自然是好。"说着语中颇有厉色，"刚才是哪两个人指证甄婕妤？自己出来吧。"

迅即有两名宫女"扑通"跪于地上，花容失色俯身于地。皇后道：

---

① 尾生抱柱：尾生是讲求信义的典范，《庄子·盗跖》里有："尾生与女子期于梁下。女子不来，水至不去。（尾生）抱梁柱而死。"

"你们俩都是亲眼见甄婕妤进入烟爽斋的么？"

一宫女道："奴婢是见婕妤往烟爽斋方向去，至于有无进去……似乎……似乎……"

"什么叫似乎？简直是'莫须有'。"又看向另一宫女："你呢？"

她把头磕得更低，慌张道："奴婢只是见婕妤独自一人。"

皇后不理她们，只说："皇上您看呢？"

玄凌露出厌恶神色："皇后看着办。只一条，不许纵容了宫人这种捕风捉影的恶习。"

皇后吩咐身侧江福海道："拉下去各自掌嘴五十，以儆效尤。"

窗外很快传来清脆响亮的耳光声和宫女哭泣的声音，华妃只作充耳不闻，转过头来瞬间睫毛一扬，飞快目视曹婕妤，旋即又若无其事垂眸端坐。

曹婕妤怀抱温宜羞愧上前道："方才错怪婕妤妹妹，实在抱歉。"

我只是摇头："不必。身为人母，姐姐也是关心则乱。"

华妃勉强讪笑道："刚才误会婕妤，是本宫关心帝姬才操之过急，还请婕妤不要见怪。"

我微笑正视她："怎会。娘娘一片心意，嫔妾了然于心。"华妃被我噎住，又无从反驳，只得道："婕妤明白就好。"

气氛仍然有些僵硬，端妃倚在椅上对玄凌轻笑道："臣妾那日遥遥听见扶荔殿有美妙歌声，很是亲切耳熟，不知是谁所歌？"

玄凌微微一愣，皇后已抢先说道："是新晋的安美人。难怪你远远听着耳熟，这几日在宫中歌唱的都是她。"说着唤陵容上前向端妃请安。

端妃拉着她的手细细看了一会儿，道："长得很清秀。恭喜皇上又得佳人。"

玄凌微笑颔首。我暗暗纳罕，以前一直以为端妃柔弱，不想却是心思细密、应对从容，但是于恭维话上却来来去去只一句"恭喜皇上又得佳人"，贺完我又贺陵容，当真毫无新意。

玄凌亲自送我回宜芙馆方才回水绿南薰殿处理政务。

小坐片刻，估摸着端妃走得虽慢也该经过宜芙馆前镜桥了，遂带了槿汐慢慢走出去，果见端妃坐在肩舆上慢慢行来。

依礼站于一旁等肩舆过去。端妃见我，唤一声"停"，搭着宫女的肩下轿道："很巧。不如婕妤陪本宫走走。"

依言应允。一路桐荫委地，凤尾森森，渐行渐远，四周寂静，只闻鸟鸣啾啾。贴身侍女远远跟随，我半扶着端妃手臂，轻声道："多谢娘娘今日为嫔妾解围，只是……"

她只是前行，片刻道："你无须谢本宫，本宫要帮你自有本宫的道理。"

我疑惑看她："娘娘信嫔妾是清白的？"

她的笑容淡薄如浮云，温文道："我见你独自从桐花台方向而来经过我宫门口，细算时辰就晓得不会是你。"

我道："那日匆忙，竟未瞧见娘娘向娘娘请安，真是失礼，望娘娘恕罪。"

"无妨。本宫只是听见歌声动人，才在宫门外小驻片刻仔细聆听。"她嘘叹，复而浅笑，"安美人的歌声真年轻，教本宫觉得这时间竟流逝得这样快。"

我笑道："娘娘正当盛年，美貌如花，怎也感叹时光呢。"

她微笑："哪里还美貌呢？"说着目光牢牢锁在我面庞上。

我被她瞧得不好意思，轻唤："端妃娘娘。"

她定定神，方温柔道："婕妤才是真正美貌，难怪皇上那么喜欢你。"

我谦道："娘娘取笑了。"

她扶着一竿修竹歇在湖边美人靠上。

"那日见婕妤神色匆匆，却有忧愁之色，不知道何故。"我略一迟疑，她已道，"婕妤不愿说也不要紧。本宫虽然平时不太与人来往，但宫中之事也略有耳闻，并非一无所知。"

我无心把玩着裙上打着同心结的丝绦，遥望湖光山色，半湖的莲花早已是绿肥红瘦，有凋残之意。我只是默默不语。

端妃眼睛里是一片了然的云淡风轻，一头乌黑的长发高髻绾起，步摇在鬓角上亦是生冷的翡翠颜色，淡薄光晕。

"婕妤何须如此伤感。本宫本是避世之人，有些话原本不需本宫来说。只是婕妤应该明白，古来男子之情，不过是'欢行白日心，朝东暮还西'①而已，何况是一国之君呢？婕妤若难过，只是为难了自己。"

未免心底不服，问："难道没有专一只爱一人的皇帝？"

端妃一口气说了许多，气喘吁吁，脸上依然撑着笑容："先帝钟爱舒贵妃到如斯地步，还不是有太后和诸位太妃，又有这许多子女。君心无定更胜寻常男子，你要看得开才好。否则只会身受其苦。"

我道："是。娘娘之言句句在理。嫔妾明白。"

端妃道："在理不在理是其次，婕妤明白才好。"

端妃良久不再说话，专心看湖中红鲤优游。我亦折一枝青翠杨柳在手把玩，拂了长长的柳枝挑拨水中若游丝样的依依水草，纠缠成趣。

端妃留神看着小鲤鱼尾随大鲤鱼身后游行，不觉语气有怜惜之意，静静道："温宜帝姬很是可爱，可惜却是命途多舛。"

我听她说得奇怪，少不得微笑道："端妃娘娘何出此言？帝姬虽然体弱，但也是金枝玉叶，有神佛护佑。"

端妃略显怅然，骤然微露厌弃神色："满天神佛只晓得享受香火，何来有空儿管一管世人疾苦。何况若是小鬼为难，只怕神佛也保不住你。"

我暗自咋舌，不想端妃看似柔弱，性子却如此刚硬，不由得对她渐生好感。

她继续说："曹琴默这个孩子本是生不下来的，她怀得不是时候，生产时又是早产，胎位不正，几乎赔上了一条性命，所以皇上对这孩子格外

① 出自《子夜歌》："侬作北辰星，千年无转移。欢行白日心，朝东暮还西。"形容男子负心薄幸。

怜爱。"她叹气,"这宫里的孩子看似尊贵,其实三灾八难的比外头的孩子多多了。"

我知道端妃多年无子,于子嗣问题上特别敏感,劝慰道:"娘娘宅心仁厚,平日也该多多保养,玉体康健才能早日为皇上诞下皇子与帝姬。"

端妃苦涩一笑:"承婕妤吉言,只是本宫恐怕没有这个福气了。"

我听她说得伤感,不觉大异,道:"娘娘正当盛年,何苦说这样不吉的话。"

她仰首望天,幽幽道:"如得此愿,月宾情愿折寿十年。"说罢转首凄楚,容色在明亮日光下单薄如一张白纸,"恐怕本宫就算折寿半生,亦不能得偿所愿了。"

或许她身有暗疾不适宜怀孕,不免暗自为她惋惜。

她再不说下去,向我道:"此事是针对婕妤而来,婕妤善自保重。本宫可以护你一时,却不能事事如此。"

我道:"是。谢娘娘费心周全,嫔妾有空儿自当过来拜访娘娘。"

她摇头,许是身体不适,声音愈加微弱:"不必。病中残躯不便见人,何况……"她婉转看我一眼,轻轻道,"本宫与婕妤不见面只会多有裨益。"

我虽不解,然而深觉端妃为人处世别有深意,亦出其不意,遂颔首道:"是。"

说话间端妃喘气越来越急促,身边的宫女忙上前摸出个瓷瓶来喂她吞下两粒墨黑药丸,赔笑向我道:"回禀婕妤小主,娘娘服药的时辰快到了。"

我半屈膝道:"那嫔妾就不打扰了。恭送娘娘。"

她勉强微笑点头,挣扎着扶了小宫女的手上了肩舆一路而去了。

# 蜜合香 ◇叁◇叁◇

温宜帝姬的事在三天后有了结果。御膳房掌管糕点材料的小唐出首说自己一时疏忽弄混了两种粉料，才致使帝姬不适。

消息传来时，我正与陵容绷了雪白真丝绡在黑檀木架上合绣一幅双面绣。双面绣最讲究针功技巧与绣者的眼力心思，要把成千上万个线头在绣品中藏得无踪无影，多一针、少一针、歪一针、斜一针都会使图案变形或变色。

绣的是春山远行图，上百种绿色渐欲迷人双眼，看得久了，头微微发晕。透过湖绿绉纱软帘，落了一地阴阴的碧影。帘外槿汐带着宫女正在翻晒内务府送来的大匹明花料子，那花色是粉蝶样的飞舞闪动，似要凝住这夏天最后的天影时光。我站起来揉了揉酸涩的后颈，喝了一口香薷饮道："你怎么看？"

陵容对着阳光用心比着丝线颜色，嘴角含了一抹浅淡笑意："这才是华妃娘娘说的巧合吧。"

我轻笑:"说话怎么爱拐弯抹角了。"

陵容放下手中丝线,抿嘴道:"是。遵姐姐之命。"遂慢条斯理道,"皇上要彻查,小唐就出首了,只是有人不想让皇上再查下去而指使的棋子。"然而她又疑惑,"只是……皇上以玩忽职守罪惩治了小唐,杖毙了。"

我捧了香薷饮在手,看着帘外宫女忙碌的身影,淡淡道:"当然要杖毙,再查下去就是宫闱丑闻,闹到言官和太后耳中事小,在臣民眼中恐怕是要堕了皇家威仪。"我轻轻咀嚼口中香薷,徐徐道,"咱们都明白的原委,皇上怎么会不明白,只是暂时动她不得。"

见陵容似迷茫不解,遂伸指往西南方向的窗纱上一戳,陵容立即会意,低声叹道:"皇上身为天子竟也有这许多无奈。"

我微一蜷指,抿一抿鬓发,一字一字道:"狡兔死,走狗烹。我只等着慕容氏鸟尽弓藏那一日。"

陵容默然片刻,拣一粒香药葡萄在口中慢慢嚼了,道:"陵容只是觉得姐姐辛苦。"

我道:"荣华恩宠的风口浪尖之上,怎能不辛苦。"

陵容拍一拍手笑道:"不过皇上这几日对姐姐真的是非常好。"她静一静,"其实皇上对姐姐是很好的。"

这一句入耳,转而想起前日下午与玄凌闲坐时的话。

他把我托在膝盖上一同剥菱吃,鬓角厮磨,红菱玉手,两人软洋洋说话,何等风光旖旎。

我贴在他耳边软软道:"四郎为何相信嬛嬛是清白的?"

他正剥着红菱,想是不惯做此事,剥得甚是生疏,雪白果肉上斑驳,是没弄干净的深红果皮。他道:"你是四郎的嬛嬛,身为夫君,朕怎会不信你。"

心上暖洋洋地舒服,假意嗔道:"只为这个?难怪诸妃老说四郎偏心我,看来不假呢。"

他搁下手中的菱角,认真道:"嬛嬛不会做这样的事情。"说着抓着我的手道，"那你挖出朕的心来看一看，是偏着你呢，还是偏着旁人？"

我满面红晕，啐一口道："还一国之君呢，说话这样没轻没重，没的叫人笑话。"

他但笑不语，剥了一个完整的菱角放我嘴里，道："好不好吃？"

皱着眉勉强囫囵吞下去道："好涩，剥得不干净。"撑不住又笑道，"四郎手握乾坤，哪里做得惯这样的事。小小菱角交予嬛嬛处置就好。"说着连剥数枚都是剥得皮肉光洁，放在他掌中。

他笑道："甘香爽脆，清甜非凡。还是你的手巧。"

我微笑："这是江南的水红菱，脆嫩鲜爽、满口清香，自然不同寻常。"

说话间玄凌又吃了几枚，慢慢闭目回味："这红菱的滋味清而不腻，便和你的琴声你的舞一般。"

我"扑哧"笑出声："贪得无厌，得陇望蜀。古人的话真真不错。剥了菱给你，又想着要让我弹琴起舞。"

他也不禁微笑："做什么舞呢，朕平白想一想你也不许。"遂道，"你要跳，朕还不许，跳了一身汗得多难受。"

我"啊"一声道："别人是'冰肌玉骨，自清凉无汗'①，皇上取笑臣妾是个水做的汗人儿呢。"故意转了身再不理他，任由他千哄万哄，方回眸对他笑一笑。

我回想须臾，忽然觉得这个时候怎么也不该沉默回想，总要说点儿什么才对，否则竟像是冷落了陵容向她炫耀什么似的，于是带着笑颜道："皇上对妹妹也是很好的。"

陵容忽然露出近乎悲伤的神气，恍惚看着绣架上百种眼花缭乱的绿色丝线，一根一根细细捋顺了。我瞧着她的神气奇怪，玄凌对她亦好，身为宠妃她还有何不满。然而陵容心思比旁人敏感，终不好去问。半晌方见她展颜道："姐姐怎么忽然想绣这劳什子了，费好大的工夫，劳心劳神。"

---

① 出自宋代苏轼《洞仙歌》词。此句描写的是后蜀孟昶宠妃花蕊夫人的神仙姿态、馨香风度。相传原是孟昶所作，东坡为之后续。

我上前静静看了一歇，抚摸光滑绣料道："真是费工夫的事呢。然而越费工夫、心思的事越能考验一个人的心智与耐力。"

陵容道："姐姐说话总那么深奥。刺绣与心智又有何干？陵容不懂。"

我换了茶水给她，重又坐下举针刺绣，温和道："有时候，不懂才是福气呢。最好永远都不懂。"

陵容微笑，换了话题道："姐姐心血来潮要绣双面绣，也不知得费多少日子的工夫，再过几日就要回銮，怕是要劳师动众呢。"

我只顾着低头刺绣，头也不抬道："别说一架绣架，就是我要把宜芙馆门前的残荷全搬去了太液池，又有谁敢当我的面说个'不'字？"

陵容笑着拍手道："是是是。只怕姐姐要把翻月湖并去了太液池，皇上也只会说是好主意。"

我撑不住笑："你怎么也学得这样油嘴滑舌。"

绣了一阵，手上开始出汗，怕弄污了丝线的颜色，起身去洗手。见室外浣碧仔细挑着这一季衣裳的花色，碧绿衣裙似日光下袅袅凌波的一叶新荷翠色。耳垂上我新赠她的珍珠耳环随着她一举一动恍如星辉。猛然间想起什么事，仿佛那一日在慎德堂的波折诡异里忆起了一丝半星明亮的曙光，而那曙光背后是如何的残酷与浓黑，竟教我一时间不敢揭开去看上一眼。终于还是耐不住，若是真的，我无异于在枕榻之畔容他人同眠，更似悬利刃于头顶，危如累卵。深深吸一口气，朝外唤道："浣碧——"

浣碧闻声进来，道："小姐，是要换茶水和果子么？"

我打量她两眼，微笑道："上次你不是去御膳房领了木薯粉要做珍珠圆子么，去做些来当点心吧。"

浣碧微微一愣道："小姐怎么忽然想起来吃这个了？上次的事后奴婢觉得秽气，全拿去丢了。"

"哦，这么巧。我还想着这味道呢。"我道，"那也罢了，随便去做些什么来吧。"别过头去问陵容："有皇上今日新赏的栗子糕，再来一碗八宝甜酪好不好？"

陵容温顺道："姐姐拿主意就是。"

与陵容吃过点心也就散了。看着宫女、内监们打点了一会儿回銮时的包袱细软，觉得精神好了些，复又去绣花。

平静，这样的平静一直维持到了回銮后的中秋节。

循例中秋都要在紫奥城中度过，回銮的日子便定在了八月初五。回銮时后妃仪仗已不同来时，眉庄的车被严加看管，轻易不能下车；华妃的翠羽青鸾华盖车辇紧随于皇后凤驾之后，威风耀目，一扫来时的颓唐之气；惠妃、冯淑仪与欣贵嫔之后是我与曹婕好并驾齐驱，陵容尾随其后。连着两日车马劳顿才回了紫奥城。虽是坐车，却也觉得疲惫，幸而棠梨宫中已经准备得妥妥当当，草草洗漱了一番就迷糊睡过去了。

中秋节礼仪缛繁，玄凌在外赐宴朝臣，晚间后宫又开家宴。皇后操办得极是热闹，皇长子予滴与淑和、温宜两位帝姬承欢膝下，极是可爱。

按仪制，家宴开于后宫正门第一殿徽光殿，诸王与内外命妇皆在。太后似乎兴致很好，竟也由几位太妃陪着来了。太后南向升宝座，诸位太妃分坐两侧相陪。殿南搭舞台，戏舞百技并作。帝后率妃嫔、皇子、帝姬进茶进酒，朝贺太后千秋万岁。

贺毕，各自归位而坐。朝贺的乐曲在一遍又一遍地奏着，乐队里的歌工用嘹亮的响遏行云的歌喉，和着乐曲，唱出祝寿祝酒的贺辞。

太后作为这庞大、显赫、高贵家族的最尊贵的长辈，自然能享受到任何人都无法体味的荣光和骄傲。这是我第一次见到在心目中想象了无数次的太后。虽然我的位次与太后宝座相距甚远，却不能抑制我对传闻中的太后的敬仰和渴慕。众说纷纭的传闻使我在心里为太后画出了个严肃、盛势的宫廷第一贵妇的轮廓，但当真见到她时，那种平和沉静的气度却叫我觉得有些错愕。因是家宴，太后的礼服华贵却不隆重，一身青色华服清清爽爽，纹饰简单大气，头发上只以玉妆饰，脸上也是素净妆容。太后并不十分美艳，许是念多了佛经的缘故，有着一股淡淡的高华疏离的气度，令人见而折服。既身为这个王朝最高贵的女人，她理应过着凡人难以企及的优越生活，但不知为何，她的面容却有着浅浅的憔悴之色，想是礼佛太过用心的缘故。

太后见座下十数位妃嫔，很是欣慰的样子，对玄凌道："皇帝要雨露均沾，才能使后宫子嗣繁衍。"又对皇后道："你是后宫之主，自然要多多为皇帝操持，不要叫他有后顾之忧。"帝后领命，太后又与帝后赏月说了会儿话。皇后虽是她亲侄女，却也只是客气而疏离的态度，并不怎么亲近，也证实了太后向来不疼惜皇后的传言。

因汝南王远征西南，只有王妃贺氏在座，太后遂笑道："你家王爷不在，你可要好好保重身子，照顾好孩子。"说着命人拿东西赏赐她。贺妃闻言躬身谢过太后关心。太后又和蔼地向玄汾道："听说汾儿很争气，诗书骑射都很好。哀家这个做母后的也放心。"回头对顺陈太妃与庄和太妃道："你们教养的儿子很好。"顺陈太妃因出身卑微，平阳王玄汾一直由庄和太妃抚养，如今听太后如此说，欣慰得热泪盈眶。

因玄清自舒贵妃离宫之后一直由太后抚养，太后见了他更是亲厚，拉了他在身边坐下笑道："清儿最不让哀家放心。何时大婚有个人来管住你就好了，也算哀家这么多年对你母妃有个交代了。"

玄清一笑："母后放心，儿臣有了心仪之人必定会迎娶了给母后来请安。只是儿臣的心仪之人很是难得。"

太后微笑对玄凌道："皇帝也听听这话。满朝文武家的淑女清儿你自己慢慢拣选，再不成，只要是好的，门楣低一些也没什么。"

玄清只是微笑不语，玄凌道："母后别急，或许明日就有他的心仪之人了也未可知。"

太后无奈微笑："但愿如此，也只好由得他了。"

太后渐渐有了疲倦之色，便先回宫。几位太妃似乎对太后很是敬服，见太后有倦色，马上也陪同太后一起回宫。家宴就由帝后主持。

席位按妃嫔位分由高至低，我与玄凌隔得并不近，远远见他与皇后并肩而坐，明黄织锦缎袍更显得他面如冠玉，有君王风仪。

我朝他微微含笑，他显然是见到了，亦含笑向我，目光眷恋如绵，迢迢不绝。大庭广众之下，我不觉红了脸，含羞低头饮了一盏酒。

再抬头玄凌已在和皇后说话，却见玄清趁着无人注意朝我的方向略略举杯示意，与他会心一笑，举起面前酒杯仰头饮下。

席间玄凌频频目视于我，吩咐李长亲自将自己面前的菜色分与我，多是我平日爱吃的一些。虽然按制不能说话，却也是情意绵绵，不由得心情愉悦。


好不容易家宴结束，中秋之夜玄凌自然是宿在皇后的昭阳殿，嫔妃各自回宫安寝。坐于轿辇之上，刚才的酒意泛上来，脸颊滚滚地烫，身上也软绵绵起来。支手歪了一会儿，抬头见天上月色极美，十五的月亮团团如一轮冰盘，明亮皎洁，映着裙上的比目玉佩，更是莹莹温润。比目原是成双之鱼，又是如此月圆之夜，我却只身一人，对影成双，听得太液池中鹭鸶划水而过的清冷之声，不觉生了孤凉之感。那皎洁月色也成了太液池浮着漂萍菱叶的一汪黯淡凄清。

自宴散后返回莹心堂，流朱、浣碧服侍我换下了吉服，又卸了大妆，将脸上脂粉洗得干干净净。我不自觉地摸一摸脸，道："脸烫得厉害，今晚的确是喝得多了些。"

流朱抿嘴笑道："酒不醉人人自醉。皇上席间好生眷顾小姐，连新近得宠的安美人也不能分去了半分。"

我嗔道："不要胡说。"

浣碧微微一怔，微笑如初："是么？"

流朱接口道："你没有去自然没有看见，华妃气得眼都直了。"说着弯腰咯咯笑起来，"也要气气她才好，省得她不晓得小姐在皇上心中的分量，日日那么嚣张。"

我瞪她一眼道："胡嚼什么！虽是在自己宫里也得谨慎着点儿。"

流朱这才收敛，低眉答了声"是"。

浣碧抱着我的礼服轻轻抚平挂起，道："皇上待我们小姐从来都是很好的。"

闻言心头微微一暖，却又淡淡蕴起微凉。

才换过寝衣，听得门外有脚步声响，以为是小连子在外上夜，遂道："也不早了，去关上宫门歇息吧。"

却是李长的声音，恭敬道："叨扰小主安睡，是奴才的不是。"

见是他，不由得纳罕这么晚他还来做什么，忙客气道："还不曾睡下。公公这么晚有什么事么？"

他道："皇上有一物叫奴才务必转交小主，希望小主良夜好梦。"说着含笑递与槿汐交到我手上。

是一个木盒，制作得非常精致的紫檀描金木盒。盒口开启处贴着一张封条，上边写着一个大大的"封"字，旁边题有御笔亲书的五个小字：赐婕妤甄氏。

李长只是赔笑站着道："请婕妤小主一观，奴才也好回去复命。"

微微疑惑，打开一看，只觉得心头跳得甚快，眼中微微一热，一时不能自已。盒中赫然是一枚银色丝绦的同心结，结子纹路盘曲回旋，扣与扣连环相套，编织得既结实又饱满，显然是精心编制的。旁边一张小小绢纸上写着两行楷书：腰中双绮带，梦为同心结。这是梁武帝萧衍《有所思》一诗中的两句，见他亲笔写来，我不自觉地微笑出来，片刻方道："请公公为我谢过皇上。"

李长只是笑："是。恭喜小主。"说着同槿汐等人一同退了出去。

月色如醉，我握了同心结在手，含笑安然睡去。

早起对着镜子慢慢梳理了长发，只见镜中人眉目如画，脸上微露憔悴之色，但双眸依旧灿灿如星，似两丸黑水银，顾盼间宝光流转不定。

盘算着玄凌已经在我这里歇了三晚，想来今晚会去陵容处。由眉庄的事起，几乎一直落于下风。本以为有陵容的得宠，华妃等人并不敢把我怎样，如今看来靠人不如靠己，是该好好谋划了。

绞一绺头发在手，陷入沉思之中。忽从镜中见身后窗外有碧绿衣裳一闪，几乎以为是自己花了眼，遂喝道："谁在外头鬼鬼祟祟的？"

却是浣碧转身进来，笑吟吟如常道："皇上让花房的公公送了几盆新开的紫菊'双飞燕'和'剪霞绡'来。奴婢是想问问小姐是否现在就要观赏，又怕惊扰了小姐。"

我对菊花其实并不怎么喜爱，总觉得它气味不好，但是眉庄却喜欢得很。去年的秋天她正当宠，想来玄凌赏她的名贵菊花也不计其数，堂前堂后盛开如霞似云，连她所居的堂名也叫作"存菊堂"。

心下黯然，今年的菊花依然盛开，而眉庄的荣宠却烟消云散了。

昔日风光无限的存菊堂今日已成了阶下囚的牢笼，眉庄被禁闭其中，只剩下"存菊堂"的堂号空自惹人伤感。

我心中一动，看浣碧一眼，只若无其事道："你去叫人搁在廊下好好养着，我等下去看。"想了想又道，"昨日皇上赏下来的首饰不错，你挑些好的去送给安美人、冯淑仪和欣贵嫔。再转告冯淑仪，说我明晚过去陪她说话。"

浣碧应了是，轻盈旋身出去。

我望着她袅袅身影消失在帘外，骤然心思贯通，计上心来，陷入无尽的思量之中。

晚间玄凌没来我宫中，便带了槿汐、品儿去和煦堂拜访曹婕妤。想是去得突然，曹婕妤很是意外。因有日前温宜帝姬的事，她总是有些难掩的不自然。

我只是亲切握了她的手，道："妹妹很想念帝姬，特意过来看看。曹姐姐不会是不欢迎吧。"

见我说得客气，她忙让着我进去，命宫女捧上香茗待客，道："怎么会。日夜想着妹妹能够过来坐坐，只是怕妹妹还气我糊涂。"

我与她一同坐下，微笑接过宫女奉上的茶："曹姐姐这样说倒是叫妹妹难为情。那日的事只是一场误会。妹妹就是怕曹姐姐还耿耿于怀，特意过来与姐姐解开心结。大家共同侍奉皇上，原该不分彼此才好，怎能因小小误会伤了彼此的情分呢。"

曹婕妤连连点头道："正是这个话。"说着拉我的手抚弄，眼角绽出一点湿润的光，"我虽痴长你几岁，却是个糊涂人。那天听了那些混账东西的混账话，竟白白叫妹妹受了这样天大的委屈，着实该打。"说着作势就要打自己。

我忙按住她的手，道："姐姐再这样就是要赶妹妹走了。都是那些个宫女多嘴多舌，平白害得咱们姐妹生分了。原不干姐姐的事，姐姐只是关心帝姬而已，关心则乱嘛。"

曹婕妤感叹道："没想到这么大个宫里竟是妹妹最明白我。我统共只有温宜一个女儿，自然是心肝宝贝地疼，她又是个三灾八难的身子，难不得我不操心。如此竟中了别人的计冤枉了妹妹。"

我微笑道："过去的话就别再提了。今日突然过来看姐姐真是冒昧，姐姐别见怪才好。"说着命品儿把东西端上来，一件一件指着道，"这是我亲手绣的几件兜肚给帝姬用，妹妹针线不好，这只是一点心意，姐姐别嫌弃才好。"又道，"这些料子是织造所新进上来的，姐姐自然不缺这些，只是裁着衣服随意穿吧。这些水粉、胭脂是闲来的时候崔顺人亲手制的，用来搽脸很是细腻红润，竟比内务府送来的好，姐姐也不妨试试。"

我说一样东西，曹婕妤便赞一通，两人很是亲热，竟如从未有过嫌隙一样。她看过一回，拿起我送给温宜帝姬的兜肚爱不释手地翻看，啧啧道："妹妹的手真巧，那翟凤绣得竟像能飞起来一样，那花朵一眼看着能闻出香味来。"说着让乳母抱了温宜出来比着穿上兜肚，赞叹不已，似乎对我没有一丝防备之心。

我微笑看着眼前一切，抱了一会儿温宜，才拉过曹婕妤悄悄地说：

"这些不过是些寻常之物，妹妹还有一物要赠与姐姐，只是这里不太方便，可否去内室？"

曹婕好想了一想就答应了，与我一同进入内室。内室很是荫翳凉爽，层层叠叠的薄纱帷幕无声垂地。床榻上放着玫瑰紫织锦薄被，榻前案几上耸肩粉彩花瓶里疏疏插着几枝时新花卉，并不如何奢华。我从袖中取出小小一只镶金匣子，郑重道："请姐姐务必收下此物。"

曹婕好见我如此郑重微微吃惊，道："妹妹这是做什么？"便按我坐下，接过匣子打开一看。她的神色在匣子打开的刹那变得惊异和不能相信，道："这么贵重的礼物，我可万万不能收下。妹妹还是拿回去吧。"

我坚决道："妹妹本有话求姐姐。姐姐如此一说，不是拒绝妹妹么？"

曹婕好小心放下匣子，柔和道："妹妹有什么话尽管说，姐姐能帮的自然不会推辞。"

我收敛笑容，含泪泣道："华妃娘娘高贵典雅，妹妹内心是钦服已极，只是不知怎么得罪于娘娘，竟叫娘娘误会于我，使妹妹不得亲近娘娘风华。"说罢呜呜咽咽哭了起来，"妹妹独自在这深宫之中孤苦万分，现在沈常在被禁足，妹妹更是孤零零一个了，还望姐姐垂怜。"

曹婕好一脸惊异，安慰道："妹妹这是怎么说的。妹妹备受皇上宠爱，又与安美人情同姐妹，怎的说出这话来。"

我垂泪道："妹妹哪里有什么宠爱，不过是皇上瞧着新鲜才多过来两日，怕过不了几日还是要抛在脑后，安妹妹也是个不伶俐的。眼见着皇上越来越宠爱她，不知妹妹我将来要置身何地。"

曹婕好听完眼圈也红了，叹气道："妹妹这话说得我伤心，做姐姐的不也是这样的境况。虽说还有个孩子，却也只是个帝姬，顶不得事的。"

我忙道："华妃娘娘很信任姐姐，还望姐姐在娘娘面前多多美言几句，能得娘娘一日的照拂，妹妹就感激不尽了。"说着拿起绢子默默擦拭脸颊泪痕。

曹婕好劝慰了我一会儿道："妹妹有这份心，娘娘必然能知晓。只是这礼物还是拿回去吧,姐姐会尽力在娘娘面前说合的。"

我感泣道:"若如此,妹妹愿为娘娘和姐姐效犬马之劳。"复又打开匣子放在曹婕妤面前,"这一匣子蜜合香是皇上所赐,听说是南诏的贡品,统共只有这么一匣子,还望姐姐不嫌弃,收下吧。"

曹婕妤忙道:"此物实在是太珍贵了。妹妹这样平白送人,只怕外人知道了不好。"

我微笑:"姐姐若肯帮我就比什么都珍贵了,我怎会在姐姐面前吝惜一匣子香料呢。何况这是皇上私下赏我的,并不曾记档。"略停一停又道,"此蜜合香幽若无味,可是沾在衣裳上就会经久弥香,不同寻常香料。妹妹福薄,姐姐笑纳就是。"我又补充一句,"可别教旁人晓得才好。"

如此推却几番,曹婕妤也含笑收下了,搁在内室的妆台上。又聊了许久,我才起身告辞。


回了莹心堂,举袖一闻,身上已沾染了若有若无的蜜合香味道,只是这香气幽微,不仔细闻也不易发觉,不由得微笑浮上嘴角。

小连子进来道:"小主刚走,曹婕妤宫里的音袖就把小主送的东西全悄悄丢了出去。"

这本是意料中事,她哪里会真心收我送的东西。我意不在此,挑眉道:"连香料也扔了么?"

小连子糊涂道:"什么香料,并没见啊。"

我微微一笑:"知道了。没你的事了,下去吧。"

槿汐道:"小主那么确定曹婕妤会收下您送的蜜合香?"

与曹婕妤说了许久的话,口干舌燥,我端起青花缠枝的茶盏,一气饮下半盏,长长的丹蔻指甲,轻轻地拿起青色茶盅的盖子发出了叮当的清音,目光状似漫不经心地一掠,方才悠悠地道:"她久在华妃之下,半点儿也不敢僭越,我瞧她吃穿用度都恪守本分,连内室也如此,就晓得她从未用过这样名贵的香料。何况蜜合香的确难得,除了皇后这样不爱香气的人，哪有女子会拒绝呢？就算她对我再有戒心，亦不舍得扔了这香料的。"
我搁下茶盏一笑，"放不下荣华富贵的人，终究成不了大气候。"

槿汐道："小主胸有成竹，奴婢也就放心了。"说着笑，"奴婢跟着小
主快一年了，小主猜度人心的精细之处实在叫奴婢钦服。"

我淡淡道："拿什么猜度人心呢，不过就是说话前多思量一会子罢
了。"我微微冷笑，"人心？那是最难猜度的，以我这点儿微末道行要猜度
是可以，猜准就难了。"

槿汐赔笑道："小主只消能猜准皇上的心意就足够了。"

我轻轻道："在这后宫里，要想升，必须猜得中皇上的心思；但要想
活，就必须猜得中后宫其他女人的心思。"说着看槿汐，"安排下去的事都
布置好了么？"

槿汐道："是。奴婢与小允子、小连子安排得妥妥当当，再无旁人知
晓。"

我浅浅而笑："那就好，别辜负了我那一匣子蜜合香，当真是宝贝呢。"

次日清早起来梳妆，浣碧帮我梳拢云鬓，挑了枝珍珠莲花步摇便得意："这个华丽清雅，很合小姐今日戴呢。"那雪白碎玉和粉色圆润珍珠攒成并蒂盛开的莲花，又以黄玉为蕊，碧色水晶为叶，华彩流溢，浣碧方要为我簪入鬓中，我已经摆首："步摇原是贵嫔以上方能用的，上次皇上赐我已是格外施宠，今日非节非宴的太过招摇。皇上虽宠爱我，也不能太过僭越了。"

浣碧只得放下，拣了支蝶花吊穗银发簪别上，道："小姐也太小心了。皇上对安美人的眷顾不如小姐，安美人还不是成日地花枝招展，珠玉满头。"

我从镜子里留意浣碧的神色，微笑道："安美人再珠玉满头，却也没有越过她的本分，偶尔珠饰华丽些也算不了什么。"说罢微微收敛笑意，"这话别再说了，教爱搬弄是非的人听去了还以为我是见不得安美人得宠呢。"

浣碧道了"是"，想想终究不服气，小声道："她不算是顶美的，家世也算不得好。怎么皇上那么喜欢她，就为了她歌声好听么？"

我对镜描摹如柳细眉，徐徐道："承恩不在貌，也无关家世，只看皇上是否中意，要不然也是枉然。"说着睨了她一眼，道，"怎么今天说话总冒冒失失的。谨慎妥帖是你的长处，好好地揣着，可别丢了。"

浣碧低头抿嘴一笑，不再说下去，只说："皇上早吩咐了要过来和小姐一同用早膳。小姐也该打扮得鲜艳些才是。"

我回首打量她几眼，见她穿着桃红色软绸罗衣，用乳白色绸子配做领口，一色桃红裙子，一双碧色鞋子微露衣外，头上也是点蓝点翠的银饰珠花，恰到好处地衬出黑亮的柔发和俊俏的脸，清秀之外倍添娇艳。仔细一看已发现有不妥，故意略过不去提醒，只不动声色浅笑道："你今日倒打扮得鲜艳。"

浣碧只是笑："小姐忘了么？今日是小姐入宫一年的日子，所以奴婢穿得喜庆些。"复又道，"这些衣裳都是小姐上月为奴婢新做的，很合身呢。"

我这才恍然记起，原来我入宫已经一年了。日子过得还真是飞快，转眼间我已经由一个默默无闻的贵人成了皇帝身边的宠妃。

流水样的时光从指间渐渐而去，收获了帝王的宠爱，也平添了无数辗转犀利的心事，在心尖生长如芒锋。平和无争的心境早已是我失去了的。

几乎无声地叹了口气。

流朱在一旁接口道："怪不得皇上一早过来陪小姐用早膳呢，原来是小姐入宫一年的日子。怕是午膳和晚膳都要在咱们这里用吧？"

我道："用膳也罢了，只怕……"

"小姐只怕什么？"流朱问。

"没什么。"我不欲再说下去，只道，"去看看小厨房的小菜做得怎么样，我嘱咐过他们要弄得精致可口。"

说话间玄凌已经走了进来，道："才下朝。朕也饿了，今儿有上好的蜜酒酿仔鸡，朕已经让人给你的小厨房送去了，咱们一块儿用一些。"

槿汐便率人收拾了桌子，又侍候玄凌喝了一碗鲜豆浆，我才陪着他坐下。一时小厨房送了细米白粥并十样小菜来，其中脆腌黄瓜、胭脂鹅肝、香熏萝卜、梅花豆腐、香油醋拌青芹苗儿都是他爱吃的，另外配了四样点心，倒是满满一桌子。那道蜜酒酿仔鸡果然喷香出色，引人食指大动。

玄凌看着菜式道："很精致，看着就有胃口。"

我恬静微笑："皇上喜欢就好。"

见他心情不错，胃口也好，桌上的菜色都动了不少，遂笑道："皇上似乎心情很好，是有什么喜事么？"

他微微一愣，方才笑道："西南战事连连告捷，汝南王率军重夺了安兆、幽并六州，慕容一家出力不少。"

原本嘴角蕴着愉悦笑意，闻到此处，心下渐渐有些微凉意，只隐隐觉得他要说的不只这些，必定是与华妃有关。于是做欣喜状举起喝残的半碗粥道："皇上天纵英明，运筹帷幄，当真是大喜。臣妾以粥代酒相贺。"说着作势舀了一勺粥喝下，对他粲然一笑。

他拉一拉我的手，忍不住笑："这个小鬼头，以为这样就逃得了喝酒么？"

我带着浅淡笑容相迎，悄声道："皇上可不许强人所难啊。"

笑语一晌，果然他谈到了他要说的，说之前，他刻意留意了一下我的神色，他的湛湛双目，掠过一丝不忍和愧疚。"如今回了紫奥城，又刚忙完了中秋，诸事烦琐，恐怕皇后心力不支。朕的意思是想让华妃从旁协助一二，你觉得如何？"他的话说得轻而缓，像是怕惊到了我，却一直刺进我心里去，轻轻地，却又狠狠地锐利。

我微微一怔，仿佛是不能相信，温宜帝姬的事过去才几天，他明知华妃这样撇不开嫌疑，竟然来与我说要恢复她协理六宫职权的话。

不是不能体谅他在国事上的苦心，只是他的心思太教人寒心。

他意欲在我素净容颜上找到一丝半分的不悦与愤怒。我极力克制住这样的表情不让它出现在我的脸颊上，一壁只是微笑，似乎在认真倾听他的

话语，心中暗想，连我都是这样不悦和震惊，不知皇后听到了，心里是个
什么样子。

目光犀利往他面上一扫，转瞬我已转过脸，调匀呼吸，亦将蓄着的泪
意和惊怒忍下，才对他一笑，道："皇后娘娘是怎么个意思？"

玄凌的语气有些凝滞："朕还没对皇后说。先来问问你。"

我浅笑道："皇上体恤娘娘，自然没什么不好。"

他忙道："华妃做事有时的确是急躁。朕本想属意于你，奈何你入宫
不久，资历尚浅。端妃病弱，憙妃庸懦，也就华妃还能相助一二。"玄凌
的目光轻轻投注，含着些许歉意。

面容犹带微笑，得体地隐藏起翻腾汹涌的委屈和怨气。我抿嘴思量片
刻，缓缓道："皇上的心意是好的，娘娘想来也不会有异议。只是皇上想
过没有，慕容氏前线刚告捷，皇上立刻恢复了华妃协理六宫之权。知道的
自然是说皇上体恤良将功臣，不知道的恐怕忽略了皇上指挥英明，只说是
皇上仰仗着慕容家才有胜仗可打，所以迫不及待重用华妃以作笼络。"心
高气傲，当皇帝的最怕别人说其无用，更怕臣子功高震主。这一针刺下去
力道虽狠，却想来有用。我小心观察他的神色变化，继续道："是有那起
子糊涂人爱在背后嚼舌，皇上也别往心里去。"我略停一停，见他隐约有
怒色在眉心，继续道，"只是一样，汝南王已得高功，此刻必然喜不自胜。
汝南王与慕容一族有千丝万缕的联系，若皇上此刻授权于华妃，恐怕汝南
王一时忘形，反而于战事不利。"

他双目微闭，面色沉静如水，隐隐暗藏惊涛。一针见血，我晓得这
话他是听进去了，忙跪下垂泪道："臣妾一时糊涂，竟妄议朝政，还请皇
上恕罪。"说着俯首于地。我一跪下，满屋子宫女、内监吓得呼啦啦跪了
一地。

"滴答滴答"的铜漏声像是击在心上，听着时间一点点在耳边流过。
静默无声。

他扶起我，道："无妨。朕早说过许你议政。"继而感叹，"只怕这宫

里除了你，没人敢这么直截了当与朕分析利弊。"

我适时将泪水浮至眼眶，只含着倔强不肯落下来，盈盈欲坠，道："臣妾今日说这话并非妒忌华妃娘娘，而是希望皇上能权衡利弊，暂缓恢复娘娘协理六宫之权，一则以平物议，二则不损皇上天威，三来等节庆时再行加封，便可名正言顺，六宫同庆。"

我早已盘算清楚，节庆加封须是大节庆，中秋已过，接下来便是除夕，新岁不宜加封，就得等到元宵。谁知到时是怎样的光景，先避了这一关再慢慢谋划。

玄凌望向我，目中微澜，泛着淡淡温情，细细思量须臾，道："难为你想得这样周全。这样也好，只是辛苦了皇后。"

我道："皇上无须担忧皇后。皇后于六宫事务也是熟稔，还有女史相助，想来也不至于有什么差池。皇上放心就是。"见他"唔"一声表示赞同，我再度试探于他，道，"其实沈常在当初为惠嫔时皇上还是属意于她，有意让她学习六宫事务以便将来帮皇后周全琐事，只是现在可惜了……"

提到她，玄凌似乎有些不快，只说："让她好好静心修德才是。"

我不便再说下去，见他说了许久没有再动筷，正想吩咐佩儿再去上一盏杏仁茶来，不想浣碧眼疾手快，已经手捧了一盏茶放在玄凌面前，轻声道："皇上请用。"

惊疑之下心中陡地一冷，她果然走上前来了。浣碧一双手衬着青瓷茶盏更显得白，玄凌不禁抬头看浣碧一眼，不由得微笑出声："打扮得是俊俏，只是红裙绿鞋，未免俗气。"

浣碧闻言大是窘迫，一时呆呆的，脸色绯红道："奴婢名叫浣碧，所以着一双绿鞋。"

我心下明白，浣碧欲得玄凌注意，故而选了艳色衣裳来穿，又特意配了碧绿鞋子来加深玄凌注意，反而忘了红绿相配的颜色忌讳。微微自得，于是温和道："罢了。我昨日新选了一匹湖蓝绸缎，你拿去做一身新衣裳换下这红裙吧。"说着又对众人道："今日小厨房菜做得好，你们也拿去分了吃吧。"

众人齐齐谢过，浣碧红了脸躬身退下。玄凌再不看她，只说："你对下人倒是好。"

"他们在宫中为奴为婢本就辛苦，我若再不对他们好，实在是太可怜。一旦奴才心有怨恨，主子们吩咐下去的事也不会好好做成，于人于己都没有好处啊。"我笑吟吟道出自己的本意，"何况不过一匹缎子罢了。浣碧是臣妾陪嫁的侍女，将来还要为她指一门好亲事的。皇上觉得如何？"

玄凌道："你的侍女你自己看着办就好。难为你这么体贴他们。"他微笑注目于我道，"看你这样宽和懂得驭下，朕实在应该让你协理六宫才是。"

我只是保持着得体的微笑，道："臣妾资历浅薄，怎能服众。皇上说笑了。"说着低啐一口，低声在他耳边笑道，"体贴他们这话听着肉麻，难道臣妾对皇上不够体贴么？"说着心里微微发酸，强撑着笑容道，"华妃娘家慕容氏有功，皇上也多陪陪她才好。"

他却道："想陪着你都难。战事告捷，还有许多事要部署，只怕这些天都出不了御书房了。"

心头略松，道："皇上劳苦国事，千万要保重身子才好。"

一顿饭吃得辛苦，胭脂鹅肝在嘴里也是觉得发苦没有味道，却不能在玄凌面前失了神色，要不然就算筹谋了什么也不便周全行事，绝不能为一时气愤而因小失大。只一味显出贤惠温良的神色，为他布菜，与他说笑。才心知在宫中"贤惠"二字是如何辛苦难挨，为保全这名声竟连一分苦楚也不能说，不能露。感慨之余不免佩服皇后的功底，与华妃之间似乎华妃占尽机锋，可是无论赢与输，她几乎从不表现在脸色上，总是一副淡定的样子。而这淡定之下，是怎样的悲恸与酸楚，要在日复一日的清冷月光里磨蚀和坚定成淡漠的雍容……

正想着，玄凌夹了几根香油醋拌青芹苗儿在我碗中，温柔笑道："这个味道不错，你也尝尝。"

我含笑谢过，望着这几根青芹苗儿，一时心中翻覆，如打翻了五味瓶儿一般说不出地难受。仿佛自己就是那几根香油醋拌青芹苗儿，被滚水焯，被酸醋渍，几经翻腾才被入了味，被置放在这精细的刻花鸟兽花草纹莲瓣青瓷碗中，做出一副正得其所的姿态。

好不容易用完了早膳，李长来禀报说内阁众臣已在仪元殿御书房相候良久。见他匆匆去了，方才沉着脸回到莹心堂，慢慢进了西里间。

槿汐晓得我不高兴，遂屏退了众人，端来一杯茶轻声道："小主喝点儿茶顺顺气……"

我微一咬牙，作势要将茶碗向地上掼去，想一想终究是忍住了，将茶碗往桌子上重重一搁，震得茶水也溅了出来。我怒道："很好。一个个都要欺到我头上来了！"

槿汐赔笑道："不怪小主生气。温宜帝姬的事过去没多久，皇上就要恢复华妃娘娘协理六宫之权，未免太叫人寒心了些。"

我深深地吸气，心中凄凉带着深重的委屈和惊怒，却另有一种怆然的明澈：帝王家本是如此，我又何必期求于他。

我默不作声只是出神，右手无名指和小指上戴的金护甲"刺啦刺啦"划着花梨木的桌面，留下淡淡的白色迹子。忽然"笃"地敲了一下桌面，冷冷道："怨不得皇上这件事办得叫人寒心，华妃家世显赫，又有军功，绝对不可小觑了。眼前是对付过去了，只怕将来还要旧事重提。"我恨恨，"如今就敢冤我毒害帝姬，将来有了协理六宫的权力，还不知道是个什么情形，只怕是要死无葬身之地了。"

槿汐垂目看着自己脚尖，道："西南战事越胜，恐怕这件事提得越厉害。这是迟早的事，小主得早早准备起来，才能有备无患。"槿汐神色恭谨地道，"原本眉庄小主得幸时皇上曾有意让她学着六宫事务，只是一来华妃娘娘压制得紧，二来眉庄小主那么快就出了事，这事儿也就搁下了。"

我紧紧抿着嘴听她说完话，道："眉庄是我们一起进宫这些人里最早得宠的，皇上自然另眼相看。可惜我得宠得晚，资历不够，陵容就更不用提，出身更是不好。才刚你也听见了，皇上的口风里竟还没有要放眉庄出来的意思……"

槿汐默默思索道："外人倒也罢了，只怕家贼难防。小主别怪奴婢多嘴，今日早膳上浣碧姑娘未免太伶俐了些。"

我冷眼瞧着她，道："你也瞧出来了。"

槿汐一点头："或许是奴婢多心了也是有的。"

我怔怔出了会儿神，终于端起茶碗呷了口茶，慢慢道："并不是你多心，倒是难为你这样精细，别的人怕是还蒙在鼓里。"我抑不住心底翻腾的急怒，冷冷一笑，秋阳隔着窗纱暖烘烘照在身上，心口却是说不出的寒冷与难过。竟然是她，浣碧，存了这样的心思。我对她这样好，视如亲生姐妹，她竟然这样按捺不住，这样待我！"浣碧她……"我沉吟着不说下去。

槿汐想了想，小心道："那匹湖蓝绸缎小主还要赏给浣碧姑娘么？"

我怒极反笑："赏，自然要赏。你再把我妆台上那串珍珠项链一并给她。皇上摆明了没把她放入眼里，我倒要瞧瞧她还能生出什么事来！"

槿汐躬身道："是。"

我又道："我估摸着水绿南薰殿曹琴默生事多半是她走漏的风声，恐怕连这次温宜帝姬的事也少不了她的干系。那木薯粉可不是她自作主张拿回来的么？"

槿汐低头默默叹气："真是人心难测。小主对浣碧姑娘这么好，浣碧姑娘又是小主的家生丫头，自小一块儿，竟不想是这个样子。如今只不知道她偷偷相与的是华妃娘娘还是曹婕好。"

我慢慢摩挲着光洁的茶碗，寻思片刻道："我瞧着华妃不会直接见她，多半是通过曹婕好。毕竟曹婕好还没有和我撕破脸。"我幽幽望向窗外高远的碧蓝天空，竟和我入宫那一日一样蓝，一样晴朗，连那南飞的大雁也依稀是旧日的那些大雁，不由得低低叹息，"这丫头……原本也是冤孽，只是她的心未免也太高了，白白辜负了我为她的一番打算。"顿了顿又嘱咐，"你拿东西去时别露了声色，咱们要以静制动。"

槿汐道："奴婢明白，只是小主已经明白，还要与浣碧姑娘朝夕相对装作不知，小主未免挨得辛苦。"

我望着窗纱上浮起绚烂彩色的阳光，不由得道："辛苦？只怕来日的辛苦更是无穷无尽呢。"秋阳近乎刺目，强作欢颜的种种委屈，终于在无人时化作两行清泪，蒸发在袅袅如雾的檀香轻烟里。

浮光倒影如潮，心事袅袅如烟，在即将到来的风雨争斗之前，于清洌似碧的茶水中，骤然看到玄清云淡风轻的笑，仿佛他依然指着一株小小开白花的夕颜笑问："你不晓得这是什么花么？"我心中是记得的，那小小白花荡漾出的涟漪，浮泛在我心头。是那样一个温润如玉的少年，在一个繁华的夏末星夜，目睹了我隐藏的寂寞和哀伤。


玄凌的忙碌果然是真的，西南的战事成为他最关注的事，全国的粮草军用在他的安排下也有条不紊运往战地。他的脸色总是疲倦，而疲倦之中，亦有欣喜。

我如常去仪元殿请安，却在殿外见到恬贵人一副落寞脸色，见了我行过礼，忽然瞥见身后流朱手中的食盒，双眸幽幽一晃，淡笑道："婕妤姐姐费心，妹妹看不用劳烦去这一趟了，皇上有事不见人呢。"

我淡淡"哦"一声，微笑道："有劳恬妹妹告知。"轻缓的脚步却未停下，裙裾轻移，一直向仪元殿走，只留下恬贵人惊诧目光于身边掠过。

却是李长亲自迎出来："小主来了。皇上正在等着小主呢。"我无心去理会身后恬贵人会是怎样的表情。人情如我，亦知是无法周全所有人的，我只能周全自己。

也不去打扰他，默默取一片海棠叶子香印，置于错金螭兽香炉中，点燃之后，那雾白轻烟便带出了缕缕幽香，含蓄而不张扬。他喜欢在如斯清幽中应对繁复国事，我亦喜欢。如今的我，已经可以出入御书房请安。

他给我这样的特权，让我的地位在后宫如云的女子间越发尊崇。

午后的阳光疏疏落落，淡薄似轻溜的云彩，浮在地面上，是幽若的一个梦。我将香炉捧到窗前，玄凌正埋首书案，闻香抬头，见我来了微微一笑，复又低头。

然而我心里明白，华妃之事带来的委屈和怨气并未因这样的静谧而消退。我犹带微笑，得体地隐藏起不想也不该显露在他面前的情绪，对着他笑靥如花，温婉中带一些天真。这样的我，他最喜欢。

而这样的我，这样的静谧时光，适合我的衣袖不动声色地带起后宫的风云雷动，于温婉中震慑和压制我的敌人。

此刻的他抚着一张精工画作的地图，山川江河，风烟疆土，久久凝视，目光定格于西南一带，一瞬间变得犀利如鹰。他静静道："朕将收复西南。"他的目光专注于我，却有豪情万丈，"嬛嬛，祖父手中失去的疆土，终于要在朕手中夺回来。"

我停下手中的动作，笑容如三春枝头的花朵，无限欢愉："嬛嬛真心为四郎高兴。"

他握着我的手渐渐有力，一字一字道："撇开西南，还有赫赫对我朝虎视眈眈，年年意图进犯，也是心腹大患。朕有生之年必定平除此患，不教朕的子孙再动干戈，留一个太平盛世给他们。"

我不觉震动，这样一个玄凌，是我未曾见过的。却也为他的心愿所感，反握住他的手，微笑道："嬛嬛希望可以陪着四郎创下这太平盛世。"

他凝望我，深深点头，眼中有坚毅神色："嬛嬛，朕要你一直在朕身边，你也一定会一直在朕身边。朕的太平盛世里不可以没有你。"他的眼神太深，我微微有些害怕，却也是感动，再抬头，那深深的眼神里似乎噙着一弧清愁，转瞬已经不见。

几乎疑心是自己看错了，那样的神情不该出现在这样的语气里。我无端迷惑起来，却百思不得其解。也许，真的是我看错了。

安静停了一歇，方觉察到，心中原来密密交织着渺茫的欢喜和迷惘。

明媚的光影被疏密有致的雕花窗格滤得淡淡的，烙下一室"六合同春"的淡墨色影子，拂过他看我时的眼神，那原本略显犀利刚硬的眉眼顿时柔和下来，无端添了几分温柔。

我只柔声道："皇上对着奏章许久，也该歇一歇啦。"说着从食盒中取出用细瓷碟装的四色点心，百合酥、藤萝饼、蜜饯樱桃、梨肉好郎君，再取风干的桂花细细撒入杯盏中，便是一盏沁人肺腑的花茶。

他拥我入怀，清绵的呼吸丝丝缕缕在耳畔："今夜留在这里好不好？"

我微笑出声："也是。还省了一趟凤鸾春恩车的来回，皇上好打算呢。"这样天真无忌的调笑，不过是仗着他的宠爱和怜惜，而在他眼中，我的言行都是可爱可怜的。

我轻轻埋首于他怀中，脸色缓缓淡漠下来。

到底意难平！

后宫品级次序表

皇后

正一品：贵妃、淑妃、德妃、贤妃

从一品：夫人

正二品：妃

从二品：昭仪、昭媛、昭容、淑仪、淑媛、淑容、修仪、修媛、修容

正三品：贵嫔

从三品：婕妤

正四品：容华

从四品：婉仪、芳仪、芬仪、德仪、顺仪

正五品：嫔

从五品：小仪、小媛、良媛、良娣

正六品：贵人

从六品：才人、美人

正七品：常在、娘子

从七品：选侍

正八品：采女

从八品：更衣

图书在版编目（CIP）数据

甄嬛传 . 1 / 流潋紫著 . -- 北京：作家出版社，2020.1
（2025.10重印）

ISBN 978 - 7 - 5212 - 0841 - 2

Ⅰ . ①甄… Ⅱ . ①流… Ⅲ . ①长篇小说 – 中国 – 当代
Ⅳ . ①I247.5

中国版本图书馆 CIP 数据核字（2019）第 287578 号

甄嬛传 . 1

作　　者：流潋紫
书 法 字：严　忠
责任编辑：袁艺方　卓尔文
装帧设计：孙惟静
出版发行：作家出版社有限公司
社　　址：北京农展馆南里 10 号　　　邮　　编：100125
电话传真：86 – 10 – 65067186（发行中心及邮购部）
　　　　　86 – 10 – 65004079（总编室）
E – mail: zuojia@zuojia.net.cn
http: // www.zuojiachubanshe.com
印　　刷：中煤（北京）印务有限公司
成品尺寸：150 × 218
字　　数：295 千
印　　张：22.25
版　　次：2020 年 8 月第 1 版
印　　次：2025 年 10 月第 10 次印刷
ISBN 978 - 7 - 5212 - 0841 - 2
定　　价：50.00 元